WARRIORS

貓戰士

外傳之IV

曲星的承諾

Crookedstar's Promise

艾琳・杭特(Erin Hunter) 著
高子梅 譯

晨星出版

特別感謝凱特·卡里

迴霧：灰色的長毛母貓，鬚尾是白色，看起來像雲一樣柔軟蓬鬆。（是小田鼠、小甲蟲和小花瓣的母親）
雨花：淺灰色母貓。（小風暴和小橡的母親）
憩尾：淺棕色母貓，有藍色眼睛和輕柔的毛髮。（小灰和小柳的母親）

長老　（以前是戰士、貓后，現在已經退休）
鱒爪：灰色的虎斑公貓。
亂鬚：長毛虎斑公貓，毛髮厚重而且打結。
鳥歌：口鼻四周有薑黃色斑點的白色虎斑母貓，並雜有一些灰毛。

風族 *windclan*

族長　楠星：藍色眼睛，毛色帶點桃紅的灰色母貓。
副手　蘆葦羽：淺棕色虎斑公貓。
巫醫　鷹心：黃色眼睛的暗棕色公貓。
戰士　曙紋：帶有乳白色條紋的淡金色公貓。
所指導的見習生，高掌
紅爪：深薑黃色公貓。見習生波掌
長老　白莓：體型較小的純白色公貓。

各族成員

河族 *riverclan*

族長　霞星：毛髮豐厚的灰色公貓。

副手　貝心：灰色斑點公貓。

巫醫　棘莓：有醒目的粉紅色鼻子、藍色眼睛、和黑色斑點的漂亮白色母貓。

戰士　（公貓，以及沒有子女的母貓）

波爪：毛色銀黑相間的虎斑公貓。

木毛：棕色公貓。

泥毛：淺棕色的長毛公貓。

鴞毛：毛色棕白相間的公貓。

獺潑：毛色白色與淺薑黃色相間的母貓。

杉皮：身材矮胖結實、短尾的棕色虎斑公貓。

白莖：灰色母貓。

亮天：毛色白色與薑黃色相間、動作敏捷的母貓。

矛牙：精瘦的棕色虎斑公貓，窄臉，犬齒突出。

湖光：灰白相間、漂亮的長毛母貓。

爍皮：毛色光滑的夜黑色母貓。

見習生　（六個月大以上的貓，正在接受戰士訓練）

柔掌：體型嬌小、身軀柔軟、身上帶有虎斑的白色母貓。

白掌：純白色公貓，但有虎斑紋尾巴和棕色腳掌。

貓后　（正在懷孕或照顧幼貓的母貓）

長老

草鬚：黃色眼睛，淺橘色公貓。
糊足：琥珀色眼睛，有點笨拙的棕色公貓。
雀歌：淺綠色眼睛的玳瑁色母貓。

影族 *shadowclan*

族長　杉星：腹毛白色、毛色非常暗灰的公貓。
副手　石齒：牙齒很長的灰色虎斑公貓。
巫醫　賢鬚：有著長翦鬚的白色母貓。

戰士

鋸皮：體型龐大的暗棕色虎斑公貓。
狐心：毛色鮮豔的薑黃色母貓。
鴉尾：黑色的虎斑母貓。
所指導的見習生，雲掌
蕨足：淺薑黃色公貓，但腿部是深薑黃色。
拱眼：暗色條紋的灰色虎斑公貓，眼睛處有很密的條紋。
冬青花：暗灰白色的母貓。

貓后

羽暴：棕色的虎斑母貓。
池雲：灰白母貓。

長老

微鳥：體型嬌小的薑黃色虎斑母貓。
蜥蝪牙：有一根鉤狀牙齒的淺棕色公貓。

雷族 *thunderclan*

族長　**松星**：綠色眼睛，紅棕色的虎斑公貓。

副手　**陽落**：黃色眼睛的鮮黃色公貓。

巫醫　**鵝羽**：淺藍色眼睛，有斑點的灰色公貓。
所指導的見習生，羽鬚

戰士

石皮：灰色公貓。

暴尾：藍色眼睛，藍灰色公貓。

蛇牙：黃色眼睛，雜色的棕色虎斑公貓。

褐斑：琥珀色眼睛，淺灰色的虎斑公貓。

小耳：琥珀色眼睛，耳朵很小的灰色公貓。
所指導的見習生，白掌

鶇皮：綠色眼睛，胸前有閃電狀白毛的沙灰色公貓。

知更翅：琥珀色眼睛，胸前有薑黃色斑塊，體型嬌小的棕色母貓。

雀皮：黃色眼睛，體型龐大的暗棕色虎斑公貓。

絨皮：毛髮老是倒豎的黑色公貓。

風翔：淺綠色眼睛、灰色虎斑公貓。
所指導的見習生，花掌

斑尾：淺白色虎斑母貓。

月花：淺黃色眼睛的銀灰色母貓。

貓后

捷風：黃色眼睛的白色虎斑母貓。（是小豹和小斑的母親，小豹是綠色眼睛的黑色母貓，小斑是琥珀色眼睛、毛色黑白相間的公貓）

罌曙：尾巴濃密、暗紅色的長毛母貓，有一雙琥珀色的眼睛。

雷族
河族
影族
風族
星族
腐肉場
影族營地
轟雷路
雷族營地
大梧桐樹
蛇岩
沙坑
松樹林
兩腳獸地盤
伐木場

高岩山
大麥的
農場
風族營地
四喬木
瀑布
貓頭鷹
樹
河
流
陽光岩
河族營地

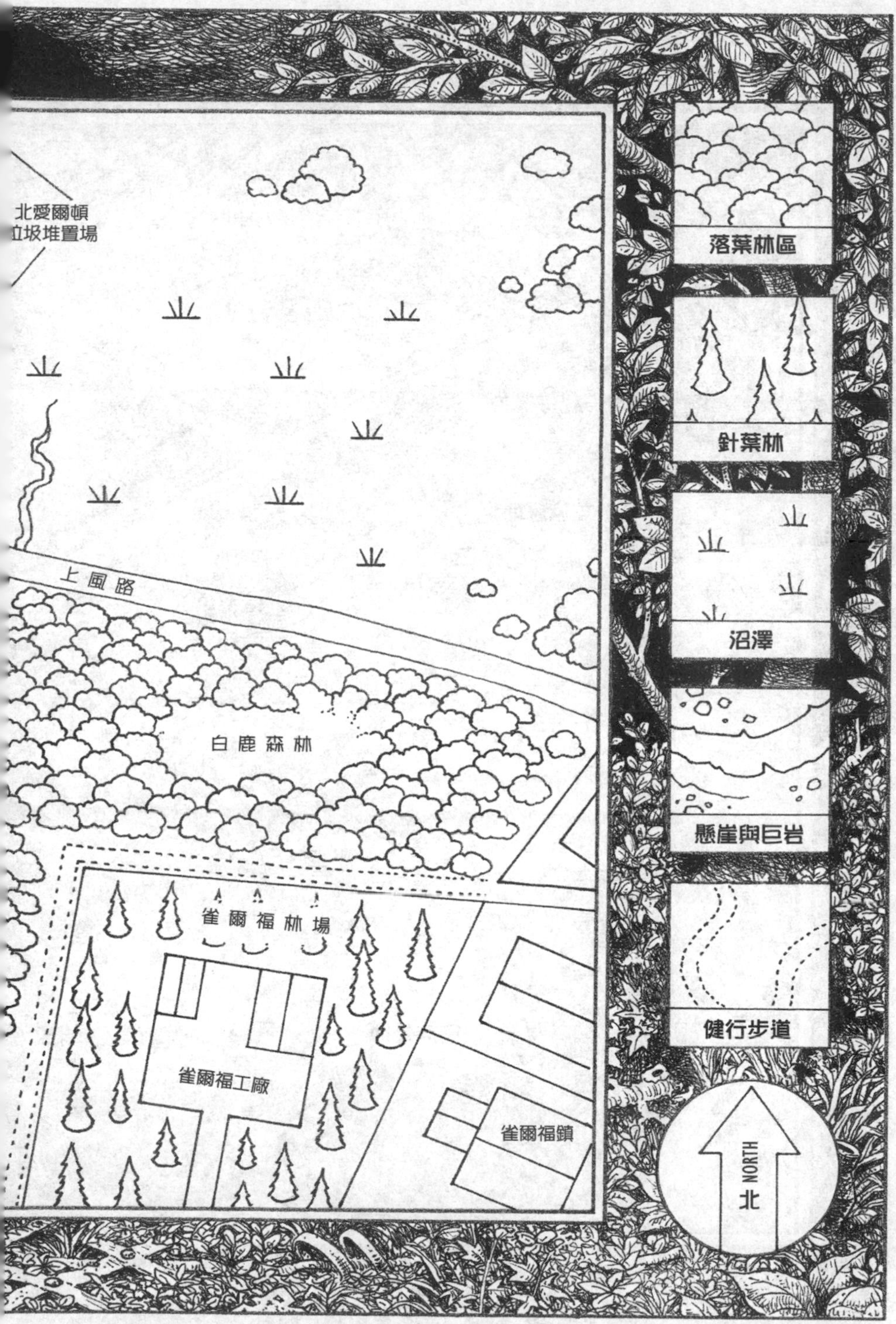
北愛爾頓
垃圾堆置場
上風路
白鹿森林
雀爾福林場
雀爾福工廠
雀爾福鎮
落葉林區
針葉林
沼澤
懸崖與巨岩
健行步道
NORTH
北

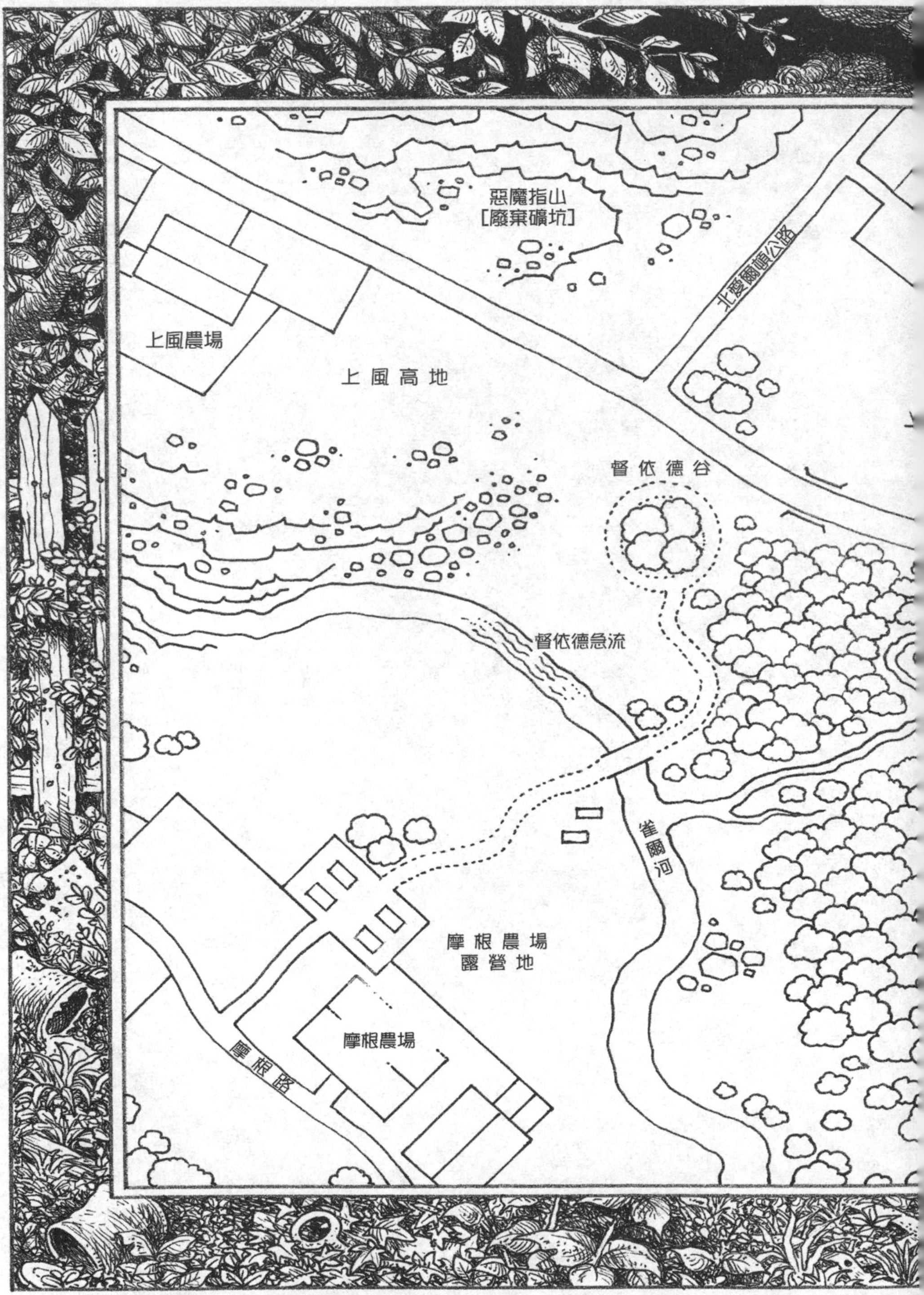
惡魔指山
[廢棄礦坑]
北愛爾頓公路
上風農場
上風高地
督依德谷
督依德急流
雀爾河
摩根農場
露營地
摩根農場
摩根路

序章

野風吹得柳樹枝椏喀喀作響，河床上的蘆葦叢被連根拔起。

「霰星！」

厚重的暴風雲盤旋肆虐於漆黑的夜空，大雨狂打在一棟棟編織緊密的窩穴，那是河族戰士的棲身之所。

「霰星！」

河族族長貼平耳朵，聽見他的伴侶貓驚慌的哭喊聲。他把腳爪戳進泥地，穩住身子，抵禦腳下肆虐的惡水。河水已經漫過河岸，淹進營地。他扭頭張望，尋找那身影。

「霰星！」迴霧又尖聲喊了一次。因為叼著小貓，她的聲音近乎悶響，而另一隻小貓正攀在她背上。她眼睜睜看著嫩枝鋪成的臥鋪被大水衝走，像陀螺一樣在水面打轉。還有隻小貓拚命地想要爬上去，但那些嫩枝猶如落葉一樣不斷掉落。

霰星連忙潛水過去，趕在小貓滅頂之前抓

住他。他把兒子塞給正在搶救嫩枝臥鋪的木毛。「帶小田鼠去長老窩！」棕色公貓接過那一團溼淋淋的毛球，往營地後方高處一路跳過去，那裡的長老窩尚未被上升中的惡水侵襲。

「快跟著他！」霰星向迴霧下令道。她點點頭，滿布懼色，灰色長毛被雨水淋得緊貼身上。

霰星掃視營地。大雨滂沱，像驚慌失措的魚群在黑夜裡橫衝直撞。一隻動作輕巧、白黃相間的母貓正緊緊攀住戰士窩的殘骸，試圖用爪子抓攏那正快速崩解的牆面。而一隻矮胖的虎斑公貓想盡辦法要堵住那條水沫四濺的渠道，以免臥鋪被沖進河裡。

閃電倏地劃過，白光乍現夜空，雷聲響起，強風大作。又一波水浪灌進營地。

「貝心！」霰星朝他的副族長喊道。「有沒有建議？」

蘆葦叢間有隻灰色的花斑公貓正站在一根山毛櫸的樹墩上朝上游張望，他回頭喊道：「霰星，水位上升得很快！不消多久，連長老窩都保不住了。」

霰星甩打著尾巴。「我們得棄營了。」

「不行！」那隻黃白相間的母貓鬆開戰士窩，面朝河族族長。

「亮天，我們必須棄營！」霰星催促道。

「我們不能輕易拋棄祖靈留給我們的這一切！」

「我們可以再重新建造！」霰星厲聲道。

「但是不一樣！」亮天跳進洪流，腳爪緊緊抱住水中載沉載浮的臥鋪。

貝心從樹墩上跳下來，朝他的族貓走去。「只要我們團結一心，一切都能重建。」他堅持道。「不過那些為了救回幾根小樹枝而白白送命的貓，可就幫不上我們的忙了。」

亮天心不甘情不願地鬆開臥鋪，眼睜睜看著它被捲進蘆葦叢裡，這才朝營地後方跑去。

滾滾的黑色惡水在長老窩四周洶湧流竄，交織錯雜的柳條枝隨著洪流擺盪。霞星跳上斜坡，伸爪搖撼長老窩。「快出來！」

迴霧從入口鑽出來。三隻小貓像剛從水裡撈出來的老鼠一樣跟在後面。她盯看著她的伴侶貓。「我們要上哪裡去？」

「去高處。」霞星朝上坡處揮彈尾巴，河岸上方有成排的樹和灌木。

一隻毛髮糾結的老貓從窩裡鑽出來。「我長這麼大還沒見過這麼強的暴風雨。」

一隻白色的虎斑母貓跟著走出來。「我們要上哪兒去？」她粗嘎地問道。

公貓用尾巴輕撫她的背。「鳥歌，就往內陸一點的地方去吧，那裡比較安全。」

鳥歌瞪大眼睛。「離開這條河？」

「只是暫時的，」霞星承諾道。「大家走吧！」

「等一下，」已經上了坡的貝心半途停下來回頭張望。「雨花呢？」

「我在這裡！」一隻淺灰色貓后小心翼翼地穿過急流，朝他走來，鼓脹的肚子裡懷著小貓。

「妳沒事吧？」貝心問道，同時嗅聞她。

「等我爪子乾了，就沒事了。」她氣喘吁吁，雨水像小河一樣從她身上串流而下。

一隻嬌小的白色母貓繞著貓后走來走去，兩眼閃閃發亮。「她一直覺得痛。」

貝心瞇起眼睛。「這是要生了嗎？棘莓？」

「我還不確定。」巫醫喵聲道。

雨花注視著河族副族長。「去幫霰星的忙，我不會有事的。」

貝心先是眯起眼睛看著她，然後才轉身。「波爪？」

「我在這裡！」一隻黑銀相間的虎斑公貓正用力撐開長老窩旁的蘆葦叢，讓族貓們出來，往高地前進。

「注意一下是不是所有的貓都直接去林子了。」

波爪朝副族長點點頭，同時輕推一隻拒絕走出來的長老。

「沒有暮水，我不走。」長老貓的爪子戳進潮溼的土裡。「營地還沒淹水前，她就出去方便了，到現在還沒回來。」

「我們會找到她的，」波爪在風裡放聲喊道。他看著族長，後者穩穩站在上坡處，瞪大眼睛，眺望殘破的營地。「你看得到她嗎，霰星？」

霰星搖搖頭。「我去看看是不是所有的窩都淨空了！」他回頭衝向育兒室，將頭伸進入口，嗅聞裡頭有無溫熱的軀體。

沒有，都走光了。他也查探了隔壁的見習生窩，然後是戰士窩。但都只聞到受潮的蘆葦味道。他環顧營地，惡水不斷拉扯著他，他奮力保持身體平衡，連跑帶游地穿過空地，跟上族貓。

「我們都到齊了嗎？」族貓已經來到較乾的地面，他一追上來，就立刻問道。

波爪皺起眉頭。「還是沒看見暮水。」

亮天上前一步。「我回去找她。」

霞星點點頭。「剩下的貓兒繼續往林子裡走。」他下令道。

亮天才衝下河岸，雨花就開始低聲呻吟。

貝心僵了一下。「雨花？」

貓后縮起身子，表情痛苦扭曲。

她身邊的棘莓低下頭探看，然後又抬起頭。「小貓快出生了。」她宣布道。

「現在？」貝心追問道。

「難道要他們等到暴風雨結束？」棘莓反駁道。「我們必須送她到安全的地方。」

「去林子裡吧。」貝心提議道。「水不會淹到那裡。」

「太遠了。」棘莓抬眼看著一棵枝椏低垂的老橡樹。「你有辦法把她扶到上面去嗎？」

貝心瞇起眼睛。「沒辦法也要想出辦法啊。」他抓起雨花的頸背，半拖半扶地朝粗厚的樹幹走去。「爬上去吧。」

雨花抬頭看一眼，呻吟出聲。她張嘴似乎想抗議，下腹卻突然抽搐，身子縮了起來，開始痙攣，溼漉漉的毛髮貼在身上，看起來好小。

「來吧！」棘莓明快說道。「我們時間不多了。」

雨花將爪子戳進樹皮，貝心從後方推她。貓后氣喘吁吁地撐起身子，好不容易爬上樹幹的洞穴，那裡橫生著低矮的枝葉。

棘莓像松鼠一樣輕盈地爬上樹幹，從貝心旁邊鑽了進去。她看看樹枝和樹幹接合處的洞

口。「這裡可以。」然後對貝心眨眨眼。「你能不能去我窩裡拿點藥草過來？」

貝心點點頭。「我來想辦法。」

「小心點！」雨花上氣不接下氣，但貝心早就跳下溼滑地面，一路衝回淹水的營地裡。

棘莓從洞裡清出受潮的葉子。「太好了，這裡有足夠的空間讓你躺下來了。」她把雨花帶進洞裡，然後蹲在旁邊溼淋淋的樹皮上。

「他不會有事吧？」雨花低聲問道，兩眼注視著貝心消失的黑暗處。

「他會照顧好自己。」全身溼透、毛髮像刺蝟一樣外張的棘莓這樣告訴她。不到三個月前，棘莓的導師奶毛回到了星族，她才正式當上河族巫醫。這是她第一次獨自處理緊急事件。新的陣痛突然襲來，雨花全身發抖。棘莓深吸口氣，呼嘯風聲和隆隆雷聲不斷傳進耳裡。貓后又一次被陣痛所襲，棘莓伸出前掌輕撫雨花的下腹。

棘莓掃視下方河床上的蘆葦叢。沒有貝心的蹤影。「咬著它，」她用牙齒折下一根樹枝，放在雨花臉頰旁。「痛的時候，就咬它。」

「妳只有這個辦法嗎？」雨花斷聲說道。

「妳只需要這個，」棘莓告訴她。「貓族自遠古以來，就有貓后生小貓，生產是這世上再自然不過的事。」

雨花發出呻吟，緊咬棍子，身體不停發抖。

貝心爬了上來，爪子扯破了樹皮。「對不起，」他全身溼透。「我得游進妳的窩裡，才能進到裡面，可是妳的藥草全被大水沖走了。」

她還沒來得及回答，雨花又嘶聲叫了出來，棍子在她牙間咯吱作響。

第一隻小貓來報到了。

棘莓探身下去，剛好看見小貓滑進粗糙的樹皮上。她舔舔他，將這個不斷蠕動的小東西交給他父親。「別讓他掉下去。」她警告道。

「都還好嗎？」亮天在樹下方喊道。水浪輕舔她的腳，洪水已經淹到這棵樹的位置了。

「又有隻小貓要出來了。」棘莓回報道。

貝心朝下方看，但仍不忘用腳按住那隻不斷蠕動的小貓。「你找到暮水了嗎？」

「沒看到她的蹤影。」亮天語氣沉重。

貝心揮打著尾巴。「你去找其他的貓吧，我們沒事。等水退了，再回來找我們就好了。」

雨花嘴裡的棍子突然應聲斷掉，第二隻小貓滑出來。棘莓用牙齒咬住他，放進雨花懷裡。

雨花接過來，伸出粗糙的舌頭不斷舔他，直到小貓發出喵聲。「是隻小公貓。」

「這隻也是。」貝心輕輕將他那隻小貓放在他弟弟旁邊。他的聲音嘶啞，「太完美了。」他低聲道。

貝心的臉頰與雨花互蹭，雨花發出喵嗚聲。「這隻小貓，我要叫他小橡，因為是這棵橡樹保護我們免受洪水之災。」她大聲說道。「而這隻我要叫他小風暴，因為是暴風雨讓我們來到這裡。」

「在這種暴風雨裡出生的小貓，天生註定是偉大的戰士，」貝心咕噥說道。他很是驕傲地看著他的貓后。「只可惜不能讓兩兄弟都成為族長。」

第一章

小風暴攀著溜滑的樹枝往前又移動了幾步。小田鼠剛剛激他的話言猶在耳。**我打賭你還沒走到底，就會掉下去。**

他伸出爪子，戳進結凍的樹皮裡。從這裡他可以亟目眺望下游遠處，遠到河流彎道處。他可以瞄見遠方河面上的第一塊踏腳石，還有對岸的陽光岩。小風暴抖鬆身上毛髮。現在他的視野比部族裡任何一隻小貓都來得遠，而他們最遠只看得到蘆葦灘。

「小心！」小橡在空地上喊道。

「閉嘴！小橡！我是戰士欸！」小風暴低頭看，目光越過深灰色的肥短香蒲草，探進那片從冰封河面探出頭來的濃密蘆葦叢，小魚在那之間的莖梗悠游，鱗片熒熒閃爍。

他可以伸隻腳下去，戳破薄薄的冰面，撈到幾隻魚嗎？他把淺棕色肚皮緊貼住樹皮，後腿勾住細窄的樹枝，前爪探向下方的小魚。他感覺到爪子只輕劃過香蒲的葉尖，好生沮喪。

我是在暴風雨裡誕生的，有朝一日一定會當上族長！小風暴前腳伸得更長，身子開始微微發顫。

「你在做什麼？」小橡尖聲喊道。

「別吵他！」小風暴聽見雨花叫小橡不准出聲，她的喉間有得意的喵嗚聲。「你弟弟已經具備了戰士的膽識。」

小風暴把樹枝抓得更緊，**我不會有事的，我比星族還厲害。**

「小心！」小橡尖聲喊道。

突然不知打哪兒竄出來一陣風猛扯小風暴的毛髮，原來是一對黑白相間的翅膀正撲撲拍打他的耳朵。

喜鵲！

爪子劃過他的背脊。

你這個青蛙屎！小風暴的腳爪從樹皮上被扭開，整個身子直墜蘆葦叢，撞破薄冰層。冰涼的水瞬間凍得他心臟快停止。他在水裡胡亂揮打，小魚慌忙游開。

岸邊在哪裡？河水灌入嘴巴，味道像石頭也像蘆葦。他劈劈啪啪踢著水，奮力往前游，但直挺挺的蘆葦阻礙他踢水的空間。**星族，快救救我！**他開始慌張，死命地想讓口鼻浮出水面。

突然間，旁邊的莖梗刷地一分而二，亂鬚衝了過來。

「我沒事！」小風暴急促說道。河水又灌進他嘴裡，他邊咳邊往下沉，沉到冰層底下。還好頸背及時被對方牙齒咬住。

「小貓就是小貓！」

小風暴聽見亂鬚把他拉起來時，嘴裡發出悶悶的咆哮聲。

小風暴凍得發抖，四隻腳縮在肚皮底下，皺起眉頭，覺得好丟臉，亂鬚一路推著他穿過蘆葦叢，把他送回岸邊母親身邊。

「小風暴，真是精彩的潛水秀啊！」小田鼠揶揄他。

「好像一隻狗在抓魚哦！」小甲蟲適時補了一句。「也許霰星應該把你改叫笨蛋。」

小風暴對著那兩隻擠在旁邊的小貓咆哮。他們才比他大一個月，卻像烏鴉一樣在他上方張牙舞爪。

迴霧在後方焦急地踱步，柔軟的灰色毛髮因過於擔憂而蓬鬆起來。「你們兩個，不准取笑人家。」

小花瓣擠過她哥哥們身邊。「我沒有取笑哦！」漂亮的玳瑁色母貓伸出鼻子嗅聞。「我覺得他很勇於嘗試。」

雨花發出快樂的喵嗚聲，舔舔小風暴的耳朵。「下次要把樹枝抓緊一點哦。」

小風暴掙開她。「放心，我一定會的。」

亂鬚甩掉身上的水，鳥歌匆忙從長老窩那裡走下來。「你會著涼的！」她斥責道。

亂鬚對著白色的虎斑伴侶貓眨眨眼睛。「難道你要我眼睜睜看著他被淹死啊？」

「會有戰士去救他的。」鳥歌反駁道。

亂鬚聳聳肩。「他們都在忙。」

雨花喵嗚笑道：「我相信小風暴會自己游上岸的，他是隻很強壯的小貓，對吧？」

小風暴聽見他母親熱情的讚美，覺得全身的毛都好像在發亮。他眨眨眼，擠掉眼睛裡的水，環顧四周空地。這裡是河族營地，河族是最偉大的部族。他沒見過洪水肆虐之前的家園，所以他比較熟悉的其實是遍地的爛泥巴，還有角落裡東倒西歪的爛蘆葦，而不是現在這片正逐漸成形的空地和牢固的圍牆。木毛和杉皮正穿過空地，把剛收集來的成捆乾蘆葦搬給柔掌和白掌，後者正在用蘆葦補見習生窩的破洞。貝心和獺潑在河岸遠處採集更多蘆葦。憩尾幫忙棘莓把巫醫窩裡最後一批爛泥殘屑清出來。鴞毛和湖光忙著拖走被大水衝進空地的朽木和樹皮。

自從小風暴和小橡在那夜的暴風雨誕生之後，又過了一個月，營地明顯可見當時被洪水沖刷的痕跡。幸好長老窩仍然很堅固，只需補強就行了。至於用柳條和蘆葦堆疊起來的球狀育兒室，則在下游被找到，它就卡在河裡的踏腳石之間。拖它回營地並不難，如今已被重新安置在濃密的莎草叢間。他們稍微修補了一下育兒室，但因為浸過水，裡面還是很潮溼，雨花每晚都會幫他們的臥鋪添加新的青苔，可是小風暴每天早上醒來，還是覺得身上又冷又溼。

營地的其他地方就比較難整理。他們花了半個月的時間挖掘，撬起地上橫倒的樹幹，把它滾到空地邊緣老戰士窩的舊址。等到斷枝殘木全清空後，再圍著樹幹搭建新的窩。但在完工之前，河族戰士不是在營地四周濃密的莎草牆下搭個臨時臥鋪，就是在地上殘幹的角落或縫隙裡湊和著睡。溫暖這兩個字對他們來說已成為了遙遠的記憶。新葉季或許已經現身在嫩綠的新芽和婉轉的鳥鳴上，但禿葉季的寒霜仍夜夜降臨河的兩岸。

儘管天氣寒冷，霰星還是睡在空曠處。他堅持等到其他的窩都重建好了，才蓋他的新窩。

「除非我的族貓安全了，不再受寒了，我才能睡得安穩，在這之前，我辦不到。」

小橡繞著小風暴轉。他哥哥一身毛髮全都溼透了，身上的水正不斷滴到他暗紅棕色的毛髮上。「我跟你說過要小心。」

「要不是那隻喜鵲撲過來，我才不會掉下來。」小風暴咬牙切齒道。

「如果你待在空地，就不會掉下去了。」一個低沉的聲音在他們身後響起。

小風暴霍地轉身。

霰星正低頭看他，全身厚重的灰毛為了抗寒而蓬了起來。河族族長黃色的眼睛裡帶著興味。「貝心！」他朝他的副族長大聲喊道，但目光仍停留在小風暴身上。

貝心從灌木叢裡走出來，溼漉漉的毛髮服貼在強壯的骨架上。他瞥了一眼小風暴。「出了什麼事？」

「你的小貓以後會是勇敢的戰士。」霰星喵聲道。「只要他在受訓前沒把自己淹死。」

貝心輕輕彈著尾巴，霰星繼續說道。「我們最好派支巡邏隊去抓那隻喜鵲，牠開始以為整個河族領地都是牠的了。」

貝心垂下頭。「是要把牠趕走，還是逮住牠？」

霰星皺皺鼻子。「最好逮住牠，」他輕聲吼道。喜歡吃鳥的河族貓並不多。「現在我們是能抓到什麼，就吃什麼。」這場水災死了很多魚，不是被拍到岩石上，就是沖到岸上，河裡的獵物於是變得稀少。

「我會組織一支巡邏隊。」貝心喵聲道。

「等波爪的巡邏隊回來再去吧。」霰星下令道。礙於有這麼多重建工程得做，霰星現在幾乎一次都只派一支巡邏隊出去。

「我希望這次他們能帶點吃的東西回來。」亂鬚咕噥道。

「我相信他們會帶回來的，」鳥歌喵聲道。「水災已經過了一個月，河裡的魚應該都回來了。」

迴霧從她的小貓那兒轉過身來。「如果我們有把水災裡死掉的魚，先埋一部分起來，就像雷族禿葉季時儲存獵物那樣，那就好了。」

霰星搖搖頭。「魚不像森林裡的獵物那麼容易儲存。我們的戰士需要靠星族幫忙我們修復水災帶來的傷害，補足獵物堆。」

小風暴伸長尾巴。「讓我們也去幫忙重建吧。」

小田鼠衝了上來，灰色毛髮因亢奮過度而豎得筆直。

「我們真的可以幫忙！」小花瓣也蓬起一身玳瑁色的毛髮。

迴霧用尾巴掃開她的小貓，「別傻了，你們會被踩死的。」

小風暴用力抓扯地上的泥巴。「不會，我們不會。」

霰星的鬍鬚抽了抽。「迴霧，既然他們真心想幫忙，就別拒絕了，只要他們都待在營裡，就沒什麼關係。我們可以組一支小貓巡邏隊。」

小風暴挺起胸膛，和小橡、小甲蟲、小田鼠及小花瓣並肩站好。「太棒了，要我們幫什麼忙？」

霰星想了一下。「如果你們能幫獺潑把他收集的蘆葦搬去給柔掌和白掌，木毛和杉皮就能

抽空參加貝心的狩獵隊了。」

「走吧！」小風暴朝岸邊衝去，獺潑正在那裡拋擲蘆葦。

「小心點！」杉皮耙著一堆剛採來的新鮮蘆葦，小風暴及時在旁剎住腳步。「別把它們踢進河裡了。」

「不會啦！」小風暴用牙齒緊咬住蘆葦梗，拖著它穿過空地，來到正在蓋的見習生窩。

「你們瞧瞧，」白掌本來正在見習生窩的上方編織屋頂，這時不禁停下工作，往下探看。「我們有了新幫手了。」

「就這些啊？」柔掌從柳條骨架裡往外窺探，虎斑狀的尾巴微微顫抖。「如果只有這些，我看我們也不用蓋了。」

「我會搬更多過來。」小風暴驕傲地吹噓道。他丟下蘆葦，轉身差點撞上小甲蟲。

「小心點！」小黑貓喵聲道，他被自己拖的茅草給絆倒。

「對不起！」小風暴朝蘆葦灘衝去，經過小田鼠身邊，後者嘴裡正緊咬著三綑茅草。「我下次要搬四綑。」他回頭喊道。

突然，他聽見入口通道前的溼地傳來水花四濺的腳步聲，趕緊豎直耳朵。有隻貓兒正衝進營地。小風暴停下腳步，眨眨眼睛，營地的莎草圍牆一陣窸窣作響，波爪跳進空地。

「有獵物嗎？」鳥歌喊道。

波爪搖搖頭，銀色肚皮上下起伏。「陽光岩！」他上氣不接下氣。「雷族占領了陽光岩！」

第二章

「雷族！」小風暴朝橫倒在地的那棵大樹衝過去，他爬上樹幹，沿著突在河面上的結冰樹枝疾步行走。「這些蛇蠍心腸的傢伙！」他從樹上可以看見骨瘦如柴的雷族戰士像老鼠一樣擠在灰色大岩石上，那裡向來是河族的地盤，儘管一直以來雷族貪得無厭地不肯放手。

「他們好大膽！」

小風暴聽見他父親的咆哮聲，轉頭看見貝心跳上老柳樹，快步走在河面的垂枝上。河族副族長隔著錯雜的枝椏，往外探看。「真不敢相信，松星竟然把陽光岩當成他的領地！」

小風暴看見一隻狐紅色的大公貓四肢呈大字狀地躺在岩石上，柔軟的腹毛輕刷著結霜的岩面，閃閃發亮。

波爪來回踱步，黑銀相間的毛髮豎得筆直。「他們一定以為我們沒膽找他們算帳！」

莎草叢一陣窸窣，泥毛和亮天衝進營地，後面跟著矛牙，後者的虎斑毛髮豎得筆直，嘴

裡還叼著一條肥碩的鯉魚。他丟下嘴裡的魚，瞪看著霰星。「誰要帶隊去找他們算帳？」

小風暴甩打著尾巴。要是他現在是見習生就好了。那樣一來他就能加入他們，一起把那群骯髒的雷族貓趕回去了。

「怎麼回事？」鱒爪肢體僵硬地從長老窩裡緩步走出，毛髮因剛睡醒而顯得凌亂不堪。

「雷族戰士占領了陽光岩！」站在樹枝上的小風暴這樣喊道。

霰星轉頭看他。「下來，小風暴，」他咆哮道。「現在不是遊戲時間。」

「我沒有在玩！」小風暴反駁道。但還是乖乖聽話，從樹枝爬下來，跳回地面。

貝心也從樹上下來，面對霰星。「我們要讓那幾隻只會追松鼠的貓繼續待在那兒嗎？」

波爪發出咆哮聲。「他們應該知道我們已經看到他們了。」

「這表示他們已準備好迎戰。」鱒爪緩步走下坡。「如果他們的準備比我們周全，我們怎麼可能打贏這場仗？」他搖搖他那顆毛髮凌亂打結的頭顱。「我們失去的還不夠多嗎？」

小風暴納悶那隻老公貓是不是想起暮水了？他曾聽見雨花告訴迴霧，水災過去那麼久，那隻母貓的屍體還是沒找到。「這次我們會打贏的！」他喵聲道。

「噓，小風暴！」貝心猛地轉頭喝斥。

木毛穿過空地，眼色黯沉。「我們可能會輸。」

杉皮走過去站在鱒爪旁邊，很是同情地用尾巴輕掃老貓的肩膀。「陽光岩向來很難守住。」

小風暴愣了一下。「但不能因為這個理由，就任由雷族占領陽光岩啊。」貝心衝到面前捂住他，嚇得他倒退一步。

「這事輪不到小貓插嘴。」河族副族長警告道。

雨花用尾巴將小風暴掃到一旁。「噓，我知道你像其他戰士一樣勇敢，以後你會有機會的。」小風暴閉上嘴巴，彎起爪子。

我當然會有機會。總有一天，我會當上族長，到時我一定會下令迎戰。

「噢！」

他感覺到腳下有條尾巴，轉頭一看，發現小橡正瞪著他。

「你的爪子戳到我尾巴了。」

「對不起，」小風暴覺得不好意思，趕緊鬆開他哥哥的尾巴。「我們一定要好好教訓那些愛吃松鼠的臭貓，讓他們不敢再偷走我們的領地，你說對不對？」

小橡沒有回答，而是正看著棘莓。白色巫醫已經從莎草叢間的窩裡悄悄出來。

「棘莓，妳認為我們應該迎戰嗎？」霰星請教她。

棘莓搖搖頭。「現在不行，如果受傷了，我根本沒辦法醫治你們。洪水沖走了所有藥草，我的儲藏室空無一物，得等到新葉季才能補貨。所以我只能用最基本的療法。」

「而且我們現在也吃不飽。」鱒爪補充道。

小風暴眨眨眼睛。他沒有挨餓過。雨花總是有充足的奶水餵飽他和小橡。他仔細觀察族貓，這才發現原來他們都很瘦，幾乎跟雷族貓一樣瘦得像皮包骨。

霰星嘆口氣。「我不想打一場可能會輸的仗，我也不想看見受傷的戰士無藥可醫。」

波爪甩打著尾巴。「所以不管他們愛占領哪裡，我們都要拱手讓給他們嗎？」

「他們只要陽光岩，」迴霧直指道。「他們從來不曾越過那條河。」

矛牙咆哮出聲。「陽光岩那裡有獵物。河裡捕不到魚的時候，我們可以靠那裡的獵物充饑。」他踢開腳下的鯉魚。「今天我花了一個早上只抓到這條魚。」

迴霧垂下頭。「可是現在已經快新葉季了，再過不久，獵物就會多到我們抓不完。現在我情願餓肚子，也不願再失去任何一位族貓。」她瞥了鱒爪一眼。

矛牙將爪子戳進土裡。「所以我們就大氣不吭一聲地讓出陽光岩？」

「不，」霰星穿過空地，跳上柳樹的低矮枝椏，眺望陽光岩。「波爪、貝心，」他的尾巴掃過樹皮。「帶獺潑和亮天去陽光岩，不要打起來，只要傳話給松星和他的族貓，今天他們或許可以霸占陽光岩，但皮最好繃緊點，因為陽光岩還是屬於河族，我們遲早會把它搶回來。」

「別擔心，我會傳話給那些蛇蠍心腸的傢伙！」貝心朝入口通道衝去，腳下爛泥飛濺，波爪、亮天和獺潑緊跟在後。

「快點！」小風暴趁焦急的族貓們三兩成群地低聲討論之際，在他哥哥耳邊輕輕嘶嗚，說完隨即跑回那棵橫倒在地的樹，沿著樹幹快步疾走，同時回頭探看他哥哥有沒有跟上。

小橡跟了上來。「我們要去哪裡？」

「去看好戲啊。」

「看什麼好戲？」

「我們去看貝心臭罵松星！」小風暴在樹枝上奔跑。「爪子要抓緊哦，」他警告他哥哥。

「這裡很滑。」

枝條被他的重量壓得垂了下去，他停住腳步，低下身子，以免擋住小橡的視線。陽光岩上只剩下四名雷族戰士。松星仍躺在平坦光滑的岩面上，朝著禿葉季的陽光敞開肚皮。一隻毛色鮮亮的薑黃色公貓坐在他旁邊，閉著眼睛，尾巴蓋住腳爪。

「那一定是雷族副族長陽落，」小橡低聲道。「小田鼠說他的毛色是薑黃色的。」

兩個身形輕盈的戰士在族長和副族長旁邊來回踱步。一隻是灰藍色公貓，另一隻是毛色斑駁的虎斑貓，全都瞪大著眼睛，豎直耳朵。突然，虎斑貓停住腳步，注視河面。

小風暴順著他的目光，看見貝心正朝陽光岩游去。波爪、亮天和獺潑也跳進河裡。站在陽光岩上方的灰色公貓，毛髮豎得筆直，他衝向岩邊，張牙舞爪，兩眼緊盯著河族隊伍。

松星一躍而起，陽落也迅速站了起來。四名雷族戰士並排站在岩石高處，貝心從水裡爬出來，全身滴水，只見他輕鬆彈跳兩下，便從光滑的岩壁攀了上去。陽落弓起背，朝著咄咄逼近的貝心低聲嘶吼。松星瞇起眼睛。

小風暴感覺到他身後的小橡繃緊了全身的肌肉。「他們會不會打起來？」小橡低聲問道。

「等一下。」波爪跟著跳上陽光岩，亮天和獺潑也跟了上去，這時小風暴已經興奮到腳爪微微發抖。他豎直耳朵，想聽見他們說什麼。

「你們闖入河族領地了。」貝心咆哮道。

陽落上前一步。「你可以趕走我們啊。」

貝心彈彈尾巴。「這場仗還不急著打，」他回頭隔著光禿的林子瞥了河族營地一眼。「不過我們會隨時盯著你們。你們最好皮繃緊一點，因為這是我們的領地，我們一定會誓死捍

衛。」

灰色公貓齜牙咧嘴。「為什麼不今天就解決呢？」

波爪衝上前去，兩耳平貼。「等要開打的時候，我會第一個把你撕爛。」

「波爪！」貝心把戰士叫了回來，兩眼迎視松星那雙不懷好意的目光。「陽光岩就先借給你們使用，如果你有本事在這裡抓到獵物，就請自便吧，反正河族也不吃老鼠。不過等我們要你們還的時候，自然會拿回來。」

小風暴察覺到他哥哥的心跳得很厲害。「你們這群吃老鼠的臭貓，」他低聲咒罵。「趁你們還能享用的時候，就先拿去用吧。」

貝心跳下河岸，等波爪、獺潑和亮天一個接一個跳進水裡後，他才又回頭看了岩壁一眼，隨即跟著族貓跳進河裡。

「小心！」小橡的叫喊聲嚇了小風暴一跳。「喜鵲又回來了！」

小風暴一抬頭，看見灰色天空下那雙撲撲拍打的黑白羽翅。「快抓牢我！」他喝令道。

小橡用爪子緊緊抓住他。小風暴就趁著喜鵲飛撲下來之際，撐起後腿，猛揮前爪攻擊。有小橡做他後盾，小風暴就能放心繼續攻擊，直到感覺爪子勾到羽毛，劃進對方肉裡。

喜鵲粗厲尖叫，轉向飛走。小風暴這才放下前腳。

小橡隨即鬆開他，朝他眨眨眼。「打得好欸！」

「謝謝你當我的後盾。」小風暴看著爪子上勾到的帶血羽毛。「我想那隻喜鵲最近應該不敢再回來了。」他洋洋得意地看著他哥哥。「我們是有史以來最厲害的河族戰士。」

第三章

小風暴在臥鋪裡伸著懶腰，感覺到毛髮下的肌肉正在伸展。他的個子已經長到快要可以同時碰到育兒室這個角落的兩面牆了。清晨的陽光透過屋頂灑進來，照得蘆葦牆面更顯光亮。自從雷族竊走陽光岩後，已經過了三個月，天空上的太陽愈來愈炙熱，蘆葦灘也開始冒出新芽，莎草叢聞起來香甜多汁。

「起床了！」小風暴低聲在小橡耳邊說。

雨花被他吵醒，仍一臉睡眼惺忪。她伸出尾巴，蓋住小風暴的肚皮。「小戰士，再多睡一會兒。」她喵嗚道。「時間還早。」

小風暴掙開她那條溫熱柔軟的尾巴，坐了起來，用腳爪去戳小橡。

「幹什麼啦？」小橡眼睛仍緊緊閉著。

「我們去探險。」

「記得不可以出營地哦。」仍帶睡意的雨花低聲叮嚀。

「我知道啦。」小風暴打包票道。接著又

戳了小橡一次。

小橡用腳掌蓋住鼻子。「你都不睡覺的哦？」

「我們已經睡了一整晚，黎明巡邏隊早就走了。」

小甲蟲在迴霧的臥鋪裡也掙扎著要站起來。他的黑色毛髮顯得凌亂。「要吃東西了嗎？」

小田鼠睜開眼睛。「太好了，我肚子餓了。」

小花瓣已經坐起身梳洗。「狩獵隊等一下就會帶食物回來了。」她傾身向前，舔舔小甲蟲的頭，順順他兩耳間的一撮毛髮。迴霧翻過身來，輕聲打鼾。

小風暴從臥鋪裡跳出來，伸伸懶腰。「我們要自己去抓獵物。」

小橡坐起來。「是嗎？」

雨花抬起頭。「小風暴，我可不希望你又讓你哥哥惹上麻煩。」

「為什麼要怪我？」昨天他們偷溜到踏腳石那裡才被逮到，最後被氣呼呼的泥毛護送回來。

「是小橡跟在巡邏隊後面，又不是我的錯。」

「他不是跟在巡邏隊後面，」雨花提醒他。「他是跟在你後面。」

「是嗎？」

小風暴故作無辜地眨眨眼睛，她只得拿尾尖彈他耳朵。「我覺得我很幸運，能生出這麼勇敢又漂亮的小貓。」她把下巴擱在腳掌上。

「我也很勇敢。」小橡從臥鋪裡跳起來，朝入口走去。

「等等我！」小風暴衝上去，趕在他之前鑽出育兒室。

儘管太陽還沒爬上老柳樹的枝頭，但空地已是一片明亮溫暖。霰星和貝心坐在那棵橫倒在地的樹旁邊，低頭小聲交談。鱒爪、鳥歌和亂鬚躺在長老窩外平坦的泥巴地上曬太陽。河邊的木毛和獺潑在蘆葦叢間探頭，耳朵豎得筆直，尾巴不停抽動，顯然是在淺水處找小魚。

棘莓正在太陽底下攤平藥草的葉子，雪白的腳爪被葉汁染成微綠。

「這些葉子要做什麼？」小風暴穿過空地，嗅聞葉子，臉皺了起來。這味道好酸。

「這些是款冬葉。」棘莓告訴他。「對咳嗽很有效。」

小風暴的前腳蹭著其中一片葉子。「怎麼用？」

「先放進嘴裡嚼一嚼，把汁嚼出來。」棘莓順一順地上另一片葉子。「然後把汁吞進去，葉渣吐出來。」

小橡在他們旁邊緊急剎住腳步。「這是從哪兒摘的啊？」

「我在瀑布附近摘的。」棘莓喵聲道。

「我們可以跟妳一起去摘嗎？」小風暴帶著祈求的語氣問道。

棘莓的鬍鬚抽了抽。「也許再過兩個月，等你們都變成見習生再說吧。」

「如果霰星知道我們是跟著妳去，一定會答應的。」小風暴祈求道。

棘莓瞥了河族族長一眼。「你們自己去問他。」

小風暴皺皺眉頭。「也許晚點再問好了。」他以前就問過霰星可不可以出去營地：第一次是問可不可以幫忙貝心狩獵；第二次是問可不可以跟著波爪去巡邏。但答案永遠一樣：「等你們當了見習生再說。」

小風暴欣羨地看著見習生窩。他嗅聞那裡的空氣，聞不到瞌睡蟲的味道。柔掌和白掌應該都去參加黎明巡邏隊了。「這兩個幸運的傢伙。」他咕噥道。

小橡聳聳肩。「我還以為我們要去狩獵咧。」

「我們是要去啊。」

「去哪裡狩獵？」小橡掃視營地。「在莎草叢裡嗎？」

小風暴蓬起毛髮。「我才不要只抓蝴蝶呢。」

「我們可以和獺潑、木毛一起抓小魚啊。」小橡提議道。

小風暴翻翻白眼。「小魚？」

「小魚有什麼不好？」

「你想留在營地裡？」

「那也是沒辦法的事啊。」

「誰說沒辦法？」小風暴用頭輕頂哥哥。「我們偷溜出去，然後就可以像戰士一樣狩獵了。」

「要是又被抓到怎麼辦？」小橡壓低音量。「霰星說如果我們再惹麻煩，就要讓我們再多等一個月才可以當上見習生。」

「他是唬我們的，」小風暴嘲笑道。「霰星又不笨。我們能越早出去巡邏，越早上戰場，對部族當然就越有利。等我當上族長，我會讓小貓想什麼時候出營就什麼時候出營。」

風暴星。這名字真響亮！

「嘿，」小橡用腳爪戳他。「雨花說我先出生，所以應該是我當族長。」

「你當族長？」小風暴搓搓哥哥的耳朵。「你想去抓小魚欸！」他嘲笑道，隨即又很好心地補充道，「等我當了族長，我就任命你當副族長。」

「還真是謝謝你哦。」

「好了啦，我們出去狩獵吧。」

小橡還沒來得及回答，空地上突然傳來貓叫聲。是小田鼠和小甲蟲一路打打鬧鬧地從育兒室裡出來。

「等等我啦！」小花瓣匆忙跟在後面。他們迅速穿過空地，在蘆葦灘前剎住腳步，害小花瓣不小心踩到他們的尾巴。

小甲蟲將鼻子探進獺潑旁邊的一叢蘆葦裡，葉柄沙沙作響。「有看到什麼魚嗎？」

「別把牠們嚇走了。」獺潑嘟囔道，但目光還是沒離開他鼻子下方的那一灘水。

小風暴推推小橡。「我們快走，免得小甲蟲待會兒又找我們問個沒完。」

「往哪邊走？」小橡問道。「我們又不能大搖大擺地從入口出去。」

「去穢物處那裡。然後再從莎草叢鑽出去，進到溼地。」

小風暴帶頭往穢物處的方向走。他低頭鑽過蕨叢，小橡尾隨其後。蕨叢後方是一塊沙地，到處都是方便完的小土堆，味道很不好聞。小橡把一隻腳爪探進莎草叢裡。「從這裡溜出去嗎？」

「讓我看看。」小風暴擠過他身邊，在莎草叢裡探看。這些莎草都很尖銳，老是刺到他的鼻子。但他不管三七二十一地半閉著眼睛往前摸索，直到走進陽光底下。前方就是蔥綠蒼翠的

空曠溼地，蘆葦叢和莎草叢點綴其中，白色花蕊如波浪起伏。

「好大一片哦！」小橡跟在小風暴後面出來，兩眼瞪著前方綠油油的溼地。這片溼地沿著河岸向遠方綿延，在往上直抵有馬兒低頭吃草的大草原。

「我們往河那邊走。」小橡提議道。

小風暴偏著頭。「你不想穿過這片溼地嗎？」

「我們不是要去找獵物嗎？」小橡提醒他。「溼地裡有什麼啊？」

「青蛙？」小風暴猜測道。

「如果你想一整個早上都在那裡追青蛙，那你就去吧，小風暴。」小橡緩步離開。「我要去河那邊。」

「好吧。」小風暴的腳爪陷進潮溼的青苔裡，覺得腳下冰涼，踩起來很有彈性。他跟在小橡後面蹦蹦跳跳，沿著莎草圍牆走。

「等一下！」小橡停了下來。

小風暴差點撞上他。「怎麼了？」

「我們現在離入口通道很近。」小橡低聲道。

小風暴這才認出那條從莎草叢裡邊通到外面、早已被踏平的草徑，就蜿蜒在河岸邊的灌木叢和草叢之間。

「跟我走。」小風暴鑽進小徑旁茂盛的草堆裡。他沿著灌木叢，在柔軟的草葉間摸索前進，遇到路上有水塘，便小心地涉水而過，希望能靠爛泥巴掩蓋他們的氣味。他回頭看了一眼，確定

小橡有跟上來，然後才鑽進小路另一邊的長草堆裡，腳卻忽然踩空，整個身子滾下河岸。

他砰地一聲跌進河邊的泥灘裡，河水輕輕拍打他，他奮力站起，及時閃開也跟著慘叫一聲、跌下河岸的小橡。

毛髮凌亂的小橡一躍而起，抖抖身子。「你還真會帶路。」他嘟囔道。

「又不是我的錯，我對這裡又不熟。」小風暴為自己辯解。「你忘了嗎？霰星根本不讓我們出來。」他注視著下游，黃色的河水平穩地流向遠方，很難想像這和曾經摧毀他們營地的河是同樣一條河。

「你看，踏腳石耶！」小風暴瞄見下游河面有平坦的卵石羅布。「我們可以去陽光岩了。」

小橡瞇起眼睛。「我們為什麼要去陽光岩？它現在是雷族的。」

「才沒有呢！」小風暴氣急敗壞地說。「他們是入侵者。」他瞪著河對岸的陽光岩，下方陰影處有片沙灘。小風暴這時突然愣住。

那裡有隻貓正沿著水邊緩緩移動，不時停下來拔取岩石間和水裡的雜草。「你看！」他嘶聲對小橡說道。

「一定是雷族戰士！」小橡倒抽一口氣。

「戰士？不可能！」小風暴嗤之以鼻。「你看他！他看起來比陽光岩還老。」那隻雷族貓全身毛髮凌亂，厚重的灰毛沾滿芒刺和小樹枝。耳朵邊緣參差不齊，鬍鬚像被啃過的草一樣。

「他在做什麼？」小橡低聲問道。

那隻公貓正沿著河岸專心嗅聞路上的野草，他一株一株地嗅，同時也不忘嗅聞空氣，然後

遲疑了一下，才伸出毛茸茸的腳爪拔取一兩片葉子。

小風暴毛髮頓時豎了起來。「他在偷我們的藥草！」

「老實說，那也不是我們的。霰星把陽光岩讓給雷族了。」

「才沒有呢。他只是暫時不去搶回來而已。再說……」小風暴抬頭看向河面上方那塊巨大的灰色圓石，「那隻老貓是在河岸上，不是在岩石上，河岸是我們的啊。」

「我們要不要回去告訴貝心？」小橡喵聲道。

小風暴瞪著他哥哥。「你怎麼那麼笨啊？」

「他侵入我們的領地欸。」

「如果我們告訴貝心，他不就知道我們偷溜出營地？」

小橡皺起眉頭。「那我們該怎麼辦？」

「我們去把他趕走。」

「趕走？」小橡瞪大眼睛。「我們兩個加起來的個子都沒他大。」

「可是你看看他那副德性！」小風暴直言道。「他連自己都打理不乾淨，顯然不是真的戰士，甚至搞不好不是雷族貓，只是獨行貓。」

「我想我們還是應該回去告訴貝心。」小橡的爪子戳進泥地裡。

但小風暴已經不管不顧地沿河岸緩步走去。「這事我們自己可以處理啦。」

小橡匆匆趕上去。「我們打不贏一隻大公貓的。」

「為什麼打不贏？我們是兩個對一個哦。」

「噓！」小風暴蹲伏下來，沿岸邊匍匐潛行。

「別讓那隻臭貓發現我們。」

全身骯髒的公貓仍一路嗅聞每株植物。

小風暴停下腳步，下腹抵住泥地，感覺毛髮被河水浸溼。踏腳石現在只離岸邊一個尾巴長的距離。現在的他只和第一塊踏腳石隔了一條窄窄的水道。河水流速並不快，但那塊踏腳石附近的水域看起來很深而且水溫冰冷。小風暴繃緊神經，縱身一跳，越過水域，落在第一顆踏腳石上，但腳稍微滑了一下。他覺得腳下石頭很平滑，應該是河水經年累月拍打下的結果。

小橡輕呼一聲，也跟著跳過來。這裡的空間只夠容納他們兩個。「我還是認為我們……」

小風暴彈彈尾巴，捂住小橡的嘴。「噓！」

河水在踏腳石之間汩汩流動，形成小旋渦。小風暴深吸一口氣，跳向另一座踏腳石。他有點頭暈，著地時四腳外張。岩間河水川流不息，那一瞬間，河裡的石頭像是會動一樣。小風暴穩住視線，目光緊盯在陽光岩下方那隻偷偷摸摸的老公貓身上，再跳到另一座踏腳石上，接著是另一座，他壓低身子，暗中祈求水流聲可以掩飾他們的動作聲響。他感覺到小橡跳了過來，毛髮輕拂他的。再跳一次，他們就能抵達對岸了。

小橡在他耳邊上氣不接下氣地說：「他一定會看到我們的！」

「不會啦，只要我們別跳過頭就行了。」小風暴朝河邊一叢錦葵努努嘴。「我們可以躲在它後面。」

他用力往前蹬，一躍而起，然後嗖地鑽進錦葵叢裡。小橡跟在他身邊笨拙著地，四周濺起

潮溼的沙子。小風暴愣了一下，目不轉睛地盯著公貓。**他發現他們了嗎？**

公貓還在拔野草，毛髮絲毫沒有豎起，仍全神貫注在葉子上頭。然後他抬頭看，冰冷的藍色目光掃向小風暴。

「你們以為我沒注意到你們嗎？」他的聲音裡帶了一絲咆哮。

小橡毛髮豎了起來。「我們快走！」

「等一下，」小風暴齜牙咧嘴。「你站的地方是河族的領地！」他朝老公貓嘶聲喊道。

「滾出我們的領地。」

小橡張牙舞爪。「快滾，誰叫你來偷我們的藥草！」

公貓瞇起眼睛。「你們兩個好大的膽子！」他將耳朵貼平。

小風暴突然害怕起來。

「他會宰了我們！」小橡低沉沙啞地說道。

「快跑！」小風暴轉身爬進錦葵叢裡，他在第一座踏腳石上剎住腳步，又一躍而起。

小橡在他身旁著地。「救命啊！」但後腳從石頭上滑了下去，他哀哀大叫，小風暴趕緊抓住他頸背，免得他掉進水裡。

「謝了！」小橡重新站穩，又跳向另一座踏腳石。公貓在他們後面叫囂。小風暴跟在他哥哥後面。

「要擺脫我，沒那麼容易！」那隻老貓咆哮道。小風暴感覺到對方的熱氣就呼在他腳跟下，利爪劃過他的尾巴。失去平衡的他跳向最後一座踏腳石，但他的腳卻撞上水面，一頭栽進

河裡。

星族快救我！

他撞到岩石的底座，臉部一陣劇痛。冰冷的河水吞蝕了他，整個世界頓時暗了下來。小風暴胡亂拍打著四隻腳，想要浮出水面，但完全不知道哪裡才是水面。沙礫劃破他的肚皮，然後是他的背脊，他像枯葉一樣被河水捲進下游。

他睜開眼睛想尋找光亮，但河水刺痛了他的眼睛。幢幢黑影從他身邊飛掠而過。他奮力抵禦水流，試圖游出水面，卻又撞上水裡另一座岩石，他一口氣差點喘不上來。他鼓起胸腔，死命掙扎，不讓河水拖他下去。這時突然看見有影子朝他移動，是隻母貓，橘白相間。幽暗中，他竟然看得出她的身形。

是星族來接他了嗎？恐懼緊緊攫住小風暴，他更是費力掙扎，想浮出水面吸進空氣，抓住什麼，就是不想讓自己被沖進星族的天家。他還不想死。

橘白相間的貓朝他游近了點。**走開！我不要跟你去！**小風暴心裡吶喊。

「別擔心，小東西。」他聽見那隻貓的聲音，彷彿就在他耳邊低語，即便她離他仍有一條尾巴之距。「你的時辰還沒到。光明的前途正等著你。」她那雙琥珀色的眼睛在綠色河水裡閃閃發亮，接著就消失不見了。

這時有牙齒咬住小風暴的頸背，猛地他被拖出滾滾河水，身子懸掛在泥毛嘴巴下方。棕色戰士逆流游回岸邊。小風暴大口吞進空氣，不停地咳嗽與顫抖，突然感覺到臉頰異常劇痛。

泥毛從河裡爬上來，跳上岸邊。

「他沒事吧？」小橡喊道。

小風暴聽見他哥哥的聲音，但沒辦法睜開眼睛，他整個臉都像被火燒一樣，感覺到有液體從唇間冒出，嚐起來像血的味道。他開始發抖。**我到底怎麼了？**

泥毛沒有說話，也沒有放他下來，一路叼著他，沿小徑直接往營地走。

「他怎麼了？」

小橡害怕的聲音令小風暴更加不安。泥毛每個腳步所傳來的振動，都像閃電打到他的臉一樣。小風暴想睜開眼睛。但只模糊看見草地、莎草叢、柳葉在他眼前不停掠過。他可以聽見自己的呼吸。他全身發冷，腳爪都麻了。

你的時辰未到，你的時辰未到。他一直沒忘記那隻貓兒說過的話，他不斷在心裡反覆這句話，彷彿是向星族祈禱。當泥毛低頭穿過莎草通道，進入營地時，他聞到棘莓的味道。

「你在哪裡找到他的？」雨花的尖銳嗓音劃破四周焦急的低語聲。「小橡？小橡呢？」

「我在這裡。」

「發生什麼事了？」

「小風暴跌進水裡，臉撞到踏腳石。」

相較於其他喵喵聲，棘莓的聲音聽起來鎮定多了。「泥毛，把他送進我的窩裡。」

他經過一個又一個模糊的身影和一雙又一雙憂慮的眼睛。他經過深橄欖綠的莎草叢，進入棘莓幽靜的綠色巫醫窩裡。這裡空間很大，幾乎像空地一樣大，四周是厚重的莎草牆，旁邊凹洞裡的臥鋪是棘莓睡覺的地方。小風暴聞到他母親朝他接近，那味道滲著恐懼。

雨花繞著他轉，身子輕輕刷過棘莓，當泥毛將小風暴輕輕放下時，她輕推了一下棕色公貓。「他怎麼會把自己搞成這樣？」

「讓我看看。」棘莓把貓后推開。

小風暴想看清楚白色的巫醫，但只看見她毛髮上的黑斑在他眼前游動。

「他的臉！他那張漂亮的臉！」雨花的哀號給他帶來新一波的恐懼。

他臉朝下的在泥地上緊緊縮成一團，這時泥毛的毛髮輕輕刷過小風暴的腰腹。「走吧，雨花，去看看小橡，他也嚇壞了。」

戰士帶著雨花走出巫醫窩，棘莓傾身靠近小風暴。「別擔心，小東西，我會照顧你。」

小風暴呆呆地躺在地上，渾身發抖，棘莓離開了一會兒，等她再回來時，顯然帶回了一種味道很酸的東西。

「我會把汁從你嘴巴旁邊擠進去，」她告訴他。「味道不是很好，吞下去的時候，會覺得痛，但你一定要吞。」她的語氣堅定。「這東西會讓你舒服一點。」

小風暴想說話，但有種很怪的感覺，嘴巴好像很厚。突然一陣劇痛令他嚎叫起來。

「這裡頭濃縮了柳樹皮、百里香和罌粟。」棘莓繼續說道，聲音低沉溫柔。

小風暴感覺到他嘴巴旁邊溼溼的，有液體流進嘴裡。他強迫自己吞下，即便他痛得要命。

「你好乖，」棘莓用尾巴搓搓他的腰腹。「先好好睡一覺，等你醒來，就會舒服多了。」

她一邊說，一邊拉些青苔過來塞在他周圍，直到他覺得溫暖舒適為止。她的聲音在他耳裡漸成低語，最後連綠色的空地和嗆辣的藥草味也都沒入了黑暗。

第四章

小風暴對著母親眨眨眼睛。「妳要走了？」

「我得走了。」雨花抬眼看著天空。

她為什麼都不看我？

「現在魚都游回河裡了，得經常去狩獵。」

小橡把腳爪擱在小風暴的臥鋪邊。「我留下來好了。」他承諾道。

小風暴試圖捕捉他母親的目光。「可是我想告訴妳我昨晚抓到的飛蛾。」

他待在巫醫窩裡已經一個月了，都不能出去玩，剛好有一隻倒楣的蛾飛進棘莓窩裡，他單靠一隻腳便在空中抓到牠。

小橡移近了點。「你可以告訴我啊。」

「那隻蛾好大。」小風暴朝他母親傾身，但雨花已經往入口處走了一半。

「我答應波爪會加入他的巡邏隊。」她大聲說道。

「雨花！」棘莓從莎草牆裡儲存藥草的小凹洞裡出來，毛髮上沾著奇怪的味道，口鼻處

沾黏了些碎葉，她剛剛在裡頭整理藥草。

雨花停住腳步。「什麼事？」

「小風暴今天就可以回育兒室了。」棘莓告訴她。

「是哦，」小橡滾進小風暴的臥鋪裡，嬉鬧地用後腳踢他。「太棒了，走吧，懶骨頭！」

「所以他好了？」雨花神情黯下，她瞥了小風暴一眼。「妳沒有其他更好的辦法嗎？」

小橡當場愣住，後腳抬在半空中。

「他現在耳聰目明的，」小風暴聽得出來巫醫話裡的尖銳。「已經可以像其他小貓一樣遊戲和練習狩獵技巧，妳還想要求什麼？」

雨花轉身低頭鑽進通道，「好，那就送他回育兒室吧。」她大聲道，尾尖消失在入口處。

小風暴偏著頭問：「雨花怎麼了？」

「她只是忙狩獵忙累了。」小橡喵聲道。

棘莓縮起爪子。「忙累了。」她冷淡地重複道。

小橡用尾巴彈彈小風暴的耳朵。「走吧！」他跳出柔軟的青苔臥鋪。「你躺得太久，我們得幫你減肥了。再過不到兩個月，我們就要升格為見習生了。」

「恐怕不行哦。」棘莓穿過窩穴。

小風暴的心突然一個抽緊。「這話什麼意思？」

棘莓的藍色眼睛異常清澈。「小東西，你得再等一陣子才能成為見習生。」

小風暴跳出自己的臥鋪。「為什麼？」他身子下方的四隻腳微微顫抖。

「你的下巴斷過。」棘莓提醒他。

「可是它已經好了。」小風暴告訴她。他張張合合自己的嘴巴，想證明給她看。雖然感覺有點僵硬和歪斜，但他知道骨頭都長好了，那種痛不再像以前那樣難忍。

「你這半個月幾乎沒吃什麼東西，就連現在，胃口也還不是很好。」棘莓的目光掃過小風暴的下腹。「在你接受見習生的訓練之前，得先把肚子填飽。」

「沒問題啦，」小橡喵聲道。「我敢打賭就算你晚一點才能接受訓練，也會很快趕上我的。」他用肩膀推推小風暴。

他這麼一推，小風暴竟然差點跌倒。小橡什麼時候長得這麼高大的？他現在看上去既結實又壯碩，反倒比較像是見習生而不是小貓。站在他身邊的小風暴，顯得好瘦小，肚皮是扁的，四隻腳又弱不禁風。小風暴坐了下來，心想會不會因為這樣，就再也當不成戰士？他還想當族長呢！如果他必須晚一點才能升上見習生，以後還有機會當族長嗎？

棘莓用鼻子碰碰他的頭。「小橡說得對，」她低聲道。「你很快就會長高長大，只要吃得飽，多做運動，星族會保佑你的。下個新葉季，你一定會長得像貝心一樣高大。」

星族會保佑我。「我一定要變得高大強壯，成為有史以來最厲害的見習生。」

小橡朝入口彈彈尾巴。「走吧！大家都好想見你。」他蹦蹦跳跳地走開，小風暴緊跟在後，他突然好興奮，終於可以離開巫醫窩到營地去了。

「謝謝妳，棘莓。」他回頭喊道。

「明天我再幫你檢查一下，」棘莓承諾道。「答應我要多吃一點，累了一定要休息哦。」

第4章

小風暴衝進空地，刺眼的陽光令他有些暈眩。河水潺潺流過蘆葦灘，微風輕拂，蘆葦沙沙作響。倚著樹幹搭建而成的戰士窩已經落成。見習生窩的外牆早已覆滿一層青苔，至於育兒室仍倚著莎草圍牆，看起來就像以前那樣舒適溫暖。霰星的族長窩也重新蓋好，是依著老柳樹的地上盤根，以柳樹的葉柄織編而成。小甲蟲、小田鼠和小花瓣正追逐著空地上的一顆青苔球。泥毛跟杉皮躺在陰影處。貝心正在和霰星、亂鬚、還有鳥歌坐在坡頂共食獵物，柔掌剛從長老窩裡拖出一坨腐朽的青苔。

「妳快弄完了嗎？」她的導師憩尾從營地入口處喊道。「我想教妳一招新的格鬥技巧。」

「我馬上就好了。」柔掌回答道。

小風暴深吸一口氣，聞到令他垂涎的鮮魚味。「你餓了嗎？」他問小橡。

「黎明巡邏隊回來的時候，我就吃過了，如果你想吃，那裡還有一些獵物。」他彈彈尾巴，指指蘆葦灘旁那一堆肥美的鱒魚。「我去幫你拿一條來。」小橡跑開。

「小風暴！」泥毛宏亮的喵聲從空地另一頭傳來，他爬了起來，緩步穿過空地。「真高興見到你出來走動了。」

小田鼠接住小花瓣剛丟過來的青苔球，轉身注視他們。「小風暴！」他球一扔，直接衝過空地，小甲蟲和小花瓣緊跟在後。他們從泥毛腳底下鑽過來，在小風暴面前剎住腳步，差點害棕色公貓跌倒。

小田鼠上氣不接下氣。「你……你還好嗎？」

小花瓣從她哥哥旁邊擠過來。「我們一直拜託雨花讓我們去看你，可是她不肯。」她的眼

睛閃閃發亮。「是不是，泥毛？」她焦急地抬頭看棕色戰士。

為什麼她的話聽起來怪怪的？

泥毛在小貓後面坐下來。「你在生病，她擔心你體力不行。」

小風暴皺皺眉。他曾經求雨花讓貓兒們來看他。他的病有嚴重到誰都不能見嗎？他是很痛，沒錯，可是才過了半個月，他就在臥鋪裡待煩了。

小甲蟲瞪著他看。「你看起來好怪哦。」

「噓，小甲蟲。」迴霧快步穿過空地，走了過來。「他受了那麼重的傷，能復原成這樣，已經不錯了。」她舔舔小風暴的額頭。「真高興你從巫醫窩裡出來了。」她喵嗚道。「你不在，育兒室變得好安靜。」她瞥了一眼小田鼠。「哦，應該是還算安靜。」

小田鼠吞吞口水。「我們……呃……在育兒室的角落搭了一個練習場。」他移開目光。「你一定會喜歡的。我們是用香蒲和青苔在練習。」

「晚一點再帶他去參觀。」迴霧要她的小貓安靜點。「他現在需要的是陽光和食物。」她看了小風暴一眼。「而且需要很多很多。」

就連迴霧的語氣聽起來都怪怪的。

小風暴皺起眉頭。「小橡去幫我拿獵物了。」他告訴她。

「小風暴！」鳥歌的喵聲從河岸的坡頂傳來。

「小風暴從巫醫窩裡出來了嗎？」亂鬚出現在鳥歌旁邊，他的尾巴纏繞著她的背。

小風暴的目光越過他們，看向他父親，這時貝心已經站起來，跳下斜坡。「小風暴！」他

用鼻子頂頂小風暴的臉頰，彷彿好幾個月沒見到他。

小風暴扭開身子。「你不是昨天才來看過我。」

「只是好高興你終於離開巫醫窩了！你有好多事情得趕緊學會。我已經在訓練小橡了，好讓他在升上見習生之前先做好準備。你也要盡快趕上。」

小風暴喵嗚一聲，目光掃過空地，納悶小橡到底拿到魚沒有，他的肚子正咕嚕咕嚕叫著。他突然愣住。波爪正在老柳樹的下方盯著他看，但這位銀黑相間的戰士一碰到小風暴的目光，便趕緊移開視線。

整個部族都怪怪的。

小風暴滿頭霧水地轉過頭來面對旁邊這群友善的面孔。只見大家都忙著說自己有多高興見到他，又有多想念他，可是看他的目光就是有點怪，他們都沒有直接看著他。

小風暴忽然驚覺到，說了很多好聽的話，但沒有一個敢直視他的臉。寒意突然席捲他全身。

他從迴霧和泥毛旁邊擠出來，往蘆葦灘走去。

「小風暴？」小橡把叼在嘴裡的魚放回地上，小風暴從他身邊衝了過去。

他在岸邊停下腳步，這裡有一灘清澈的水，他低頭去看。

「小風暴！」

他幾乎聽不見小橡的喵聲。他瞪著水中奇怪的倒影。那不是他的臉！這隻貓從耳朵以下的下巴整個扭曲變形，臉頰下面幾乎看不到下巴，上唇以下嚴重凹陷，鼻子歪擠到一旁，舌頭外露在旁邊，像條粉紅色的肥蟲垂在上下兩排牙齒之間。

「我怎麼了？」他低聲道。

小橡靠近他。「你能撿回一條命已經很幸運了。」他說得很直接，伸長尾巴搓搓小風暴的背。「棘莓擔心你會死於驚嚇過度而不是感染，她已經盡了最大的努力讓你活下來。貝心每晚都守在你身邊。」

「那雨花呢？」難道這就是他母親很少來探望他的原因？只因為他太醜了？

「雨花很難過。」小橡告訴他。

小風暴覺得有罪惡感。「對不起。」他低聲道。

「對不起什麼？」

「我傷透了雨花的心。」

「別這麼說，這不是你的錯。」小橡的聲音聽起來像哽在喉嚨裡。「來吧，」他坐下來，用鼻子把小風暴從水邊推開。「我們要把你養胖！」

小風暴由他哥哥帶著他走到剛剛扔下魚的地方。但他只覺得自己那麼虛弱無力。

「快吃吧。」站在魚旁邊的小橡命令道。

小風暴蹲下來咬了一口，幾乎食而無味。每當他把歪掉的舌頭移過來時，就會有種很怪的感覺。當他咬合他的嘴，試圖咀嚼時，也覺得很怪。但以前在巫醫窩裡，這些動作似乎都很正常。每當他笨拙地大口吃著棘莓帶來的魚時，她都會告訴他，咬合的感覺奇怪是因為你正在復元當中。可是他現在好多了，也已經回到了族貓身邊，為什麼吃起東西來還是很費力呢？他吃東西的樣子一定也很怪，他必須一邊吃，一邊小心食物從嘴巴旁邊掉出來。他抬頭張望，懷疑

有別的貓在盯著他看。

「我做不到。」他低聲道。

「你可以的。」小橡撿起那條魚，走到地上橫木枝椏的後方。「過來這裡。」他用尾巴示意小風暴過來。「這裡很安靜，你可以安心吃。」小橡把魚推給小風暴，緩步走回空地。

小風暴的肚子咕嚕咕嚕叫，彷彿在提醒他，他還很餓。躲在樹幹後方的他，又咬了一口魚，然後抬頭看有沒有貓兒在看他。還好小橡幫他找到一塊最隱密的地方。他鬆了口氣，感激地大口吞下獵物。他坐起來，發現腳下有一堆魚的碎渣，都是從他嘴裡掉出來的。小風暴趕緊在鬆軟的地上挖個洞埋起來。這時小橡突然出現在樹枝那頭。他連忙跳起來，窘到全身發燙。

「你吃完了？」

小風暴點點頭。

「來吧，去看看我們在育兒室準備的訓練場。」

小風暴跟著哥哥鑽進育兒室。「哇嗚！」他開心地看向窩穴深處，地上鋪滿青苔。他旁邊的小橡往前一躍，跳上那片青苔。「這樣一來，就算跌倒，也不怕摔傷了。」

「那些是什麼？」小風暴抬頭看見育兒室牆上插了幾根肥厚的香蒲頭。

「看我的！」小橡蹲下來，頭往後仰，專心看著香蒲，一躍而起，在半空中伸出兩隻前腳去構那棕色的香蒲頭，再以後腳敏捷著地，在地上與香蒲頭扭打。

「好厲害哦！」小風暴興奮了起來。「我可以試試看嗎？」

「當然可以，」小橡喵聲道。「這就是它的功用。我和小田鼠每天早上都會爬上去插上新

的香蒲，就是為了練習狩獵技巧。等我們開始接受訓練時，我們早就學會在三條尾巴遠的地方襲擊老鼠了。」

窩裡一陣窸窣作響，小田鼠、小甲蟲和小花瓣爭先恐後地擠進來。

「嘿，是我先到的！」小甲蟲抱怨道，因為小花瓣搶先穿過臥鋪，衝到練習場的角落。

「小風暴，你試過嗎？」小田鼠蹲低，搖擺後腿，一個箭步衝上牆面，攫住其中一顆香蒲頭。

小風暴把肚皮貼在地面，抬頭去看。正上方剛好掛著一顆肥胖誘人的香蒲頭。他瞇眼一躍而起，想搆到毛茸茸的香蒲頭，爪子猛地一拍揮空，就跌回青苔。「可惡的青蛙大便！」

「你差點就成功了！」小花瓣語帶鼓勵地說道。

小風暴甩甩尾巴。「差一點就是不夠好。」

他身後的臥鋪窸窣作響，迴霧鑽進育兒室，目光溫柔地看著小風暴。「真高興你回來了。」

小花瓣喵嗚說道：「他在試用這個小練習場，他已經可以跳得很高了。」

小田鼠看著牆面若有所思。「我們得再多加點香蒲。」

育兒室微微震動。「你們不會是想把更多青苔塞進那個角落吧？」雨花擠進來坐下。她舔舔自己的腳，再用腳爪梳整她那淺灰色的臉。

「你們為什麼不能像小貓一樣到外頭去玩呢？」

「好，」小橡把小風暴推到入口。「走吧，」他向其他小貓喊道。「我們去玩青苔球。」

小甲蟲蹦蹦跳跳地穿過育兒室。「我要當捕手！」他喵聲道。

「你上次也當捕手。」小花瓣跟在他後面爬出去。

室友們從小風暴旁邊擠過去，他差點被牆角一堆鋪好的蘆葦絆倒。「這是什麼？」它看起來像個臥鋪。是有新的貓后要搬進來嗎？

雨花停下梳理的動作，「那是你的臥鋪。」她喵聲道。

「我的臥鋪？」他不是應該像以前一樣和她及小橡睡在一起嗎？

「你需要有自己的空間，」雨花告訴他。「你的下巴還在痛，可能會睡得不安穩，我不希望你干擾到小橡的睡眠。」

小風暴朝他母親眨眨眼。「我現在不會痛了，」他喵聲道。「我保證我不會吵到他。」

「你還是自己睡吧。」雨花又開始梳理自己。

小田鼠推推小風暴的肩膀。「走吧，我們去玩！」

小風暴看著他母親。她生氣是因為他曾經害她太過擔心嗎？

貝心低頭鑽進入口。「你們都安頓好了嗎？」

「我得睡在自己的臥鋪裡。」小風暴咕噥說道。

貝心瞇起眼睛。「小橡，你也有自己的臥鋪了嗎？」小橡低頭看著自己的腳。

「雨花，」貝心的聲音有點像咆哮。「我們到外面去，我有話跟妳說。」

雨花跳出臥鋪，背上的毛髮全豎了起來。

「來吧，小貓們，」迴霧故作開心地喵聲叫道。「要不要再練習跳一次？」

「可是我們要出去玩欸。」小甲蟲的喵聲被育兒室牆外貝心的怒吼聲淹沒。

「他自己的臥鋪？」

「他終究得長大！」雨花回答道。

「可是小橡就能睡在妳臥鋪裡？」貝心嘶聲道。

「小風暴在巫醫窩待了那麼久，應該已經習慣自己睡了。」

貝心嗤之以鼻：「虧妳現在還在叫他小風暴。」

「我會一直叫這個名字，直到霰星同意正式改掉為止。」

「所以妳還是堅持要把他的名字改成小曲？」

小風暴愣住了。小曲？

「這名字比較適合他。」

「妳不覺得這太殘忍了嗎？」

「當初如果他待在營地裡，就不會發生意外，」

所以她真的在怪我？

雨花繼續說道：「也不會變得這麼醜，」他母親的冰冷話語令小風暴作嘔。「他就還會是我以前那個英俊的小戰士。」

他開始發抖。這時突然有輕軟的毛髮從他身邊刷過，原來是迴霧依偎過來。

而貝心還在外頭對著他的伴侶貓大吼。「妳有沒有想過小風暴的感受？」

「他早晚得習慣。」雨花反駁道。

「習慣什麼？」憤怒使貝心的聲音變得尖銳。「他的新名字？他生命中的傷痕？還是被他母親拒絕的事實？」

「這場意外又不是我的錯！為什麼要由我來承擔？」雨花呸口道。

小風暴胸口突然抽緊，忍不住嗚咽。

「她太傷心了，」迴霧在他耳邊低語。「她不知道自己在說什麼。」

貝心的聲音低了下來。「雨花，我沒有想到妳可以這麼無情，」他憤憤說道。「如果妳堅持要霰星重新命名，我們不再是伴侶。我無法和妳同睡在一張臥鋪或者和妳分享食物。」

「隨便你。」

小風暴再也聽不下去了，他跳起來，衝出育兒室。「拜託你們不要吵了，我不介意自己睡，也不介意換個新名字！」他哭號道。可是雨花已經穿過空地朝霰星的族長窩走去，似乎完全沒聽見他的話。小風暴以祈求的眼神看著貝心。「不要為了我吵架。」

「不是為了你，」貝心用尾巴圈住小風暴。「是她。」他瞪著雨花的背影，眼中燃燒怒火。

棘莓正快步朝他們走來。「還習慣育兒室嗎？」但她一瞄到貝心的眼神，原本快活的語調立刻中斷。她轉身看見雨花消失在霰星的族長窩裡。「她真的要這麼做？」

貝心點點頭。棘莓閉上眼睛，隨後又眨眨眼張開，看著小風暴。「小風暴，季節會改變，但河族始終都是河族。貝心的背上無論是曬著陽光還是鋪滿雪花，都一樣勇敢和忠誠。所以你的名字不管叫什麼，你都擁有一顆戰士的心。」她用鼻子輕觸他的頭。

族長窩入口的青苔簾幕微微震動，霰星大步走了出來。雨花跟在後面。「請所有會游泳的成年貓全數集合，我有事宣布。」河族族長莊嚴地說道。

「也許我也該改個名字。」棘莓朝霰星走去。「我應該叫吞藥草才對。」她被自己的玩笑

話給逗得喵嗚笑。「我說的對不對？」她回頭看看小風暴。「因為我的工作老是叫你們把藥草吞下去。」

小風暴一無感覺地跟在後面，他想笑出聲，卻覺得喉嚨乾澀。

棘莓停下腳步，低頭看他。「星族會保佑你，」她的藍色眼睛看進他眼裡。「這是天命的一部分，只有祂們才懂，但你必須相信祂們會引導我們，祂們對你的關心並不少於對任何一隻族貓的關心。」

小風暴眨眨眼睛，巫醫這才轉身快步離開。他很想相信她，但為什麼星族要讓這種倒楣事發生在他身上呢？

鱒爪、鳥歌和亂鬚從斜坡走下來，迴霧也把小田鼠、小花瓣和小甲蟲從育兒室裡趕出來。

「他怎麼可以在小貓成為見習生之前就改他名字呢？」小田鼠抗議道。

「噓！」迴霧拿鼻子頂他，要他走快點。

霰星等待雨花走到他身邊，這時族貓已經在空地邊緣集合好。

「發生什麼事了？」爍皮低聲問道。

憩尾聳聳肩。「我不知道欸，現在就把小貓升格為見習生，不是太早了點嗎？」

柔掌抬起下巴。「也許我們要升為戰士了。」她嘶聲對白掌說道。白掌一臉狐疑地看著他的導師，可是木毛正在和獺潑低聲說話，眼色黯沉。

小風暴心跳好快。他試圖捕捉雨花的目光，但她只是直視前方。

「小風暴，你過來這裡。」霰星的喵聲溫柔。

小風暴全身發抖，慢慢走進空地。他眼神失焦，四處張望，突然間，那些熟悉的面孔似乎都變得陌生，充滿威脅。他在做噩夢嗎？

「我召集全部族的目的是要賜你一個新的名字。我很遺憾你受了這麼嚴重的傷。全部族都知道你向來勇敢。」他的喵聲溫和，帶點同情。「小貓咪，你的新名字或許能說明你現在的長相，但不足以形容你的心。我知道你就像任何一位戰士一樣真誠和忠心。你要勇敢接受小貓時期的這個名字，等到榮升為戰士時，也要敞開心胸接納它。」

小風暴點點頭。

「從今天起，你將更名為小曲。」

小風暴試圖不去理會族貓們驚愕連連的低語聲。他的目光越過霰星，思緒一片混沌。**可是我是在暴風雨裡誕生的，我叫小風暴。**這樣以後他要怎麼成為風暴星呢？

突然間他看見莎草叢暗處出現橘白相間的身影。是河裡那隻貓！她的毛髮閃閃發亮，彷彿氤氳霧氣裊繞。他嗅聞空氣，發現只有熟悉的族貓氣味。她一定是星族貓。**星族會保佑你。**棘莓的話言猶在耳。那隻橘白相間的貓是來提醒他這個承諾嗎？**小東西，別擔心。**他又聽見她的聲音了。**你的時辰未到，你有不凡的天命等著你。**

「小曲，」他低聲唸出自己的新名字。「我叫小曲！」他環顧族貓。但沒有貓兒敢迎視他的目光，只有那隻橘白相間、全身發亮的貓兒。她的琥珀色眼睛眨也不眨地炯炯看著他。**她相信我！**突然間，小曲心中燃起一絲希望，他抬高下巴。

「我叫小曲！」他再度大聲宣布。

第五章

「不行，」雨花爬進臥鋪，轉了幾圈，準備就寢。「你到底要我告訴你多少次？他得習慣自己睡才行。你這樣子只會害他夜裡睡不好。如果他想長大，就得有充足的睡眠。」

小曲不自覺地縮起身子。他已經獨睡臥鋪一個月，內心的痛苦不減反增。田鼠掌、甲蟲掌和花瓣掌都已經升為見習生，搬進見習生窩了。迴霧也搬回戰士窩。小曲蜷縮在自己的臥鋪裡，鼻子藏在腳掌底下。如果他沒有摔斷下巴，雨花就會繼續愛他，而不是把他的醜陋當傳染病一樣避之唯恐不及。他試圖取悅她，試圖彌補這場意外所帶來的母子裂痕。他幫她去獵物堆取食物，她要求他停止。他提議幫忙清理她臥鋪裡的青苔，她搖頭拒絕。

「你清你自己的就行了，」她告訴他。「柔掌會清理我們的。」

小曲把鼻子緊緊埋在腳掌下。他的肚子咕嚕咕嚕叫，他的下巴在痛。稍早前，他好不容

易吃完魚的尾巴，下巴就開始痛了，害他無法再繼續咀嚼。如果不能吃東西，他怎麼長大呢？怎麼成為見習生呢？

「小曲！」

田鼠掌在叫他。小曲眨眨眼睛睜開來。綠葉季的太陽已經隔著蘆葦牆縫將陽光灑了進來。雨花的臥鋪是空的。難道他錯過了小橡的命名大典？

「黎明巡邏隊帶獵物回來了！」

小曲全身無力，好不容易才爬起來，跌跌撞撞地走出育兒室，四條腿仍在發抖。

田鼠掌正繞著貝心蹦蹦跳跳。「你看他抓到了什麼！」

貝心嘴裡叼著肥碩的鱒魚，把牠丟在小曲的腳下。小曲嚇得往後一彈，這魚的體積簡直跟他一樣大。貝心喵嗚笑：「有一天你也會抓到這麼大條的魚。」他從獵物身上咬下一塊肉。「吃掉牠吧。」他把肉丟在地上。「剩下的我拿去給長老。亂鬚一定不敢相信自己的眼睛。」

小曲看著他的父親叼著那條魚走遠，這才低頭看著腳下那塊魚肉。田鼠掌看著他。即便鮮美的味道令小曲口水直流，但他無心理會那塊魚肉。他把口水嚥了回去，免得從歪掉的下巴流淌出來。「霰星已經給了小橡見習生封號嗎？」他問道。

「還沒。」田鼠掌瞥了一眼霰星的窩。族長窩入口處青苔簾幕間，有條淺灰色的尾巴正在抽動。「雨花想在典禮舉辦之前先和霰星談一下。」

也許她在要求霞星也把我升為見習生！小曲心中燃起一絲希望。

「她告訴過迴霧，她覺得只有一個戰士夠資格訓練小橡，」田鼠掌繼續說道。「她想確定霞星會挑選他。」

「哦，」失望緊緊攫住他。「是哪位戰士？」

田鼠掌聳聳肩。「誰知道？」他看了一眼那塊魚肉。「你要不要吃啊？」

小曲猶豫了。他很餓，可是他不想在田鼠掌面前進食。他現在吃東西時還是會像長老一樣嘴裡掉出食物渣。「給你吃吧。」他把牠踢給田鼠掌。

「謝了！」田鼠掌蹲伏下來，開始大啖。小曲的肚子咕嚕咕嚕叫。

「請所有會下水游泳的成年貓全數在空地集合！」霞星正從他窩裡慢慢走出來。

杉皮從莎草叢裡鑽出來。一隻死青蛙吊在他嘴巴底下。憩尾從老柳樹上頭跳下來，轉身喊柔掌。「我們晚點再練習潛水。」

柔掌笨拙地從樹幹上爬下來。「我不知道我們為什麼要學爬樹，這根本不合理。」

亂鬚從長老窩裡探出頭來。「典禮開始了嗎？太陽都還沒完全出來呢！」他咕噥道，但還是緩步走下斜坡，鳥歌和鱒爪跟在後面。

矛牙弓身跳出蘆葦灘，嘴裡咬著一坨蘆葦。他把蘆葦放在地上，身上仍滴滴答答地滴著水。爍皮跟著他爬回岸上，嘴裡也叼著一坨溼淋淋的蘆葦。她放下蘆葦，抖抖光滑的黑色毛髮，甩掉水珠。湖光正在附近打盹，水珠濺到她，嚇得她趕緊跳起來。

「對不起，」爍皮彈彈尾巴。「我沒看到妳。」

「沒關係。」那隻母貓舔舔身上溼掉的毛髮。「正好讓我涼快一點。」

棘莓從巫醫窩裡出來，坐在柔掌旁邊，這位見習生正在舔自己的胸口，一身雪白的毛髮被覆滿青苔的柳樹映成虎斑色。

白掌從穢物處入口匆匆出來。「我有沒有錯過什麼？」他繞著他的導師轉。

木毛坐了下來。「還沒開始呢。」

小曲不知道該坐在哪裡。貝心坐在霰星旁邊。雨花坐的位置離族貓有段距離，小橡坐在她身旁，雙眼發亮。小曲很想穿過空地去預祝他好運，但他知道雨花會大聲趕他走。

棘莓朝小曲彈彈尾巴。「過來跟我坐。」他一走過去，她便用尾巴搓搓小曲的背。「這裡不錯，但有點冷。」

他在柳樹下方傍著棘莓坐了下來，這時迴霧也走過來坐在他旁邊。「我想你一定會以你哥哥為榮的。」

小曲喵嗚一聲。再過一會兒，小橡就會成為全部族裡最強壯和最勇敢的見習生了。「他會像貝心一樣成為偉大的戰士。」

「我想小橡好像在找你。」棘莓推推小曲，他才回過神。小橡正看著他，嘴裡不知在說什麼。小曲試圖從他嘴型看出意思。他好像是叫他「曲掌」。**原來他希望我也能得到見習生的封號。**他的心裡頓時泛起一股暖意。**不會等太久的。**他默默承諾。

霰星垂下頭。「小橡，請上前來。」

小橡緩步向前。這時霰星又喊出另一個名字。「貝心！」

小曲眨眨眼睛。霞星要讓貝心當小橡的導師？族裡向來不會讓做父親的擔任自己孩子的導師。他看看雨花，只見她兩眼正在發亮。原來這是她早計畫好的事。小曲的心突然冷了。

霞星的目光掃過族貓。「貝心和小橡都很勇敢、強壯和忠誠。」他向他的副族長垂下頭。「貝心，你會好好訓練你的見習生，讓他青出於藍甚於藍！讓橡掌成為一名可以帶領河族更上層樓的好戰士。」

「橡掌！」雨花第一個出聲附和。

「橡掌！」田鼠掌、花瓣掌也開始出聲附和。木毛和亮天熱情地甩打尾巴，跟著喊道。

小曲掃視蘆葦叢，尋找橘白相間的身影。那隻星族貓曾經來過，今天還會再來提醒他的未來天命嗎？或者橡掌也有同樣的天命？

「快加入啊！」小曲聽到耳邊棘莓的催促，這才發現自己還沒大聲喊出他哥哥的新封號。

「橡掌！橡掌！」他朝遼闊的藍天大聲呼吼，**哦，星族，請幫助他成為一名偉大的戰士！**

正當他在心裡默默為他哥哥祈禱時，橡掌朝他慢慢走來。

「謝謝你。」橡掌低下頭，用下巴摩搓他的。「希望我們很快能一起接受訓練。你是我弟弟，只要你需要我，我隨時都在。」

小曲喵嗚笑了，他的妒嫉消失了。他真的好愛橡掌，他根本不在乎自己少什麼，只要他哥哥一切都好就行了。他只是希望雨花對他們兩兄弟的愛是同等的。

橡掌目光炯炯有神看著霞星。「我保證我一定會認真練習，盡全力成為最優秀的戰士。」

雨花穿過空地。「親愛的，你表現得很好。」她對橡掌喵嗚說道。

貝心擠了過來，擋在她前面，用鼻尖輕觸橡掌的頭。「我希望你要比其他見習生來得更認真、更賣力，」他警告道。「我不希望有別的貓兒說因為你是我兒子，我就對你放水。」

「我的想法跟你一樣！」橡掌挺起胸膛。

貝心瞥了小曲一眼。「我教橡掌的招式，有部分也可以拿來教你。」他承諾道。小曲聽見他這麼說，興奮到連腳爪都像在滋滋作響。

「別傻了，」雨花嗤之以鼻。「他個子太小。」

小曲瞪著她看，歪扭的下巴微微張開，但很快又閉上嘴巴，把話吞了回去。也許她是對的？他已經盡量多吃了，但個子還是長不大。

花瓣掌和田鼠掌從他鼻子前面鑽過來，擠在他哥哥旁邊。「好樣的，橡掌！」

小曲向後退了幾步。

「是啊，」甲蟲掌從他弟弟妹妹旁邊擠進來，聳起肩膀。「是啊，好樣的，不過我現在終於知道為什麼貝心不能當我的導師了。」

「拜託，甲蟲掌，」花瓣掌用鼻子推推她哥哥的面頰。「你怎麼可以因為你是霰星的兒子，就認定一定是副族長當你的導師。你又不是不知道霰星幫我們挑的都是最適合我們的導師。」

甲蟲掌嗤之以鼻。「所以他才選定獺潑來當我導師囉？」

「噓！」田鼠掌嘶聲道。

甲蟲掌一臉茫然地瞪著田鼠掌那張僵住的臉。「噓什麼噓啊？」

獺潑早就穿過空地，站在她的見習生後方，白黃相間的毛髮在陽光下閃閃發亮。「也許他

覺得你必須先學習尊重？」她提議道。

甲蟲掌連忙轉身，毛髮倏地蓬了起來。「對不起。」

獺潑厲色看他。「我想你這個下午最好去清理一下長老窩，不用去練習格鬥技了。」

甲蟲掌臉色一沉，但沒敢爭辯。「好吧。」他拖著腳，緩步走開。

花瓣掌急忙趕了上去。「我來幫你。」

「也許你也應該去幫忙。」貝心對橡掌喵聲說道。

「我的第一個見習生任務！太棒了！」

小曲看著他跑開，心裡很是欣羨。他的母親這時突然開口說話，語調尖銳，嚇了他一跳。

「你不謝謝我嗎？」雨花怒目瞪著貝心。

貝心瞇起眼睛。「為什麼要謝妳？」

「你以為是誰在背後安排你當上橡掌的導師？」

「是妳？」貝心的眼睛眨了眨。

「霰星很清楚要訓練出最厲害的見習生，就得找最厲害的戰士來教。」

迴霧焦急地對小曲說：「你去看看橡掌需不需要幫忙。」她把他往斜坡推。「去吧。」

他心不甘情不願地走開，邊走邊回頭瞥看仍在針鋒相對的貝心和雨花。要是當初他沒有出事，現在他們一定還是一對恩愛的伴侶貓。

「橡掌？」小曲低頭鑽進入口乾淨整齊的長老窩。

花瓣掌從亂鬚臥舖裡抬頭看他。「橡掌去收集青苔了。」

「我去幫他忙。」小曲提議道。

「他去營地外面了。」花瓣掌告訴他。

「哦，那我在這裡幫你忙好嗎？」

一綑發臭的青苔砸到他鼻子。

「你在這裡只會擋路。」甲蟲掌正在刨抓鱒爪的臭臥鋪，忍不住皺起鼻子。

「你為什麼不出去玩呢？」花瓣掌好心說道。「這裡我們來清理就行了。」

亂鬚正在整理自己的臥鋪。「總得讓他學學。」長老沙啞地說道。

「他以後再學就好啦。」甲蟲掌又往入口處丟了一坨舊青苔。「這裡的工作已經夠麻煩了，要是再加一隻小貓來攪和，那還得了。」

小曲豎直全身毛髮。「我只比你小一個月而已。」他厲聲道。

「但個子比我小四個月。」甲蟲掌回嗆他。

小曲不悅地低吼一聲，低頭鑽出長老窩，跺步走下斜坡。也許矛牙和櫟皮需要他幫忙。兩個月前，他曾幫忙收集過蘆葦，沒有理由現在不能幫忙啊，他的個子又沒縮小。

「要我幫忙嗎？」他在蘆葦灘旁大聲喊道。河水輕舔他的腳爪，感覺冰涼清爽。

矛牙從一大叢蘆葦裡倒退著走出來。「別掉進水裡！」他警告道。

「你可以教我怎麼游泳，我就幫得上忙了。」小曲直言道。

矛牙搖搖頭。「你個子還太小。」

「小魚也很小啊！」小曲真想直接跳進水裡，自己學游泳。

爍皮從河裡涉水過來，丟了一大綑蘆葦到岸上。「我知道你很無聊，」她語帶同情地說道。「因為現在沒有小貓可以陪你玩。也許你可以自己練習怎麼追蹤獵物。」

小曲的尾巴垂了下來。大家都不希望他待在旁邊。

棘莓在巫醫窩前面看著他。「你要不要幫我整理藥草？」她喊道。

「我以後是戰士，不是巫醫！」小曲回嗆道，轉身緩步穿過空地。橡掌正快步走進營地，嘴巴裡叼著一坨青苔。

貝心對他說：「橡掌，等你把這坨青苔送過去之後，我再帶你去參觀我們的領地。」

小曲豎起耳朵。「我也可以去嗎？」他滿懷希望。

貝心嘆口氣。「以後你就可以去了。」他看著橡掌，只見他衝上斜坡，扔下青苔，就趕緊衝了回來。「準備好了嗎？」

橡掌點點頭。小曲一屁股坐下來，看著他們消失在入口。

雨花正躺在莎草牆的陰暗處與湖光共食獵物。她抬起頭，看著小曲。「我今晚要搬回戰士窩。」她用腳爪將獵物翻過來。「在我鋪好自己的臥鋪之前，湖光答應讓我先跟她擠一擠。」

妳不可以這麼做！小曲的心跳得厲害。這表示育兒室裡就只剩下他了。他得獨自睡在育兒室裡，像隻被放逐在外的貓。如果他能做點什麼事令雨花刮目相看，也許她就會像以前那樣愛他。他跑向橫倒在地的那棵樹，爬上樹幹，伸長爪子，沿著幾個月前才走過的樹枝往前攀爬。

「妳看我，雨花！」他走到頂端，伸長身子，四腳顫抖，心臟噗通噗通地跳，此刻的他居高臨下，全部族都看得到他，他是全部族最勇敢的小貓。「妳看我！」

雨花抽動尾巴。「在你還沒跌下來之前，趕快給我下來！」她不耐地喊道，轉頭又去吃她的食物。「別再耍寶了，等你準備好，自然能當上見習生，現在還不行。」

林子裡的角落，有禽鳥尖鳴。小曲從臥鋪坐起來。全部族都睡著了。即便隔著育兒室的牆，他都聽得見鼾聲和鼻息聲，還有族貓們在臥鋪裡伸懶腰和翻身的窸窣聲。小曲睡不著。他難過到無法入睡，只好繞著空盪盪的窩，嗅聞雨花和迴霧的氣味。

也許橘白色的星族戰士此刻會來找他。他掃視育兒室的暗處角落，希望看見一點幽光。難道她所謂的承諾不過就是孤獨以終的天命？星族會保佑你。他記得棘莓說過的話。**這是天命的一部分，只有祂們才懂，但你必須相信祂們會導引我們，祂們對你的關心並不少於對族裡任何一隻貓的關心。**

如果星族不來找他，他可以去找祂們啊。他要去探訪月亮石，那裡是棘莓和祖靈溝通的地方。他待在巫醫窩時，她曾說過她的月亮石之旅。他只要往上游去，再穿過風族領地，小心別被他們發現，就可以輕鬆找到高岩山。它比陽光岩還要巨大。**陽光岩和它比起來像小巫見大巫。**這是棘莓告訴他的。他必須去問清楚這是否真的是他的天命。他朝育兒室入口慢慢走去，往外窺探。空地上空盪盪的，被月光染成銀白。小曲溜出蘆葦窩，悄悄穿過空地，走向入口通道。

他走出營外，四周莎草輕聲低吟。

第六章

小曲循著草徑離開營地，天空開始下起細雨，河水熒熒閃爍。**越過這條河，再往上游走，就可以到高地了。然後我……**他皺起眉頭，試圖記起棘莓後來說了什麼。他緊張到腳爪都開始刺痛。第一，要先越過這條河。但是他還不會游泳，所以只剩下一個選擇。

踏腳石！

他一想到上次的落水經驗，便緊張到反胃：臉撞上石頭、難忍的劇痛、湍急的漩渦。然後他又想起那隻橘白相間的貓兒，琥珀色的眼睛隔著青綠色的河水炯炯看他。他必須去月亮石那裡找她，他要知道意外之後的這一連串經歷——包括霰星改掉他的名字、讓他獨自睡在育兒室——是否都屬於那偉大天命的一部分。但又怎麼可能是？這一點也不偉大，事實上根本是可怕極了。然而，假如這真是他的天命，他願意忍受。為了成就偉大的天命，他什麼都可以忍。

他穿過草叢，滑下河岸，站在泥濘的岸邊。河水很淺，流速緩慢，雨滴打在河面上，光影斑駁。河浪正輕舔著礫石，它現在看起來不怎麼可怕。可是小曲知道它其實深藏不露。它曾經沖毀他的家園，也差一點奪走他的性命。

閃閃發亮的踏腳石就在前方，雨中尤其顯得溼滑。陽光岩後方的林子裡，有隻貓頭鷹正尖聲啼叫。小曲嗅聞空氣，尋找新鮮的雷族氣味，卻只聞到自己族貓的味道。木毛最近才經過這裡，帶領黃昏巡邏隊回營地。憩尾當時應該也和他在一起，因為草地上仍留有她足跡的味道。

小曲停下腳步。但這味道太新鮮了，莫非她還在這裡？他低下身子，掃視岸邊，希望自己的淺棕色虎斑毛髮在黑暗中不會太明顯。可是他無法隱藏自己的氣味，尤其此刻的他正不由自主地散發出強烈的恐懼氣味。他豎直耳朵，仔細聽周遭動靜，但什麼也沒聽見，只有潺潺流水聲，以及雨水輕拍樹葉的聲音。小曲深吸一口氣，然後往踏腳石衝。他繃緊肌肉，向前一躍，在第一塊踏腳石上穩穩著地。可是當他跳向第二座踏腳石時，四周流動的河水竟令他感到些微暈眩。他一定比上次渡河時長高了一點了。因為現在他的腳爪已經可以更牢固地抓住岩面，而且這些石頭之間的距離看起來也不再那麼遠。他把目光瞄準在對岸，毫不猶豫地逐一跳過剩下的踏腳石，抵達彼岸，吁了口氣。

夜空下高聳著陽光岩。月亮隱身在雲層後方，小曲必須瞇起眼睛，才能看清楚沙地上自己的腳步。他聞到雷族的氣味從新邊界那裡飄過來，頸背的毛不由得豎直。霰星什麼時候才要出兵奪回那塊領地？

小曲縮起爪子，往上游走去。他沿著河岸踽踽獨行，在經過河族營地的對面河岸時，還刻

意鑽進灌木叢裡。小路開始有了坡度，他現在已經深入了雷族領地。每叢灌木都有氣味記號，他緊閉嘴巴，以免舌頭沾到那臭味。他的耳朵不停抽動。除了汩汩水流聲之外，還有隆隆的水聲，他一定是快走到棘莓平常採集款冬的那座瀑布了。小曲嗅聞空氣，淺嚐空氣中水的氣味，以及遠處水沫四濺所傳來的石頭氣味。

河道旁的這條小路正往上爬升，坡度愈來愈陡，河岸已經成了峭壁，每一步都走得吃力。小曲看著腳邊下方深淵河水奔流。月光下，岩間水流湍急。隆隆水聲愈來愈響，迴盪在岩壁之間。小曲才剛轉個彎，就看到了瀑布，這是他生平第一次看見瀑布。它比任何一棵樹都來得高大。水沫飛竄四濺，直射天上的月亮。河水在落差極大的河道上直洩而下，衝進峽谷。

小曲愣了一下，突然發現這條路變得好窄。一邊是高聳陡峭的岩壁，另一邊是筆直的懸崖。他縮起身子，緊貼岩壁，盡量遠離斷崖。他貼平耳朵，擋住如雷的水聲，一步一步小心前進。礫石小徑磨破他的腳掌，野風挾帶雨水打在他的口鼻上，聞起來有濃濃的泥煤味和花粉味。

等他抵達瀑布頂時，隆隆水聲已然消失，路又變平了，水流再度平緩，溢出河岸。小曲眺望旁邊那片廣袤大地，只見它朝高地延伸而去，高地後方，隱約可見更遠處的峭壁。**那是高岩山嗎？**他聽過戰士和長老們談過那座布滿岩石、地形險峻的山，他也知道月亮石就在那裡。

一股新的氣味朝他迎面撲來。雷族的氣味記號已然被另一種臭味取代，而且是全新陌生的氣味。看來這裡應該是風族的領地了。**然後我再穿過風族的高地。**棘莓的話在他腦海裡響起。他離開河岸，朝通往高地的斜坡前進，心跳開始加快。柔軟的灌木叢不再，取而代之的是尖銳的石楠和金雀花。小曲迂迴走在其間，心想還好有它們作掩護。他豎起耳朵，張開嘴巴，緩慢

前進，一路留意風族的巡邏隊。

一個熟悉的氣味令他停下腳步。

河族？

他又聞了一次，這裡的石楠味道太強，他沒辦法分辨是哪一隻貓，但絕對是河族貓。難道是霞星派巡邏隊來找他？不可能，他獨自睡在育兒室裡，誰會知道他失蹤了？他皺皺眉，繼續往前走。

斜坡頂端的石楠叢旁邊有一小堆亂石。小曲爬上下層的岩石，抬頭往上看，心想如果可以爬到最上面，或許就能看見高岩山。他掃視天空，暗自希望雲層能夠散去，他想看見銀毛星群，確定星族仍陪著他。雨水打在他鼻頭，他瞇起眼睛，開始往上爬，一邊摸索可以勾住腳爪的縫隙。他找到一個，於是撐起身子，攀上另一座岩石。現在石楠叢已經在他腳下。前方視野遼闊，幽黑的遠方，隱約可見猙獰的高岩山。

溫煦的和風迎面而來，襲上他溼黏的毛髮，他嗅聞空氣，河族氣味再度沾上他的舌頭，這次更明顯了。他百分之百確定。

是憩尾！

風中傳來一聲喵叫。小曲爬上突岩頂，蹲伏下來。

「你有沒有聽到什麼聲音？」

一聲沉重的喵聲從下方傳來。小曲伸出爪子，緊緊攀住潮溼的岩面，匍匐前進，從邊緣往下窺看。下方石楠叢有兩隻貓兒的身影發出微光。小曲倒抽口氣，一不小心，腳下碎石竟洩灑

而下。幽光中，憩尾的亮棕色毛髮更顯晶亮。一隻虎斑公貓站在她旁邊。小曲趕緊往後一彈，身子緊貼岩石。

「是不是有誰在上面？」憩尾的喵聲顯得驚恐。

「我去看看。」公貓咆哮道。

小曲愣了一下。有種臭味隨著憩尾身上的恐懼氣味一起飄送上來，聞起來很像是他剛剛經過邊界時聞到的氣味記號。**是風族！**小曲聽見腳爪摩擦岩石的聲音，趕緊退後，從岩石邊緣滑下來，他笨拙地落在下層的岩架上，身子緊貼陰影處。還好他個子夠小，可以塞進兩座岩石之間的淺縫。他收起尾巴，屏息等候，全身發抖。

「我什麼也沒看到啊。」一個聲音從他上方傳來。

「讓我看看。」

小曲聽見另一隻貓刷過岩面的聲音。

「我聞到河族的味道！」憩尾的呼吸急促。「一定是有貓跟蹤我。我們快走吧。」

憩尾和另一隻貓從旁邊滑下去，小曲緊貼岩縫，緊張到腳爪都溼了，他從從藏身處小心窺看，只見兩位戰士已經滑下岩堆，進入石楠叢，穿過高地跑走了。小曲等到呼吸不再急促，才從岩縫裡爬出來，滑下岩堆。他繞過裸岩慢慢走，避開那條混雜著風族和河族氣味的小徑，繼續往高岩山前進。

他循著小徑穿過金雀花叢，心情仍七上八下。他豎直耳朵，聳起毛髮。憩尾來這裡做什麼？是霰星派給她什麼祕密任務嗎？但為什麼她和一隻風族公貓在一起？他在幫忙她嗎？怎麼

會有戰士背叛自己的部族呢？

雨勢和緩下來，雲層漸散，月亮如銀色彎爪高掛墨色夜空。小曲站上一座小丘上，如孤島似地聳立在大片的石楠花海裡。高岩山矗立遠方，夜空下更顯鮮明立體，但仍跟先前一樣遙不可及。高地和月亮石之間仍有大段距離，小曲沮喪地望著前方，那裡有樹籬、大草原、還有一些奇形怪狀的東西，他想應該是兩腳獸的巢穴吧。

他怎麼可能走得完這麼遠的路？他的肚子咕嚕咕嚕叫。要是他知道怎麼狩獵就好了！應該不難！迴霧總是抱怨寵物貓跑到他們領地邊緣狩獵。如果連寵物貓都辦得到，他應該也行。他開始想像要是他告訴雨花，他已經去過月亮石了，雨花臉上會有什麼表情。他嗅聞空氣，希望能聞到獵物的味道，但什麼也沒有，只有石楠的氣味和風族的臭味。他嘆口氣，緩步走下小丘。至少他已經快到高地邊緣了。他可以看到高地盡頭下方的草坡。等月正當中的時候，他應該已經走出風族領地了。

身後的灌木叢突然窸窣作響，小曲連忙轉身，瞥見石楠叢裡有雙晶亮的眼睛。

星族，救我！

他嚇了一跳，拔腿就跑，衝進金雀花叢裡，腳下泥煤四濺。尖銳的樹枝劃破毛皮，但他不覺得痛。後方傳來腳步敲打地面的聲音。小曲不敢回頭，他在高地盡頭及時刹住腳步，再往山坡下方的草原衝。

腳步聲就快追上他，那聲音愈來愈近。小曲猛地衝破像堵牆一樣厚重的風族氣味。**邊界！**氣味這麼濃一定代表這裡就是風族領地的邊界。他們的戰士應該不會再追過來了？可是那腳步

聲還是沒停。

小曲繼續朝山丘底下奔逃，氣喘吁吁，血液衝上雙耳。前方有長條狀的岩地像銀色河流直切過平地。再過去一點，隱約可見一排樹籬。也許可以在那裡找到藏身處。**如果我跑得到的話。**後面的腳步聲只離他一隻青蛙的距離了。他清楚聽見鼻息的聲音，也感覺到地面微微震動。他瞪大眼睛，回頭瞥了一眼，發現後面跟的竟然是隻兔子。

兔子！

他當場愣住，踉蹌剎住腳步，兔子咻地從旁邊衝了過去，眼裡閃著驚恐。小曲回頭往山坡望去，倏地倒抽口氣。四名風族戰士並排站在山丘頂，他們的眼睛在月光下閃閃發亮。究竟他們看到的是兔子？還是他？

他聽見一聲轟鳴，連忙轉頭，兩隻巨大的眼睛照亮了整片岩地。**一頭怪獸**正轟隆隆地朝他衝來。他在育兒室裡聽過怪獸的故事。沒想到牠竟然比迴霧形容得還要可怕。迴霧在形容怪獸的時候，總是瞪大著眼睛，豎直毛髮。這頭巨大的怪獸表皮堅硬，全身發亮，兩眼射出黃色的光束。牠們的腳是黑色的圓狀物，聞起來像燃燒的石頭。怪獸出現之前，空氣會微微震動。不過牠們很笨，只會沿著轟雷路跑，似乎很怕去草地或林子裡探險。貓族只要提防牠們，不要擋牠們的路，就不會有事。

小曲趕緊從轟雷路上退回來，怪獸呼嘯而過。牠經過時，風聲怒吼，薰天臭氣撲天蓋地朝他襲來。小曲趕緊趴在地上，毛髮倒豎，心臟差點從胸口迸出來。然後牠就不見了。

感謝星族，牠沒發現我！

小曲睜開眼睛，赫然看見那隻兔子竟躺在正前方，直挺挺的，就在那片黑色岩地上。血從嘴巴裡流了出來，積成了一灘血。小曲不寒而慄。怪獸不用慢下腳步咬牠一口或扭斷牠脖子，就能殺了牠。他回頭看向山坡，風族戰士都走了。

他呼吸急促，渾身發抖地慢慢穿過轟雷路。他在兔子旁邊停下腳步，心想要不要把牠拖到路邊草地上。畢竟牠現在是獵物了。可是牠瞪大著一雙死白的眼睛，讓小曲感到毛骨悚然，趕緊快步離開，躲進對面安全的樹籬裡。他全身發抖地蹲伏下來，試圖平復驚駭的情緒。

高岩山就在前方，但還有段距離，得再經過一片綿延起伏的牧場。小曲挺起身子，沿著樹籬走。他循著草原邊緣前進，以免被路過的狐狸或獾察覺。他繼續走，肚皮又開始咕嚕咕嚕地叫，下顎也在痛。月亮已經越過高岩山，落到山的後方。小曲停下腳步。天空邊緣開始出現魚肚白，星星正一顆顆消失。他不可能在黎明前抵達高岩山，他根本離它還很遠。

前方有座石牆矗立於草地邊緣。小曲找了一個石塊塌陷的小洞鑽進去，結果看見裡面有座很大的巢穴，四面是黑色的木條遮住了牆壁和弧狀的屋頂。入口被一塊淺色的厚重木板擋住，但旁邊有個小洞，洞裡面看起來幽黑、溫暖，而且有種香甜的味道。這裡應該很安全，可以落腳休息。小曲嗅聞空氣，聞到乾草的味道。他這輩子從來沒這麼累過，於是慢慢爬上那個小洞。他發現巢穴裡的空間很大，成綑的乾草堆高擺放。沒有生物的蹤跡，沒有戰士的氣味。小曲四隻腳沉重得像石頭一樣，他悄聲走進去，找到一處陰暗的角落。他累到不知道自己究竟身在何處，只忙著將身子蜷成毛球狀，鼻子塞進腳底，呼呼大睡。

第七章

「小曲！」

小曲倏地睜開眼睛。他剛剛睡在上頭的乾草堆憑空消失了，現在他正站在潮溼的地上，四周是茂密的林子，樹幹爬滿青苔，樹根在泥濘的土裡蜿蜒盤踞。枝葉間有濃霧裊裊，遮蔽了天空。一股酸味覆上小曲的舌頭，他警覺地伸出爪子。

「小曲，」那聲音又出現了。黑暗中有雙琥珀色眼睛閃閃發亮。「你怎麼可以離開自己的部族？」

「我……我要去月亮石。」小曲的眼睛終於適應了黑暗。琥珀色的眼睛幽光一閃，橘白相間的母貓從林子裡緩步走了出來。**星族貓！她來了！**「這是什麼地方？」他喵聲道。

那隻貓繞著他轉，在寒冽的空氣裡，她的毛髮異常溫暖。「你在做夢，小東西。」

「做夢？」小曲的毛髮聳了起來。他怎麼會夢到這種地方呢？

「你為什麼要去月亮石那兒找星族說話？」橘白相間的貓停在他面前。「你可以問我任何事情，就在你夢裡問。」

「我猜對了，妳是星族貓！」小曲倒抽口氣。

那隻貓垂下頭。「我叫楓影。小東西，你想知道什麼？」

「我的天命。」小曲不加思索地說道。

「你遇到的每件事情都是你天命的一部分。」

「可是那場意外呢？還有當不上見習生的這件事呢？這些都是我該遇到的事嗎？」

楓影繞著他走，柔軟的毛髮輕輕刷過他的。「唉，你真可憐，」她嘆口氣。「你的路走得比別的貓坎坷，但如果不是看在你夠強壯、夠勇敢也夠忠誠的份上，祂們又怎麼會給你這麼艱辛的一條路去走呢？」

「真的？」小曲坐立不安。「所以我很特別？」

楓影將鼻子擱在他頭上。「當然很特別。」

突然間，他想起雨花的味道。她以前也是這麼對他說。他抽開身子。「怎麼個特別法？」他質問道。「我哪裡特別？」

楓影搖搖頭。「我現在還不能告訴你。」

「為什麼不行？」

「第一，你必須先回部族去。」楓影的眼色黯了下來。「真正的戰士是很效忠部族的。」

「我只是要去月亮石。」

「現在不用去了。」

「我想是不能去了。」小曲看著自己的腳。他很想告訴他的族貓，他曾去過月亮石。「可是我要怎麼告訴大家呢？」

「就說你很抱歉，你下次不會再亂跑出去了。」楓影用尾巴輕彈他的下巴。「他們會相信你是效忠部族的。」

小曲挺起身子。「我是啊！」

「所以你願意回去囉？」

小曲點點頭。「我應該走哪條路呢？」他掃視森林。「我想……我迷路了。」

楓影忍不住想笑。「閉上你的眼睛，小東西。」她用蓬鬆的白色尾巴輕輕刷過他的口鼻。「等你醒來時，就知道往哪裡走了。」

小曲閉上眼睛，任由黑暗吞沒了他。

小曲翻身過來，伸個懶腰。空氣很悶，他打了個噴嚏，腳爪抓抓發癢的鼻子，這才睜開眼睛，看見鬆軟的乾草堆，它們堆得高高的，聞起來有木頭的味道。陽光流洩進來，與空氣裡的塵埃共同飛舞。他又回到了他昨晚找到的巢穴。

小曲坐起來，打個呵欠。所以你願意回去囉？楓影的話言猶在耳。他頓時想起雨花不耐的語氣，要他從樹上立刻下來；還有族貓們總是趕他走，要他自己去玩。小曲嘆口氣。**如果我不**

想回去呢？這時他的肚子突然咕嚕咕嚕叫了起來。**我快餓死了！**

小曲豎起耳朵。是什麼東西在吱吱叫？他蹲伏下來，匍匐穿過滿布灰塵的地板。他張開嘴，讓巢穴裡的氣味飄進嘴裡。有種麝香味充斥他的鼻腔。是老鼠嗎？也許吧。他從來沒聞過老鼠的味道，但他聽過長老們的形容。他躡手躡腳地慢慢前進，朝巢穴後方的牆面潛行。角落裡的乾草動了動。小曲屏住呼吸，繃緊後腿肌肉，緊到腳爪微微刺痛，他目光鎖住乾草堆底下一坨軟綿綿的東西，打算撲上去。

「噢！」一個重物掉在他背上。他聞到公貓的味道，恐懼立時襲來。那不是部族貓的味道。這時突然有爪子戳進他的背。他嚇得半死，想要掙脫，但公貓很重，把他抓得死緊。

小曲朝空中胡亂揮著出鞘的爪子。「你給我下來！」

攻擊者咆哮大吼，更是緊抓不放。「你認輸了嗎？」

小曲吼道，「我絕不認輸！」過去和橡掌打架嬉鬧的記憶湧上心頭。他想起橡掌最愛使的那一招，於是也學他那樣故意癱軟身子。

公貓鬆手。「你認輸了？」

小曲趁機往後彈開，掙脫公貓的箝制，像魚一樣從後面鑽了出來。公貓轉身過來，小曲立刻撐起後腿，伸出爪子。「看我撕爛你！」這是一隻薑黃色的肥貓，個頭兒幾乎和霰星一樣大，小曲瞪看著他的臉。

公貓微微抽動鬍鬚。「來啊！」他蹲坐下來，抬起前腳，露出白色的肥肚皮。

小曲瞇起眼睛。這隻貓是在嘲笑他嗎？我要給他點顏色瞧瞧！他瞄準公貓肚皮，撲了上

去，爪子一陣亂揮，卻發現鼻孔裡都是又厚又軟的毛髮，爪子底下也勾了一團，然後就感覺到自己被厚重的大掌輕輕推開。

「放棄吧，小貓！」

小曲停下來，甩甩臉上蓬亂的毛髮，瞇起眼睛看著公貓。

「你只是在浪費時間，」公貓喵嗚道。「等到你把我撕爛了，我們也錯過早餐時間了。」

「早餐？」小曲偏著頭。**什麼是早餐？**他的肚子又在咕嚕咕嚕叫。

「聽起來，你是需要吃早餐了，」公貓瞇起眼睛。「而且看起來也的確需要吃頓早餐。」

小曲咆哮出聲。為什麼大家都要笑他瘦得像皮包骨一樣？他立刻又擺出攻擊的架勢。

「哇，」公貓抬起一隻掌。「別再玩一次了好不好？你的爪子很利欸！」他轉身朝巢穴後方慢慢走去。「你叫什麼名字？」他回頭大聲問道。

「小曲。」

「我叫雀斑，」公貓停下腳步，坐了下來。「小曲，你來我的穀倉做什麼？」他目光緊盯著小曲剛剛在看的乾草堆，那裡還在窸窣抖動。

「我要去月亮石，」小曲緩步跟在公貓後面，想搞清楚對方究竟是敵是友？唯一可以確定的是，他不是部族貓。「你在看什麼？」

雀斑蹲伏下來，不停抽動尾巴。「我在看我的早餐。」

小曲毛髮立時倒豎。「你敢？那是我的獵物！」

他話還沒說完，雀斑已經匍匐過去，伸出利爪，逮住小曲剛看到的那坨東西。他動作熟練

地從乾草堆裡勾出老鼠，朝頸背一咬，要了牠的命。他瞥了小曲一眼。「給你！」他把老鼠丟過來，砰地一聲落在小曲的腳爪上。雖然這不是魚，但溫熱的肉香還是令小曲口水直流。

「你看起來比我更需要牠。」雀斑喵聲道。

小曲瞪著老鼠看。他好餓，可是他可以讓另一隻貓找食物給他吃嗎？

「吃啊，」雀斑往乾草堆的深處翻了翻。「裡面還有。」

乾草？穀倉？這隻貓的語言好奇怪。

小曲嗅聞眼前溫熱的獵物，不知道該從哪裡下手。「我沒吃過老鼠。」他承認道。

雀斑走過去。「你是寵物貓嗎？」

小曲愣住。「我是戰士。」

「啊，」雀斑點點頭。「難怪你下巴長那樣，你是打架的時候弄傷的吧？我聽說貓戰士老在打架。」

小曲瞪著薑黃色公貓。「不，我們才沒有呢，我是掉進河裡時撞斷下巴的。」

「那條河還真恐怖。」雀斑再往乾草堆裡頭探。「我有個親戚的下巴也跌斷了，」他打了個噴嚏。「他是從穀倉閣樓跌下來的。」

「穀倉閣樓？」小曲重複道。

雀斑鼻子朝上指了指。「這地方是穀倉，上面是閣樓，兩頭距離可遠的咧。」

「他現在在哪裡？」

「誰？你是說面具啊？」雀斑停下翻找的動作。

面具？農場的貓名字都好怪。「我是說跌斷下巴的那隻貓。」

「他死了。」

「死了？」小曲瞪大眼睛。「因為他的下巴斷了？」

雀斑坐起來。「不是啦，」他很快說道。「他太老了，所以死了。去年禿葉季過世的。他長得有點奇怪，就像你一樣。不過他學會用單邊嘴巴吃東西，連抓獵物也這樣。他可是這農場裡最厲害的捕鼠貓之一。」

小曲很快掃視這座穀倉。「這裡有很多捕鼠貓嗎？」

「現在只有我，還有我妹妹蜜茲，不過她為了養小貓，搬到玉米田去了。」

「那裡是育兒室嗎？」

「育兒室？」雀斑一臉疑惑地看著他，隨即搖搖頭。「那裡比較安靜，沒有農場怪獸。」他朝小曲腳下的老鼠點個頭。「你要不要吃啊？」

小曲覺得全身發燙。「你還要再抓嗎？」他不想被盯著看。

「要啊，這裡又不只有你一個需要吃東西。」雀斑轉身回到穀倉角落的乾草堆處。

小曲蹲下來吃鼠肉。牠嚐起來有麝香味也有肉味。他皺起鼻子。不過至少這是食物。一小塊肉從他扭曲變形的嘴裡掉了出來。

「你可以歪著頭吃。」雀斑喊道。

小曲猛地抬頭看他。那隻公貓在盯著他嗎？可是雀斑背對著他，眼睛仍緊緊盯著乾草堆。

小曲覺得尷尬，但還是聽他的話把頭歪一邊，這樣一來，鼠肉就掉進下巴沒斷的那邊嘴裡，他

小口小口地咬得很快，嘎吱作響地啃著整隻老鼠，不時扭頭俐落地接住一些碎肉，地上只掉了一點肉渣而已。

「又抓到了一隻！」雀斑又丟了一隻老鼠在小曲旁邊。「你想再吃一隻嗎？」

小曲邊吞嚥邊搖搖頭。地上還有一些剛掉出來的碎肉渣，但他的肚子已經飽了。自從他出事後，這還是他頭一回一口氣吃掉這麼多肉，而且下巴不會痛。他喵嗚地說：「謝謝你，雀斑。」

「謝什麼？」雀斑開始大啖鼠肉。

「謝謝你的獵物，」小曲喵聲道。「還有謝謝你告訴我怎麼吃牠。」

雀斑一邊嚼，一邊看著小曲。「我看過面具吃東西的樣子。如果你願意的話，我也可以教你他的狩獵方法。他的獵捕技巧很獨到，看起來有點怪，但是很管用。」

「謝了，不過我得回家了。」小曲開始清洗自己的臉。「我的部族會奇怪我跑哪去了？」

「他們不是知道你去月光石嗎？」

「是月亮石。」小曲舔舔腳掌，再用腳掌擦擦下巴。

「管它叫什麼。」雀斑咬了一口，然後又是一口，嘴巴塞得鼓鼓的。「等我吃完，我要去幫蜜茲找點吃的。她被窩裡的四隻小貓纏著走不開，我答應要去幫忙照顧，好讓她去喝口水。」

小曲停住梳洗的動作。「聽起來好像是部族貓的工作哦。」

「我不懂什麼部族貓的事，反正也只有我能幫她忙。」雀斑把肉吞下去。「總不能讓小貓挨餓吧。」

「我可以幫忙嗎？」小曲突然想找個方法報答他。「我可以陪你一起照顧小貓。」

雀斑喵聲道。「他們很皮的。」他警告道。

小曲忽焉想起自己的室友，心裡一陣難過。「我應付得來。」

「好吧。」雀斑吞下最後一口鼠肉，坐了起來。「我們先狩獵吧。」

小曲跟著薑黃色公貓走到與山幾乎等高的乾草堆後方。雀斑毫不猶豫地直接鑽進乾草堆和石牆間的縫隙。小曲緩步跟在後面，嗅聞空氣。現在他已經很熟悉穀倉裡的獵物味道，當雀斑帶他走進穀倉裡其他隱晦的角落時，他聞得到某種溫熱的味道。

「牠們常躲在這裡。」雀斑小聲說道。石牆底部的陰暗處有東西正在移動。「你看到了嗎？」他輕聲說道。

一隻棕色的小生物正挨著牆快速移動，朝牆縫跑去。小曲蹲伏下來，揮著尾巴，心臟像啄木鳥敲擊樹幹一樣砰砰作響。他往前直衝，伸出爪子，腹部刷過地面，朝老鼠的方向滑了過去。

結果砰地一聲，在他撞上牆的同時，老鼠咻地鑽進牆縫，消失不見。去他的青蛙屎！他坐了起來，不好意思地瞥了雀斑一眼。

雀斑聳聳肩。「老鼠是很笨啦，但也沒那麼笨。」

「我攻擊的速度已經夠快了。」小曲歉意說道。

「不是快就有用，」雀斑警告道。「在你撲上去之前，老鼠就已經看到、聽到和聞到你了。」

「怎麼可能？」

「你的尾巴甩到乾草堆啦，而且你喘得像隻獾，呼出來的味道還有鼠肉的臭味。」

小曲怒目以對。「我總要呼吸吧。」

「我示範給你看。」雀斑努努鼻子，要他後退。小曲趕緊蹲到薑黃色公貓的後面。

「你要用鼻子呼吸。」在等待的同時，雀斑這樣告訴他。

小曲閉上嘴巴。尾巴雖然很想動，卻強忍住，模仿雀斑的樣子。石牆縫隙裡有顆小小的鼻子在抽動，小曲當場愣住。

一旁的雀斑看起來像條正在曬太陽的鱒魚那般輕鬆自在。「再等一下。」農場貓低聲道。

小曲看見雀斑放鬆肩膀，晃著肚皮，緩步向前，不禁亢奮起來，但仍強忍住。他走得這麼慢，怎麼抓得到老鼠？小曲伸出爪子，正準備自己上場時，雀斑突然向前衝。肥胖的農場貓竟然速度快得像魚狗一樣，瞬間就衝到一條尾巴外的地方，爪子輕輕一揮，就把老鼠從藏身處撈了出來。

還是活的！小曲瞪著那隻嚇呆的小生物，只見牠在乾草屑上不停地顫抖。

「趁牠腦袋還沒轉過來前，快宰了牠！」雀斑嘶聲道。

小曲當場愣住。

「用你另一邊有力的下巴咬牠背脊。」

小曲低下身子，偏著頭，用後面利齒叼住老鼠，往背脊狠狠一咬。他感覺到老鼠不動了，舌間嚐到鮮血的味道。他坐了起來。「這老鼠味道好怪。」

「這是田鼠。」雀斑走了過來。「蜜茲會很開心的。她最喜歡吃田鼠。」

小曲喵嗚出聲。這是他自己捕殺的第一個獵物。**我等一下要去告訴橡掌！**但他突然想到橡

掌其實遠在天邊，不禁心情低落。**我應該回去了**。他的肚子飽了，太陽還在慢慢地往上爬，等他回到家，天應該已經黑了吧。

雀斑拾起田鼠。「來吧，我們把這個拿給蜜茲。」他循著小曲昨夜爬進來的洞鑽出去。

「可是……」小曲跟在他後面跑。

「在院子裡，眼睛要睜大點，」雀斑往下跳到外頭堅硬的地面上。「這裡到處都是農場怪獸，你會聽見牠們的聲音，但不見得知道牠們會從哪個方向來。」

小曲豎起耳朵。「我什麼都沒聽見。」

「因為時間還早。」穀倉外面的空地四周圍著石牆，雀斑鑽進石牆縫隙。小曲趕緊跟上去，小心提防怪獸聲響。雀斑在牆後方的小路上慢下腳步。小路兩旁是綠油油的田野，頭頂蔚藍的天空一望無際。小曲瞠目看著眼前景象。黃澄澄的田野像太陽一樣，也像水浪一樣波狀起伏。

「那就是蜜茲的玉米田。」雀斑的嘴裡叼著田鼠，聲音被蒙住了。「她在田裡的凹地建了一個窩。」他用尾巴指指田野中央處。他們循著玉米田邊緣的小徑走，這時雀斑突然轉進一條從外觀上很難辨識的小路，鑽進了長草堆，躍過一條溝渠，然後鑽進樹籬裡。

小曲停下腳步，看見雀斑消失在樹籬後方的玉米田裡，橘色尾巴被金黃色的莖梗吞沒。

「你到底要不要來啊？」雀斑喊道。

我應該回家了，小曲想張口解釋。**可是我答應要幫雀斑的忙**。只好也跟著鑽進長草堆裡，往溝渠裡探看。溝渠很寬很深，底部有細水流淌。好奇心攫住了他。**不知道農場小貓長什麼樣子？我只要去打個招呼就好了**。他深吸口氣，往前一躍，及時抓住對岸的一坨草，後腿懸空，

尾巴掃到下方的水。他奮力撐起身子，爬了上去，從樹籬底下鑽進去。「等等我。」

他衝進玉米田裡，在莖梗間穿梭。硬梆梆的葉柄令他想起蘆葦灘。風一吹拂，上方的玉米穗跟著喀啦喀啦作響。小曲跟著雀斑走，注意到貓兒常經過的地方，葉柄都彎了。他趕上雀斑，這時下坡開始出現。

「幫我拿好。」雀斑把田鼠放在小曲的腳下。「蜜茲很保護自己的小貓。如果有帶食物來，她會比較快接受你。」他說話的同時，玉米田傳來了其他喵聲。

「來吧。」雀斑繼續往前走。

小曲拾起田鼠，快步跟在後面，進入一小塊空地，空地四周圍著黃色的葉柄，不斷窸窣作響。一隻黑貓從地上的凹坑抬眼瞪看他們。四隻小貓在她肚子旁邊爬上爬下。蜜茲蠕動身子，坐了起來，掙脫小貓。她抽動鼻子，緊盯著小曲嘴裡叼的那隻田鼠。

「你是誰？」她瞇起眼睛。

小曲把田鼠丟給她。「河族的小曲。」

蜜茲毛髮豎了起來。「部族貓來這裡做什麼？」她對雀斑嘶聲道。「如果我沒記錯的話，這附近已經很久沒看見貓戰士了。」她小心翼翼地四處張望。「他的同伴在哪裡？」

「他自己來的。」

蜜茲皺起眉頭。「他年紀這麼輕，怎麼會離家這麼遠？我還以為貓戰士都住在高地上。」

「我的部族住在河邊，」小曲告訴她。「比高地還遠。」

蜜茲用尾巴圈住小貓們。「所以你是自己走過來的？」

雀斑不以為然地說：「他要去月餅石。」

「是月亮石！」小曲糾正他。

一隻黑色小母貓費力地爬上凹坑邊緣。「那裡是月亮住的地方嗎？」她瞪大那雙和她母親一樣的綠色眼睛，直盯著他瞧。

「嘿，」蜜茲斥責她。「沒先自我介紹就問人家問題，很沒禮貌哦。」

「對不起。」小黑貓尖聲說道。「我叫黑煤。」

「哈囉，黑煤。」自從意外發生後，這還是小曲第一次覺得自己個子很高大。

「月亮住在那裡嗎？」黑煤追問道。

「不是，」他喵嗚一笑。「那裡是我們拜訪祖靈的地方。」

蜜茲撐起身子，爬出坑洞。「我吃東西的時候，你可以幫我看一下他們嗎？」她對雀斑說。

「我可以。」小曲提議道。

蜜茲瞥了她哥哥一眼。「他可以啦。」雀斑向她保證。

蜜茲換了個站姿。「他自己也不比小貓大多少。」她先朝小曲點個頭，這才蹲下來，饑腸轆轆地開始吃田鼠。

小曲跳下凹坑。小貓們吱吱尖叫地四散逃開，又跑回來，小心翼翼地嗅聞他。灰色小公貓瞪著他看。「你母親呢？」

「她在營地裡。」小曲告訴他。「你叫什麼名字？」

「我叫迷霧。」小灰貓喵聲道。

「我叫風笛。」一隻銀白相間的虎斑小母貓爬到她哥哥身上。

「除了月亮石之外，也有月餅石嗎？」最後一隻小貓是隻黑白相間的小貓，他擠在這群小貓當中，探出鼻子。「我們可以去嗎？」

「別傻了，喜鵲。」正在吃田鼠的蜜茲抬起頭來。「你年紀太小了。」這時喜鵲突然咳了起來，他垂著耳朵，全身顫抖。蜜茲愣在原地。「他的咳嗽一直沒好。」她告訴雀斑。

小曲豎起耳朵。「棘莓都用款冬。」蜜茲一臉茫然地看著他，於是他又說：「棘莓是我們的巫醫。」

「款冬可以治咳嗽？」蜜茲皺皺眉。「我倒沒聽說過。」

小曲瞥了喜鵲一眼，他還在咳。「棘莓說要先嚼它的葉子，把汁吞進去，再把葉渣吐出來。」

「值得一試哦。」雀斑的尾巴不斷抽動。「農場小路那裡長了一些款冬。」他往玉米田走去。「我去摘些葉子回來。」

蜜茲屈身爬下凹坑，咬住喜鵲的頸背，把還在咳嗽的他提起來，放在她的兩隻前腿之間。「親愛的，你還好嗎？」喜鵲喘口氣，點點頭。蜜茲溫柔舔舔他的頭，伸個懶腰。「我口好渴。」她嘆口氣。

「雀斑就說妳會口渴，」小曲從她旁邊跳出來。「要不要我幫妳照顧小貓，讓妳去喝水？」

蜜茲瞥了一眼雀斑的消失處。「雀斑說他會幫我照顧小貓。」

「我可以教他們怎麼玩青苔球。」小曲提議道。他突然發現蜜茲看起來很是疲憊憔悴。她舔舔乾燥的嘴唇。「我想雀斑應該很快就回來了。」

「在他回來之前，我保證讓他們待在凹洞裡。」他叼起喜鵲的頸背，把他放回窩裡。黑煤正拿腳爪刨抓凹洞邊緣。「讓他教我們玩青苔球嘛。」她懇求道。風笛也爬到她姊姊旁邊。「我們會乖乖的！」她保證道。

蜜茲的鬍鬚抽了抽。「好吧，不可以去玉米田哦。」

「我們保證不會！」迷霧向他母親喵嗚道。

「我很快就回來！」蜜茲往雀斑消失所在的玉米田走去。

喜鵲眨眨眼。「什麼是青苔球？」他的喵聲沙啞，不過已經不再咳嗽了。

小曲看看四周被踩爛的泥巴和又粗又大的玉米莖梗。這裡沒有青苔。「那玩玉米球好不好？」他伸出前爪去搆，把玉米莖拉扯下來，摘掉玉米穗。「你們看！」他把玉米穗咬下來，丟在凹洞裡。

黑煤撲上它，又把它丟到空中，風笛伸爪拍它。玉米穗從小曲鼻子面前飛了過去。小曲從田裡把玉米穗取回來，丟回窩裡。何必今天回家呢？他看著小貓玩耍，喵嗚笑了起來。他在這裡比在營裡有用處多了。

第八章

森林隱約逼近，幽黑悚然，就在小曲四周。溼氣滲進毛髮，他全身發抖。

「你已經離開部族一個月了！」楓影瞪著他看，那張臉只離他的鼻頭一根鬍鬚之近，同時甩打著尾巴。

小曲迎視著她。「你真的以為他們會想念我？」霧氣氤氳，在他腳下縈繞。「你不覺得他們會很高興少了一個一無是處的戰士？」

「你不是一無是處。」

「我知道我不是！」小曲每天都在農場上狩獵，幫忙照顧蜜茲的小貓。雀斑根本不在乎他是不是見習生，早就教會他所有追蹤潛行和捉老鼠的技巧；還教他如何看著小貓玩格鬥遊戲，但又不會傷到彼此；還有如何提防那些不乖乖待在轟雷路上的怪獸，這些怪獸在草地和泥地上竟跑得比貓還快。小曲很清楚自己不是一無是處。「可是我不知道我的族貓是不是同意這一點。」

楓影目光射出怒火。「那就證明給他們看啊！」

「為什麼要證明？」小曲嘶聲說道。「他們已經不再信任我了！」

「每個戰士都得證明自己，」楓影反駁道。「你必須回家，你的天命和你的部族是緊連在一起的。」

小曲聽見她的聲音裡帶著懇求。「等我長得更高大、更強壯，可以當上見習生時，自然就會回去。」

「你已經夠高大了！」楓影催促道。「你吃了這麼多老鼠，恐怕連魚的味道都忘了吧。」

小曲舔舔嘴唇，突然想起河水的滋味。他喜歡農場裡的生活。他喜歡被需要。他喜歡喜鵲和迷霧崇拜他的樣子。也許楓影錯了。他的偉大天命有可能是在這裡。「要是我的族貓還是很介意我的長相，那怎麼辦？」他低聲道。「要是霰星永遠不讓我當見習生，那怎麼辦？」

「你要是再繼續待著，他就不會讓你當見習生，」楓影怒聲道。「到時你就成了獨行貓。」

小曲平貼耳朵。「我是河族貓。」

「那就回家證明給我看！」她的琥珀色眼睛直視著他，四周森林正在慢慢消失，楓影眨眨眼，小曲就醒了。

他蹣跚爬起，很高興溫暖的晨光洩進了穀倉。「我聞到老鼠的味道了。」他推推雀斑。

「你等著瞧吧，」雀斑在他旁邊動了動。「收割季快到了，」他打個呵欠。「到時你會看見到處都是老鼠。」

小曲舔舔嘴唇。「我昨天發現一個新的老鼠窩。」

雀斑坐了起來。「在哪裡？」

小曲跳出自己的乾草窩，快步穿過石子地。「我帶你去。」楓影的話不斷在他耳裡響起，他想趕快擺脫那聲音。他不是獨行貓，他是河族貓。等他個子大到族貓們都不再輕忽他時，他就會回家，證明給大家看。

「走慢點！」雀斑舔舔身上凌亂的毛髮。

「快點嘛！」小曲停下腳步，甩著尾巴。「我想趕在怪獸醒來之前，帶你去看。」

雀斑氣喘吁吁地快步跟在後面，突然停了下來，扭身啃咬背上的癢處。「我一直找不到時間好好清理一下身上的蝨子。」

「晚一點再抓好了。」小曲連跑帶跳地穿過空地，瞇起眼睛，擋住刺眼的陽光。太陽正從遠處山丘緩緩升起，農場怪獸還在窩裡睡覺。小曲飛奔穿過空曠的空地，沿著圍牆走。

「快一點！」他喊道，這時的雀斑才剛轉過牆角。牆邊下方雜草叢生，小曲沿著圍牆，一直走到有蕁麻叢的地方。他用前腳撥開草叢，開始流口水。草叢後方有個小洞隱身在突岩下面。「這裡。」他低聲對雀斑說。

雀斑在他後面探看。「這個洞有得等了。你得先等老鼠出來再說。」

「我們可以往地底下挖啊。」

雀斑搖搖頭。「我試過。這些石頭往下深達一條尾巴長。你挖的速度根本趕不上牠們逃的速度。」

小曲把撥開的蕁麻叢歸回原位。「那我就在這裡等。」

雀斑的鬍鬚微微抽動。「你？在這裡等？」

「你不相信？」小曲轉過頭。「我當然可以等啊。」

雀斑搖搖頭。「這一個月來你或許長大了不少，但還是沒改掉小貓的性子。」

小曲嗤之以鼻。「我會證明給你看！」他在蕁麻叢旁邊蹲下來，還收起了尾巴。

雀斑的眼睛一亮。「你就在這裡慢慢等吧，」他喵聲道。「我去看看木頭倉庫後面有沒有什麼東西可以抓。」

雀斑走開，消失在轉角處，小曲換了一個姿勢。**我可以等！**小曲彈彈尾巴，注視著蕁麻叢，豎直耳朵，鬍鬚動也不動，小心偵測可能動靜。但什麼也沒有。

就算要等上一個月，我也行。

他的爪子一張一縮。他打開嘴巴，想嗅出老鼠的氣味，可是什麼也沒聞到。

牠們一定早就出去了。他突然覺得癢，尾巴動了動。小曲繼續盯著蕁麻叢。可是他愈來愈癢，終於受不了了，扭過身子，啃咬癢處，這才覺得舒服多了。

也許這洞是空的，他心想。**與其浪費時間在這裡白等，倒不如去別的地方抓老鼠。**他看著雀斑消失所在的轉角處。搞不好那棟木頭倉庫裡住了很多老鼠，雀斑可能需要幫忙。小曲瞥了蕁麻叢一眼。**我晚一點再回來，**他告訴自己，**到時老鼠就醒了。**他抬高下巴，沿著圍牆快步走回去，轉過牆角，穿過空地。

「你沒等多久嘛，」小曲來到木頭倉庫時，雀斑這樣說道。「你有抓到很多老鼠嗎？」薑黃色公貓蹲在一堆木材下方，瞪著縫隙看。

「牠們都跑掉了。」小曲告訴他。

雀斑的目光仍然沒有移開。「那你可以幫我的忙囉。」他往縫隙移近了點。「我聽得到牠們的聲音，可是看不到牠們。」

小曲窺視幽暗的縫隙，再抬眼看看木頭堆頂端。「我有個點子。」他一躍而起，跳上兩條尾巴高的木頭堆，木頭微微震動，下方跟著傳來吱吱叫聲。於是他爬到最頂端，再往下看。這時雀斑已經抓到一隻老鼠，就擱在後面。「你可不可以再搖晃木頭一次？」他喊道。

「牠們好像是被你嚇得跑出來的。」

小曲在木堆上跳來跳去，加重力道，下面木頭喀吱作響。又一隻老鼠從木頭堆底下跑出來，雀斑伸出腳爪一把抓住牠。小曲豎直耳朵。木頭後面有小爪子的刨抓聲。他專心聽聲音的來源，迅速移動身子，肚皮貼住木頭，往後面探下身子，伸長爪子，從暗處勾到一隻老鼠，感覺溫熱溫熱的，立刻用後牙熟練地狠咬下去。

「我抓到一隻了！」他對著下面的雀斑喊道。「要不要帶去給蜜茲？我想她八成餓了。」

「她一定餓了。」雀斑把他的獵物並排放好。「小貓們也一定很不安份。」他們長得很快，幾乎每天都跑到巢穴外面去探險。

「如果蜜茲同意的話，我可以帶他們去溝渠探險。」小曲拾起自己的獵物，跳下木堆。

雀斑看著他。「你不會想念自己的家人嗎？」他柔聲問道。

「當然會，」小曲丟下老鼠，迎視雀斑。「可是他們不像蜜茲和小貓那麼需要我。」

「我可以照顧……」

小曲沒等雀斑說完，就抓起老鼠跑到木頭倉庫外面。雀斑趕上去的時候，小曲正急忙鑽過牆縫。小曲緊張地瞥了他一眼。莫非這隻農場貓是在告訴他，這裡不再需要他了？

雀斑叼著獵物的尾巴，嘴下的獵物晃呀晃的。他看著遠方的草地，只說了一句：「今天天氣真好！」嘴裡的尾巴讓他的聲音有點被蒙住。

小曲覺得自己像個膽小鬼似地鬆了口氣。**他們還是需要我的。**

他們走向玉米田，陽光正狠狠灑在農場小徑上。晴空下，山峰突兀高聳，邊緣有灌木叢零星散布，形成濃淡不一的綠色景致。放眼望去，玉米田金黃燦爛，千篇一律。小曲抽動耳朵。有種奇怪的聲音正在炎熱的空氣裡鼓譟。他扔下老鼠，瞪看眼前小徑。「那是什麼聲音？」

遠處有隆隆聲響。雀斑也停下腳步，抽動鼻子。「聞起來像是農場怪獸已經上工了。」

「可是牠們都還在窩裡啊。」

雀斑把老鼠一扔。「收割了！」他聲音帶著驚恐，全身的毛都聳了起來，拔腿就往前衝。

小曲驚愕地瞪著雀斑扔掉的獵物。「什麼是收割？」他喊道。這時他突然聞到雀斑身上散發出來的恐懼氣味，他也跟著緊張到連腳掌都刺痛起來。

「他們在收割玉米了！」雀斑回頭喊道。

小曲頓時慌了起來，跟在他朋友後面往前衝，腳下礫石喀吖作響。

雀斑在玉米田邊突然停下腳步。小曲也及時剎住，睜眼瞪著玉米田看。一頭巨大的鮮紅色怪獸正在玉米田裡拖行，連莖帶梗地吸進金黃色的玉米，再從後臀排洩出塊狀物，所到之處，只見觸目驚心的大片殘梗。

「蜜茲！」雀斑驚恐喊道。

「小貓！」小曲往前直衝，奔下小路，縱身躍過溝渠，穿過樹籬，進入玉米田，雀斑尾隨在後。怪獸朝他們呼嘯而來，馬上就要直搗蜜茲窩穴。就在小曲快跑到凹地時，突然聽見喵嗚的聲音。他衝進空地，只見蜜茲站在那裡，瞪大眼睛，嘴裡叼著風笛。小曲望向臥鋪。

喜鵲坐在臥鋪中間哭號。「怪獸快來了！」

雀斑從玉米田裡鑽了出來。「其他小貓呢？」

蜜茲把風笛塞在她兩隻前腳中間。「我已經把迷霧送到溝渠那兒了，可是黑煤跑進玉米田了。」她的綠色眼睛充滿疑懼。

「我進去找她！」小曲瞥了一眼隆隆作響的怪獸。那顆血紅色的頭顱正在玉米田裡推進。

「我負責喜鵲。」雀斑進入臥鋪，把喵喵叫的小貓拉出來。

「黑煤是往哪個方向去的？」小曲問道。

「我沒看見！」蜜茲倒抽口氣。

喜鵲抬腳指著玉米田。「那邊！」

小曲立刻鑽進田裡，鼻子不停抽動。塵土漫天，他打了個噴嚏。怪獸在田間行走，臭味充斥四周，聲響隆隆。

「黑煤！」他大喊道。他豎直耳朵，但一聽見怪物的吼叫，便趕緊貼平耳朵。他嗅聞空氣，聞到些許黑煤的氣味。他遲疑了一會兒，才又往玉米田深處走去。他在茂密的莖梗間有一條小通道，他突然燃起一線希望。他循著小路走，心噗通噗通跳。這竟然是一條直通怪獸的小路。

黑煤的氣味更濃了，而且還滲著恐懼。小曲繼續前進，循著折斷的玉米葉柄一路往前追。怪獸的吼叫如雷貫耳，小曲感覺到血液衝上耳朵。他抬頭看，不禁倒抽口氣，那頭怪物竟離他不到一棵樹的距離，胸前巨大的前爪正不停撕扯玉米，一把舀起，塞進大嘴裡。

「救命啊！」怒吼聲中傳來黑煤細微的尖叫聲。金色的玉米田間隱約可見小貓的黑色毛髮。她離他只剩三條尾巴的距離，但那頭怪獸正隆隆朝她衝去。

小曲呼吸急促，毛髮倒豎，不管三七二十一地往前一跳，落在黑煤旁邊，然後一把叼住她頸背就往前衝。玉米的葉柄不斷拍打他的臉，他嚐到了鼻血的味道。雖然下巴劇痛，他仍緊咬黑煤不放。他聽見怪獸的爪子在他耳邊揮打，強壓住驚慌的情緒，縱身往旁邊一躍，終於在千鈞一髮之際跳離怪獸的行經路徑，黑煤仍緊貼在他胸前。他跌跌撞撞，好不容易停下腳步，怪獸轟隆隆地呼嘯而過，揚起的風吹亂他的毛髮，連地面都為之震動。

他全身發抖，癱軟地躺了一會兒，才鬆開黑煤。她蹲在他旁邊，也在不停發抖。怪獸慢慢走遠，碾過之處殘梗遍地。

「你們還好嗎？」雀斑在他們旁邊低下頭探看，眼睛瞪得大大的。

「還好，」小曲氣喘吁吁。「我們把她送到溝渠那兒吧，免得怪獸又回來了。」

雀斑叼起黑煤，等小曲從地上爬起來。「有受傷嗎？」

小曲舔舔鼻血。「沒有。」他上氣不接下氣。

黑煤在雀斑嘴巴下面扭來扭去。「小曲救了我！」她吱吱喊道。

小曲對她皺起眉頭。「下次記得待在母親身邊，別亂跑。」他跟著雀斑回頭穿越怪獸剛碾

出來的小徑，再越過玉米田，回到田梗處。他全身發抖地鑽進樹籬底下，再從另一頭鑽出來，看見蜜茲正把小貓們全兜攏在身邊。她一看到雀斑嘴下的黑煤，立刻發出快樂的喵嗚聲。

農場貓把小貓放在她母親腳下。「小曲及時救了她。」

蜜茲看著他，眼睛發亮。「你救了我的孩子。」她低聲道。

小曲抖得太厲害，根本無法回答。

「你是名符其實的戰士。」蜜茲傾身向前，舔掉他的鼻血。

「你差點就送命了。」雀斑咕噥道。

小曲回頭看見那頭怪獸仍在玉米田間來回覓食。要是他的部族也遭到類似的攻擊，那該怎麼辦？「我要回家了。」他低聲道。

「你現在安全了，」雀斑安慰他。「那頭怪獸不會再往樹籬這邊來的。」

「我不是想逃，」小曲吞吞口水。「我不會再逃了。」他知道他必須回去成為戰士。他的天命不在這裡。**不可能在這裡**。他很慶幸自己救了黑煤。可是這只是開始。他命中註定會有偉大的成就，但絕不是成就非凡的農場貓，而是成就非凡的貓戰士。甚至可能是有史以來最有成就的貓戰士。他不在乎他的部族是不是覺得他個子太小或長得太醜。他會證明他就像他們一樣勇敢、一樣忠誠。他垂下頭。

「我永遠不會忘記你們，」他承諾道。他發現自己壓抑不住情緒，尤其是在面對黑煤、迷霧、喜鵲和風笛時，他們全都瞪大著眼睛看著他。「我希望我可以一輩子待在這裡，但是我不屬於這裡。」他看得出來雀斑和蜜茲試圖想要理解。「我是部族貓，我應該回家了。」

第九章

小曲腳下的小路開始出現坡度，這時已經可以聽見瀑布的隆隆水聲。他走了一整夜，先穿過轟雷小徑，然後在不被風族察覺的情況下偷偷穿越他們的領地。林子遠處的天色漸漸亮起，營地馬上就會甦醒。他匆匆走下峽谷旁邊的小徑。這條路似乎比上次走的時候來得窄多了。他個子長大了不少，腳步也變得更穩，不會再緊張兮兮地探看崖邊，反倒目光堅定地注視前方。他隱約看見河流蜿蜒流進下方河族的領地。

他好奇迷霧、黑煤、喜鵲和風笛醒了沒。也許雀斑會去幫忙照顧他們，好讓蜜茲有空去狩獵。小貓們會問起他嗎？會想知道他去了哪裡，什麼時候回來嗎？小曲的心揪了起來。他好想念他們，但他必須回家！

岸邊小路開始變得平坦，灌木叢也綠油油了起來，他聞到熟悉的河族氣味，等不及想看見營地附近的蘆葦灘。但河面霧氣氤氳，釋出

落葉季即將到來的訊息。薄霧在他四周裊繞，他繞過陽光岩下方的河岸。這裡仍聞得到雷族氣味，小曲有點氣惱，他猜霰星八成還沒把陽光岩奪回來。

在霧中很難看清楚河裡所有的踏腳石，只能先站上其中一座，才能看見下一座在哪裡。他終於抵達礫石岸，蹣跚爬上陡峭的短堤坡，腳步疲憊地走在綠色草徑上。

「小曲？」一個聲音從薄霧裡傳來，泥毛的暗色身影出現在小路前方。波爪和迴霧在他兩側，他們的銀色毛髮和身上的味道都是那麼熟悉。

「你還活著！」迴霧快樂的喵聲迴盪在清晨空氣裡。

泥毛甩打著尾巴。「我去找貝心！」

小曲還沒得及回答，泥毛已經回頭往營地衝，迴霧則朝他跑來，用力舔他前額。「你去哪裡了？我們擔心得要命，我們還以為狐狸把你吃掉了。」

她的氣味溫暖熟悉，將他完全包覆。小曲看著自己的腳，羞愧到全身發燙。**她以為我死了。**

「對不起。」

波爪僵在原地，瞇起眼睛。「所以你是真的逃走了，杉皮說得沒錯。」

小曲點點頭。「可是我回來了。」

「為什麼回來？」波爪咧開嘴巴。「過不慣獨行貓的生活？」

小曲身子縮了一下。「我從以前到現在都是河族貓。」

波爪嗅聞空氣。「你聞起來不像河族貓。」

迴霧嘶聲回答黑銀相間的戰士。「你應該要很高興他平安回來才對。」

「河族不需要臨陣脫逃的戰士……」

波爪話還沒說完，就被腳步聲打斷。貝心慢下腳步，停在他旁邊。這位河族副族長瞪著小曲看。「你長大了。」眼裡閃著淚光。

橡掌從一旁衝了過來，繞著小曲轉，大聲喵嗚。「你看起來氣色很好！你去哪裡了？」

「我去找月亮石。」小曲開始解釋。

「你迷路了嗎？」橡掌喵聲道。

「好了，」貝心打斷道。「霰星想見你。」他護送小曲回營裡，全身溢滿歡喜的氣味。

小曲看到營地四周的蘆葦叢時，突然緊張到覺得肚子裡有蝴蝶撲撲在飛。「雨花還好嗎？」他對貝心低聲問道。

「她很好，」他保證道。「大家都很好。」他低頭鑽過莎草隧道，小曲跟著他，橡掌尾隨其後，迴霧一路喵嗚地跟在後面。

霰星已經在空地上等候。泥毛在旁邊踱步，兩眼炯炯有神。鱒爪、亂鬚和鳥歌都從長老窩那裡快步走下斜坡。亮天和湖光在空地邊緣踱步，不時低聲交談。雨花從窩裡匆匆出來，加入他們，小曲趕緊豎起耳朵。

「你們相不相信他回來了？」他聽見棕色戰士這樣低聲說道。

矛牙和爍皮坐在一起，尾巴整齊地擱在前腳上。木毛在蘆葦灘旁抖掉身上的水。獺潑邊打呵欠，邊走出戰士窩。

「柔翅！快醒來！」白黃相間的母貓驚訝地瞪著小曲。「白牙！快出來看！」

小曲看見他們睡眼惺忪地從窩裡緩步出來。這兩位見習生應該是在他離開的期間升為戰士的。他瞥了一眼見習生窩。還有誰已經升為戰士？當他看見田鼠掌、甲蟲掌和花瓣掌從見習生窩裡跑出來時，不覺鬆了口氣。

「小曲回來了！」花瓣掌跑來和他打招呼。田鼠掌跟在後面。

「你長高了！」田鼠掌開心地喵嗚道。

甲蟲掌瞇起眼睛。「他變胖了，」他哼了一聲。「像隻寵物貓。」

「我不是寵物貓。」小曲咆哮道。

「那誰餵你吃東西？」甲蟲掌質疑道。

小曲抬起下巴。「我自己狩獵。」

「真的假的？」霰星緩步走向他，他的肩上沾到一些晨露。「對一隻還沒離開育兒室的小貓來說，這成績算不錯了。」他的聲音裡透露著訝異。

小曲小心翼翼地探尋河族族長的眼神，看見琥珀色的眼睛裡釋出溫暖，這才放下心來。

「你讓大家很擔心。」霰星大聲嚷嚷道。「不過回來就好。」

波爪緩步走進營裡。「你就這麼輕易地讓他回來？」他嘀咕道。

亂鬚哼了一聲。「當然要讓他回來！小曲是我們的一份子。」

鳥歌倚著她的伴侶貓。「沒錯，我們是戰士，不是惡棍貓，」她厲聲說道。「我們不會拋棄自己的族貓。」

杉皮從穢物處通道裡鑽出來。「他還是我們的族貓嗎？」他的棕色條紋尾巴拖在身後，眼

睛瞇了起來。

貝心立刻聳起頸背上的毛。「他當然還是！」

「他去了哪裡？」甲蟲掌喊道。

「他聞起來有石楠的味道。」湖光嗅聞道。「也許他去體驗了一下別族的生活。」

小曲看看憩尾。她是不是回來跟他們報告，說她在風族領地聞到河族貓的味道？他看見她正低頭看著自己的腳。

「我從來沒有加入別的部族。」小曲挺起胸膛。「我是河族貓。」

霰星繞著他慢慢走，目光掃過所有族貓。「他在河族出生，屬於這裡。」

杉皮和波爪互看一眼。「我們要怎麼相信他？搞不好日子一不好過，他就又不告而別了。」他質疑霰星。

「是啊！」甲蟲掌沉著臉說道。「他跑出去消遙，把自己養肥，我們卻忙著受訓。」

「你們什麼時候訓練我，我都樂意接受。」小曲滿懷希望地看著霰星。

河族族長還沒來得及回答，棘莓就從巫醫窩裡匆忙出來。她停在小曲身邊，嗅聞他的腰腹。「你還好嗎？」她焦急地問道。「你看起來精神還不錯。」

「我很好。」小曲告訴她。

喵嗚聲在她喉間響起。「謝謝星族，你終於平安回來。」

霰星瞇起眼睛。「這段日子你去哪兒了？」

「我去找月亮石。」小曲告訴他。

「月亮石！」貝心倒抽口氣。「很遠欸。」

緩慢的腳步聲從他們後方的空地傳來。「他以前就喜歡冒險，只想到自己。」小曲一聽見雨花的聲音，便全身發抖。他轉過身，面對自己的母親，試圖讀出她臉上的表情。她輕彈尾尖。這意思是她很高興見到他？還是很遺憾他回來了？他盯看她的眼睛，卻只見到自己的投影，其他什麼也沒有。

小曲轉過身來，面對霰星。「我想去問問星族，我是不是一輩子都得當小貓。」

霰星瞇起眼睛。「星族怎麼說？」

「我沒有找到月亮石，」小曲承認道，「不過我找到答案了。」他抬起下巴。「我註定會當河族戰士，不管得等多久。」

棘莓皺起眉頭。「你又沒到月亮石，是怎麼找到答案的？」她問道。「星族去找你了？」

小曲猶豫著，他該告訴霰星有關楓影的事嗎？可是當初她叫他回來，他卻不聽。他搖搖頭。「我救了一隻獨行貓的小孩，那時我才明白我應該回來為自己的部族效命。」他轉頭面對霰星。「很抱歉我曾經離開，那是件蠢事，我以後不會再犯了，我想成為河族裡最棒的戰士。」

霰星的眼裡有光芒一閃。「比貝心還棒？」

小曲看了他父親一眼。貝心的目光堅定。「總有一天比他棒。」

河族族長垂下頭。「很好，河族向來需要強悍的戰士。」

「歡迎歸隊，小曲！」花瓣掌衝出來恭賀他。迴霧、鳥歌、亂鬚也都繞著他喵嗚出聲。小

曲沐浴在他們的熱情當中。

「我可以過來歡迎我的小貓嗎？」雨花等在鳥歌後面。長老趕緊讓開。「歡迎回家。」淺灰色母貓用鼻子輕碰小曲的頭。「很高興你平安無事。」

小曲吞吞口水。「謝……謝謝妳。」他目光迎向她，但她已經轉身，緩步朝入口走去。

「我可以加入你的巡邏隊嗎？」她朝波爪喊道。

「當然可以，」波爪用尾巴示意迴霧和泥毛該走了。「我們早就應該在巡查邊界了。」他以譴責的眼神看了小曲一眼。

「我不敢相信你竟然能自己一路走去找月亮石。」花瓣掌喵嗚道。

「也沒有找到啦。」小曲糾正她。

「我敢說你連風族領地都沒走到。」甲蟲掌嘲弄道。

田鼠掌刨抓著地面。「你到底走了多遠？」

波爪停在入口處。「花瓣掌、田鼠掌，跟我們一起去，泥毛今天想評鑑你們的狩獵技術，現在就走吧。」

獺潑穿過空地，用鼻子推推甲蟲掌。「來吧，」她喵聲道。「我們到山毛櫸林子那裡練習狩獵。越早去那裡，獵物越多。」

「橡掌可以一起來嗎？」甲蟲掌的眼睛發亮。「如果有競爭對手，我會學得比較快。」

「你可以找你自己的弟弟妹妹比賽啊。」獺潑告訴他。

「打敗他們太容易了。」

「誰說的？」田鼠掌厲聲道。

小曲看著以前的室友各自跟著導師離開營地，於是轉身對橡掌說：「你也有課要上嗎？」同時瞥了貝心一眼。

「落葉季快到了，我們不能浪費時間，」貝心溫和地說道。「等晚上你再告訴我們你的探險故事吧。」

小曲點點頭。他今天已經把部族搞得方寸大亂了。「好吧，我們晚一點再聊。」

「你先去幫忙清理長老的臥鋪。」貝心偕同橡掌離開時，這樣提議道。

亂鬚伸出灰白色的腳爪搓搓他那參差不齊的耳朵。「需要換新的青苔了，舊青苔裡都是跳蚤。」

小曲很想嘆口氣，但強忍住。他學會的東西比其他見習生學的多，到過的地方也比任何見習生到過的遠，但還是只能待在營地裡清掃臥鋪。要想當上戰士，這件事突然變得離他很遙遠。

小曲在夢裡醒來。薄霧籠罩大地，平滑的灰色樹幹在他四周森然出現，樹頂隱沒於黑暗中。楓影從樹幹後方走出來，霧氣裊裊。「所以他們接受你了。」

「當然，」小曲甩打著尾巴。「我本來就是河族貓。」

「我還以為你忘了。」

小曲瞇起眼睛。「我已經回來了，」他咆哮道。「沒必要再舊話重提。」

楓影坐了下來。「你很有膽識，」她咕噥道。「我會助你一臂之力。」

「妳到底找我做什麼？」小曲好奇她為什麼又來他夢裡。他都已經回家了，她還想做什麼？

「我想幫助你完成你的天命。」楓影走近了點，尾巴掃過小曲的腰腹。

小曲坐立不安。「我的天命究竟是什麼？」

「如果你聽我話，好好接受訓練，總有一天你會成為一族之長。」

「我會當上族長？」小曲不敢相信自己的耳朵。「可是我現在連見習生都不是。」

楓影坐了下來。「你是不是很希望霰星能對你的歷險經驗刮目相看，立刻收你為徒？」

小曲當場一愣。她幾乎說出了他的心聲。「我會狩獵，」他挺直身子，堅定地說道。「而且我個子也夠高大了。」

「不服從命令，霰星是不會獎勵你的，」楓影直言道。「不過他很快會升你當見習生。」

「不訓練我就太蠢了，」小曲抱怨道。「如果我能接受訓練，對部族一定大有用處。」

楓影的綠色眼睛在幽光中閃閃發亮。「我可以訓練你，但是你不能說出去。」

小曲傾身向前。「妳可以訓練我？」

「我也曾經有過自己的見習生，不過那是很久以前的事了。」

「如果妳讓我當妳的見習生，我會認真學習。妳要我做什麼，我都願意。」小曲繞著楓影轉。「我可以每天晚上來找妳，妳要教會我河族戰士的狩獵技術和格鬥招式！」如果他想當

族長，就一定得熟悉所有技巧與招式。「拜託讓我當妳的見習生……就像一個很正式的什麼掌。」

楓影的尾巴來回慢慢搖動。「你要學的第一件事就是耐心。」她低聲說道。

小曲坐下來，捲起尾巴，放在腳上，「我知道。」他記得雀斑曾嘲弄過他這一點。「我保證我會盡量有耐心，但是我已經等太久了。」

「最好的獵物都是最值得等待的獵物。」楓影若有所思地看著他。

拜託讓我當妳的見習生！小曲本來想再懇求她，但強忍住。

「你願意答應我一件事嗎？」楓影的鼻子只離他一根鬍鬚的距離。

小曲用力點頭。「任何事情我都答應妳。」

「我不只能幫你當上族長，還能給你任何你想要的東西，」她繼續說道。「包括統治河族，還有所有部族。」

小曲瞪大眼睛。「我答應妳！」

「等一下，」楓影偏著頭。「你根本不瞭解你給了什麼承諾。」

小曲眨眨眼睛。

「你必須答應我，」楓影壓低聲音，「你對部族的效忠勝過於其他一切，你的需求比起河族的需求完全微不足道。記住了，完全微不足道。」她的綠色眼睛直視著他。「你能做到這一點嗎？」

小曲心跳加快。「可以！」他伸出爪子。「我可以！」

第十章

「不對，」楓影厲聲說道。「後腿要站穩，不然你的敵人只要嘶聲一吼，你馬上就會失去平衡！」她推推小曲的後腿，直到確定兩條後腿站得穩當為止。「再試一次。」

小曲全神貫注，撐起後腿，再次使勁揮打楓影先前插在地上的那根棍子。這次因為兩腿站得夠穩，他發現打擊力道變得更猛更有力了，他才第三次揮拳，棍子就應聲倒了。

「好多了，」楓影拿腳推開地上的棍子。「好，現在用這一招來打我。」

小曲眨眨眼睛。「要是傷到妳怎麼辦？」

楓影哼了一聲。「你不試試看怎麼知道？」她面對著他，頸間毛髮如獅鬃般厚重。

小曲想像眼前看到的是位獅族戰士。**只有最勇猛的戰士才能生存！**他思緒激昂澎湃，撐起後腿，往楓影猛力一擊，她竟倏地消失。他滿頭霧水，瞪大眼睛，突然感覺下腹碰到毛髮，整個身子突然被頂起來。他來不及尖叫，

就被拋到空中。他甩打尾巴，揮著腳爪，試圖在空中轉身，但地面迎面而來，就被重重地側摔在地。他蜷起身子，掙扎著想要爬起來。

楓影坐在一條尾巴遠的地方。「戰士不會做白日夢。」她咆哮道。

「妳怎麼知道？」

「你撐起後腿之前，恍神了一下，我從你的眼神就看出來了，你的腦袋正在幻想一場戰役。但你要打的是眼前這一場仗，而不是你腦袋裡的那場仗。」

小曲眨眨眼。「我可以再試一次嗎？」

ϟϟϟ

小曲的肩膀很痛。他睜開眼睛時，仍感覺得到楓影的利爪。颸尾正在打呼。在育兒室裡獨睡一個月的小曲，一開始本來不太高興颸尾住進來。這位戰士現在成了貓后，肚子裡懷有小貓。但一個晚上共處下來，她的輕微鼾聲，再加上溫暖的體溫，他終究很高興又有了室友。

他很想問她三個月前去高地做什麼。但如果那是霰星交付的祕密任務，他還是別問好了。那是戰士的工作，而他很清楚自己的身分，他只是隻小貓而已。每天一早醒來，他就會無比渴望霰星會在這一天收他為徒，封他為見習生。可是他知道他必須先證明他對部族忠心不二才行。不過至少現在族貓不再認為他只是隻一無是處、未經世事的小貓。現在他會幫忙清理長老的臥鋪和修補戰士窩，以防禿葉季的刺骨寒風。如今就連矛牙都會教他游泳，怎麼在蘆葦叢間捕捉小魚。這技巧比他想像中來得難，他的出手必須像閃電一樣快，才能抓住莖梗間竄游的小

魚。他也會和族貓們共食，儘管吃得不像他們那般乾淨俐落，但至少比他離開河族前好多了，更何況他現在也不再在乎吃相好不好看這種事。只要他的個子能繼續長高長大就行了。

「霰星得快點把你升為見習生才行，」棘莓檢查他的下巴時，曾這樣說道。「照你這種生長速度，育兒室很快會容納不下你的。」

自從憩尾生下小柳和小灰之後，她的預言幾近成真。小曲幫憩尾的臥鋪添加蘆葦，以便容納兩隻灰色的小毛球，還騰出空間放自己那床加大的臥鋪。他納悶小貓們的父親什麼時候才會來看她們，但奇怪的是，育兒室裡一直沒有公貓出現。就連憩尾也從來不曾提過這件事。

今年雪下得很早，小灰和小柳這時才兩個月大而已。

「我們可不可出去玩？」小柳懇求道。

憩尾哀求地看著小曲，她正忙著把髒的青苔丟出臥鋪。「可不可以拜託你帶她們出去？」她懇求道。「我想把臥鋪清理乾淨，可是她們老礙著我。」

「我們只是在幫妳收集舊青苔啊！」小灰反駁道。

「收集？」憩尾哼了一聲。「難怪我每次抽走青苔，你們就像青蛙一樣一直繞著臥鋪跳？」

小曲喵嗚笑了，不由得想起迷霧、黑煤、喜鵲還有風笛。「我帶她們出去玩好了。」他鑽出育兒室，才走出來腳就陷進和肚皮齊高的雪堆裡。看來厚重的雲層只會降下更多的雪。「我們不能在外面待太久，」他告訴正蹣跚爬出育兒室的小柳和小灰。「妳們會凍成冰塊的。」

小柳在雪堆裡打滾，朝他滾了過來。「我們可不可以騎在你背上？」她吱吱尖叫。

小曲蹲下來。「爬上來吧。」她們爬上他的背，他臉部肌肉不由得抽搐，因為她們的尖爪

劃到他的皮了。「坐穩了！」他直起身子，緩步走在雪中。

「你個子這麼大了，為什麼還是小貓呢？」小柳問道。

「噓！」小灰嘶聲道。「憩尾說我們不可以問這個問題。」

小曲的毛髮聳了起來。小柳趕緊抓牢。「你小心點！」她吱吱尖叫。「我差點掉下去！」

「那就別問蠢問題。」小曲厲聲說道。

「這問題不蠢，」她喵聲道。「橡掌都已經當了好幾個月的見習生了，你怎麼不當呢？」

「我出了意外，撞斷下巴。」小曲穿過積雪的空地。甲蟲掌和獺潑正在雪堆裡清出一條小路。

「你現在已經比較好啦。」小柳直言道。

「他逃走過，所以霰星在處罰他。」小灰低聲對小柳說。

小曲假裝沒聽見。「妳們要我往哪裡走？」他回頭喊道。

「去蘆葦灘，」小灰喵聲道。「花瓣掌告訴我們，禿葉季的時候，河水會結冰，你可以直接走在上面。」

「必須有戰士先試走過才行，」小曲警告道，「因為冰層可能會承受不了妳的重量而破裂。」他一躍而過見習生窩旁的雪堆，往冰封的蘆葦灘前進。

波爪和亮天正清出一塊地方放他們剛抓到的老鼠。河水太冰冷，狩獵隊只能到柳樹林裡尋找陸上獵物。

「我們到了。」小曲站在河邊，提醒兩隻小貓。河面上結了一層薄冰。

小柳注視著河岸。「我們可以走上去嗎？」

「冰層太薄了。」

「那我們來扮演戰士！」小柳跳了下來，她的重量輕到連結了霜的雪堆都不會被她撞破。

小灰追在她後面，用腳掌鏟起一坨雪，往小柳身上丟。

小曲喵嗚笑了出來。他很想加入她們，但是波爪就在附近。被他們叫做小貓已經很丟臉了，要是行為舉止也跟小貓無異，那不是更慘。地面突然有陰影時而掠過，小曲抬頭一看，是隻蒼鷺在空中盤旋。牠上下拍動巨大的翅膀，白色羽翼映襯著灰色天空。他發現那隻蒼鷺的銳眼正盯著營地，心裡一涼。小貓個子還小，很容易被貪婪的大鳥一把抓走。

「妳是風族貓，」小灰朝小柳喊道。「我是河族貓。妳來進攻我的營地啊。」

小柳尖嚎開戰，衝上前去，「進攻！」她撲向小灰。

空地上方的蒼鷺縮小了盤旋範圍。

小曲愣了一下。「小灰，」他試圖保持聲音的鎮定，不想引起小貓恐慌，嚇得她們四散奔逃，他必須把她們集中起來。「小柳，到這裡來。」

「滾開，妳這隻滿身跳蚤的風族貓！」小柳用肩膀扣住小灰，還拿後腿踢她。

「營地才不會被妳占領呢！」小灰吱吱尖叫，試圖掙脫。

「小柳！」小曲鑽過雪堆，朝她們走來。「小灰，我們回育兒室。」

「為什麼？」小柳放開小灰，朝他眨眨眼。

「我們又不冷！」小灰抱怨道。

突然間，空中盤旋的蒼鷺急速俯衝，尖銳嚎聲劃破空氣，目標瞄準兩隻小貓。

星族，救救我們！

小曲一躍而起。「有蒼鷺！」他的警告聲響徹營地，他的身子撲上小柳，連帶把她往雪堆裡推，同時伸腳抓住小灰，拉進他身子底下。

蒼鷺一路尖嚎俯衝，風聲呼呼。他緊抱住兩隻小貓，弓起後背，繃緊肌肉。

我的天命怎麼辦？

他閉上眼睛，準備接受利爪的撕扯。

楓影！妳告訴過我，我可以當族長的！

他想像鳥嘴刺穿他的皮肉。這下必死無疑。

突然間，獺潑的尖叫聲在他上方響起。「你這隻卑鄙的偷魚賊！」

蒼鷺的嚎叫變成了憤怒和痛苦的尖嚎。小曲抬頭一看，獺潑正緊抓牠的背，試圖將牠拉下地面。甲蟲掌一躍而上，騎在蒼鷺的頸子處。

小曲從眼角餘光看見波爪正撐起後腿，伸出爪子，準備攻擊蒼鷺。

大鳥不停掙扎，撲撲拍打著地上積雪，獺潑這才放開了牠。波爪也跟著四腳落地。

「放牠走！」獺潑對著甲蟲掌大喊。

但那位虎背熊腰的見習生遲遲不肯放手，黑色身影像煤灰一樣襯在雪地上。「抓到牠，我們一整個月都不愁吃喝了！」

「我們不吃蒼鷺！」獺潑吼道。

甲蟲掌咆哮一聲，終於放手，蒼鷺掙扎著想站起來，好不容易才撐起身體，飛離空地。

「我們為什麼不吃蒼鷺？」甲蟲掌皺著眉頭，眼睜睜看著大鳥飛走。

波爪緩步走來。「如果你吃過，你就懂了。」他看著小曲。「你的反應不錯。」

獺潑點點頭。「幸好你發現得早。」

亮天衝了過來。「好險你事先察覺到。」育兒室一陣搖動，憩尾從入口衝了出來。

小曲仍在渾身發抖，但總算鬆口氣，坐了下來，讓小柳和小灰從他底下爬出來。她們打著噴嚏，甩甩耳朵上的雪。

「你幹嘛啊？」小柳哼著鼻子說。

憩尾在小貓旁邊止住腳步。「發生什麼事了？」

「沒事了，她們安全了。」獺潑向她保證道。

霰星從族長窩裡出來。

「小曲剛剛救了小貓一命。」獺潑告訴河族族長。

「一隻蒼鷺想抓走她們。」波爪甩掉腳上的雪。「小曲及時護住她們。」

「他差點把我們壓扁了！」小灰抱怨道。

獺潑用尾巴彈彈小貓的耳朵。「他是用自己的身體保護妳們欸！」

「謝謝你們趕走牠。」小曲朝獺潑和甲蟲掌點點頭。「我還以為我的耳朵會被撕爛。」

憩尾用尾巴圈住小貓們。「謝謝你，小曲。」

霰星繞著他們走，尾巴抬得高高的。「那隻蒼鷺的體型有多大？」

「很大！」獺潑倒抽口氣。

「我都沒看見！」小灰抱怨道。

小柳嗤之以鼻。「那是因為小曲壓在我們身上。」

「壓住小貓這種事誰都能做，」甲蟲掌不屑地說道。「是我幫忙趕走的。」

霰星對著黑色見習生點點頭。「做得好。」然後轉向小曲。「不過是你阻止牠傷到小貓。」他的眼睛發亮。「其實我早該做一件事了，只是我必須先讓族貓們親眼看見你的膽識和你的忠誠。今天你為了族貓不顧自身安危，」他抬高鼻子。「所以也該是時候升你為見習生了。」他對著天空大聲喊道。「請所有會游泳的成年貓過來集合，我有事宣布。」

小曲的心跳加快。**終於！**他的天命就要成真了！他瞥了甲蟲掌一眼，後者在旁邊繃著臉。**現在你的競爭對手可不只有橡掌了！**

長老們從窩裡匆匆出來，不解這次召集的目的。貝心緩步走進空地，停下腳步。「發生什麼事了？」他看著聚在空地邊緣的族貓們。小曲驕傲地迎視他父親的目光，朝他點個頭。他相信他父親會懂他的意思。

他哥哥第一個猜到。橡掌穿過雪地，衝了過來。「我們終於可以一起受訓了！」他用鼻子搓著小曲歪扭的下巴。「我們馬上就要當上戰士，我等不及了！我答應你，等我當上族長，一定任命你當副族長。」

謝了！小曲喵嗚出聲。**可是我打算比你先當上族長！**

霰星環顧部族，目光落在杉皮身上。小曲的心一沉。那位棕色條紋的戰士已經原諒他當初的出走嗎？「杉皮！」他大聲說道，「小曲當初回來時，你並不信任他，所以你一定會比其他

戰士來得對他更嚴苛。」

會比楓影還嚴苛嗎？小曲看著自己的腳，他想到那位私底下的導師，突然覺得有罪惡感。「你會教導他成為一名優良戰士。我相信他可以做到。希望有一天他也能像你一樣膽識出眾、成就不凡。」霰星的目光移向小曲。「從此刻起，你將更名為曲掌。」

曲掌發出喜悅的歡呼聲，聲音大到連鬍鬚上的雪都被震落。橡掌興奮地繞著貝心，河族副族長更是開心地用腳拍打地面。

棘莓抬起鼻子高喊：「曲掌！曲掌！」巫醫的眼裡閃著驕傲的光芒。

甲蟲掌、田鼠掌和花瓣掌也加入歡呼的行伍。鱒爪粗嘎的喊叫聲大到連冷空氣都微微震動。當族貓們歡呼著他的新封號時，小曲忍不住搜尋雨花的蹤影。她有沒有看到他成了見習生？這只是他天命的開始。**妳在哪裡？**他的目光搜索著歡樂聲中的族貓。

在那裡！她在爍皮旁邊。

「曲掌！曲掌！」貝心和橡掌朝著天色漸暗的夜空大聲喊叫。

曲掌看著自己的母親，只見她不發一語地站著。他心跳愈來愈快，終於，他看見她抬起鼻子，喊出他的新名號，他才澈底鬆了口氣。

第十一章

「把尾巴收起來！」楓影命令道。

曲掌把尾巴藏進後腿，撐起身子，猛揮前爪。突然一個不穩，腳步踉蹌，尾巴纏到腳爪。「啊！」砰地一聲撞上暗沉的地面。

「你已經有兩個導師了，竟然還學不會用後腳站穩，」楓影吼道。「起來！」

曲掌爬了起來。「為什麼要把尾巴收起來？」他不悅地說道。

「因為我們不能給敵人任何機會逮住你的尾巴。」楓影解釋道。

「可是我這樣站不穩。」

「你要練到站得穩為止。」楓影繞著他轉。「現在再試一次。」

曲掌全神貫注，換個站姿，再次撐起身子，尾巴塞在後腿裡面，再度揮拳。他的肌肉像火在燒。他試圖保持平衡，但前腳的揮拳動作總是害他跌跌撞撞地往前撲倒。

「去他的青蛙屎！」他及時四腳落地。

「有進步。」楓影鼓勵他。

「還不夠好。」曲掌從歪扭的牙間咕噥嘶吼。他試了一遍又一遍，每次都比上次撐得更久一點，直到他痛到停下來，垂著尾巴。

「繼續練習！」楓影命令道。

「妳別忘了杉皮已經訓練我一整天了。」他發著牢騷。

「你不是想成為全河族最厲害的戰士嗎？」楓影不耐地繞著他轉。

「當然，」曲掌厲聲回道。「可是我也需要休息啊。」他注視著陰暗的森林。「乾脆妳帶我參觀一下星族領地吧！」他語帶祈求地看著楓影。「我第一天當見習生，杉皮就帶我參觀河族領地了。」

「除非你把這一招先學會。」

「我明天晚上再練好了，」曲掌站起身來。「我想看看森林裡頭有什麼。」他往前方慢慢走去。「星族的狩獵場一定比這座又臭又陰森的林子來得棒吧。」

楓影立刻衝到前面，橘白相間的身子擋住他。

但他的視線越過她，試圖看穿後面那片濃霧。「拜託啦，」他懇求道。「只要帶我去林子邊緣，讓我看看後面有什麼就好了。」

「不行！」楓影斷然拒絕。她繞著他走，把他趕回昏暗的空地。「你還沒準備好。」

曲掌吼道：「不公平！」

楓影用爪子戳他耳朵。

「妳做什麼？」他倒抽口氣，耳朵被她劃破，感覺耳尖溫溫熱熱的，有血滲出。他用爪子搓了一搓。

她瞪著他。「你答應過我！」她嘶聲道。「為了部族，你什麼事都願意做。」

「這和探索星族領地有什麼關係？」曲掌反駁道。

楓影眯起眼睛。「你來這裡的目的，不是來質問我，而是來學習，不然你就等著另一隻耳朵遭殃吧。」

「你的耳朵在流血欸？」

曲掌感覺到有舌頭正在舔他剛剛被楓影戳傷的傷口。他眨眨眼，睜開眼睛。「走開啦，橡掌！」他掙開他哥哥，坐了起來，全身肌肉酸痛緊張，而且疲累極了。

但橡掌還是瞪著他的耳朵看。「你是被什麼勾到了嗎？還是臥鋪裡有刺？」

清晨寒冷的空氣害曲掌打了個噴嚏。「可能是我睡著的時候抓破皮了，也許是在抓蝨子吧。」有時候他真想告訴橡掌他有個星族的導師，但是他答應過會服從楓影的指示，而她曾要他發誓不准說出這個祕密。他怎敢違抗星族？

雨水打在見習生窩的屋頂。甲蟲掌、田鼠掌和花瓣掌仍蜷伏在臥鋪裡，曲掌走出臥鋪。

「黎明巡邏隊走了嗎？」

橡掌搖搖頭。「他們在空地。」

曲掌豎起耳朵。他聽見牆外杉皮的低沉喵聲。

「我們要在陽光岩下方留下氣味記號嗎？」

湖光回答道：「希望不是，」她嘆口氣。「這樣不就等於承認我們同意更動邊界。」

曲掌聽著泥毛粗嘎的吼聲。「一塊岩石有什麼好爭的。」

「那是我們的領地！」杉皮厲聲道。「我們不能輕言放棄。」

曲掌一張一合著他那疼痛的腳爪，臉部肌肉不時抽搐。

「你還好嗎？」橡掌很是苦惱。「也許你應該去找棘莓，至少她可以幫你的耳朵塗點藥膏。」

「我沒事啦。」曲掌堅稱道。它已經不再刺痛了。更何況戰士們的耳朵也常受傷。他舔舔腳掌，再用腳掌搓搓乾掉的血跡。傷口感覺平直、不會很深。

甲蟲掌伸個懶腰，溼潮的曙光下，他的黑色毛皮像坨陰影。「誰要去參加巡邏隊？」他坐起來。「霰星要親自帶隊哦。」

「我要去！」花瓣掌從臥鋪裡跳起來。「你要不要去？」她瞥了曲掌一眼，這時甲蟲掌正忙著從她身邊擠出去，往入口走去。「杉皮也要去。」

「希望他有去，」曲掌喵聲道。如果甲蟲掌要去巡邏，他可不想被留在營裡。他看看橡掌。「你今天要做什麼？」

「貝心要帶我還有田鼠掌和波爪去抓魚。」

田鼠掌睡眼惺忪地抬起頭來。「如果雨再下個不停，魚就會自動來找我們了。」

「你在做夢吧。」曲掌喵嗚笑了，用尾巴彈彈田鼠掌的下腹，然後鑽出見習生窩。他隔著雨幕，看見貝心正在地上橫木的枝椏下方分派巡邏隊的任務。迴霧、木毛、亮天和鴞毛全圍著他，他們的毛髮平滑如鴨羽，雨水串流而下。「迴霧，我要妳來帶領這支巡邏隊。」貝心命令道。

杉皮在莎草牆邊踱步，湖光和泥毛挨在一起，全都朝族長窩的方向看。河族族長緩步出來，洞口前垂生的青苔微微震動。「花瓣掌！」

她正在那堆潮溼的獵物堆裡嗅聞，立刻興奮地抬起頭來。

「我們可不想一直等妳哦。」霰星警告道。

湖光哼了一聲。「我們還不是在等她！就只有她一個坐在窩裡，耳朵都沒溼。」花瓣掌走到泥毛旁邊排隊時，湖光趁機嘀咕了幾句。

「等等我！」霰星帶隊離開營地時，曲掌突然追在杉皮後面。

杉皮在入口處停下腳步。「下次吧。」

曲掌及時剎住腳步。「為什麼不行。」

「我們要去巡查邊界，」杉皮告訴他。「可能會碰到敵營的巡邏隊，但是我目前為止都還沒評鑑過你的格鬥技巧。」

「我的格鬥技巧很好！」這是一個好機會，他可以趁機試用一下楓影教過的招式。

杉皮瞇起眼睛。「好或不好是由我來決定！」

「你到底要不要來啊？」湖光在通道處喊道。

「今天下午我會幫你做評鑑。」杉皮轉身，鑽進莎草通道。「我保證一定會。」

曲掌垂下尾巴，用力甩進水坑，突然聽見後方貓兒吱吱尖叫。

「小心點！」

他轉頭看見小柳正在擦拭鼻頭上的水。「對不起，」他喵聲道。「我濺到妳了？」

小灰站在她手足旁邊，抖動著鬍鬚。「她是想偷擊你。」

「我差點就成功了！」小柳蓬起那溼漉漉的針狀毛髮。

曲掌忍住笑。「妳們不是應該在育兒室裡躲雨嗎？」

小灰抬起鼻子。「我們是河族貓。」她語帶不屑。「身上本來就會溼。」

「溼了就會感冒！」棘莓聲音嚴厲，害小灰嚇了一跳。巫醫正從窩裡出來。「我想憩尾不會高興妳把育兒室弄溼的。」巫醫在曲掌旁邊停下腳步。「如果你沒有別的事好做，」她捕捉他的目光。「可以幫我去摘款冬。」

「去瀑布那裡？」

「你還記得哦！」棘莓聽起來很開心。「我們需要補點新貨。」她抬眼看看未歇的雨勢。「照這天氣來看，到時恐怕會有很多貓兒咳嗽。你還記得款冬長什麼樣子嗎？」

「只要看到，我就認得出來。」曲掌承諾道。

「我們也可以去嗎？」小柳問道。

曲掌同情地搖搖頭，他還清楚記得自己當小貓時，鎮日被困在營地裡的那種感覺。「對不起。」他喵聲道。

「我們不會搗蛋的。」小灰打包票道。

棘莓清清喉嚨。「不讓妳們去，是因為我們希望妳們能全身乾爽地待在臥鋪裡，這樣比較安全。」鬚尾焦急站在育兒室門口，隔著雨幕看著那兩隻溼答答的小貓。棘莓甩甩身上的雨水。「曲掌，到瀑布那裡要小心點，」她一邊警告，一邊把小貓趕回母貓那裡。「路會很滑，河水也會很湍急。」

「我不會讓妳失望的！」曲掌朝營地入口跑去。棘莓把任務交給他。他興奮到連腳爪都微微刺痛。

綠葉季的灌木已經枯萎，岸邊少了許多遮雨處。但還好在走到通往瀑布頂的上坡路時，雨勢已經和緩。他伸出爪子，抓緊路面，沿著潮溼的石徑往上爬。耳朵貼平，擋住下方隆隆水聲。他嗅聞空氣，想聞出款冬的氣味。他甩甩身上的毛，抬眼看，發現天色已經亮了。雲層漸薄，隱約可見斑駁的藍天。他停在路邊一叢香味撲鼻的綠色植物旁。前方懸崖直墜而下，曲掌可以看到下方渦狀的水流。

款冬因霜害而枯萎了，但中間仍蜷伏著幾片味道強烈的嫩葉。曲掌伸腳去摘，爪子勾出一坨，擱在小徑上，轉身又去摘。

「你是棘莓的見習生嗎？」

曲掌被粗啞的喵聲嚇了一跳。他霍地轉身，看見三名風族戰士站在瀑布頂端。曲掌往後退，爪間仍抓著款冬的莖梗。他豎起全身毛髮，覺得很丟臉，對方出現時他竟然毫無防備。款冬的味道和隆隆水聲成了風族巡邏隊的最佳掩護。

三位戰士走下小徑，朝他而來。曲掌弓起背。「你們進入河族領地了。」他試圖回想楓影教過他的招式。但在峽谷邊緣這種地方，根本沒辦法把尾巴塞進後腿之間。也許他該跑回營地，警告部族？他緊張地瞪著風族貓看。他們沒有聳起頸毛。個子最大的那位戰士是隻棕色公貓，他水平直視他，兩名同伴——一隻虎斑母貓和一隻體型較小的斑色公貓——冷靜站在他旁邊。

棕色公貓垂下頭。「我是蘆葦羽，我想找霰星。」

曲掌皺起眉頭。「有什麼事嗎？」

蘆葦羽朝他的同伴點點頭。「你們回營裡吧，」他告訴他們。「我不會有事的。」

兩位風族戰士轉身沿小徑跑回去，消失在瀑布頂端。

蘆葦羽垂下頭。「你叫什麼名字？」

「曲掌。」

「你是棘莓的見習生？」

曲掌搖搖頭。「我是杉皮的見習生。」

「戰士的見習生？」蘆葦羽瞇起眼睛。「我在大集會上沒見過你。」

「我才剛得到見習生的封號。」曲掌換個站姿。就因為敵營的戰士想求見族長，他就該帶他回營裡嗎？

「你帶路，」蘆葦羽提議道，彷彿已經猜到曲掌心裡在想什麼。「我跟你走。」

曲掌猶豫不決地看著風族戰士。

「別擔心，」蘆葦羽向他再三保證。「我只是想找霰星談一下。」他轉頭。「你也看到

了，只有我一個而已。」

曲掌瞥了一眼他剛摘的款冬。

「你帶回去啊，」蘆葦羽建議他。「我相信棘莓會很高興你採到這些葉子。」

曲掌叼了起來。他抽動耳朵，帶領蘆葦羽走下小路。**他會不會有什麼詭計？**小路變平坦了，過了峽谷之後，水流平緩了下來，慵懶地拍打河岸。曲掌回頭看了一眼。只見蘆葦羽的目光堅定地看向遠方河族營地所在的蘆葦灘。河道漸漸變窄，河水變深，曲掌跳下河岸，開始涉水。這裡的水流平穩，很容易游過去。

「沒有踏腳石嗎？」蘆葦羽問道。

曲掌停下腳步，河水拉扯著他的毛髮。「在很下游的地方才有。」他嘴裡含著款冬，聲音有點被蒙住。**風族貓怎麼會知道踏腳石呢？**

「我們可以從那裡過河嗎？」蘆葦羽問道。「我不會游泳。」

曲掌尷尬地退回河岸，嘴裡的款冬在他舌間發出酸味。他帶著蘆葦羽走到踏腳石那兒，等風族戰士先過河。因為下雨的關係，踏腳石四周的水流湍急，蘆葦羽毛髮豎了起來，但腳步很是沉穩，毫不猶豫。曲掌跟在他後面跳，落地的腳爪濺起潮溼的沙子。他衝過蘆葦羽旁邊，帶著他穿過灌木叢，進入草徑。

他快走到營地時，腹部不由得揪緊。他正帶著敵營戰士進入河族的心臟地帶。要是所有戰士都出去狩獵或巡邏了，那該怎麼辦？誰來保護長老、憩尾和小貓？他下定決心。**我會保護他們的！**他蓬起溼掉的毛髮，低頭鑽進莎草通道。

「曲掌！」田鼠掌的叫聲嚇了他一跳。

他扔下嘴裡的款冬。「你不是去游泳了嗎？」

「貝心說等雨停了再去。」田鼠掌快步穿過空地。「我也不懂為什麼要等雨停，可能是……」他的目光越過曲掌，瞪大眼睛。「你抓到一個風族戰士？」

曲掌蠕動著腳。「其實不是我抓到他，」他含糊說道。「只是剛好碰到他，他說他要見霞星。」

「風族！」爍皮從窩裡衝出來，鼻子不斷抽動，毛髮高聳，保持警戒。她一看見蘆葦羽，連忙停下腳步。「他來這裡做什麼？」

蘆葦羽冷靜地走到空地中央，環顧四周。鱒爪、鳥歌和亂鬚爭相從窩裡出來，站在坡頂，個個毛髮倒豎。獺潑和湖光原本正在用葉子填補見習生窩的縫隙，這時也放下工作。正在吃獵物的矛牙和白牙抬起頭來，驚訝到嘴巴忘了闔上。橡掌嘴裡叼著青蛙，從地上的橫木爬了下來，也驚愕地扔下青蛙，瞪看著蘆葦羽，青蛙則是一路跳呀跳的，穿過空地，噗通跳進河裡，沒有任何一隻貓兒上前逮住牠。

「蘆葦羽？」一直躺在柳樹底下的貝心爬了起來，緩步走向風族戰士。「你來這裡做什麼？」

蘆葦羽向河族副族長垂頭致意。「我必須找霞星談一談。」

「霞星去巡邏了。」貝心告訴他。

蘆葦羽坐下來。「那我等他回來。」

「你不能坐在這裡，」鳥歌衝下坡，毛髮高聳。「回你自己的營地裡，那裡才是你的地盤。」她緊張地看看育兒室，憩尾正在那裡探看，眼神黯了下來。

蘆葦羽的來訪和她上次去風族的事有關嗎？曲掌覺得納悶。他仔細打量蘆葦羽，總覺得他的頭型和語調有點似曾相識。難道他就是幾個月前在風族岩堆上和憩尾在一起的那隻貓？

莎草叢窸窣作響，波爪衝進營裡，在蘆葦羽面前剎住腳步，頸毛豎得筆直。他齜牙低吼。「我就知道我聞到風族的味道。」他嘶聲說道，這時霰星跳進空地，杉皮跟在後面，花瓣掌和甲蟲掌緊跟在後。

貝心向族長點點頭。「曲掌在邊界處發現他。」他回報道。「他說他想找你談。」

蘆葦羽站起來。「我是來要回屬於我的東西。」

小柳和小灰從育兒室裡跌跌撞撞地跑出來。憩尾試圖攔阻，但她們及時閃過，跳進空地。

「我從來沒見過風族貓欸。」小柳上氣不接下氣。

小灰皺著臉。「他的味道好奇怪哦。」

「噓！」鳥歌用尾巴圈住她們，把她們推到剛從育兒室出來的憩尾身邊。

杉皮穿過空地，站在貓后旁邊，喉間發出低吼。曲掌抬高下巴，很是驕傲他的導師如此保護自己的手足和她的小貓。

蘆葦羽垂下頭。「我是來帶我的小貓回家。」

杉皮當場愣住。「他的小貓？」

曲掌瞪大眼睛。風族貓怎麼會有小貓在河族？

「你不可以帶他們走。」憩尾絕望地哭號。

空地上的貓兒們全都倒抽口氣，曲掌看看這頭，又看看那頭，答案開始在腦海裡拼湊。小柳和小灰在河族裡沒有父親──或者應該說憩尾從沒指名道姓地說過誰是她們的父親。小貓出生前兩個月，曲掌曾在風族領地看見憩尾和一隻公貓在一起。難道蘆葦羽是他們的父親？

波爪不再朝著風族戰士低吼咆哮，反而轉頭瞪著憩尾，後者看起來像遇見了世界末日。

「妳竟然沒有否認，妳難道忘了什麼是忠誠嗎？」

憩尾推開鳥歌，將兩隻小貓攬了過來。「我當然沒忘記，」憩尾的眼裡滿是憂傷。「我已經有好幾個月沒去見他了。我愛我的小貓甚過我的生命，我打算自己將她們帶大，讓她們成為真正的河族戰士。」她瞪著蘆葦羽。「你憑什麼把她們帶走？」

風族戰士回瞪他。「憑她們也是我的孩子。」

小柳抬頭看看自己的母親。「他不可能是我父親。」她嗚咽道。「他的味道跟我們不一樣。」

霰星緩步穿過空地，停在貓后旁邊。「這是真的嗎？」

憩尾看著地面，用尾巴把小貓拉近。

貝心嘆口氣。「小貓的生父有權利要求小貓和他一起住。」

旁觀的曲掌，心跟著揪緊。

爍皮穿過空地，緊靠著憩尾。「你們不可以逼她放棄小貓。」

矛牙甩打著尾巴。「小貓應該和生母住在一起。」

「我們不能放棄她們。」

「她們是在河族出生的。」

「我們怎麼可以讓陌生的貓兒養大她們？」

正當族貓們竊竊低語時，一個低吼聲打斷他們。「都知道她們有一半的風族血統了，我們以後怎麼敢信任她們？」波爪的眼睛炯炯發亮。

亂鬚搖搖頭。「他說得沒錯，」長老低聲道。「我們怎麼知道她們會對誰效忠。」

小灰掙脫她母親。「我們是河族貓！」她哭喊道。「我們永遠是河族貓！」

「你們也是風族貓。」蘆葦羽開口道。「她們會得到妥善的照顧，」他承諾道。「我們有充足的獵物，」他掃視空地，看著那幾棟挨擠在樹幹旁的窩穴。「你們要餵飽這麼多貓，萬一再來一場洪水怎麼辦？或者河水結冰了怎麼辦？這又不是沒發生過。」他的目光移回小貓身上。「風族的獵物可以餵飽她們，她們一定會長得很強壯。」

「我不答應。」霰星擋在蘆葦羽和憩尾之間。

蘆葦羽的眼色一黯。「就算要靠武力搶回，風族也在所不惜。」

霰星伸出爪子。「河族絕不受任何威脅。」

「最好是，」蘆葦羽喵聲道。「別以為別的部族不知道你們拱手讓出陽光岩。河族現在積弱不振。我的部族一定會幫我爭回屬於我的一切。老貓，你不怕也不行。」

空氣裡劍拔弩張。憩尾的喵聲突然打破沉默。「我惹的麻煩夠多了，」她低聲道。「我不希望發生流血事件，不值得為這種事流血。」

曲掌好生失望。**不要輕言放棄！我們要努力爭取！**但他看見憩尾往後退，離開自己的小貓，他覺得不可思議。

「憩尾？」小柳眨眨眼睛，看著自己的母親。

小灰轉過身來。「怎麼了？」

霰星注視著貓后。「妳確定？」

她點點頭。「蘆葦羽說得沒錯。小貓在風族會得到更好的照顧。不值得為我……犯的錯而去冒開戰的風險。」

小灰蹣跚地追在她母親後面，可是霰星用鼻子推開她。「你們必須跟你們的父親住在別的部族。」他溫柔說道。

小柳愣住。「他怎麼可能是我們的父親？我從來沒見過他。」

「他的味道好可怕！」蘆葦羽溫柔地嗅聞兩隻小貓，小灰卻縮起身子。

「你們會得到妥善的照顧，」他告訴她們。「風族很期待見到你們。」

小柳急著搜尋她母親的目光，但憩尾只是看著地面。曲掌很想跑過去求貓后別放棄她們，但腳卻像生了根一樣無法動彈。他跟其他族貓一樣只能靜靜地坐在原地，看著霰星把小貓推向她們的父親。

「不要！憩尾！」儘管小灰驚恐尖叫，蘆葦羽還是把她咬了過來。

他朝營地入口緩緩走去。

小柳眼神慌亂地環顧部族。「你們為什麼都不阻止他？」

「小柳！」小灰想要掙脫。「不要離開我！」

小柳跌跌撞撞地跟了上去。「我來了，小灰，我來了。」

她們一起消失在通道裡。霰星步履緩慢地走回族長窩。

鳥歌偎著憩尾。「她們不會忘記妳的。」

爍皮也用鼻子搓搓貓后的臉頰。「妳會再看到她們的，她們永遠是妳的孩子。」

憩尾掙開同伴，跌跌撞撞地走回育兒室。

波爪不屑地哼了一聲。「她回去那裡做什麼？」

獺潑霍地轉身，朝銀色戰士嘶吼。「閉上你的嘴，不要再說了行不行！」

曲掌跟在憂傷的貓后後面，鑽進育兒室。他看見她頹然倒進臥鋪很想說點話來安慰她。

他們怎麼這樣可以強行分開貓后和小貓呢？他為小柳和小灰感到痛心。沒有母親，她們一定很害怕。他蹲在憩尾旁邊，緊挨著她發抖的身軀。「要是我是族長，」他低聲道。「我一定不會讓他帶走小貓。」

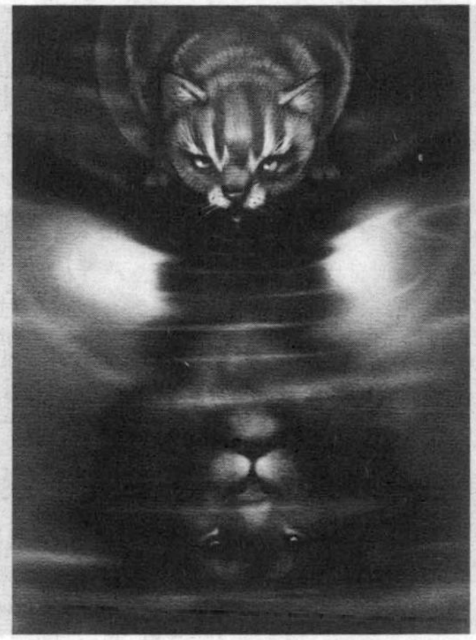

第十二章

「不對，不對！」杉皮氣急敗壞的吼叫聲令曲掌當場愣住。

他伸個懶腰，朝他導師眨眨眼。「我做錯什麼了嗎？」

頭頂上結冰的枝幹突然掉了一坨雪在他背上。他抖抖身子甩掉。從這裡他可以遠眺草原和河流，視線直抵積雪的高地。身後的山毛櫸已經結霜，枝椏光裸，映襯着灰色的禿葉季天空，腳下是袤廣的溼地草原，在白雪覆蓋下閃閃發亮。低矮的山毛櫸旁邊有塊小空地，地面已經結冰，他們一整個下午都在這裡操練戰技。

杉皮嘆口氣。「你要我告訴你多少遍？攻擊的時候，一定要蓬起全身毛髮！星族賜給河族貓豐厚的毛髮，不是沒有原因的。只要把毛髮抖鬆，體型看起來就會比敵營的貓兒大兩倍。對方受到了驚嚇，還沒開戰就已經輸了一半。」

曲掌彈彈尾巴。「別的部族早就摸清楚這套把戲了吧！」楓影總是告訴他毛髮要平貼，這樣一來，對手才會輕敵。「那只是毛而已，又沒有什麼作用。」

「作戰的時候，不會有時間思考，」但杉皮堅稱道。「如果你看見一個體型很大的戰士，你不會去思考他究竟是毛髮太多還是肌肉太大。」他的鼻息呼在冰冷的空氣中如白煙裊裊。「你只會直接反應。」

「好啦、好啦，」曲掌不耐煩地說。「你要我蓬，我就蓬吧。」他蓬起毛髮。「這樣夠蓬了吧？」他等不及想參加生平的第一場戰役，這樣他才能親身驗證哪一個導師說的才對。

杉皮的鬍鬚抽了抽。

「又怎麼了？」曲掌哼了一聲。

他導師的喉間發出一聲喵嗚。「你做事都這麼誇張嗎？」他搖搖頭。「蓬得跟隻河豚一樣。」

曲掌的火氣消了下來。「那到底要怎樣啊？」他喵聲道。甩甩毛髮，恢復原狀，這時他聽見一個聲音，立刻豎直耳朵。

「那是什麼？」杉皮從他旁邊衝過去，抖鬆頸毛，掃視溼地。

「你看。」曲掌彈彈尾巴，指著一群正穿過雪地，朝他們而來的幽黑身影。他嗅聞冰冷的空氣。**是河族貓！**

「矛牙！」杉皮朝那隻暴牙的戰士大聲喊道，後者已經跳上岸坡。

已經成為戰士的甲蟲鼻低頭走在最前面，率先抵達山毛櫸這裡。「訓練得怎麼樣了？曲

掌？」他喊道。「抓到訣竅了嗎？」

曲掌臉色一沉。**你也只不過比我大一個月而已！**甲蟲鼻的那副德性彷彿他不是戰士，而是副族長。不過至少這傢伙已經離開見習生窩。曲掌雖然很想念田鼠爪的冷笑話和花瓣塵對他不時的鼓舞，但可一點也不想念甲蟲鼻的自大傲慢。幸好現在還有橡掌當他的室友

曲掌坐了下來。但是等橡掌也當上了戰士，那該怎麼辦？到時他又會寂寞了。如今小柳和小灰都去了風族，後面再也沒有見習生可以替補，他只能自個兒練習戰技。

「狩獵成績如何？」杉皮問矛牙。

「河水都結冰了，」矛牙嗅聞空氣。「這裡有鳥的蹤跡嗎？」

杉皮搖搖頭。

「我們剛剛去風族邊界。」矛牙遠眺覆雪的溼地。「碰到蘆葦羽，他要我們帶消息回來。」

杉皮豎起耳朵。「小貓還好嗎？」

「很好，」矛牙皺起眉頭。曲掌繃緊神經聽戰士繼續說道。「他警告我們小心雷族。他們攻擊了風族的營地。」

「**營地？**」杉皮眨眨眼睛。

曲掌倒抽口氣。「他們有攻擊育兒室嗎？」

矛牙搖搖頭。「他們只是想偷藥草。」

「有誰受傷嗎？」杉皮問道。

「雷族折損了一名戰士，月花。」矛牙縮張著爪子。

甲蟲鼻吼道：「活該！」

杉皮喝斥年輕公貓：「任何一位戰士的陣亡，都不該被罵活該。」他轉向矛牙。「你警告過霰星了嗎？」

「當時他和我們在一起，」矛牙喵聲道。「他回營地去警告棘莓了，要她把藥草藏好。」

「他們不會攻擊我們營地的，」甲蟲鼻在結霜的地面上來回踱步，甩打尾巴。「就算現在河面結冰，他們也沒那個膽渡河。」

杉皮若有所思。「但願如此。」他用尾巴示意甲蟲鼻。「你要不要陪曲掌練習一下一些格鬥技巧？我教他的，他都已經很熟練了。」

曲掌翻翻白眼。「你為什麼認為我對甲蟲鼻的格鬥技巧不熟？」

甲蟲鼻貼平耳朵，準備上場。「我們只共同訓練過兩次。」

「兩次就夠了。」曲掌哼地說道。

矛牙擋在兩隻年輕公貓之間。「嘿，你們是同部族的。」他看著曲掌。「你要學習的還很多，別再抱怨了。也許甲蟲鼻可以教你一點東西。」

杉皮聳聳肩。「曲掌認為自己學得已經夠多了。」他朝甲蟲鼻點點頭。「他可不可以跟你練一下前腳攻擊那一招？」

「可以啊！」甲蟲鼻蹲伏下來。

你這個自以為是的青蛙臉！曲掌也蹲了下來。他蓬起毛髮，繃緊肌肉，後腳爪牢牢戳進雪地裡，然後撐起後腿。雪地裡的甲蟲鼻像烏鴉一樣墨黑，身子後傾，抬起前腳。曲掌站穩馬

步，將尾巴塞在後腿之間，朝甲蟲鼻用力一揮，甲蟲鼻卻突然雙腳落地，一溜煙地竄到他後面。

曲掌轉動後腳，驚見甲蟲鼻正猛咬他原本放尾巴的地方。「哈，沒咬到！」他得意洋洋地往年輕戰士猛力一拍，對方立時趴跌地上。

「噢！」甲蟲鼻扭動身軀，想從曲掌下方掙脫，曲掌卻加重力道。「我的下巴！」甲蟲鼻用腳揉著下巴。

「曲掌，」杉皮的喵聲嚴厲。「這只是練習而已。」

「我沒有伸出爪子啊！」曲掌反駁道。「而且我們是在練習前爪揮擊，他卻跑去咬我尾巴！」

「那又怎樣？」甲蟲鼻逼視著曲掌。「格鬥時，戰士本來就該做好各種準備！」

「那你怎麼沒準備好迎接我後面這一招？」曲掌啐口道。

「你把尾巴藏起來了。」甲蟲鼻嘶聲道。「這不公平，沒有貓會把尾巴藏起來。」

杉皮目光一黯。「雷族貓就會使出這一招，」他喵聲道。「你從哪兒學來的？」

曲掌挺起胸膛。「這一招很棒，不是嗎？你有沒有注意到我沒有靠尾巴也能保持平衡？」

星族戰士理當知道各族的格鬥招式。

杉皮瞇起眼睛。「要詭計是不可取的。」

「這不是詭計！」曲掌瞄了矛牙一眼。「我在教他一個新招式。」

「放尊重點，」杉皮厲聲道。「甲蟲鼻是戰士，你當見習生都還不滿一個月呢，連大集會也還沒去過。」

甲蟲鼻憤怒地抽動尾尖。「曲掌就是自我感覺太良好，自以為比所有河族貓兒都優秀。」

杉皮走過黑色戰士身邊。「我們回營地吧，」他咆哮道。「這裡太冷了。」

曲掌看著他的導師跳下斜坡，循著白雪覆蓋的小徑走回營地。他突然覺得很愧疚。他不是故意炫耀。只是甲蟲鼻實在很討厭。**我本來就懂一些他們不懂的事情，這有什麼好隱藏的？**

回營的路上，大家都不發一語。曲掌蓬起全身毛髮抵禦寒氣，他的腳趾冰冷，鼻子不斷呼出白煙。莎草通道快被積雪壓垮，曲掌得低著身子才擠得進去。夕陽餘暉下的營地散發出淡淡的紫光。白雪覆滿牆面和窩穴。空地上的雪堆已被清除，堆在河岸邊。地上的橫木剛好與通往戰士窩的小路十字交錯，結霜的蘆葦像釘子一樣聳立在冰封的河面上。

杉皮往霰星的族長窩走去。曲掌的心一沉。他的導師八成是去跟族長報告，說他不服從命令。

甲蟲鼻擠過他身邊，「你活該！」哼地一聲就往獵物堆走去，花瓣塵和迴霧正在那裡找魚吃。曲掌的肚子咕嚕咕嚕叫，魚的味道聞起來鮮美極了。

「別擔心，」矛牙停在曲掌旁邊。「你不是第一個會惹麻煩的見習生，也不會是最後一個。」說完便一路跳著穿過空地，和他的伴侶貓爍皮互碰鼻子，後者正坐在雪坑裡，和亮天、泥毛共食一隻肥碩的狗魚。曲掌嘆口氣，看著矛牙朝魚堆走過去。

「曲掌！」杉皮在霰星的窩外頭喊他。他彈彈尾巴，朝他示意。「霰星要找你。」

曲掌腳步沉重地跟在杉皮那條雪白的尾巴後面。「對不起，」他伸掌碰碰杉皮。「我只是……」

杉皮打斷他。「我們明天再訓練。」這隻矮胖的棕色虎斑公貓朝霞星的族長窩示意，洞口垂生的青苔開始微微震動，河族族長走了出來。「他只是想找你談一下。」

杉皮前腳剛走，曲掌便趕緊轉過身面對霞星，全身畏縮。「我不是有意要傷害甲蟲鼻的。」他開口道。

霞星坐了下來。「我相信他很快會復元。」霞星的琥珀色眼睛在暮光中閃閃發亮。「我知道你急著想完成訓練……」

「我也很想有耐心一點，真的，只是很難……」曲掌冒然打斷他，這才發現自己竟然打斷族長的談話，趕緊閉上嘴巴，不安地換個姿勢。「對不起。」

「別急，」霞星再度開口。「慢慢來，把該學會的都學會，而且要學得精。」

曲掌緊閉嘴巴，但腦袋裡其實一直在想：**可是我懂的比你還要多！我正在接受星族的訓練！**霞星仍繼續講著，曲掌沮喪到連爪子都覺得刺癢。

「你很快會當上戰士，」老貓注視著天空，雲層散去，銀毛星群開始出現。「好好享受你現在的訓練，趁你還不用承擔任何責任之前，開心地去玩……」霞星突然止住。

曲掌豎起耳朵。莎草叢外頭的雪地傳來重重的腳步聲。河邊的花瓣塵轉過身來，全身毛髮豎得筆直。矛牙蹲伏下來，瞪著營地入口。曲掌嗅聞空氣。

是貝心！

河族副族長腳步聲隆隆地衝進營地，兩眼發亮，尾巴的毛髮亂蓬蓬的。橡掌和鴞毛跟在後面，柔翅尾隨其後。

柔翅興奮到白色毛髮根根倒豎。「橡掌救了我們！」她及時剎住腳步，結果腳下的雪全濺到同伴身上。

「貝心？」霰星豎起耳朵。

矛牙挺起身子。「究竟是什麼事？」

貝心抬起尾巴。「有隻狗攻擊我們。」

「狗？」亮天毛髮倒豎。「在哪裡？」

柔翅走到霰星面前。「我們正在溼地那頭巡邏，靠近兩腳獸的地方。」她氣喘吁吁。「結果牠突然從籬笆底下跑出來，直接衝向我們。」

「牠的體型有多大？」霰星問道。

貝心抽動耳朵。「體型比我大三倍。」

棘莓從窩裡探出頭來。「有沒有受傷？」

「沒有。」貝心彈彈尾巴。「橡掌速度很快。」

「他好勇敢。」柔翅繞著他轉。

雨花穿過空地，推開柔翅。「你確定你沒受傷？」她舔舔橡掌的耳朵。

橡掌低頭閃開。「我沒事。」

棘莓穿梭在巡邏隊員之間，不停嗅聞他們。

「我真的嚇死了！」柔翅的眼睛瞪得又圓又大。

鴞毛刷過白色戰士身邊，伸出尾巴圈住她。「那條狗離她尾巴只有一根鬍鬚那麼近。」

貝心的爪子戳著結冰的地面。「結果橡掌立刻轉過身來，轉移牠的注意。」他驕傲地看著自己的兒子。

鴞毛點點頭。「他朝牠衝了過去……」

「……然後撐起後腿，猛攻牠的鼻子。」柔翅接口說完。

「我不知道那隻狗是被嚇到了還是被傷到了……」貝心繞著橡掌轉。「反正我們趁牠哀號之際，趕緊爬上樹。」

橡掌看著自己的腳。「我當時想我的爪子應該比牠的牙來得利吧。」

雨花的眼睛發亮。「你救了你的族貓。」

橡掌聳聳肩。「就算我不出手，貝心也會出手的。」他看著其他貓兒。「鴞毛或柔翅也會出手，我只是搶先而已。」

霰星蓬起毛髮。「橡掌，你做得很好。」他緩步走在空地上。「但如果有狗兒開始針對貓戰士展開攻擊，我們就得小心提防。」他抬起鼻子。「請所有會游泳的成年貓到空地上，我有事宣布。」

他要警告大家小心提防那條狗嗎？曲掌擠進橡掌和貝心之間。「做得好。」他低聲道。

貝心喵嗚出聲。「曲掌，如果你親眼看到，也會為你哥哥感到驕傲。」

就算我沒有親眼看見，也很為他感到驕傲！曲掌目光熱切地看著他哥哥。

棘莓刷過他身邊。「你們這個家族怎麼都這麼有膽識啊。」

雨花用鼻子輕搓橡掌的。「我很高興你沒受傷。」

鱒爪行動僵硬地慢慢走下斜坡。「發生什麼事了？」

「有狗攻擊我們。」柔翅喊道。

亂鬚從長老窩裡鑽出來，鳥歌跟在後面。「有狗？」他瞪大眼睛。「在哪裡？」

「兩腳獸那附近，」鴞毛解釋道。「橡掌把牠打跑了。」

憩尾鑽出戰士窩。自從蘆葦羽帶走她的小貓後，短短不到一個月，她就瘦了一大圈，毛髮也無心梳理。「牠跟著他們回來了嗎？」她掃視那片被白雪覆蓋的蘆葦灘。

迴霧急忙走在她旁邊。「牠走了，我們安全了。」她安慰道。

霰星趁族貓集合時，走到空地中央。「橡掌今晚非常英勇，足以贏得戰士封號。」

橡掌倒抽口氣。曲掌驚訝地瞪著他。他要成為戰士了！就是現在！**要是他也比我早當上族長，該怎麼辦？**

「去吧，橡掌。」貝心推他向前。

「橡掌，」霰星垂下灰色的大頭顱。圓圓的月亮正緩緩升起，月光中，橡掌毛髮光滑，閃著紅光。「從此刻起，你將更名為橡心，」霰星喵聲道。「星族以你的膽識和機智為榮，歡迎你成為河族的全能戰士。」他的鼻子抵住橡心的頭顱。「全心效忠你的部族。」

曲掌感到很驕傲，族貓們紛紛高喊橡心的新封號。可是當他加入時，聲音突然梗在喉嚨裡。**為什麼你這麼容易就能得到這個封號？**這念頭像針一樣刺痛，但他不予理會。**管它為什麼，反正我很快就會當上戰士，到時我們就可以一起狩獵和作戰了！**

「橡心！橡心！」他朝著漸暗的天空大聲呼喊。

橡心開心地從空地走過來，停在曲掌旁邊。「哇！」他的眼睛閃閃發亮，「沒想到當上戰士的感覺這麼棒！」

「做得好，橡心。」貝心用鼻子觸碰橡心的耳朵。

雨花緊挨著她的戰士小貓。「我真以你為榮。」

橡心看著曲掌。「下次就輪到你了。」

雨花彈彈耳朵。「那不重要，他永遠比不上你。」她的話像爪子一樣戳進曲掌的心。

貝心霍地轉頭，狠瞪著他以前的伴侶貓，怒火在眼裡燃燒：「妳不說話會死嗎？」

她為什麼老愛破壞氣氛？曲掌努力按壓下心中的怒氣。

「別理她，」橡心勸他道，帶著曲掌走開。他的眼睛一亮。「你看！」他抬頭看著圓圓的月亮。「你知道今夜是什麼日子嗎？」

「月圓日？」

「是大集會的日子！」

對哦！曲掌很是興奮。他現在是見習生了，應該可以去了！他焦急地看了霰星一眼，他真的可以去嗎？

橡心推推他。「霰星一定會讓你去的！」他保證道。「你是見習生，我是戰士。只有像青蛙一樣笨的貓兒才會不准我們今晚一起去參加大集會！」

第十三章

空氣冰冷，曲掌呼出來的溫熱鼻息瞬間在鬍鬚上凝結成霜。他跟著族貓們走下通往河道的沙洲，結霜的雪地被踩得嘎吱作響。他興奮到毛髮倒豎。這是他第一次參加大集會。一路上他都緊挨著橡心而行。

「我們會走兩腳獸的橋嗎？」

霰星正帶領隊伍沿著河岸往木製渡口走去，下方結冰的河水閃著銀光，一路朝峽谷迤邐而去。

「這是今晚最安全的渡河法。」橡心低聲道。

戰士們本來從來不走兩腳獸的路，但因為結冰的河面尚未經過安全測試，踏腳石也結了冰，恐有危險，只好改走這條路。霰星躍過低矮的籬笆，跳上橋面，落在雪堆上。亮天跟進，四隻腳在結霜的欄杆上滑了一下。花瓣塵低下身子鑽了過來，甲蟲鼻也爬了過來。

「你們兩個快一點！」杉皮回頭喊道。

曲掌往前一躍，橡心的毛髮刷過他的，並肩滑下沙洲。前方的鶚毛和獺潑也悄悄爬上了橋，他們的毛色與白色的雪地恰成強烈對比。毛色白如鬼魅的棘莓跟在他們後面。

貝心停在杉皮旁邊，讓曲掌和橡心先過。「希望這是一場平和的大集會。」他喵聲道。

杉皮哼了一聲。「你確定雷族不會破壞滿月協定？」

兩位戰士並肩走在後面。曲掌回頭瞥了一眼。「搞不好風族會。」他預言道。

「他們一定還很氣雷族攻擊了他們的營地。」橡心同意道。

貝心慢慢走上橋。「而我們是氣他們搶走了小灰和小柳，」他直言道。「可惜我們今晚不能去把她們搶回來。」

曲掌豎起耳朵。「那我們什麼時候可以去搶她們回來？」

貝心瞥了霰星一眼。「也許永遠不會。」他咕噥道。

曲掌在橋邊往下探看。冰面上的月光熠熠閃爍。他抬起頭來，眨眨眼，看見族貓們魚貫爬上斜坡，進入雷族領地。「我們不走瀑布旁邊的小路嗎？」

橡心搖頭。「有協定在，」他提醒道。「所以我們今晚可以取道雷族領地，直接前往山谷。」

曲掌爬上陡峭的小山丘時，已經上氣不接下氣。橡心早已消失在林子的另一頭。他抬頭望著森然的樹木，皺起鼻子。

「你不喜歡這味道？」棘莓在等他。

「味道好難聞哦。」曲掌全身發抖。樹木四周的灌木叢都有雷族的氣味。

「參加大集會讓你很興奮嗎？」棘莓溫柔地問道。

「是啊！」當然很興奮啊。

「我真為你感到驕傲，」她低聲道。「你跌斷下巴後，我本來以為你永遠當不了見習生了。」她瞥了他一眼。「可是你現在的個子大到我幾乎快認不得你。」她的喉間發出快樂的喵嗚聲，隨即加快腳步，趕上隊伍。

曲掌看著貓兒們在矮樹叢間穿梭。即使天還未亮，仍可看見小徑兩旁的積雪。

「難怪雷族想要陽光岩，」曲掌自言自語。「他們這裡八成從來曬不到太陽。」等到他走出林子，身上的雷族臭味被野風吹散後，他才吁了口氣。

這時他的族貓們停了下來，曲掌蓬起毛髮，站在坡頂邊緣，下方是寬廣的山谷，空地中央有四棵巨大的橡樹像守護神一樣昂然挺立。原來那就是四喬木。

亮天緩步來到斜坡頂。「我們最晚到。」

泥毛嗅聞空氣。「雷族才剛到。」

「這裡很安靜。」花瓣塵低聲道。

曲掌瞇起眼睛。眾多毛絨絨的身影擠在四喬木中間，猶如魚群簇游於水中大石頭之間。**那裡一定就是巨岩了！**

霰星喉間發出低吼。「他們沒等我們就開始了。」河族族長率先衝下斜坡，揚起大片雪花。鴞毛和貝心緊跟在後。甲蟲鼻和泥毛也尾隨其後。

「來吧！」橡心跟著跑下去。

曲掌猶豫了一下，杉皮推推他。「你準備好了嗎？」

準備向眾部族宣布自己已經成為見習生？有資格與他們平起平坐？當然準備好了！

他全身能量蓄勢待發。「我們走吧！」曲掌跳下邊坡，和族貓們一起奔下斜坡。他們衝進空地，月光照亮了他們光滑的身影。曲掌衝得飛快，追上在大橡樹下方剎住腳步的族貓們。他抬頭瞪大眼睛，透過樹枝縫隙向上探看。這棵樹比河族領地裡任何一棵樹都來得高大，甚至勝過雷族領地裡的樹。他看得頭都有點暈了。好奇樹頂的枝椏能不能碰到星星？

「來吧！」霰星彈彈尾巴，往貓群裡推進。

曲掌掃視這一大片毛海，味道混雜到他都覺得昏頭脹腦了。橡心在貓群之間穿梭，早已消失不見。霰星跳上巨岩，其他三位族長已在上頭等候，眼裡映著星光。

曲掌看看自己的導師，「我該往哪裡走呢？」

「跟我來。」杉皮從兩隻虎斑公貓中間鑽過去。

公貓閃到一旁讓他過，曲掌跟在杉皮尾巴後面，直到空地中央才停下腳步。

「這裡比較溫暖。」杉皮低聲道。

早就興奮到全身發熱的曲掌可不希望待在太溫暖的地方。他原地轉身，瞠目瞪視。他從沒見過這麼多貓。他的族貓在哪裡？這時他瞄見蘆葦羽，不禁愣了一下。風族戰士坐在他的族貓中間，抬頭看巨岩，平貼耳朵，抵禦寒氣。曲掌伸長身子，用後腳穩住自己，想看清楚點。

「別瞪大眼睛看。」杉皮推了他一把，害他重心不穩，往前顛了一下。

「小心點！」一隻帶著雷族氣味的淺灰色母貓轉頭過來，對他嘶聲作響。她那身長毛因惱怒而微微震顫。「你差點害我跌倒！」她突然說不下去，兩眼直瞪著他。

這幾個月來，曲掌早就忘掉自己下巴歪掉的事實，此刻又突然記起來了。他的身子在毛髮底下縮了一下。她看他的眼神為什麼活像見到一隻會說話的青蛙？他吞吞口水，深吸口氣，先穩住自己。「嗨，」他喵聲道。「我叫曲掌。」

「曲掌？」

她的藍色大眼睛顯然藏不住任何心事。他知道她在想什麼。**她一定看得出來扭曲變形的不是我的腳掌。**「我想我以後的戰士名應該會叫曲顎吧。」他半開玩笑地說道。

她還是瞪著他。

他氣在心裡。莫非雷族貓都這麼沒禮貌？

「除非……」他拿尾巴彈了彈她鼻子。「我的尾巴也長歪了，那麼霰星恐怕就得再考慮一下了。」

灰貓換了個姿勢。曲掌皺皺眉。**沒錯，雷族貓是很沒禮貌。**「我早該想到一定會有很多貓兒瞪著我看。」

「對不起，」她的目光釋出歉意。「只是你剛剛嚇了我一跳。」

曲掌抬起下巴。「在大家習慣我這模樣之前，」他喵聲道，「我最好先習慣你們的被嚇一跳。」他幹嘛為一件無法改變的事實自尋煩惱呢？「至少大家就不會輕易忘記我的名字，」他直言道。「妳叫什麼？」

「藍掌。」

曲掌用後腿坐下來，仔細瞧著她。「妳看起來不怎麼藍啊。」

藍掌喵嗚笑了出來。「我白天看起來比較藍。」

曲掌環顧四周的部族貓。「這是妳第一次參加大集會嗎？」

藍掌搖搖頭。

「所以妳知道會議怎麼進行嗎？」他問道。「這些族長會說什麼？」

「如果你仔細聽，就會知道了。」杉皮厲聲斥道。

曲掌往前低下身子，在藍掌耳邊低聲問道：「哪一個是松星？」

藍掌彈彈尾巴，指著岩石上一隻紅棕色的公貓。**對，沒錯！**曲掌認出來了，他曾霸過陽光岩。月光下，雷族族長的綠色眼睛炯炯發亮，他移動位置，騰出空間給霰星，強而有力的肩膀如波起伏。

「你以前怎麼沒來過？」藍掌好奇地看著他。「你應該已經當了好幾個月的見習生了。」

「我很晚才當上見習生，」曲掌低聲道。「我小的時候體弱多病。」何必交待細節呢？「不過現在好了。」他挺起胸膛。「我想我的族貓們都很驚訝我怎麼會長得這麼高大。」

藍掌的鬍鬚抽了抽，藍色的眼睛釋出溫暖。

「噓！」一隻漂亮的玳瑁色戰士傾身過來。「族長們正在說話。」

「對不起。」曲掌等她轉過身去，才又在藍掌耳邊低聲問道：「哪一個是楠星？」他想知道小柳現在的族長長什麼樣子。

「小個子的那一個，杉星在她旁邊。」**影族族長！**藍掌朝巨岩旁的一小群貓兒點點頭。棘莓也跟他們坐在一起，曲掌心想那群貓應該就是各部族的巫醫。「那個是鵝羽，我們雷族的巫

醫……」

曲掌眨眨眼睛。就是那隻貓在踏腳石上追他，害他跌進河裡。他頓時沉下臉。**要是那隻死老貓沒追我，我就不會撞斷下巴，我現在的名字應該是風暴掌，搞不好已經當上戰士……**

但藍掌打斷他的思緒。「……那隻白貓是影族巫醫賢鬚。」可是當她指著賢鬚旁邊的另一隻公貓時，竟全身發起抖來。「那是鷹心。」她的喵聲帶著一絲咆哮。

「妳不喜歡他？」

「他殺了我母親。」

曲掌吞吞口水。**至少雨花還活著**。他直覺地抬起尾巴輕撫藍掌的面頰，又突然想到她是別族的貓，趕緊移開。「副族長們在哪裡？」他很快問道。

一隻亮橘色的公貓轉頭過來用銳利的黃色眼睛目光瞪著他們。「雷族副族長就在你們面前，如果你們兩個再不乖乖閉上嘴巴，就等著他拔光你們的鬍鬚吧。」

曲掌朝藍掌翻翻白眼。怎麼每個資深戰士都這麼跋扈啊？藍掌忍住笑意，回頭去聽族長們談話。曲掌也跟著她的目光看過去。巨岩牢牢地插進地面，彷彿是被天上星族從銀毛星群那裡丟下來的。

楠星在巨岩邊緣站起來。「經過雷族的突襲之後，我們又重新補齊了藥草。」她的目光掃過雷族貓。「所有長老和小貓也**總算**都康復了。」

一隻雷族公貓怒聲吼道。「我們只攻擊戰士，根本沒攻擊小貓和長老。」

「也沒有偷他們的小貓。」曲掌聽見獺潑尖酸的喵聲。那隻黃白相間的母貓正意有所指地

瞪著蘆葦羽看。

他旁邊一隻風族公貓霍地轉頭，回瞪獺潑。但她沒有退縮，反而抬高下巴，迎視對方。鴞毛從貓群裡擠過來，並肩坐在獺潑旁邊。

「冷靜點，」杉皮從牙縫裡低聲警告他們。「別忘了遵守協定。」

鴞毛瞇起眼睛。「你要我們像霰星那樣忘了小柳和小灰？」

「還好憩尾沒來。」甲蟲鼻抬起身子，在一群雷族戰士的頭頂上嘶聲吼道。

蘆葦羽霍地轉身，瞪著年輕公貓。「有本事下次讓她來啊，」他咆哮道。「到時我會告訴她，我們的孩子有多喜歡吃兔子，勝過吃魚。」

曲掌伸出爪子，聳起身上毛髮，嘴裡發出低吼。藍掌也跟著全身緊繃。曲掌聞到她身上散發出來的恐懼氣味。他看看巨岩上的族長們。只見他們不停變換站姿，都不願意率先出聲要大家冷靜下來。

「天啊，怎麼這麼冷啊！」曲掌挨近藍掌，希望分散她的注意力。她剛被他碰到時，先是縮起身子，但隨即放鬆了下來。

松星上前一步。「雖然是雪季，雷族還是生龍活虎。」

貓群裡的甲蟲鼻正朝蘆葦羽的方向擠過去。「身上流有河族血的貓，是絕不可能喜歡吃兔子的。」他低吼道。蘆葦羽聳起頸毛，對著正朝他接近的甲蟲鼻露出尖牙。

「甲蟲鼻！」貝心從群眾裡擠過來，擋住年輕戰士的路。「看在星族的份上，你別亂來。」他先把甲蟲鼻的氣燄壓下去，再把他趕回群眾邊緣，還用一隻腳爪刻意按住黑色戰士的

尾巴。「你給我待在這裡！」

霰星正緩步走向巨岩邊緣。河族族長抬起鼻子。「自從雪季降臨之後，河族就不必再擔心兩腳獸的騷擾了。」

「除了那些小兩腳獸之外！」獺潑喊道。

鴞毛回應他的同伴。「牠們有好一陣子都不敢來了。」

曲掌喵嗚道。「誰叫牠們要在冰上滑來滑去。」

藍掌倒抽口氣。「牠們掉下去啦？」

「只弄溼腳而已。」曲掌要她安心。「牠們是鼠腦袋！」他故意說雷族的髒話，很是得意洋洋。「連河族小貓都知道不可以在冰上逗留，除非戰士先試過冰層的厚度。」

霰星彈彈尾巴。「雖然結冰，但不妨礙我們捕魚。」他以目光掃視他的族貓。曲掌傾身向前，很是興奮，這時霰星的目光落在橡心身上。「我們多了一位新戰士，歡迎我們的橡心！」

風族貓兒齊聲歡呼，影族也加入他們，為新戰士歡呼。

「他是我哥哥。」曲掌告訴藍掌。

她朝他眨眨眼。「你說誰？」

「橡心啊，」曲掌解釋道。「他是我哥哥。」

藍掌伸長脖子想看清楚點。

「他很厲害哦，」曲掌驕傲地說道。「他當見習生的第一天就抓到一條魚。」**那天我剛好逃走**，他硬生揮開這段記憶。「他說等他當上族長後，要任命我當副族長。」**我該不該告訴**

她，我打算比他先當族長？

「我有一個妹妹，」藍掌嗆了回去。她朝一條尾巴距離之外的一隻白色母貓點個頭。「她的狩獵技術也很厲害。」

「那麼等他們兩個都當上了族長，也許我們兩個就一起變成副族長了。」曲掌客氣說道。

藍掌皺皺眉。「副族長？我想當族長欸。」

太好了！跟我一樣！

藍掌的玳瑁色同伴用爪子彈彈她耳朵。「噓！」那位戰士的語氣很不好。「要告訴你們多少次才會閉嘴啊？」

「對不起。」藍掌垂下頭。曲掌轉頭去看巨岩。

杉星正在說話。「我必須沉痛地宣布，我們的副族長石齒已經搬進長老窩了。」

一隻瘦弱的灰色虎斑貓站在岩石下方，向高喊他名字的族貓們莊嚴地點頭致意。

「他看起來沒那麼老啊。」藍掌低聲道。

灰色公貓嘴裡的尖牙像爪子一樣彎。曲掌忍住笑。「只是牙齒太長了。」

藍掌推推曲掌，也笑了出來。「就天生這樣啊。」

「鋸皮將接下他的職務。」杉星繼續說道。

一隻暗棕色戰士從影族貓群裡昂首闊步地走出來，站在岩石下方的月光底下。族貓們歡呼鋸皮的名字時，曲掌注意到藍掌背脊上的毛全豎了起來。她瞇起眼睛，看著岩石底下聚集成眾的影族貓。她不信任他們。是因為他們是影族貓嗎？也許等一下找時間再問問她。

族長們從巨岩上紛紛跳下來，各部族的貓兒開始各自帶開。他嗅聞空氣，盡其所能地記住每隻貓兒的味道。

「來吧，我們走吧，繼續待在這裡聊天太冷了。」杉皮瞥了風族一眼，他們正爬上山谷的另一頭，準備回高地去。「而且我認為今晚各部族都不想多待，就算現在是綠葉季也一樣。」

曲掌跟著他的導師走。「四大部族常這樣彼此敵視嗎？」

杉皮抽動耳朵。「禿葉季的時候，大家都在餓肚子，脾氣尤其不好。」

「你覺得怎麼樣？」橡心的聲音嚇了他一跳。

曲掌喵嗚笑了起來，橡心走過來，站在他旁邊。「很棒啊，」曲掌說道。「我認識了一個雷族見習生，她和我們好像哦。」他壓低聲音。「她也想當族長。」

「每個見習生都會夢想有一天當上族長。」橡心快活地說道。

「你的意思是說你現在當上戰士了，所以不像以前一樣那麼想當族長了？」曲掌逗他道。

「才不呢，」橡心眼睛一亮，加快腳步，大步穿過雪堆，跟在族貓們後面爬上斜坡。「來吧，我們比賽跑回營地。」

⁂

曲掌眨眨眼，睜開眼睛，目不轉睛地盯著幽暗的森林，很訝異自己竟然已經入夢。大集會之後，他就興奮得睡不著，隔著窩裡的牆縫瞪看雪地上的月光良久，腦袋裡盡是形形色色的陌生身影、氣味和景象。

「所以你在大集會裡遇見了別族的貓，」楓影的喵聲從霧裡傳來。她從暗處現身，面對著他。「感覺如何？」

曲掌甩著尾巴。「感覺很棒！」他興奮到爪子微微刺癢。「我跟一個雷族見習生聊了一下，就像在跟自己的族貓說話一樣。」

楓影的眼裡射出怒火。「不許你這麼說。」

「可是她跟我很像啊。」曲掌偏著頭。「我很好奇住森林吃老鼠過日子的感覺是什麼？」

楓影朝他的鼻子呼氣，開口咆哮，距他只有一根鬍鬚之近，「河族才是你應該在乎的部族，其他部族都是屁！你忘了你的承諾了嗎？」

曲掌搖搖頭，很驚訝她竟然如此生氣。「我當然沒忘，」他喵聲道。「我一直把我的部族擺在第一位。」

「那就好好練習你的格鬥技巧！」她退了回去，曲掌於是撐起後腿，在空中練習揮爪。

「揮遠一點！」楓影喊道。

曲掌將前爪揮得更遠，但馬步開始有些不穩。

「穩住！」楓影吼道，但他還是搖搖晃晃，而且因為撐得太久，後腿開始酸痛。

曲掌咬著牙繼續對空揮爪。他知道這種痛會把他鍛鍊得更強壯，更具平衡感，更有力量。這也正是他所需要的族長養成訓練！他好奇藍掌是不是也在接受星族的訓練？那橡心呢？他晚上也會見到祂們嗎？又或者只有他的天命才有此禮遇？對楓影的承諾不斷在他耳裡響起。

我對部族的效忠勝過於一切，我的得失並不重要，一切以部族為優先。

第十四章

「請所有會游泳的成年貓過來，我有事宣布！」

曲掌一聽見霞星的召集令，立刻從水裡抬起凍僵的腳，叼起抓到的小魚，丟在另外兩條旁邊。他一直在蘆葦灘一條細窄的冰縫裡抓魚。河水結冰，獵物愈來愈少，但他答應杉皮會先抓幾條小魚，才去梳洗休息。他留下獵物，全身溼滑地從河裡蹣跚上岸，穿過蘆葦叢，葉片上的融雪在他經過時紛紛掉落。

霞星要做什麼？太陽快下山了，蒼白的天空正轉為淡紅色。曲掌全身酸痛，昨夜和楓影練了一個晚上的戰技，今天又一整天跟著杉皮在柳木叢裡抓小鳥。不過至少寒冷的氣候看來正在遠離中。自從大集會後，才過了兩個晚上，空氣就不再那麼冰冷。河水很快會再流動。他連走帶滑地穿過蘆葦灘，越過鬆軟的雪地，來到空地邊緣。

橡心快步走了過來。「原來你在這裡！」

「有什麼事嗎？」曲掌瞥了霰星一眼。河族族長頸毛高聳，正緩緩走到空地最前面。他的眼睛閃閃發亮。貝心站在他後方，尾巴拘謹地彈了彈。

橡心蹲低挨近曲掌。「我也不知道，霰星一整個下午都跟貝心、波爪和木毛在開會。」波爪和木毛像石頭一樣動也不動地坐在空地邊。木毛眨眨眼睛，眼神莫測高深。波爪則淡漠地看著遠方河岸的一隻黑鳥在灌木叢間飛掠。

「他們甚至也找棘莓去開會。」橡心低語道。

「有誰生病了嗎？」

橡心聳聳肩。「鳥歌在咳嗽，亮天自從大集會過後，也一直在打噴嚏，可是就只有這樣啊。」

甲蟲鼻懶洋洋地走過來。花瓣塵跑過他身邊，在曲掌旁邊停下來。「發生什麼事了？」甲蟲鼻趕了上來。「也許他決定要再改一次曲掌的名字，」他提議道。「這次改成疤掌。」他瞪著曲掌的鼻子。「你身上好像每天都有新的傷疤。」

曲掌聳聳肩。「我上課的時候都太認真了。」

田鼠爪從如廁的通道衝出來。「我漏聽了什麼消息嗎？」他氣喘吁吁。

「還沒開始，」花瓣塵向他保證道。「還在集合呢。」

鱒爪和亂鬚已經走進空地，鳥歌從長老窩裡探看，由於發燒的關係，兩隻眼睛尤其顯得晶亮。地上橫木的四周窩穴不斷咯咯作響，雨花、迴霧和泥毛正魚貫走出來。湖光、柔翅和爍皮集聚空地邊緣，耳朵豎得筆直。矛牙、鴞毛和獺潑在他們旁邊來回踱步。杉皮從莎草叢裡鑽出

來，毛髮凌亂地慢慢走過空地，坐在白牙旁邊。

棘莓蹲在瘸尾的窩穴旁。「出來吧，」她哄勸道。「河族的戰士都要出來參加。」

瘸尾探出頭來。「發生什麼事了？」

「出來聽聽看啊。」棘莓帶著她走到空地邊緣，然後向霞星點個頭。

「我們在大集會上見到了雷族，」河族族長開口道。「他們像以前一樣一到禿葉季就餓扁了，」同意的低語聲在空地四周響起。「看起來體力不濟。」霞星繼續說道。「反觀我們卻很強壯。所以今天黃昏，我們要搶回陽光岩！」

鴞毛抽動著耳朵。「怎麼搶？再更動一下氣味記號的位置嗎？」

霞星甩打尾巴。「不只這樣！這次我們留下的氣味記號將會是雷族的鮮血！」

「早該這麼做了！」獺潑大喊道。

在雪地裡向來有保護色的白牙，這時亮出利齒。「我要撕爛我爪下的雷族貓！」

霞星朝白色戰士點點頭。「我們要讓雷族永遠忘不了這一天。」

「我們的作戰計畫是什麼？」湖光問道。

「我們先派一支隊伍占領陽光岩，等雷族來挑戰。」

「要是他們不來呢？」爍皮喵聲道。

「他們會來的，」波爪上前一步。「雷族沒體力作戰時，反而最愛逞強。」

木毛腳爪刨抓地面。「這場仗會贏得很輕鬆。」

「勝利本來就該屬於我們！」霞星的眼裡射出怒火。「我們已經受夠了雷族的傲慢。陽光

岩是屬於我們的。」

族貓歡聲雷動，這突如其來的歡呼聲嚇得遠方河岸那隻黑鳥驚慌地飛上天。

甲蟲鼻用後腿撐起身子，往空中猛力揮爪。「我會帶點雷族貓的毛回來作戰利品！」

花瓣塵毛髮倒豎。「我們以前沒打過仗欸。」她喵聲道。

曲掌推推她。「可是我們受過訓練啊，」他提醒她。「我們知道怎麼作戰。」

花瓣塵抬高下巴。「就算要我戰死，我也在所不惜。」

杉皮轉頭厲聲道：「別傻了，我們是為了保衛領地而戰，又不是部族的生死戰。」

「我還記得我的第一場戰役，」白牙嘆口氣。「當時我也是打算要好好修理每隻風族貓。」

「你身上有那時候的傷疤嗎？」花瓣塵瞪大眼睛。

「當然有！」白牙用尾巴圈住腳。「我哪那麼笨，當然知道上場打仗很危險。」

杉皮點點頭。「只要遵守戰士守則，就不會有事。」

甲蟲鼻哼了一聲。「只希望雷族還記得什麼叫戰士守則。」他喵聲道。「雖然有守則，他們還不是照常攻擊風族的營地。」

「貝心，」霰星朝他的副族長點個頭。「宣布一下這支作戰隊伍的成員名單。」

貝心抬起下巴。「木毛、波爪、鴞毛、獺潑。」被點名的戰士慢慢走到空地最前方。曲掌傾身向前，他父親仍在唱名。

「橡心、甲蟲鼻、花瓣塵、白牙、爍皮、柔翅。」

曲掌看著他哥哥上前報到。

「矛牙、雨花、田鼠爪、杉皮、還有曲掌。」

曲掌興奮地揮打尾巴，跟著杉皮往前跑。

「等一下，」棘莓擋住他去路。「你別去好不好。」巫醫的眼神黯沉，帶著憂慮。

「為什麼？」曲掌瞪著她，一臉疑惑。「我已經很強壯了，妳自己也這麼說，我長得比甲蟲鼻還高大，而且我的下巴現在也跟狗魚的下顎一樣有力。」

她搖搖頭。「拜託你待在營裡。」

「妳要我錯過我的第一場戰役？」甲蟲鼻和橡心正準備出營，他得趕上他們。

棘莓移開目光，毛髮豎了起來。曲掌瞇起眼睛。「妳不用再替我擔心。我已經做好準備。我不可能待在營裡。」他吼道。他得走了。他答應過楓影一定會為自己的部族而戰。這是他第一次有機會證明他有資格成為偉大的族長。他大步離開棘莓，低下身子，鑽進莎草隧道。

營地外頭，作戰隊伍正沿著河岸飛奔。曲掌跳下沙洲，發現他們正往結冰的河面走去。他及時趕上正要過河的同伴，最後在陽光岩下方的積雪處止住腳步，與戰友們並肩而立。

「準備好了嗎？」霰星巡視隊伍，眼神黯沉。

「準備好了。」貝心代表大家回答。

曲掌繃緊神經，他的戰友們開始攀上岩壁，他的爪子忍不住跟著一張一縮。

杉皮用尾巴掃過曲掌的背脊。「小心點，別忘了我教過你的技巧。」

還有楓影教過我的！他希望她正看著他。他會證明給她看，他有資格成為偉大的族長。

「祝你好運。」杉皮也攀上崖壁。

曲掌跟著伸出腳，以爪子勾住岩縫，靠後腿力道撐起身子，再把爪子移向更上層的岩縫，慢慢往上爬，直到抵達岩頂。夕陽的餤紅光芒照亮了整座岩石。陽光岩的另一頭就是大片幽黑靜謐的林子。曲掌攀上岩邊，與戰友們會合。他們繞著彼此打轉，吼聲在岩間迴盪。

雨花看著他。「我會叫橡心多幫你一點忙。」

「不必了。」曲掌轉身就走，避開她的目光，他不想再見到她眼裡的冷漠。突然他愣了一下。岩石下方的樹叢間，有株灌木微微顫動。他們被發現了嗎？

霰星朝貝心點頭示意。「擺好戰鬥隊伍。」他的目光掃向甲蟲鼻、花瓣塵和田鼠爪。「這是你們的第一場戰役，」然後又瞥了橡心和曲掌一眼。「但如果你們想藉此證明自己是厲害的戰士，別忘了不只有這次機會而已。所以不要太冒險，祝你們好運。」

貝心彈彈尾巴，河族戰士立刻散開隊形。曲掌後退一步，站在橡心和爍皮中間。他掃視了一下隊形，很是驕傲。河族戰士昂首挺立，毛髮蓬起，夕陽餘暉照亮了整支隊伍，如同星族戰士一樣。霰星巡視隊伍，所經之處，個個昂首挺胸。最後他走到中間位置，瞪看幽暗的林子。

曲掌豎起耳朵。林子裡傳來腳爪輕擊地面的聲響。

橡心的爪子刮著岩面。「祝你好運，曲掌。」他低聲道。

爍皮豎直毛髮。「他們來了。」擊地聲愈來愈響，猶如枝頭間的野風怒吼。曲掌吞了吞口水，雷族貓突然衝出林子。眼裡怒火熊熊，毛髮高聳，血脈賁張。

作戰時，不會有時間思考。杉皮的話言猶在耳。**你只能直覺反應。**他現在懂了。他豎起毛髮，喉間發出嘶吼，雷族貓這時已經奔到他們面前。

霞星上前一步。「我們是在糾正你們以前犯的錯誤。」他吼道。「現在陽光岩又是我們的了。」

松星爬上岩坡，眼睛瞇成一條細縫。「休想。」他齜牙咧嘴。「雷族，攻擊！」

雷族貓蜂擁而上，松星也撲向霞星，兩個族長翻滾在地。橡心衝進那群呸聲怒吼的戰士群裡，單挑一隻黑白相間的公貓。一聲憤怒的長嚎劃破戰火煙硝。曲掌貼平耳朵，震懾於戰場上淒厲的尖叫與怒嚎。他霍地轉身，看見戰友們全都投入戰事。他驚懼不已，不知從何下手。

這時不知誰的腳爪揮打到他，他翻滾了幾圈，腳爪劃過岩面，好不容易站了起來，但才一會兒，面頰又被重重一擊，趴倒在地。他怒火中燒，楓影的喵聲在他耳邊響起。

出手啊！

他立時轉身，用後腿撐起身子。一隻薑黃色公貓朝他呸聲怒吼，弓起後背，抬起腳爪，準備再給他一記。曲掌搶先揮開對方腳爪，再朝公貓的鼻子狠狠一擊，力道之大，兩隻貓兒竟都同時往後彈。曲掌後腿踉蹌，驚覺腳下的岩地不見了，慘叫一聲，直墜而下，從陽光岩的側邊一路滾下來，皮肉劃破，最後掉在下方雪堆。他嚇呆了，上氣不接下氣。

去他的青蛙屎！

他憤怒到腳爪的血液直往上衝。他抬頭望向陡峭的岩壁。岩石後方是拱狀的粉紅色天空，詳和平靜，與陽光岩上方的尖聲嘶嗥形成怪異的對比。他得趕快上去幫戰友們的忙！他繞著岩底跑，在角落裡剎住腳步，這裡有足夠的岩縫可以讓他攀爬上去。這時一個藍灰色身影突然擋住他去路。他從舌間聞到雷族貓的臭味。

是敵營戰士！他踉蹌剎住腳步，對方也霍地轉身面對他。**藍掌**！從她的眼神裡，他感覺到她似乎鬆了口氣。

「感謝星族。」她嘆口氣。

楓影會怎麼說？**其他部族都是屁**！這是個好機會，他可以藉此證明他只效忠河族。但如果他在大集會上曾和這隻貓聊過天，那該怎麼辦呢？別忘了現在沒有協定了。「妳入侵我們的領地！」曲掌蹲伏下來，眼睛瞇成一條細縫。「我們現在可是互相為敵。」他嘶聲道。

藍掌眨眨眼睛。她顯然很驚訝！**真是笨貓**！

曲掌撲了上去，將她壓在雪地上，趁她無法動彈前，箝緊她的肩膀，再以後腿死命踢她的背。她嘶吼，扭頭過來，張嘴就咬他的前腿，而且咬得很深，曲掌大聲吼叫，一把踢開她，腳爪劇痛難耐。藍掌一路驚聲尖叫地滾下河岸，跌向冰封的河面。曲掌舔舔傷口，這種痛簡直痛到他反胃。這時他聽見雪花颼颼的飛濺聲，一個藍色身影像閃電般朝他衝來。

藍掌發狂似地撞上他。他嚇了一跳，腳步踉蹌。藍掌霍地轉身，狠咬他的後腿。然後又轉身，再咬他的前腿，接著撐起身子，撲向他，尖牙戳進他的頸背。

你這個蛇蠍心腸的臭貓！突然有股能量像閃電似地貫穿曲掌全身。她正試圖把他往後拖。**笨毛球**！他的爪子緊戳進地面，頭連甩兩下，將她擺脫，旋即轉身，呸口罵道：「別以為我會對妳手下留情！」

她的眼裡有驚恐，但再度撐起身子，不管三七二十一地朝他猛揮爪。機會來了！他揮動前腳擋掉她的每一記攻擊。她開始跌跌撞撞，試圖平衡自己，而他沉穩地繼續猛攻，使出他早已

練到嫻熟的招式，像捕魚一樣熟練。她爪子碰到他鼻子，但他反擊過去，劃她耳朵，明顯感覺到她的皮肉被他爪子劃破。

快逃啊！

他知道如果他願意，絕對可以把她一路打回雷族領地。這時一個嘶吼聲在他們身後響起。

「雪掌！」藍掌看見她妹妹衝到她旁邊，眼睛為之一亮。

曲掌大聲怒吼，這時雪掌撲了上來，跟她姊姊連手猛攻。曲掌這下得招架同時揮來的兩雙腳爪，開始力不從心。可是她們不肯歇手，越打越猛。他的後腿漸漸無力。這時他的鼻子突然被劃破，接著是耳朵還有臉頰。她們揮爪速度太快，他根本來不及應付，只能節節敗退，後腿在雪地上不停地向後滑。這時雪掌突然低頭咬他後腿，他的腳跟著一軟。

「去你的青蛙大便！」曲掌站穩並發出怒吼，試圖衝進她們中間，分散她們。但雪掌鑽進他身子下方，尖爪劇烈一劃。藍掌騎在他背上利爪不斷戳進他肩膀，他試圖甩開她，還得設法從雪掌身上爬開。但是雪掌翻了一圈，故意撞他後腿。曲掌一個踉蹌，吼聲連連。藍掌死命抓住他，他滾下河岸，感覺自己的毛皮在她的腳爪肆虐下皮開肉綻。他死命甩開藍掌，跳進冰封的河裡，破冰渡河而逃，衝上河岸，鑽進灌木叢，舌間終於聞到河族味道，這才放下心來。

一聲怒吼劃破空氣。「衝啊，雷族！」

藍掌和雪掌抬頭望向陽光岩，興奮地豎直耳朵。河族戰士紛紛跳下陽光岩，衝進河裡，她們趕緊低下身子，閃過這群奔逃的河族戰士。曲掌驚訝看見霰星從他身邊衝了過去，一路淌血。獺潑和櫟皮跟在後面，其他隊員也緊跟在後，腳步雜沓，隆隆如雷。

河族撤退了嗎？

貝心、波爪和木毛在河對岸的冰層上一路跳躍，後腿不斷撞破冰面。曲掌瞪看他們，只見他們撞出一條水道，死命游過來。雷族貓蜂擁跳下岩石，連跑帶滑，但一路追到急流邊緣，只能踉蹌地剎住腳步。眼前的碎冰代表他們再也無路可追。

「去他的！」一名斑色戰士看見貝心鑽進河對岸的灌木叢裡，不禁破口大罵。

「曲掌？」貝心猛地停下腳步。「你沒事吧？」

曲掌直起身子，抬起下巴。「我沒事。」

貝心皺起眉頭。「你剛剛一定也像戰士一樣英勇作戰。」他傾身向前，舔舔曲掌滿是鮮血的臉頰。曲掌低頭躲開，臉部肌肉抽搐。

「走吧，」貝心推他往營地走去。「這些爪痕需要敷點藥草。」

「你竟然命令我們撤退！」波爪瞪大眼睛看著貝心。「你怎麼可以下這種令呢？」

貝心緩慢走在族貓之間，逐一檢查傷勢，不時鼓舞和嘉許受傷的戰士。拂曉曙光為天空染上了色彩，鳥兒開始在營外的灌木叢間啼叫。曲掌蹲在橡心旁邊，自從棘莓幫他的傷口敷上藥草後，就不再那麼痛了。

「我們別無選擇。」貝心喵聲道。

木毛翻個身，痛到臉部肌肉跟著抽搐。「可是霰星告訴我們雷族貓體力很差啊。」

「我們本來快贏了！」湖光停下梳理毛髮的動作，身上的灰白長毛如今沾滿血塊和藥草屑。

白牙嘆了口氣。「要是暴尾沒帶著第二支隊伍出現就好了……」

波爪打斷他。「霰星怎麼沒事先想到這一點？」

「他又不會讀心術！」貝心厲聲回嗆。

木毛低吼道。「但他是族長，本來就該知道如何打贏一場仗。」他瞥了巫醫窩一眼。霰星的傷勢嚴重。當時棘莓無法在空地上為他止血，於是貝心和鴞毛合力把半昏迷的族長抬進她的窩。

「不要說了！」花瓣塵的眼睛射出怒火。她的前額到口鼻處，有一條很長的傷口，原本玳瑁色的毛髮現在沾了血而結成塊。「霰星可能正在失去一條命。」

曲掌站起來。他的傷口像火在燒一樣。

橡心抬頭看他。「你要去哪裡？」

「我想拿點獵物給棘莓。」他眼神閃爍地看著自己的腳。其實他是想趁機去瞭解霰星的情況如何，也好讓花瓣塵和田鼠爪放心。他們顯然很擔心自己的父親。就連甲蟲鼻此刻都煩惱到停止了平常的自吹自擂。「她忙了一整夜，一定餓壞了。」

「可是獵物堆是空的。」橡心指出。

「我知道哪裡有小魚。」他小心穿過蘆葦灘，腳下冰面咯吱作響。再過一兩天，這裡的冰就會融了。他以最快速度抓了幾隻小魚，叼在嘴裡，回到岸上，穿過空地。

雨花正在舔自己的傷口。他經過的時候，她抬頭看了他一眼。「曲掌，表現得還不錯。」說完又回去梳洗自己。

曲掌驚訝到毛髮都豎了起來。雨花竟然稱讚他！他覺得飄飄然。他低頭鑽進莎草隧道，進

入棘莓的窩裡，把魚丟在巫醫的腳底下。「情況如何？」

霰星身子縮成一團，躺在牆邊的臥鋪裡。迴霧坐在旁邊舔著他。河族族長的毛色暗沉，毛髮糾結成塊，呼吸虛弱到腹部幾乎沒有起伏。

「他的血止住了，」棘莓低聲道。「可是失血過多。」

迴霧突然愣住。「他沒有呼吸了。」

棘莓衝到臥鋪前，耳朵壓在霰星肚皮上，隨後緩緩坐起。窩裡靜悄悄的，曲掌渾身發抖。棘莓的嘆氣聲劃破沉默的空氣，這時霰星突然全身起了一陣哆嗦，吐了口氣。「他又失去一條命了。」她低聲說道。

迴霧的眼裡閃著淚光。「所以現在是他的第九條命了。」她輕聲說道。

棘莓用鼻子輕觸母貓的臉頰。「我想是的。」她瞥了曲掌一眼。「你還是出去吧。」

曲掌點點頭，往入口走去。

「謝謝你送魚來。」棘莓在他後面喊道。

曲掌鑽進空地。雨花腳步僵硬地朝自己的窩走去。橡心鼻子擱在腳上，閉著眼睛。亂鬚嘴裡叼了一坨雪，丟在爍皮旁邊，後者口渴難耐地趕緊舔它。他們都不知道自己的族長在陽光岩的這場敗仗中失去了一條命，這也正是花瓣塵擔心的地方。可是曲掌沒有立場去告知他們。棘莓會告訴他們的，再不然，等霰星復元了，也會親口對他們說。

要是我在那場仗中表現得再好一點就好了。楓影恐怕不會再相信我有資格當族長。曲掌好生洩氣。**下一次我一定要像星族戰士那樣驍勇。下次，我絕對不再讓我的部族失望。**

第十五章

「停下來！」楓影喊道。

「可是我做得還不夠好！」曲掌又往前撲了一次，肚皮刷過地面。他扭身一轉，伸直後腿。自從那場戰役過後，這幾天下來，他練得比以往還要賣力。

楓影不理會他。「停下來！」

「我一定做到正確為止。」曲掌爬了起來。「我再也不要打敗仗。」

「曲掌，你該醒了，」楓影嘶聲說道。「有事發生了。」

曲掌緊張地瞪著她。「河族有麻煩了？」

「你快醒來吧！」

曲掌眨眨眼，睜開眼睛。他爬了起來，心跳得厲害。見習生窩很暗。他幾乎看不到牆面。雖然腳爪刺痛難耐，他仍溜進空地，抬頭望向天空。月亮的形狀像爪子一樣。曙光剛照亮遠處高地。自從陽光岩之役戰敗之後，冰雪便開始融化，營地變得泥濘不堪。蘆葦也枯

了，宛如哭喪著臉。積雪漸融，青苔露了出來。曲掌朝蘆葦灘走去，腳下青苔咯吱作響。他隔著硬梆梆的蘆葦梗窺看，嗅聞空氣。這裡仍殘留著霰星的味道，還有木毛的。曲掌跟著他們的腳蹤走，等到快走到莎草牆的缺口時，也聞到獺潑、鴞毛和波爪的味道。看來他們才剛離開營地。

曲掌低下身子，打算繼續追蹤。就在這時，一聲尖叫劃破空氣。曲掌嚇得霍地轉身，發現那聲音是從河對岸傳來。後面跟著一聲吼叫。

獺潑！

曲掌衝進空地，跳上地上的橫木，穿梭於窩穴間，他沿著橫木上的突枝往外爬，直到居高臨下地站上蘆葦灘的正上方。他的目光循著蜿蜒的河流往上游搜尋，直眺更遠的河岸。獺潑和鴞毛正從風族領地往下坡衝。他們大步前進，躍過矮木叢。波爪和木毛跟在後面，嘴巴底下叼著一團暗色東西。曲掌聽見小貓叫聲，嚇得心臟差點停掉。

小貓！他們把小貓帶回來了！

霰星壓隊殿後，一名風族戰士跟在後面一路呸口怒罵。**是蘆葦羽！**曲掌認出他那身倒豎的毛髮。四名風族貓也在旁邊咆哮。木毛和波爪快抵達那條河了。這時曲掌腳下的樹枝開始晃動，營地後方傳來騷動。

「發生什麼事了？」

「誰在大叫？」

窩穴一陣窸窣作響，潮溼的青苔地上傳來雜沓的腳步聲。橡心沿著樹枝跑上來，蹲在他後

面。「發生什麼事了？」

「你看！」曲掌的目光仍緊盯著那隻竄逃的隊伍。

「快跳進河裡！」霰星的吼聲迴盪在黎明空氣裡。木毛和波爪跳下河岸，衝進淺灘。

小柳吱吱尖叫。「好冷哦！」

「救命啊！」小灰放聲大叫。

霰星放慢腳步，霍地轉身面對蘆葦羽。風族戰士及時剎住，只離霰星鼻頭一根鬍鬚之近就撞上他。他的同伴從他身邊衝過，跑向河邊。「不准你偷走我的小貓。」

霰星回頭一望，只見波爪和木毛已經站在齊腹深的河水裡。他得意洋洋。「我們成功了。」

蘆葦羽呸了一口，就往河族族長身上猛擊，力道之大，河族族長直接撞上石頭。曲掌嚇得大氣不敢喘。霰星動也不動。**起來！快起來！**難道河族族長為了救那兩隻小貓，連最後一條命也沒了？

蘆葦羽跟在同伴後面衝向河岸。他停在岸邊低聲怒吼，其他貓兒則涉進水裡。獺潑和鴞毛在淺灘處轉身揮爪，迎戰追兵。鴞毛先是衝撞其中一名風族戰士，再轉身重擊另一名追兵。獺潑則鑽進暗色虎斑公貓的下腹，肩膀一頂，摔對方個四腳朝天。波爪和木毛趁同伴禦敵之際，趕緊游向河族領地，脖子伸長，以防小貓沾到水。

方寸大亂的蘆葦羽眼睜睜看著河族戰士從河裡蹣跚爬上岸，將小貓放在河邊溼地上，而他的同伴則是陸陸續續、跌跌撞撞地爬回風族這頭的河岸。蘆葦羽沮喪的轉身，對著他們說：

「我們不能就這樣放棄！她們是我的小貓！」然後不等他們回答，便霍地跳進河裡。「把小貓還給我！」他尖聲嘶吼。

他後面的霰星動了一下，掙扎著站了起來，跟在蘆葦羽後面，一鼓作氣，撲上風族副族長的背，將他壓進水裡。

蘆葦羽掙扎著想浮出水面，水沫四濺。霰星伸出前爪，又撲上去，再次將風族戰士撞進水裡。他緊壓住蘆葦羽不放，瞪著圓亮的眼睛，眼底映著清晨的太陽。其他風族戰士退回岸上，像貓頭鷹一樣瞪大眼睛。

霰星四周水面浮起許多泡沫。蘆葦羽正處於生死一線間。

放開他！曲掌傾身向前，全身發抖。**別殺了他，小貓已經安全了！**

「霰星？霰星！快住手！」鴞毛衝到族長旁邊，水花四濺。「你快淹死他了。」

霰星一臉茫然地瞪著同伴，鬆開手，踉蹌退了幾步。鴞毛趕緊把蘆葦羽從水裡拉起來。

「快幫我把他拖上岸！」他氣急敗壞地說道。

霰星趕緊上前，一把抓起蘆葦羽的頸背，合力把他拉到風族那邊的河岸。曲掌鬆了口氣，全身無力，但還是提起精神，趕到小貓那兒去。

波爪正挨著小柳，木毛則舔著小灰溼掉的毛髮。小貓們只顧看著對岸。霰星和鴞毛正低頭站在她們父親的上方，後者癱軟在地，動也不動。

「他死了嗎？」小柳喊道。

鴞毛伸掌搓揉蘆葦羽的胸部。

「要不要我去找棘莓來？」曲掌提議道。

波爪抬起頭來，眼神一黯。「來不及的。」

這時蘆葦羽突然咳了一聲，扭過身子，吐出好多水。

「他活過來了。」小柳眼睛亮了起來，然後轉身看著曲掌。「他會過來帶我們回家嗎？」

「妳們的家就在這裡！」憩尾衝出蘆葦叢，及時剎住腳步，瞪大眼睛看著小貓。「你們長大了。」她低聲道。「你們長得好大了。」她的聲音沙啞。

「憩尾！」小灰低頭躲開木毛，衝向她的母親，用鼻頭搓揉憩尾的下巴，大聲喵嗚，聲音之大，連鳥兒都被驚醒。小柳也衝了過來，鑽進憩尾肚子底下。對岸的風族戰士正幫忙扶蘆葦羽爬上坡。他溼淋淋的毛髮緊緊貼在骨瘦如柴的身軀上，走路瘸得很厲害。

鴞毛潛進水裡，朝河族這裡游來。霰星跟在後面。曲掌全身還在發抖。剛剛那一剎那，霰星竟想殺了蘆葦羽。不是為了個人恩怨——蘆葦羽和他一點仇也沒有——而是為了他的部族，就因為他深信那兩隻小貓是屬於河族的。**我可以像他那樣義無反顧嗎？**

一個聲音在曲掌耳邊輕輕響起。

楓影！

她的語氣兇惡。**曲掌，總有一天你會證明你有資格當他們的族長。小戰士，我對你有信心！**

第十六章

「柳掌！灰掌！」部族的歡呼聲在金澄色的早晨空氣中響起，迎接族裡新的見習生。憩尾喊得最大聲，藍色眼睛被淚光模糊成一片。曲掌笑得開心，他有室友了。

柳掌站在空地，琥珀色眼睛閃閃發亮，淺色的虎斑毛皮與東升的太陽相互輝映。她的導師鴞毛正以口鼻輕觸柳掌的頭顱，亮天這時也神情驕傲地繞著她的第一個見習生灰掌轉。

霰星退後一步，抬高下巴。「風族的損失就是我們的收穫！」

自從河族族長帶領隊伍救回河族最年幼的成員之後，又過了兩個月，這段期間新葉季為光禿的柳樹覆上了新芽。河水開始不再冰冷。

「第一件事要做什麼？」族貓們正各自回到自己的工作崗位上，柳掌看著鴞毛亢奮地問。

鴞毛眼神莫測高深地瞥了杉皮一眼。

「什麼事啊？」曲掌知道他的導師一定有事隱瞞。笑咪咪地慢慢走向鴞毛。

曲掌蹦蹦跳跳地跟在後面。「到底是什麼事啊？」

「我們要去月亮石找星族，」杉皮告訴他。「以前我就想帶你去了，可是我想你可能希望有室友同行。」

我現在有室友了！曲掌興奮地繞著他的導師轉。**我們要去月亮石了。**

灰掌豎起耳朵。「我們也要去嗎？」

杉皮點點頭。「沒錯！」

「真的？」柳掌的目光很是焦急。「意思是我們會經過風族領地。」她喵聲道。「要是他們又想把我們偷回去怎麼辦？」

曲掌偏著頭，表情驚訝。「你會讓他們這麼做嗎？」

「當然不會！」柳掌甩著尾巴。

灰掌蓬起全身毛髮。「風族會遵守戰士守則，不是嗎？」她提醒柳掌。「他們不能攔阻我們前往月亮石。」她和柳掌互看了一眼。曲掌不免好奇她們是不是同時想到了什麼？她們從不出言批評風族，畢竟風族曾盡心盡力地照顧她們一個月。

「吃兔子一定很噁心吧。」甲蟲鼻曾不只一次地諷刺她們。

就連田鼠爪也加入其中。「你們那時候不覺得冷嗎？」他納悶道。「光靠石楠怎麼擋得住寒風呢？尤其又在高地上，那裡的風從來沒停過。」

可是灰掌和柳掌都聳聳肩，只是回答：「他們對我們很好，不過我們很高興總算能夠回到家。」

曲掌很是佩服她們這種半帶緘默的小心應對方式。

「別理他，」他告訴她們。「甲蟲鼻那張嘴就是賤。」

有一天，甲蟲鼻一整個下午都在諷刺柳掌連呼吸都有兔子味，害她氣得毛髮到現在都還豎得筆直。「以前我在農場時，常抓老鼠，」他平靜地告訴她。「那時我已經變得很習慣老鼠的味道了，所以一時之間很難回頭適應魚腥味。」他希望她能明白他其實懂剛回到家時的那種適應不良，還有忠貞度不時受到質疑的感覺。「就連橡心也嘲笑我比較像雷族貓而不像河族貓。」

她眨眨眼。「真的？」

「是啊。」他喵嗚笑了，用鼻子輕觸她的耳朵。「別擔心，時間久了，他們就忘了。」

而那已經是上個月的事了。現在他很高興她們終於當上了見習生，不只是因為他總算有室友了，也是因為她們終於有機會能向大家證明她們對河族的效忠。

「我們什麼時候走？」他繞著杉皮轉。

「先去找棘莓，」杉皮命令道。「她幫你們準備了行前藥草。」

灰掌皺皺鼻子。「等日正當中的時候，你就會慶幸自己服用過她的藥草，」鴞毛告訴她。「我們有很遠的路要走。」

曲掌往棘莓的窩跑去，但柳掌比他更快鑽進入口。巫醫窩裡的地上早就擺好三坨藥草。棘莓正從蘆葦叢的縫隙裡拖出腐壞的存貨。「真高興新葉季到了。」她嘀咕道。「款冬的存貨幾乎壞光了，罌粟子也缺貨了好久。」

曲掌嗅聞其中一坨藥草。那味道聞起很酸。「我們要先咬爛它嗎？還是可以直接吞？」

棘莓倒了一個腳掌份量的乾錦葵在地上。「整個吞下去，它的作用很慢，時間一到，藥效

就會發揮了。」

曲掌囫圇吞下藥草，忍不住打了個哆嗦。就算不必細嚼，舌間還是嚐得到苦味。

「好噁！」灰掌吞下藥草時，扮了個鬼臉。

柳掌臉部肌肉抽搐，但沒開口抱怨。「到月亮石要多久？」她一邊舔嘴唇，一邊問棘莓。

「如果腳程夠快，天黑前應該到得了。」棘莓聳聳肩。「等你習慣了那段路，就不覺得遠了。」她每半月都會和其他巫醫到那裡去和星族交流。「比較麻煩的是慈母口。那裡很暗，你必須信任星族，讓祂們來帶領。」她向這三位見習生眨眨眼。「要跟緊你們的導師哦。」

柳掌將尾巴緊緊圈住前腳，「月亮石長什麼樣子？」

「星族友善嗎？」灰掌追問道。「就算是別族的戰士，也會對他們很友善嗎？」

「月亮石很漂亮，」棘莓嘆口氣。「星族很有智慧。」她注視著曲掌。「好好聽祂們的忠告，」她提醒道。「讓祂們帶著你們走上正途。」

曲掌吞吞口水。她為什麼單挑他來說？難道她認為他走錯路了？

「快去吧。」棘莓把他們往入口趕。「你們得在月正當中前趕到那裡。」

「為什麼？」灰掌問道，棘莓卻把她往外推。

棘莓轉身回到她的藥草堆。「到時你就知道了。」

杉皮、亮天和鴞毛已經等在入口。曲掌趕緊過去找他們。「你們不需要服用藥草嗎？」

「我們剛剛已經服用過了。」亮天解釋道。

鴞毛朝柳掌點點頭。「準備好了嗎？」

「準備好了。」她的聲音突然變得很小聲。她被嚇到了嗎？是因為第一天當見習生就得長途跋涉去月亮石的關係嗎？

曲掌倒是很興奮。他以前就走過其中一段路，而且現在不孤單了，有族裡的同伴陪他一起去。如果他可以在月亮石那裡進入夢境，便可能見到星族的所有貓兒，不再只是楓影。

他們走在風族領地邊緣，小心提防巡邏隊的出沒。

「我知道風族也有可敬的戰士，」杉皮告訴灰掌。「但沒必要因為借道而勾起太多回憶。」

曲掌一直等到抵達風族的氣味記號線時，才鬆了口氣。高地和高岩山之間的袤廣山谷因綠葉季的降臨而染成綠色。太陽烘暖了曲掌的背。他們沿著兩腳獸草原邊緣的樹籬走。他的舌間不時聞到熟悉的氣味，這是他好幾個月來第一次出現想再一嚐鼠肉的念頭。

「曲掌！」杉皮的叫聲嚇了他一跳。

他發現原來是自己走岔了路，正隔著山毛櫸的樹籬探看後面犁過的玉米田。

「快點跟上！」杉皮命令道。

曲掌追了上去。那是蜜茲的玉米田嗎？他趕上柳掌，但仍不時隔著樹籬瞥看旁邊。金色的玉米田到哪兒去了？他突然想起巨人的吃玉米怪獸，毛髮忍不住豎了起來。

「小曲！」一個響亮的叫聲令他們同時轉身。

一隻黑貓站在他們後方幾條尾巴遠的小路上。

「黑煤？」曲掌倒抽口氣。

年輕母貓朝他跑來。她現在的個子像柳掌一樣大了。「沒想到你會回來。」

「我們要去月亮石！」曲掌解釋道。

杉皮在他們身後吼道。「發生什麼事了？」

曲掌霍地轉身，心跳加速。杉皮不會把黑煤趕跑吧？

「呃……只是一隻我以前認識的貓……」杉皮怒瞪著他，害他結結巴巴地說不下去。

黑煤倒抽口氣。「一位如假包換的貓戰士欸！你個子好高大哦。」她瞪大綠色眼睛。

杉皮低吼一聲。曲掌趕緊擋在他的導師和黑煤之間，兩眼緊盯著杉皮。「她只是隻小貓，」他的喵聲裡帶點預警的意味。「不會傷害我們的。」

杉皮瞇起眼睛。「別耽擱太久，」他嘀咕道，說完昂首闊步地走回遠處鴉毛、亮天和灰掌那裡。「柳掌，給他們一點空間話舊！真倒楣，見習生竟然和一隻農場貓交上朋友？」

曲掌沒理會他的嘲弄。「你好嗎？」他開心地問黑煤。「雀斑和蜜茲都好嗎？還有風笛、喜鵲和迷霧？」

「雀斑很好，」黑煤繞著曲掌轉，開心喵嗚。「蜜茲和風笛也很好……我想迷霧和喜鵲也很好吧。兩腳獸把他們帶走了。雀斑說他們被帶去別的農場抓老鼠。你呢？當上戰士了沒？」

曲掌搖搖頭。「還沒，不過我現在是見習生，改名叫曲掌了。」

黑煤眨眨眼睛。「感覺很棒嗎？」

「很棒！」

「快一點。」杉皮喊道。

「我得走了。」曲掌心裡不捨。

「我會告訴雀斑和蜜茲，說我看見你了，」黑煤承諾，「他們一定很高興你過得很好。」

「告訴他們我……」他想找出正確的字眼，讓他們知道他很想念他們，也很感激他們。

黑煤的眼睛閃閃發亮。「我懂你的意思，」她喵聲道。「我會告訴他們的。」

杉皮甩打著尾巴。「走吧。」

曲掌往後退，離黑煤愈來愈遠。「我真的很高興再見到妳。」

「我也是！」年輕黑貓揮著尾巴，曲掌轉身跑向他的同伴。

「一切都還好嗎？」柳掌低聲問他，這時他正走在她後方。

曲掌點點頭，同時看了前面的導師一眼。**我想和誰做朋友，不是由你杉皮決定！當族裡的貓兒都不需要我的時候，是他們讓我覺得被需要，我永遠不會忘記這一點。**

高岩山高聳於眼前，山頂的夕陽像融化了一樣。最後一條轟雷路是最難通過的，因為怪獸經過的時間太密集，害剛剛才死命衝過那條溜滑岩路的柳掌到現在都還渾身發抖。曲掌的心雖然仍在噗通噗通跳，但還是強迫自己讓毛髮順服下來。亮天帶著他們快速離開那裡，遠離惡臭味，朝高岩山的山腳前進。

「你看！」柳掌下巴微傾。

曲掌瞇起眼睛去看山頂後方西下的夕陽。隨著它的消失，原本陰暗的山坡竟漸漸亮了起來，他隱約看出拱石下方有個方形的黑色缺口。

灰掌倒抽口氣。「那是慈母口？」

「沒錯，」鴞毛爬上一座平滑的大岩石，坐了下來。「不過我們得等到月亮快到正中央的

時候，才能進去。」

「我餓了。」柳掌抱怨道。

亮天搖搖頭。「這裡沒有魚也沒有鳥。」她同情地說道。

曲掌豎起耳朵。「可能有老鼠。」他嗅聞空氣。這裡有麝香味，絕對值得追蹤。

杉皮轉頭。「老鼠？」

「要抓牠們很容易。」曲掌熱衷地說道。

「不像魚那麼好吃，」亮天喵聲道。「不過我想應該很合你的胃口。」

「如果你抓得到的話。」杉皮哼著鼻子說。

你是在質疑我嗎？曲掌快步離開斜坡，豎耳注意聽礫石地上有無小爪子搔抓的聲響。他躲在一叢石楠後面，伺機等候。天色愈來愈暗，夜空開始被星星點亮。曲掌的鼻子抽了抽。

老鼠？他窺視暗處，斜坡遠處有個東西在搬動小石頭，聞起來有麝香味，但製造出來的聲響比老鼠還大。這時突然一個淺色的虎斑身影快速衝過他身邊，躍過頁岩，斜坡上的礫石被踩得嘎吱作響。曲掌趕緊從石楠叢後方衝出來，瞪大著眼睛，結果看見柳掌轉身昂頭，一隻死兔子叼在嘴裡。她把牠帶回同伴那裡。

曲掌愣在原地。鴞毛等下會怎麼說？河族貓不捉兔子的！他跟著柳掌爬上岩石，回到同伴處。他們瞪著那隻死兔子，毛髮微微顫動。

柳掌聳聳肩。「這是獵物啊。」

灰掌張開鼻孔，用力吸進溫熱的肉味。

亮天喵聲道：「我猜也是。」

鴞毛用尾巴緊緊圈住自己的腳。「如果我們打算吃牠，那就開動吧。」他抬頭看看正在上升的月亮，又白又大。「時候快到了。」

他們分享了那隻兔子，不過都沒提到味道如何。曲掌私底下其實還滿喜歡豐郁的兔肉香味，但他沒打算說出來。灰掌第一個先吃完。

「妳應該很餓吧，」亮天把她那一份推給她的見習生。「我的這一份也給妳。」

就在灰掌大口吞下兔肉的同時，杉皮站了起來，伸個懶腰。「我們走吧。」他開始往通往慈母口的斜坡爬。鴞毛跟在後面。

亮天也站起身。「來吧，」她推推灰掌，後者跟在她後面，囫圇吞下最後一口兔肉。「好像沒有什麼事情會讓妳的胃口不好。」亮天喵嗚笑道。「妳應該知道待會兒要見星族吧？」

柳掌的眼裡星光閃耀。曲掌撫撫她的背。「很興奮嗎？」

柳掌點點頭，跳上陡峭多岩的斜坡。曲掌快步跟在她後面，心跳也開始加速。當他快走到陰暗的入口時，不禁渾身發抖。冷冽的空氣夾帶岩石的土味從隧道口灌出來。

杉皮停下腳步，其他貓兒全都圍了上來。「準備好了嗎？」他看著他的同伴們。他們點點頭，但沒開口說話。「跟緊一點。」他鑽進了像夜一樣黑的暗洞裡。

曲掌快步緊跟在後。隧道一進去就是下坡。這裡的空氣從沒接觸過陽光。他聽得見身後亮天的腳步聲，感覺得到她的鼻息正吐在他的尾巴上。他的鬍鬚輕輕刷過岩壁，於是小心地轉個方向，以免撞上岩壁。隧道曲折蜿蜒，腳下的坡度更陡了。

突然間，陰冷的空氣不再冰涼。曲掌聞到洞外的氣味，這才鬆了口氣。他聞到大地、青草和石楠的味道。隧道頂端一定有個洞。他抬頭看，在黑暗中尋找星光。「我們現在在哪裡？」

「我們在月亮石的洞裡。」杉皮停在他前方，用尾巴彈彈他，要他往前走。遠處有岩間水滴的迴音，他甚至聽得到他同伴的呼吸聲。他們站在那裡等候，柳掌的毛髮輕刷過他的，灰掌的腳墊在岩地上摩蹭。

「月亮石在哪裡？」柳掌低聲問道。

就在那瞬間，微光閃現，洞穴倏地亮了起來。曲掌嚇得閉上眼睛。柳掌趕緊縮在他旁邊。

「哇！」灰掌輕聲驚呼。

曲掌慢慢睜開眼睛，一座巨大的岩石出現眼前，熠熠閃爍，彷若由無數顆小水滴形成。

月亮石！石頭反射出冷冽的光，使他隱約看見這是一座穴頂很高的山洞，四周陰暗，月亮石高聳於地面中央，上方穴頂有個三角形的小缺口，可窺見洞外的夜空。此刻一束月光正透過缺口，射在月亮石上，使它璀燦得猶如一顆星子。

杉皮緩步向前，身軀被月亮石的光華染白。他在月亮石旁邊蹲下來，用鼻子輕觸它。亮天也做出同樣動作。

「來吧。」鴞毛示意三名見習生上前。

曲掌第一個走上前去，跟在後面的柳掌連呼吸都在發抖。「不會有事的。」他低聲對她說道。他在杉皮旁邊躺下來，也用鼻子輕觸月亮石。

他腳下的世界頓時變了樣。曲掌驚呼出聲，發現他站在黑暗的森林裡，楓影曾在這裡幫他

上過課，但這裡不是他們經常碰面的地方。這兒的泥地比較陡，樹叢較擁擠，不過也一樣籠罩在某種怪異的光線下，不是星光，也不是月光。曲掌瞠大眼睛，想瞧清楚陰暗處裡有什麼。

「歡迎光臨。」楓影從林子裡走出來。

「其他星族貓呢？」曲掌滿懷希望地問道。他轉頭掃視林子。

「你可以自己去找祂們啊。」楓影大方說道。

曲掌猛地看她。「妳意思是我現在可以自己去探索？」

楓影點點頭。「但要跟緊我哦。」

曲掌跟在橘白相間的戰士後面，瞪大眼睛。「這裡真的是星族的狩獵場嗎？」他皺皺眉。他們的獵物是什麼？這裡沒有獵物的味道，只有腐臭味。

「最偉大的貓兒死後都會來這裡。」楓影緩步走上斜坡。「如果你遵守承諾，有一天你也會來這裡。」

曲掌眨眨眼睛。「等我當上河族族長？」

「不只是河族族長，」楓影轉身面對他。「還是有史以來貓族裡最偉大的族長，不過你得先遵守承諾。」

曲掌的眼角餘光發現林子裡有黑影移動。他霍地轉頭，看見微光中有貓兒在穿梭。然後又看見一隻，接著又是一隻。他恍然大悟，原來林子裡的暗處到處都有貓兒出沒。這和他想像中的星族不一樣。這時他突然認出一個蓬頭垢面的灰色身影，他正拖著腳朝楓影走來。

「別來打擾我們。」楓影上前一步，擋在公貓前面，用尾巴揮開他。

是鵝羽！曲掌認出雷族巫醫那幾根像被啃過的鬍鬚，還有參差不齊的耳朵，他驚訝地眨眨眼睛。**他來這裡做什麼？他又沒死！**

鵝羽站在原地。「這是新來的嗎？」他的聲音粗嘎低沉。

曲掌瞪著楓影。「鵝羽死了嗎？」

「你死了嗎？」楓影反問他。

「應……應該沒吧。」曲掌隔著楓影偷窺那老巫醫，但他已經消失了。

「你該回去找你同伴了。」楓影告訴他。「他們快從夢裡醒來了。」

「就這樣？」他不是應該和他的祖靈聊一聊嗎？學點戰士應有的智慧，瞭解如何實踐自己的天命嗎？「我還沒打算回去！」他想留下來，爪子用力戳進黏滑的土裡，但這時四周林子已漸模糊。「不要！」他猛地醒來，毛髮根根倒豎，好生沮喪。

曲掌站起來，驚覺全身僵硬。難道他在這裡已經躺了一整夜？穴頂滲進的光是曙光嗎？灰掌和亮天在他旁邊站起來。杉皮正在伸懶腰，鴞毛則是來回踱步，好像等不及想離開。

「柳掌？」曲掌喵聲道。

年輕見習生還在打呼，頭抵著月亮石。曲掌輕輕推她。長途跋涉八成把她累壞了。柳掌睜開眼睛的時候，曲掌不免好奇她在夢裡看到什麼。她有遇到風族的祖靈嗎？他聳聳肩，心想就算柳掌見到星族裡的每位戰士，祂們也不可能告訴她，她未來是否會成為族長。

第十七章

「你的月亮石之行怎麼樣？」

正在進食的曲掌抬起頭來，霰星就停在他旁邊。他爬了起來，經過一個晚上的好眠，覺得精神百倍，不過腳墊還是很痛。「很棒。」

要是他知道我將來會成為……

霰星打斷他的思緒。「陪我走走。」他帶著曲掌走出營外，進入柳樹林裡。

「有什麼事？」**霰星是想知道他夢裡看到什麼嗎？**

「我只是覺得我們應該聊一聊。」霰星停在一株覆滿青苔的原木旁。柔和的暮光從沙沙作響的葉叢間滲進來。頭上樹枝有隻黑鳥正在啼唱。「你的見習生活過得好嗎？」

曲掌點點頭。「還不錯！」他猜當橡心、甲蟲鼻、田鼠爪和花瓣塵還在當見習生時，河族族長八成也問過同樣問題。

「你的見習生涯比別的貓兒長了一點。」

「已經四個季節了。」曲掌提醒他。

「是啊，」河族族長點點頭，緩步前進。「對一隻年輕的貓兒來說，這日子是長了點。」

「是啊。」曲掌嘆口氣。

「你哥哥已經成了戰士，你會妒嫉嗎？」

「妒嫉？」曲掌眨眨眼。「不會啊，橡心是個偉大的戰士，有一天我也會變得跟他一樣。」他抖蓬身上的毛髮。

「這就是你要的？」霰星輕聲問道。「成為偉大的戰士？」

「要不然呢？」曲掌不懂他為什麼這麼問？霰星要封他為戰士了嗎？他興奮到全身微微刺癢。

「我要保護我的部族，這對我來說比任何事都重要。」

「真的嗎？」霰星停下腳步，眼神銳利地看著曲掌。

曲掌蠕動著腳。「當然是真的！」霰星懷疑他？他上課上得比誰都認真。

霰星移開目光。「棘莓有點擔心。」

「擔心什麼？」她和他的見習工作有什麼關係？她只負責調配藥草，根本不用訓練見習生。曲掌強壓下怒氣。「你要交給我什麼任務，我都會努力完成，也會努力通過所有測驗，打贏每一場仗，證明給你看我可以成為偉大的戰士！」

「我相信你可以，」霰星瞇起眼睛。「我一點也不懷疑。只不過要成為戰士，不能只靠膽識和出眾的格鬥技巧……」他的聲音愈來愈小。

所以呢？曲掌看著他的族長，可是灰色的老貓越走越遠。「我要怎麼做才能證明我夠資格？」曲掌在他後面喊道。

霰星沒有回答，他只是緩緩搖頭，陷入自己的思緒。

棘莓跟他說了什麼？曲掌跑回營地。

「嘿，」他衝進莎草隧道時，貝心正要鑽出來。「什麼事啊？」

「沒什麼。」曲掌衝進巫醫窩裡。

棘莓正在調配藥草，她抬起頭來。「曲掌？有事嗎？」

「霰星懷疑我不能成為好戰士！」曲掌厲聲說道。「是妳跟他說了什麼嗎？是不是因為我下巴的關係？」

棘莓用腳掌拍掉藥草上的塵灰。「和你的下巴沒有關係。」

「那妳為什麼告訴霰星你擔心我？」

巫醫瞥了自己的腳爪一眼。「每個見習生我都擔心。」她含糊回答。

「是嗎？」曲掌甩打尾巴。「難道霰星會去問柳掌她會不會妒嫉灰掌？或者她是不是覺得要成為戰士，不只要戰技好？」

棘莓沉默以對。

「我不覺得他會這樣問她。」曲掌大吼道。「所以我到底哪裡惹到妳了？為什麼要得到這種差別待遇？我一向信任妳！我還以為我們是朋友！」他的胃揪得好緊。「我做錯了什麼？上次妳試圖阻止我參加那場戰役，後來我要去月亮石前，妳又告訴我要好好聽星族的話。妳是不是覺得我有什麼毛病？」他坐下來，一臉困惑。「妳是不是看到什麼有關我的預兆？」

他只是隨口說說，沒想到棘莓眼裡竟有一閃而逝的懼色。他當場愣住。「所以是真的？」

他質問道：「妳看到了什麼？」

「你不會明白的，」她倉皇回答。「你……你是有機會成為偉大的戰士……」她在尋找適當字眼。「只不過你得像所有河族貓一樣走正途才行。」

「妳意思是我現在沒有走正途？」他瞪著她。**我每天都在受訓！連晚上也在受訓。是星族在訓練我！**「你什麼都不懂！」他厲聲道。「就算你看見了預兆，也八成解讀錯誤。我以後一定會成為偉大的戰士。」

他轉身，昂首闊步地走出巫醫窩。他衝過灰掌身邊，後者正拖著一條魚穿過空地。曲掌跑出營地，漫無目的地沿著河岸衝。如果族裡的貓兒全都質疑他，那麼他這麼賣力操練又有何意義？他一定會證明給他們看，讓他們知道他們都錯了。

一個月過去了，白晝漸長，氣候漸暖。河裡開始出現大量獵物，族貓們在夕陽餘暉下大啖美食。爍皮和矛牙正在蘆葦灘旁聊天，白牙在他們旁邊大口吃著一條肥碩的鯉魚。杉皮躺在湖光身邊，尾巴覆在她鼓脹的肚皮上。湖光快生小貓了，早就不接戰士任務，改搬進了育兒室。

鳥歌伸個懶腰。「像這樣的黃昏，最適合到陽光岩那兒曬曬我的老骨頭了。」老母貓若有所思地望向蘆葦灘。

橡心翻身仰躺著。「如果你要的話，剩下的都給你吃。」他把剩下的魚推給曲掌。

「我不餓。」曲掌弓背坐著，看著他的族貓們在暮光中互舔毛髮，談天說地。

柔翅正撕扯著一條鱒魚的魚肉。棘莓剛好從窩裡出來，柔翅出聲喊她。「要不要吃一點？」

巫醫穿過空地時，渾身散發新鮮的藥草味。「謝了，」她在柔翅旁邊坐下來。「先讓我洗掉腳掌上的水薄荷味道。」她開始啃咬她爪間那些被染綠的腳毛。

曲掌沉下臉。霰星正躺在迴霧旁邊，眼睛半閉。他和棘莓都沒再提起那個預兆，可是曲掌心想他們一定都在監視他。他必須取信於他們。他必須證明他是效忠河族的。

遠方有狗在吠叫。這聲音在河族營地裡已是司空見慣。那條狗住在草原旁的農場上，那裡有個小巢穴是兩腳獸在綠葉季時會來住的地方。而那條狗似乎知道附近有貓。

曲掌的鬍鬚抽了抽。「柳掌和灰掌上課回來了嗎？」

「還沒。」憩尾緩步走向入口處，朝外頭探看。「她們不會有事吧？」

橡心坐了起來。「那條狗不敢離開兩腳獸巢穴太遠的。」

「更何況還有亮天和鴞毛陪著她們，」木毛正在柳樹下和波爪分食獵物。「她們不會有事的。」

曲掌爬了起來。「我們為什麼不把那條狗趕走？」

霰星坐了起來。

曲掌緩步穿過空地。「我們可以嚇跑牠。」他甩打著尾巴。「爍皮跑得很快！」他的腦袋飛快地轉。「柔翅也是。他們可以先誘牠離開兩腳獸的地盤，進入溼地。然後我們等在那裡，出其不意地攻擊牠，包準牠有一陣子都不敢再鬼吼鬼叫。」

通往如廁處的通道一陣窸窣作響，甲蟲鼻緩步走了出來。

「你以為你是拯救河族的英雄嗎？」他經過曲掌身邊時咕噥說道。

「是啊，」曲掌回嗆他。「你最近好嗎？」他故意不理他。「我覺得這一招會有用。」

「我也這麼認為。」白牙跳了起來。

霰星推開他的魚，坐了起來。「我們現在就進行吧。」

「現在？」杉皮的毛蓬了起來。

「就是現在。」河族族長嗅聞空氣。「趁天黑之前分頭進行。」他轉身對爍皮說道。「你的速度可以快到在那隻狗進入我們的攻擊線之前，不被牠逮到嗎？」

爍皮點頭。柔翅跳了起來。「我也可以。」

「那好，」霰星環顧部族。「我會親自帶領隊伍。貝心，你掩護爍皮和柔翅。」

貝心露出尖牙。「如果那條狗敢追上他們，我一定挖掉牠的眼睛。」

霰星點點頭。「杉皮、白牙、波爪、甲蟲鼻、橡心、獺潑、雨花還有矛牙，你們跟曲掌一起加入我的隊伍。」

白牙站起來。「我也想去。」

「很好。」霰星甩著尾巴。他的隊員已經在入口集合完畢，他點個頭，率隊衝出營地。

他們穿過蘆葦叢，沿著小徑往前奔馳，曲掌心跳加速。霰星帶著他們爬上斜坡，繞過營地，再折回溼地。他們繞過丘頂的柳樹林，這座山丘像條狗魚的背椎一樣拱起於草原之上。亮天正在那裡幫灰掌上課。柳掌從坡頂向下探看，曲掌只瞧見她的耳朵。

「你們要去哪裡？」她的呼喊聲在他們身後漸弱。隊伍正越過草地，穿梭於溼地草叢間，

不時濺起水花。

曲掌感覺到橡心的毛髮正刷過他的。「曲掌，你的計畫不錯哦。」他喘氣說道，與他並肩齊步追在霰星後面。

「我只希望這方法管用。」曲掌看見霰星停下來，也趕緊剎住腳步。兩腳獸的籬笆將草原一分為二，現在只離他們幾條尾巴的距離了。籬笆對面可以清楚看見草原上那條狗的身影，牠來回衝撞，亢奮地吠叫。

霰星走到爍皮和柔翅中間。「你們確定應付得了？」

柔翅彈彈尾巴。「當然可以。」

爍皮也點點頭。

貝心緩步繞著他們。「我會跟在旁邊，盡量追上他們。」他保證道。

霰星轉身對曲掌說：「你有沒有想過攻擊隊伍應該埋伏在哪裡？」

甲蟲鼻縮張著爪子。「為什麼要讓一個見習生來指揮所有戰士？」

「這是他想出的計畫。」霰星咆哮，要年輕公貓閉嘴。

如果這一招有用的話，我馬上就能當上戰士。曲掌指著他們身後幾棵還很嫩青的柳樹。

「我們可以爬上去，藏在葉叢後面。」

「藏在樹裡面？」甲蟲鼻眯起眼睛。「你以為我們是松鼠嗎？」

「不用藏很久，」曲掌力勸道。「柳樹的樹幹很軟，爪子很容易戳進去。」

矛牙已經往柳樹林那裡走去。他順利地跳上一棵細瘦的柳樹幹上，抓住其中一根樹枝。他

的重量壓得它搖來晃去，不過還能承受得住，蔥綠的葉子掩飾了他那身暗色的虎斑毛。「應該可以！」他喊道。

憩尾和杉皮也跟著跳上去。

「給我們一點時間準備，」霰星告訴爍皮和柔翅，「到時你們再去誘那條狗過來。」

曲掌跑進林子，爬上其中一棵柳樹。他把爪子戳進搖搖晃晃的樹枝裡。透過樹葉的縫隙，他看得到兩腳獸的籬笆。這時霰星已經就定位，橡心也爬上一根不停晃動的樹枝，再騰空越過枝椏間的小缺口，跳到曲掌的樹上。

「我希望這會管用。」他嘀咕道，一邊試圖保持平衡。

曲掌將爪子戳得更深一點。「會管用的。」他的心臟快從喉嚨裡跳出來。他緊盯著兩腳獸的籬笆，等待爍皮和柔翅展開行動。

爍皮鑽進籬笆下方。一身白的柔翅出現在她旁邊。兩位戰士壓低身子朝草原慢慢前進。那條狗正在她們前方來回地跑。這時爍皮停下來，尾巴擱在柔翅背上，發出刺耳叫聲。

曲掌緊張地向前傾身，準備就緒。就在這時，那條狗突然剎住腳步，瞪看著下方野地。牠的吠叫聲顫抖了一下，接著突然換成威嚇的吼叫聲。

快跑！

那條狗俯衝而下。爍皮弓背轉身，拔腿就跑，柔翅跟在旁邊，兩隻貓兒飛也似地衝過草地。她們低下身子，鑽進籬笆底下，再往柳樹林衝。

快點！

攻擊隊伍開始緊張起來，柳樹跟著搖搖晃晃。那條狗擠進籬笆底下，衝進草原。爍皮和柔翅像兔子一樣跑在牠前面。曲掌瞄見他父親的灰色身影如影隨形地穿梭於長草堆裡。波爪喉間發出低吼。

「噓！」霰星喝令道。

爍皮和柔翅快跑到柳樹林了，腳爪不停敲擊地面。

「快逮住牠！」當她們衝到攻擊隊伍下方時，柔翅大吼道。

「預備，」霰星看到狗兒接近，嘶聲喊道。「進攻！」

曲掌縱身一跳，腳尖落地，弓起背，豎起毛髮，朝著狗兒齜牙咧嘴。同伴們並排站立，猶如一堵火力四射的銅牆鐵壁。狗兒大聲狂吠，踉蹌剎住腳步。牠先瞪看著貓群，沒一會兒突然發出懼怕的哀鳴聲，夾起尾巴就逃，倉皇穿過溼地。

憩尾尖聲地喊道：「牠往山毛櫸林子那裡去了！」

柳掌！

曲掌立刻衝了出去，追在那條狗後面。牠直接跑向山毛櫸林子。牠為什麼不吠叫呢？曲掌真希望牠能發出聲音，這樣才能警告柳掌和其他貓兒。要是他們沒聽到牠的腳步聲，該怎麼辦？他追在後面，逐漸趕上，這時狗兒正躍過溼地上的草叢，往林子裡奔去。

曲掌衝上斜坡。「柳掌！」

「有狗！」鴞毛的驚恐聲從坡頂傳來。草叢傳來腳爪的抓扒聲，林子到處充斥尖叫與嘶吼。

曲掌衝上坡頂。灰掌、鴞毛和亮天跳上山毛櫸，樹幹只爬了一半，正無助地看著下方。曲

掌突然瞄見柳掌，心上一驚。那條狗把她逼到了角落，她抵著樹根，進退不得。她眼神狂亂，抬起前腳胡亂揮打，驚慌嘶喊。

曲掌立時撲了上去。他直接跳上那條狗的背，利牙戳進毛皮裡。他下方的狗不停衝撞、怒嗥。他跳下來，朝牠嘶吼。狗兒轉身，眼裡射出怒火。曲掌趕緊後退，蓬起毛髮。

來啊，你這笨魚腦袋，來追我啊！他伸爪往牠的口鼻一揮，轉身就跑。

那條狗追在後面，暴怒狂吠。曲掌加速衝下斜坡。他看見杉皮和矛牙趁他鑽進溼地裡的長草堆時衝向山毛櫸林。狗兒緊追在後，腳下地面微微震動。利牙追著他的尾巴劈哩啪啦地咬，熱氣呼在他的腳踝上。曲掌死命狂奔，腦筋一片空白。突然迎面撲來強烈的恐懼氣味，原來已經快跑到他同伴那裡了。

「繼續跑！」霰星尖聲喊道。

他們等曲掌從身邊衝過去，便立刻合體形成攻堅部隊，使出利爪尖牙猛攻狗兒。曲掌剎住腳步，上氣不接下氣，肺像快要爆開。他轉身看見那條狗嚇得逃之夭夭，橡心率隊緊追在後，趕牠回籬笆那裡的巢穴。緊張嚎叫的狗兒鑽進籬笆，嗚咽地逃回草地上。

「你救了我一命！」柳掌的叫聲嚇了曲掌一跳，他趕緊轉身。

淺色的虎斑母貓朝他跑來，灰掌尾隨在後。她停在他面前，大聲喵嗚。「我還以為那條狗會殺了我！」她的眼睛發亮，用面頰揉搓他那歪扭的下巴。

曲掌的毛髮全豎了起來，尷尬到全身發燙。「不……不用客氣啦。」他結結巴巴地說。

橡心、霰星和其他貓兒全圍了過來。

「他救了我一命！」柳掌告訴他們。

她的導師仍瞪大眼睛，滿臉驚恐。「事情發生得太突然，」他解釋道。「我還以為柳掌已經爬上樹了，結果低頭一看，她還在底下……」他的話越說越小聲，似乎陷進思緒，想到可能發生的可怕遭遇。

「我從沒見過這麼勇敢的貓，」亮天插話道。「曲掌竟然跳上牠的背。」

憩尾從族貓旁邊擠過來，用鼻子抵住曲掌的。「謝謝你，」她低聲說道。「如果再失去她一次，我也不想活了。」

曲掌不知所措地看著自己的腳。「任何戰士都會挺身而出地救她。」他堅稱道。他偷偷看了霰星一眼，心想這次肯定讓河族族長對他刮目相看了。

當然刮目相看囉，楓影的喵聲在他耳邊響起，**你看，當你把部族放在第一位時，就會有這種成果。**

「你確定你的爪子不需要再塗點藥膏？」橡心跟著曲掌沿著河岸走，還故意學柳掌說話。

「你閉上嘴巴好不好！」曲掌蓬起毛髮，只想涼快一點。新葉季的太陽實在太大了。

橡心不理他。「可是你追那條狗，又救了我，腳一定很～酸痛。」

曲掌涉水走進河裡，不理會。

「灰掌說要把她的臥鋪搬到你旁邊。」橡心還是不肯饒他。

曲掌潛進河裡，河水沁涼，淹沒了他的耳朵。他順著河床的坡度奮力划水，靠尾巴穩住身子，力抗一波又一波的水流。他張開眼睛，看見一條肥碩的鱒魚在河底曬太陽，後腿一踢，衝

了下去，張嘴一口咬住鱒魚，轉身用力一划，朝陽光處游去，破水而出，濺起水花，嘴裡的鱒魚死命拍打，他頭一扭，咬斷牠的脊椎，魚兒癱死在他嘴裡。

「抓得好！」橡心坐在岸邊梳洗自己的臉。

曲掌從河裡爬出來，將魚扔在他哥哥腳下。「你不去抓魚嗎？」

「我把好的先留給你抓啊。」橡心揶揄他。

曲掌玩笑地推他，橡心一個重心不穩，跌倒在地，喵嗚笑著。「你和柳掌不會是當真的吧？」

「誰說我們當真啊？」曲掌驚訝地看著他。

「過午之後，全營地的貓都在八卦了。」橡心告訴他。

曲掌哼了一聲。「簡直跟一群沒事找事做的老貓沒兩樣。」他甩甩身上的水，「柳掌只是我的室友。」

「就這麼單純？」

「廢話！」柳掌是不錯，她很特別，可是要他開口聊這種事，總覺得很彆扭。「我喜歡她，是因為她是我室友，這總不違反戰士守則吧。」

橡心緩步走進水裡。「應該不會吧。」

曲掌看著他哥哥潛入水裡。他皺皺眉。就算他真的喜歡柳掌，她也不可能喜歡他。他的下巴醜到其他貓兒總是瞪著他看。曲掌心煩地低吼一聲，也跟著潛進水裡。**管它的！**還是學著當個偉大的戰士比較重要。

第十八章

「嘿，你們兩個！」曲掌和柳掌並肩走在陽光遍灑的河岸上，杉皮朝他們喊道。「走慢一點。」

「你不必急著追上我們，」曲掌回頭喊道。「我們知道走哪個方向，也知道哪裡可以抓到魚。」

鴞毛嘆口氣。「隨他們去吧。」

「我為什麼會收一個自以為什麼都懂的見習生呢？」杉皮咕噥抱怨，聲音大到連水流聲都蓋不住，全聽進曲掌的耳裡。

柳掌的毛髮輕輕刷過曲掌的身子。「別理他。」她低聲道。

可是曲掌再也受不了老被當成小貓。他像別的貓兒賣力操練，就算他對杉皮教的戰技有點意見，也是因為楓影教的招式比他更好。畢竟她是星族戰士。「我為什麼會有一個老認為我是笨蛋的導師呢？」他大聲喊回去。

「不要回答他，」鴞毛力勸杉皮。「每個

見習生都自以為什麼都懂，等他們當上戰士，就知道苦頭了。」

曲掌加快腳步。

「我們不能丟下他們。」柳掌擔憂地說道。

「為什麼不行？」曲掌豎起毛髮。

柳掌回頭看。「好了啦，」她喵聲道。「他們坐下來了。」她緩步走進水裡。「我們在這裡抓魚吧。」

「河裡踏腳石再過去那邊有座深潭。」曲掌告訴她。「有很多鯉魚在那裡躲太陽。」

柳掌舔舔嘴巴。「聽起來不錯。」

他們並肩往下游緩步走去。

「你有沒有聽說一件事？」柳掌喵聲道。

「什麼事？」

「爍皮搬到育兒室了。」

「爍皮？」曲掌差點被石頭絆倒。「可是是她同意去追那條狗的欸！」

柳掌抽動尾巴。「我知道啊！要是當時那條狗追上她，不就慘了。可是她發誓她那時候不知道自己懷孕。棘莓氣壞了。」

「我敢說矛牙也很不高興。」

「他從來不會生爍皮的氣，」柳掌喵嗚道。「他到現在還不敢相信她怎麼會看上像他這樣醜的暴牙貓。」她用鼻子抵著曲掌的下巴。「你有沒有去看過湖光的小貓？」那位灰白相間的

貓后已經在夜裡產下小貓。

「你說什麼？」曲掌仍沉溺在她的體香裡。

「湖光的小貓啊，」柳掌推推他。「你去看過他們了嗎？」

曲掌搖搖頭。「她幫他們取名字了嗎？」

「小陽和小蛙，」柳掌喵嗚道。「他們好可愛哦，她還讓我幫忙梳洗其中一隻小貓哦。」

曲掌在淺水處的卵石間穿梭跳躍。「這對我們來說是好消息啊。河族需要注入新血。」

「他們還是小貓啦！」

「很快就會成為戰士了，」曲掌直言道。「就像我們一樣。」

柳掌翻翻白眼。「你就只想到這一點啊？」她往前跳，沿著河岸跑，在水薄荷叢和覆滿青苔的岩間穿梭，水花四濺。

曲掌追著她。

「就是那座潭嗎？」柳掌踩進淺水處，用鼻子指著一處水流平緩的水域。

「對。」曲掌涉水過去。「妳要小心哦，」他警告道。「一不當心，就會被吸到潭底。」

「我很會游泳。」柳掌向他保證。

「我知道，」曲掌瞥了她那平滑的肩膀一眼，喵嗚說道。「可是如果它把妳吸住了，別掙扎，放鬆身體，它就會把妳沖到下游的淺水處。」

柳掌深吸口氣，噗通跳了進去。曲掌看著漾開的水花合了起來將她吞沒，於是開始等候。即便他相信她的泳技，但還是忍不住擔心。一想到她可能遭遇不測，心便揪得緊。終於他看見

水面隱約有雙耳朵，她叼著肥美的鯉魚破水而出，這才放下心中的大石頭。

「下面好多魚哦！」她快樂喵嗚。「牠們笨到都不知道要逃欸。」

曲掌也潛了進去，感覺河水吞沒了他的毛髮，把他往下拉到鯉魚的聚集處。他抓了一隻，游上來，丟到岸上，又下去抓第二隻。

「等一下輪到我下去！」當他第三度游回來時，柳掌這樣喊道。

曲掌把新鮮的鯉魚丟上岸。「陪我一起下去吧。」

柳掌跳進水裡，跟他一起潛進潭底。當她游抵鯉魚群時，毛髮飄逸如雲彩。她用爪子勾起一尾，拉到嘴邊，致命一咬，轉身，划出水面，姿態優雅，曲掌看得出神，忘了自己已經憋氣太久，胸部隱隱始疼痛，這才趕緊低頭胡亂抓了條魚，回頭往水面上划。

沒想到岸上迎接他的竟是連串的訕笑聲。一支雷族巡邏隊正趾高氣昂地走在陽光岩上。

「河族戰士和魚有什麼兩樣？」其中一名戰士大聲說道。

「要抓魚，很難的。」他的同伴回答道。

另一位白色戰士在岩邊傾身。「趁這條河還在你們手上的時候，好好享受它吧。」

柳掌毛髮倒豎，眼裡射出怒火。「他們怎麼那麼囂張？」

曲掌把魚丟回岸上，跳上踏腳石，憤怒地呸了一口，縱身躍過半個河面。「有本事就下來嗆啊，你們這群死魚腦！」

「我們說不定真的會下去！」白色戰士吼道。「你最好趁我們下去之前，快逃回家吧！」

「你有本事下來啊！」曲掌伸出爪子。「看我怎麼撕爛你的耳朵！」

「諒你也不敢下來！」柳掌在他後面尖聲罵道。「雷族要是下來的話，恐怕也跌下來的！所以來啊，試試看啊！就算你們跌斷了脖子，我也不會驚訝！」

「曲掌！」橡心的叫聲嚇了他們一跳。「快回來。」

曲掌毛髮倒豎，心不甘心不願地轉身，跳回河岸。

雷族戰士看好戲似地鬼吼鬼叫。「溼答答的小貓，快回你的育兒室吧！」

曲掌憤怒低吼。

橡心倒是興奮地踱來踱去。「省點力氣吧，下次出征時再一併討回來，」他喵聲道。「霰星要我們都回營裡去。」

「為什麼？」

「走吧！」橡心跑了回去。

柳掌瞪著他。「發生什麼事了？」

曲掌聳聳肩。「我們回去就知道了。」

他們從魚堆裡各自叼起一條魚，相偕跑回營裡，一路上，魚尾巴在他嘴裡不停拍打。

他鑽進莎草隧道，柳掌跟在後面。族貓們已經在空地上集合完畢。橡心氣喘吁吁地站在貝心旁邊，霰星則在空地中央踱步，不時甩著尾巴。

曲掌先到獵物堆那裡，把魚放在柳掌那條魚的旁邊。她已經鑽進貓群，站在灰掌身邊。曲掌則鑽進貝心和橡心中間。「發生什麼事了？」

「注意聽！」貝心要他安靜。

霰星正說到一半。「……所以我們要趁月黑風高的時候，重新占領陽光岩！」

終於！橡心甩著尾巴，貝心利爪刨著地面，全族都在高聲歡呼。

「要是我們又打輸了，那怎麼辦？」波爪的質疑聲幾乎被淹沒，於是他又大聲問了一次。「如果我們又打輸了，那怎麼辦？」

歡呼聲開始變得猶豫，然後慢慢消失。

「這一次我們不打仗，」霰星宣布道。他抬頭看著碩大光滑的月亮。「等下一次月牙兒出來的時候，我們就重新劃定邊界。」

木毛傾身向前。「雷族不會再重劃回來嗎？」

擔憂的低語聲像漣漪一樣在貓群裡擴散。

「我們就不停地重劃，直到雷族弄懂我們的決心為止。」霰星回答道。「萬一最後不得已，必須付諸一戰……」河族族長瞥了曲掌一眼。「我們也一定奉陪，而且這次一定要贏！」

族貓們又開始歡呼，曲掌卻偏著頭。霰星為什麼看他？難道他不相信他有本事上場作戰？

「昨天有個見習生救了同伴一命。」霰星要大家安靜下來。

曲掌挺起身子。

橡心喵嗚道。「我猜他是在說你。」

霰星兩眼發亮。「曲掌，」他彈彈尾巴，示意曲掌上前。「這位見習生還沒完成六個月的見習生訓練課程。」

曲掌心跳加速，緩緩走進空地。棘莓看著他，眼色一黯。雨花則用尾巴緊緊圈住自己的

腳。甲蟲鼻在田鼠爪耳邊不知低聲說些什麼。

霰星走過來迎接他。「但是我覺得他的戰士受封大典沒必要再拖下去。」

曲掌的心跳得厲害。**我的戰士受封大典！**

「我要曲掌加入巡邏隊，一起重劃陽光岩的邊界。」霰星停頓一下。「哦，我說錯了，」他喵聲道，「我是說曲顎。」

族貓們接力喊道：「曲顎！曲顎！」

曲顎看著河族族長，喜悅像一顆顆星子一樣在他全身上下逐一點亮。「做得好！」杉皮走上前來，用鼻子抵住曲顎的頭。

曲顎察覺到他的喵聲裡帶有一點鬆了口氣的味道。「你總算擺脫了我，很高興嗎？」他半帶玩笑地低聲說道。

「要調教一個什麼都懂的貓兒，的確很累。」杉皮回答道。

曲顎後退一步。「對不起。」他看著自己的腳。

杉皮笑了出來。「我情願相信我曾教會了你一些東西。」

「你是教會了我很多啊！」曲顎堅稱道。

「不過我也相信你要學的東西還很多。」貝心突然說話，嚇了曲顎一跳，他轉過身來，他的父親很是驕傲地看著他。

橡心衝過河族族長身邊，繞著曲顎轉。「我們終於都當上戰士了！你要和我睡在同一個窩嗎？白牙不會介意的，還有地方可以再放一個臥鋪。」

「恭喜你，」甲蟲鼻穿過空地，彈著尾巴。「你終於當上戰士了。」

曲顎迎視他的目光。「現在不只橡心是你的競爭對手了。」他說話時，瞄見蘆葦叢的陰暗處有個熟悉的身影在移動。是楓影，她的眼睛瞇成一條線，正看著這一幕。

有個柔軟的鼻子正推著他肩膀。柳掌在他耳邊大聲喵嗚道：「我會想念以前我們當室友的日子。」

曲顎用尾巴圈住她。「那就快點成為戰士吧。」

雨花沒有移動腳步。她不動如山地坐在空地遠處。曲顎抬起下巴，從橡心身邊擠過去，走向他母親。她沒有因為他過來而移動身子，仍然瞇著眼睛。

「對不起，無法讓妳以我為榮。」曲顎喵聲道。「不過我的目標還沒達成，我會盡我一切所能地證明給妳看，有我這個兒子是多光榮的一件事。」

雨花沉默地看著他。曲顎忍住喉間的哽咽。他抬起頭，不再掩飾他醜陋的下巴。「妳再也不能讓我自慚形穢。」他轉身離開，看見橡心和柳掌都正看著他。

橡心衝了過來，尾尖撫摸他弟弟的背脊。「說得好，曲顎，」他的目光越過曲顎，冷冷看了雨花一眼。「如果你的母親無法以你為榮，那是她的損失。」

「我們相信你。」柳掌兩眼發亮，她看著他，眸裡映著星光。

曲顎好快樂，覺得心底彷彿冒出了許多快樂的泡泡，他好怕它們很快就破了。他拿鼻子抵住柳掌的鼻子，喵嗚開心地笑了。

第十九章

遠方河岸有隻夜鷺正在尖啼，牠騰空飛起，翅膀撲撲拍打。夜鷺從蘆葦灘飛掠而過，消失在上游處，曲掌只驚鴻一瞥牠的腹部。他一直專心在聽那隻鳥捕魚的聲響：牠飛撲而下，從水裡拖出魚兒，水花四濺。他把尾巴緊緊夾在腳裡面，環顧營地。這是曲顎首度以戰士身分擔任守衛工作，保護沉睡中的族貓們。他感覺得到身上的重擔。他抬眼望向銀毛星群。**謝謝你們幫助我，讓我當上戰士，謝謝你們幫忙保守部族的平安。**

「曲顎！」

曲顎扭過頭去。「誰？」

一個淺色身影在他身邊縈繞，幻影一樣的毛髮正蹭著他，但又幾乎感覺不到它的存在。「你這麼快就忘了我了？」

「楓影！」曲顎驚訝地眨眨眼睛。「妳來做什麼？」

「我在等你來上課啊，」她低吼道。「你

不來找我，我只好自己來找你了。」

「我今晚不能上課，我得擔任夜間守衛。」

「你以為你該學的都學會了嗎？」

「我不是這意思！我是說我是今夜的守衛！」他豎起背上毛髮。現在他是戰士了，身分跟楓影一樣。她必須尊重這一點，不能再像以前使喚見習生那樣使喚他。「我現在不能說話，」他低聲道。「我有空再去找妳。」

她突然消失了，只剩下他一個。他回頭張望，確定她真的走了，這才換個姿勢重新站好，繼續夜裡守衛的工作。

等到黎明驅走黑夜，曲顎已經累到全身發抖。見習生窩一陣窸窣，柳掌鑽了出來。她穿過霧濛濛的空地，坐在曲顎身邊。「你身上好冷。」她挨著他。她才剛睡醒，全身還熱呼呼的。曲顎感覺到自己的眼皮快要闔上了。

「嘿，」柳掌戳戳他。「族貓們隨時會醒來。」

曲顎嚇得睜開眼睛。他從柳掌身邊移開。他需要新鮮的冷空氣來保持自己的警醒。

「嗨，曲顎！」白牙從窩裡出來，橡心緊跟在後。「站崗站得如何？」

「好漫長哦！」曲顎站起身來，輪流甩甩僵麻的腳爪。「而且好冷。」

「你還沒在禿葉季裡站過崗呢。」橡心玩笑道。

霰星從窩裡緩緩走出來。「我們的新戰士還好嗎？」他喊道。

「隨時等著加入巡邏隊！」曲顎伸展僵硬的肌肉。

貝心從窩裡鑽出來。「鴉毛！亮天！你們準備好了嗎？」

柳掌彈彈尾巴。「哦，我都忘了這件事！」她繞著曲顎興奮地打轉。「我們要去參加黎明巡邏隊！鴉毛會教我新的戰技，我們會來一場戰鬥模擬。」她衝到見習生窩，大聲喊灰掌。「快醒來，我們要走了。」

灰掌從窩裡探出頭來，打個呵欠。「這麼早啊？」

柳掌翻翻白眼。「不然為什麼叫做黎明巡邏隊？」她帶著一臉惺忪的灰掌走向正在貝心旁邊伸懶腰的亮天。鴉毛則在獵物堆那兒挑選剩下的食物。

「拿一點去給湖光吧，」貝心下令道。「她肚子應該餓了。」

「也渴了，」棘莓從窩裡緩緩走出來。她朝跟在霰星走出族長窩的迴霧示意說道。「她去喝水的時候，你可不可以去陪一下她的小貓？」

迴霧喵嗚道：「我很樂意。」

「來吧，灰掌！」亮天喚她的見習生，後者正在河邊喝水。「邊界是不會自己劃出來的。」貝心已經帶著鴉毛和柳掌走出營外。灰掌蹦蹦跳跳地穿過空地，趕在導師鑽出隧道之前追上她。

曲顎看著見習生紛紛離開，不免有點失落，但突然想起一件事，又開心了起來。從現在起，他不用再接受訓練了，他是戰士了。他瞥了獵物堆一眼。他可以去狩獵，這樣到了傍晚，獵物堆就會堆滿鮮魚了。

「捉得好，曲顎！」爍皮在空地對面喊道，嘴裡都是食物。她的毛髮被夕陽餘暉映襯得鮮豔奪目，接著低頭又咬了一口爪間那條發亮肥碩的鱒魚。

貝心喵嗚地笑。「我看他再這樣捉下去，明天河裡恐怕沒魚可抓了。」河族副族長坐在木毛和白牙旁邊，共食一條狗魚。曲顎很是驕傲地看了獵物堆一眼。那裡的魚幾乎都是他抓的。

亮天翻身仰躺地上。「既然曲顎當上戰士了，我想我們這些貓兒應該都可以搬進長老窩養老了。」她玩笑道。

曲顎伸個懶腰，抓魚抓到肌肉酸痛。「新葉季抓魚，實在太好玩了。」

柳掌推推他。「就算沒有我陪，也很好玩嗎？」她低聲說。

「會更好玩，」他取笑她。「因為最好的魚都被妳抓走了。」

「你這個沒良心的！」她用頭頂他，他假裝被打敗，跌倒在地。

「求求你，不要再打我了。」

「那只是牛刀小試而已！」她撲向他，兩隻貓兒在長滿青苔的地上打滾。柳掌伸爪搔他的癢。

「嘿，」他一邊扭動身子一邊求饒道。「這不公平！」

她暫停一下。「是嗎？」還故作無辜地眨眨大眼睛，然後又搔他癢。「你早該想到會有這種下場，誰叫你當初要激我！」

鳥歌緩步走下斜坡，朝獵物堆走去。她瞥了兩隻年輕貓兒一眼，鬍鬚抽了抽。「這些小伙子真是一年比一年幼稚。」她開始在魚堆裡翻找，從最底下拉出一條灰色的肥美鱸魚。「亂鬚！」她朝長老窩喊道。「你到底要不要下來吃東西？還是一整個下午都要待在窩裡抓蝨子？」她搖搖頭，半自言自語道：「抓也沒用，還不是搆不到。」

柳掌跳了起來。「我去幫他。」她用鼻子搓搓曲顎的耳朵，然後朝斜坡走去。

曲顎挺起身子，打個呵欠。太陽已經消失在柳樹後方，暮色中的營地被染成了藍色。

「你的臥鋪準備好了，」橡心朝他的窩點頭示意。「是鋪了新青苔的那一個。」

「謝謝你。」曲顎希望能好好睡上一晚。他緩步走向自己的窩，低頭鑽了進去。這座蘚狀窩穴是以蘆葦挨著地上的樹幹編織而成，空間僅容三個臥鋪。曲顎嗅了嗅就知道哪個是白牙的，哪個是橡心的。他緩步走過那兩個臥鋪，爬進自己的，柔軟乾淨的青苔鋪放在緊密串成的蘆葦墊上。橡心一定花了很久的時間才做好這個臥鋪，曲顎很感激他哥哥的貼心。橡心總是這麼疼他和信任他。他蜷伏進自己的臥鋪，閉上眼睛，低聲地快樂喵嗚。

「快醒來！」他被吼叫聲驚醒。

曲顎跳了起來，發現自己又來到陰暗的森林。

幽光中，楓影的眼裡閃著怒火。「你忘了你的承諾了嗎？」

曲顎還在半睡半醒中，他瞪著她。「妳說什麼？」

「你的承諾！」

「就因為我昨晚沒來上課，妳就說我沒信守承諾？」他努力想要甩開疲憊的感覺。

「不是，你這個鼠腦袋！我聽見你跟柳掌的談話了。我看到你們表現得像伴侶貓一樣。你忘了我要你做什麼嗎？」

「保護我的部族？」曲顎往後退。楓影呼出的氣息實在很難聞。她撲向他，狠狠地朝他歪扭的下巴揮了一拳，他踉蹌後退，臉部一陣劇痛。「我要你把部族放在第一位！」她居高臨下，逼視被嚇得蹲在地上的他。「這也包括那個討厭的毛球，看她把你迷得魂兒都沒了。」

他抬頭瞪著她。「妳是說柳掌？」

「你想成為偉大的戰士，不是嗎？」

「當然。」曲顎聞得到她身上傳來的憤怒氣味，又熱又辣。

「那就忘了愛情和友誼吧，忘了你想要的東西。你這個自私的鼠腦袋！別忘了你得把部族放在第一位！」

「我有把部族放在第一位啊！」他難掩憤怒。「不要誣賴我，我沒有忘記！」他回嗆她。楓影瞪著他，眼神像狐狸一樣邪惡。她怎麼突然變得如此卑劣？星族不應該這麼卑劣的！他已經是戰士，她應該以他為榮。他滿頭霧水，轉身就逃。

他在幽暗的樹叢間衝撞，穿過雜亂的灌木叢。霧氣氤氳，他滑了一跤，踉蹌爬起，跌跌撞撞，又繼續往前跑。但霧裡不時有樹幹森然朝他逼近，再加上矮樹叢老絆到他的腳，他只能盡量保持平衡。他的心狂跳，最後終於慢下腳步。他累了，不想待在這裡。他想睡覺，他想回到自己的臥鋪。他蹣跚停下腳步，垂頭喘氣。

「你回來了！」

一個沙啞的聲音嚇了他一跳。曲顎瞇起眼睛，好不容易看出前方陰影處的身影。那身影搖搖晃晃地朝他走來，他認出了對方。「鵝羽？」雷族巫醫又來到這裡？他一定常和星族在夢裡交流。

鵝羽垂下頭。「楓影的見習生。」他緩步趨近，嗅聞曲顎身上的味道。「我聽過有關你的謠傳。」

曲顎後退幾步。「從哪兒聽來的？」

「別忘了我會和星族交流。」

「這就是為何你在這裡出現的原因？」曲顎的爪子微微刺癢。那隻老貓的鬍鬚在抽動嗎？

「你這樣說也對啦！」

他這話什麼意思？「星族說我什麼？」

鵝羽緩緩繞著曲顎。「你會成為一個偉大的戰士。」

曲顎感覺到這隻老公貓的目光正對他上下打量。「真的？」他面露喜色。

「別理那個老傻瓜。」楓影的喵聲嚇得他趕緊轉身。她竟然追上了他。她一定跑得很快，可是她看起來就像平常一樣沉靜，呼吸平穩。

鵝羽瞥了她一眼，目光顯出興味。「我也許是個老傻瓜，」他粗嘎說道，「不過至少我的心是真的。」他慢慢走過曲顎身邊，停在楓影面前。「我沒那麼刻薄，不會被復仇牽著鼻子走。」

曲顎上前一步。「這話是什麼意思？」

鵝羽沒理他。「楓影，夜路走多了，小心碰到鬼，不要玩弄命運哦。」

楓影從老貓旁邊衝過來。「別理他，曲顎，他幻覺過度，腦袋糊塗了。」

曲顎迎視她的目光。「至少他很尊重我。」他回嗆她。

楓影喵嗚笑了出來。「你該不會因為我提醒你要信守承諾，就不高興了吧？」她挨著他，帶他往前走，遠離鵝羽。「也許我是太嚴苛了一點，但我只是擔心你會忘了自己的天命。我要你成為河族有史以來最偉大的戰士——甚至是全貓族有史以來最偉大的戰士。柳掌是長得很漂亮、很甜美，你會喜歡她，我一點也不驚訝。但最甜美的誘餌也往往是最危險的。她會軟化你的決定，害你走偏方向。」她停頓一下。「你還是想成為偉大的戰士吧？」

「當然！」曲顎喊道。

「非常好。」楓影彈彈尾巴，阻止他再說下去。「我只需要知道這個就夠了。」她緩步走進霧裡，聲音朝後方飄送，愈來愈小。「曲顎，我所做的每一件事都是為你著想。」

第二十章

溫暖的和風拂來，四大部族上方的四喬木正窸窣作響。這幾個月下來參加過多次大集會的曲顎，現在已經熟知眾多他族貓兒的名字。溫暖的天氣也令大夥兒的火氣消了不少。他跟著河族貓走進空地，融入其他貓群。鴞毛和亮天正在一群戰士當中大聲比較各族的見習生。

曲顎看到棘莓正在巨岩下方和眾巫醫打招呼。「羽鬚！」她先恭賀鵝羽的見習生，然後才向其他巫醫逐一招呼。

獺潑直接朝雷族戰士斑皮走去。「豹足生小貓了嗎？」她問道。

曲顎看著獺潑圓滾滾的肚皮，不禁納悶她會不會搶在豹足之前先生。她到現在都還沒搬進育兒室，不過她肯定是要生小貓了，因為即便是新葉季了，河族貓裡頭還沒誰長得比她更胖的。他停在橡心旁邊。「為什麼母貓總要等到最後一刻才肯搬進育兒室？」爍皮和亮天都

是懷孕一個月了，才肯搬進去。

橡心聳聳肩。「你想她們會願意整天無所事事地躺在那裡，等我們送獵物給她們吃嗎？」這時身後突然傳來爪子搔刮地面的聲響，曲顎聞到雨花的味道。「難道你沒想過她們有可能是因為太熱愛自己的工作？如果要你放棄戰士的工作，你不覺得很為難嗎？」

橡心哼了一聲。「我只是很慶幸自己不用睡在育兒室裡，」他喵聲道。「我昨晚得摀著耳朵睡，因為小陽和小蛙哭得好大聲哦。」

「嗨，瞿曙，」一隻暗色的雷族母貓從曲顎身邊經過，他朝她點頭招呼。「甜掌、玫瑰掌和薊掌都來了嗎？」

「沒有，」瞿曙嘆口氣。「薊掌又惹毛小耳了。」

她的伴侶貓風翔搖搖頭。「甜掌和玫瑰掌留下來陪他，免得他心情不好。」

曲顎喵嗚道：「聽起來他們感情很好。」

聽見曲顎誇她的小貓，瞿曙垂頭致意。「他們的確感情很好。」她語帶驕傲。

亂鬚快步經過他們身邊。「糊足！」他朝著雷族長老喊道。

「等等我！」鳥歌匆忙跟著，這時她的伴侶貓正在和糊足還有另一位風族長老白莓打招呼。

橡心看著那群老貓。「我看他們會聊一整夜。」他玩笑地看著曲顎。「所以你的感覺如何？我是說自從你以戰士身分而不是見習生身分來參加大集會之後。」

曲顎開心地彈彈尾巴。他現在可以和這裡的任何貓兒平起平坐了。「感覺很棒。」

柳掌從一群見習生那兒衝過來，他們正在那裡炫耀自己的戰技。「灰掌真愛現！」她回頭

瞪了她妹妹一眼，後者正在半空中扭身，活像一條瀑布裡力爭上游的鮭魚。

曲顎調皮地嘶聲說道。「妳可以過去秀給他們看她平常的打呼聲有多響。」

「八成會嚇死他們。」柳掌喵嗚回答。

雨花示意橡心。「你見過高尾嗎？他以後一定會成為風族族長。你應該去認識他。」她帶著他離開，這時曲顎看見藍掌。自從那次戰役後，他就沒再見過她。他一想到她曾打傷他，鼻子就覺得刺痛。以雷族貓的身手來說，她算不錯了。他緩步朝她走去。「妳的戰技很不錯。」

她貼平耳朵。「等我當上戰士，我的技巧會更好。現在我的名字是藍毛了。」

他喵嗚笑了。「我也得到戰士封號了。」

「曲顎？」

他喵嗚道。「妳怎麼猜到的？」

「因為你的尾巴沒歪啊。」

她開他玩笑，但他突然覺得有罪惡感，因為她還不知道河族打算等到月牙兒出來時就要重新奪回陽光岩。他甩開這念頭。她是敵營的貓，就這麼簡單。

巨岩上傳來一聲吼叫。「大集會正式開始。」

松星站在岩石邊緣，他的毛髮被月光照得熠熠閃爍。身後清楚可見霰星的剪影，還有楠星和杉星。族貓們聚集在岩石四周，曲顎被往前推擠到藍毛旁。松星退後一步，杉星取而代之。

「新葉季帶來了獵物和溫暖，但也使得更多寵物貓誤闖邊界。」影族族長宣布道。

「他們整個禿葉季都躲在舒服的巢穴裡，早忘了林子是屬於我們的。」獺潑附和道。

就像兩腳獸一樣。曲顎嘆口氣。下游的牧場已經開始出現牠們的皮帳了。

「我們打算增加巡邏隊，」雷族族長瞥了霰星一眼。「來警告可能的入侵者。」

他已經知道河族打算重劃邊界的計畫了嗎？低吼聲在河族貓群裡響起。

影族副族長鋸皮率先回應。「這幾個月，我們影族貓都沒侵入你們的邊界。」

鷹心也從巫醫那裡喊道：「風族也都待在四喬木這一頭。」

霰星豎起頸毛。「你是在指控河族越過你們的氣味記號線嗎？」

曲顎甩著尾巴。再過不到一個月，那裡就會是河族的氣味記號線了。

松星聳聳肩。「我沒有指控誰，只不過雷族從現在起會增加巡邏的次數。」他縮張著爪子。「與其事後遺憾，不如現在小心為上。」

為什麼松星要破壞詳和的大集會？曲顎感覺到他身邊的藍毛愣了一下。

「為什麼要在這時候指控別族入侵？」他喊道。「我們談的是寵物貓欸。」

橡心的吼聲在他後面響起。「雷族向來喜歡和寵物貓交朋友。」

蛇牙霍地轉頭，眼裡射出怒火。「你說誰是寵物貓的朋友？」

橡心一臉鎮定地迎視雷族戰士的怒容。「你有話要說嗎？你這個口氣噁爛的傢伙。」

楠星從巨岩上方喊道。「看在星族的份上，別再吵了！」她仰望天空，銀毛星族有雲劃過的痕跡。有些星星已經藏了起來。原本低聲抱怨的貓兒們，突然全都噤聲，陷入沉默。

風族族長抬起鼻子。「寵物貓很少越過我們的邊界。」高尾在下方喊道。「他們速度太慢，追不上兔子。」「還有松鼠。」小耳補充道。

附議聲在四大部族之間響起，但大家的毛髮仍然豎得筆直。曲顎感覺到藍毛不安地蠕動著腳。**雷族一定是懷疑我們正在策畫什麼。**

霰星又走到巨岩前方，曲顎這才安心下來。「寵物貓的話題就到此為止吧，」他吼道。「河族多了一位新戰士。」他示意他的部族。「曲顎！」

曲顎抬頭看。他都忘了今天大集會上會正式介紹他。他挺起胸膛，接受四大部族的歡呼，後來松星也喊出藍毛的戰士名，他也加入他們，為她歡呼。但這種歡呼其實並不熱絡，大集會上的熱情氛圍早已褪去，化為冰冷的沉默。

曲顎和他的同伴們在斜坡下方漫無目的地打轉。他繞著他哥哥踱步，這時亂鬚和鳥歌也趕了上來。「你認為松星是不是在懷疑我們打算奪回陽光岩？」

橡心瞇起眼睛。「他的行徑是有點怪，可是他怎麼會知道呢？」

「也許鵝羽得到了什麼預兆？」

貝心打斷他們。「松星是隻老狐狸，」他低聲道。「他一定有什麼盤算，因為根本沒有貓兒越過他的邊界，他這樣故意攪局，一定有他的理由。」

「藍毛說了什麼嗎？」橡心問道。

「藍毛？」**他怎麼會想知道藍毛的事？**

「你剛不是在和她說話嗎？」橡心聳聳肩。「我只是好奇她有沒有透露什麼？」

「沒有啊。」

「我們都打算展開反擊了，你不覺得現在還找她說話有點怪嗎？」橡心暗示道。

「我效忠的是河族，又不是藍毛。」

「我想也是。」橡心的眼神一黯。「不過我對她有點抱歉。」

曲顎豎起毛髮。「不要對敵人心軟！」他突然很以自己為傲。**希望楓影聽到我這句話。**

當他們快到營地時，曲顎察覺到不對勁。通常他們從大集會回來時，營地裡的貓兒都入睡了。但今晚蘆葦叢後方不斷傳來焦慮的喵叫聲。

一個黑影在小徑上移動。「你們有沒有看見甲蟲鼻和田鼠爪？」花瓣塵正在營外踱步。

「沒有，怎麼了？」霰星突然停下腳步，後面隊伍來不及反應，跟著跌跌撞撞地停下來。

花瓣塵表情倉皇。「他們跑去找你們了。」

霰星搖搖頭。「我們是從瀑布那兒回來的。」他轉身對貝心和鴞毛點頭示意。「快去把他們找回來，免得撞見雷族的隊伍。經過今天晚上這麼一吵，要是被松星在雷族領地裡逮到他們，一定會把他們撕爛的，根本不會管有沒有協定這回事。」

貝心和鴞毛立刻銜命跑開。棘莓穿過入口，進入空地。「要生小貓了嗎？」她喊道。

曲顎跟著她跑了進來。泥毛正在育兒室前踱步。迴霧和柔翅聚在他旁邊竊竊私語。

「你回來了！」迴霧跳了起來。鱒爪睡眼惺忪地坐在斜坡底下。「生個小貓這麼麻煩啊。」

棘莓抽動耳朵。「爍皮已經要生了嗎？」

迴霧繞著巫醫轉。「還沒月正當中，她就開始陣痛了。亮天和矛牙在陪她。」灰白色的母

貓搖搖頭。「現在就陣痛，太早了吧？」

棘莓經過她身過，朝育兒室走去。

「妳需要藥草嗎？」迴霧在她後面喊道。

棘莓搖搖頭。「現在恐怕只有星族幫得上忙。」她跳進那棟圓形的蘆葦窩裡。

「希望她沒事。」柳掌繞著柔翅轉。

湖光從育兒室裡探出頭來。「她需要水。」

「我去拿！」柳掌衝向蘆葦灘。亮天跑過來陪她一起去，她們從河邊撈了一坨滴著水的青苔，帶回育兒室，交給等在入口的湖光。

「我需要蜂蜜！」棘莓從育兒室裡喊道。

「好！」鳥歌往巫醫窩走去。

曲顎和橡心互看一眼，這時柳掌正巧經過，嘴巴含著另一坨滴著水的青苔。「蜂蜜？」

「那可以幫忙補充體力。」

柳掌回答的聲音被青苔蒙住，他幾乎聽不出來她在說什麼。曲顎轉頭看看橡心，一臉莫可奈何。「要不然我們去收集一些香蒲，幫小貓搭個訓練場，怎麼樣？」他提議道。

橡心喵嗚笑了出來。「還太早了吧。」

「我們總能幫忙做點什麼吧。」

他看著木毛。「戰士守則又沒教我們生小貓的事。」他同情地說。「我們只能坐著等。」

「除非你想進去幫忙。」波爪咕噥道。

曲顎全身突然一陣哆嗦。「不，謝了。」

營外傳來腳步聲。貝心從入口鑽了進來，後面跟著鴞毛、甲蟲鼻和田鼠爪。「他們跑到四喬木又折回來，還好路上沒有遇見別的貓。」

曲顎抽動著鬍鬚。「甲蟲鼻，你的追蹤技巧恐怕得再多練練。」

「追蹤貓跟追蹤獵物不一樣。」甲蟲鼻冷哼一聲。「貓比獵物聰明多了。」

「她還好嗎？」迴霧朝育兒室喊道。結果回答的是一聲很低的呻吟。

「她不會有事的。」棘莓大聲說道。「蜂蜜在哪裡？」

「來了！」鳥歌手腳不太靈活地匆忙穿過空地，嘴裡含著一坨滴滴答答的蜂巢。

甲蟲鼻彈彈尾巴。「嘿，曲顎，你為什麼不進去幫忙棘莓接生小貓？你不是最愛成為大家的注目焦點嗎？」

「你自己為什麼不進去？」曲顎回嗆道。

甲蟲鼻皺起鼻子。「我是戰士，不是巫醫。」

柳掌穿梭在他們中間。「你們為什麼那麼愛吵架啊？」她斥責道。「每隻貓早晚都會有自己的小貓。」

田鼠爪瞪著她。「我不會。」

甲蟲鼻繞著柳掌轉。「你只想和曲顎有小貓。」他嘲笑道。

曲顎憤慨地推開黑色戰士。「誰說的！」

育兒室裡傳來喵叫聲。湖光鑽了出來。「兩隻小貓！」她的眼睛在月光下閃閃發亮。「一

隻公貓，一隻母貓。」

「走吧，曲顎。」柳掌朝育兒室跑去。他心不甘情不願地跟在後頭，感覺到甲蟲鼻正以嘲弄的目光看著他。棘莓從入口處探出臉來。

「我們可以進去看他們嗎？」柳掌央求道。

「可以，但是不要待太久，還有不要舔他們。他們還不熟悉母親是誰，正在適應當中。」

柳掌擠了進去。曲顎鼓起勇氣，鑽進育兒室入口，這才發現自己的個子已經長得很大。他不敢相信他以前曾經小到可以不費力地自由進出育兒室。這裡頭很悶。光線很暗，瀰漫著某種奇怪的味道。黑暗中，他幾乎看不見爍皮那黑鴉鴉的身子，不過耳裡倒是聽見小貓的喵叫聲。

「你看！」矛牙蹲坐在爍皮旁邊，兩眼發亮。

「他們是我們的新室友欸！」小蛙躲在自己的臥鋪邊緣偷窺，一臉洋洋得意。

「他們生平的第一個玩伴就是我們哦。」小陽在他旁邊吱吱叫。

柳掌仔細打量爍皮的臥鋪。曲顎則顯得緊張。爍皮肚皮旁邊有兩隻小貓在蠕動。一隻像她父親一樣是棕色的，另一隻的黑色毛髮則如夜裡河面的霧氣那樣灰濛濛。

「這是小黑和小天。」爍皮低聲道。

小天抬起鼻子，閉著眼睛，張開粉色的嘴巴開始啼哭。她看起來好小好無助。曲顎很想用自己的尾巴圈住她。

柳掌緊挨著他喵嗚笑。「小貓咪，歡迎加入河族！」

曲顎不安地蠕動著腳。「他們好可愛。」他不情不願地咕噥。**我以後會有自己的小貓嗎？**

那也是我的天命之一嗎？不，他嘆口氣。**楓影一定會告訴我，我只想到自己，沒有想到部族。**

曲顎疲倦地蜷伏在臥鋪裡。白牙已經開始打呼。橡心正在梳洗自己的腳。曲顎把腳塞進鼻子底下，閉上眼睛。他好想睡覺，卻難以放鬆心情。要是楓影看見他和柳掌哄著小貓，該怎麼辦？他可以想像她嘶聲吼叫，說他是戰士，不是貓后，應該出去為部族狩獵，而不是縮在育兒室幻想要是能坐在柳掌旁邊，看著她照顧自己的小貓，會是什麼感覺。

他甩開這個念頭。**我又來了！部族才是第一位！**可是為什麼他就不能想像自己有伴侶貓和小貓呢？部族本來就需要小貓。小貓會變成戰士，而且他的小貓也會很勇敢強壯。為什麼他不能喜歡柳掌？**我本來就有權可以和我的室友做朋友，甚至比朋友還親，只要我願意的話！這對部族本就無傷大雅！**他憤憤不平到身子微微顫抖。**他的感覺是什麼，憑什麼要楓影來告訴他？**

「你還好嗎？」橡心用爪子戳戳他。

曲顎仍把鼻子塞在腳底下。「我沒事。」

「那就別再動來動去的，」橡心抱怨道。「我們都想睡了。」

曲顎的思緒漸緩，感覺自己正慢慢沉入夢鄉。

當他再次睜開眼睛時，陽光已經透過入口，灑進窩裡。他竟然沒有夢見楓影！他坐起來，喉間不禁吐出一聲快樂的喵嗚。

「你幹嘛那麼開心啊？」橡心正在臥鋪裡伸懶腰。「你是夢到了柳掌嗎？」

曲顎跳出臥鋪，趁經過時，用尾巴彈了一下橡心的耳朵。「事實上，我什麼夢也沒做。」也許是因為他睡前在心裡斥責了楓影，所以嚇得她不敢來了。一早起床，身上沒有半點爪痕或酸痛，這種感覺真好。他已經好幾個月沒有真正好好睡過一場覺了。

曲顎從窩裡出來時，貝心正在柳樹底下組織隊伍。河族副族長抬起鼻子朝他示意。曲顎穿過陽光普照的空地，低頭鑽進木毛和亮天中間。鴞毛和杉皮坐立不安，急著想趁這美好的早晨出營去。泥毛還在打呵欠，田鼠爪則在摳他爪間的泥沙。甲蟲鼻兩眼發亮地盯著花瓣塵那左右晃動的尾尖瞧。曲顎看得出來他很想撲上去，但強忍住。他掃視營地，尋找柳掌的身影，耳朵豎得筆直。輕微的鼾聲正從見習生窩裡傳來。灰掌和柳掌可能是因為昨夜剛從大集會回來，再加上爍皮生小貓的事令她們太過興奮，才會如此疲累。

「獺潑今天早上搬進育兒室了，」貝心宣布道。「這代表我們又少了一位戰士。不過河裡的魚夠多，河水也夠深，足以抵擋別族入侵。」

「除非他們學會飛。」田鼠爪玩笑道。

花瓣塵忍住笑。「要風族學飛搞不好比學游泳來得快吧。他們比雷族還怕水。」

「曲顎，」貝心朝他兒子點頭示意。「你帶橡心、泥毛、亮天和田鼠爪到上游兩腳獸的橋那裡去檢查一下風族的氣味。木毛會帶隊去檢查踏腳石，看看有沒有雷族的蹤跡。」

我可以帶隊了！曲顎興奮地用爪子刮抓地面。

「曲顎？」

曲顎趕緊回神，聽取貝心的命令。「回程的時候，檢查一下兩腳獸的籬笆，看看那條狗有

沒有又跑出來了。」曲顎離開時，貝心又在後頭喊道。「小心點，如果上次還沒嚇跑那條狗，這次牠可能會衝出來報一箭之仇。」

曲顎低頭鑽進窩裡，橡心正在清理臥鋪裡的舊青苔。「走吧，我們有任務在身。」他瞥了白牙一眼。看來那位戰士還在做夢，他的鬍鬚正憤怒地抽動著。「要不要叫醒他？」

「打斷他的夢？」橡心搖搖頭。「什麼任務啊？」他跟著曲顎走到外面。

「我們要去檢查那座橋，」泥毛、田鼠爪和亮天已經等在入口。「還有兩腳獸的籬笆。」灰掌也在那裡，不停彈動尾巴。

「灰掌可以跟我們去嗎？」亮天喊道。

「當然可以。」曲顎低頭穿過蘆葦叢的缺口，沿著草徑快步急走。跟在他身後的貓兒腳步聲沙沙作響，令他好生得意。陽光璀燦，晶亮的河面有暖風徐徐飄送。曲顎強忍住笑意，以免得意過頭。他離開草徑，沿著小路穿過赤楊林，直達河岸。沼澤邊緣的沙岸踩在腳下的感覺十分柔軟，他慢下腳步，腳墊跟著濺起沙土，隊員們散了開來。曲顎繼續率隊往上游推進。

灰掌在淺水灘裡蹦蹦跳跳。「我們可以抓魚嗎？」

橡心聳聳肩。「如果你願意一整個上午都叼著獵物到處走的話。」

灰掌嘆口氣。「我們可以現在就吃掉牠啊，」她語帶期盼地說道。「只吃一條小魚，不算違反戰士守則吧？」

「還是違反。」泥毛語氣嚴厲地回答。「再說，我們應該先檢查橋樑，再去查看那條狗。」

灰掌跳到前面，尾巴甩來甩去。他們才在河邊轉了個彎，曲顎就看到了兩腳獸的橋。橋樑

再過去的沙洲上有很多樹木，樹葉在微風中沙沙作響。他們可以在那裡捕食，有樹可以遮蔭。

「等一下。」他用尾巴向隊伍示意，要灰掌回去隊伍後面。他們正在接近那條與橋樑十字交錯的小路。「你們有沒有聞到兩腳獸的味道？」

亮天正在嗅聞空氣。「風是往上游吹的。」

泥毛豎起耳朵。「我什麼聲音也沒聽到。」

曲顎悄悄往前走了幾步，放低身子。「跟著我。」他躡手躡腳地走上立有橋墩的沙洲，再緩步踏上木棧道。他嗅聞到溫暖的木料味道，橋下河水四濺。他的隊員小心跟在後面，從橋的這頭緩步走到那頭，檢查氣味。

「快回來！」亮天的警告聲嚇得曲顎趕緊抬頭。原來是灰掌已經過了橋，正在另一頭的沙洲上嗅聞。

「可是這裡也是我們的領地啊！」灰掌喊道。「一直到瀑步那兒都是啊。」

亮天的喉嚨發出低吼。「我真不懂憩尾是怎麼教小貓的。」

「見習生本來就是你說東，他向西。」泥毛瞥了曲顎一眼，眼裡帶笑。「對不對？」

曲顎揮著尾巴。「只有長著魚腦袋的貓才會盲從命令，問都不問原因。」他腳步顛了一下，發現橡心竟蹲在地上發出低吼。

「發生什麼事？」曲顎循著他哥哥的視線看，頸毛豎了起來。

對岸的樹叢間有白色身影閃現，接著是紅色，然後是綠色和藍色。

「兩腳獸！」曲顎當場愣住，心跳頓時加速。小兩腳獸正在橋對岸的樹林裡蹦蹦跳跳，離

灰掌只有幾條尾巴之距。

亮天已經衝上前去，對她的見習生斷聲喊道：「快逃！」

灰掌瞪看著小兩腳獸，全身毛髮蓬了起來，兩眼晶亮。

「快逃！」泥毛吼道。

小兩腳獸轉過身來，大叫一聲，發現了灰掌。

曲顎嚇得心臟快從胸口迸出來。「快逃啊！」

可是那個笨見習生還是在原地不動。曲顎衝了過去，從亮天身邊急奔而過。「快走！」她跟在後面跑，橋面為之震動。其中一隻小兩腳獸伸出一隻腳爪。灰掌瞪著牠看，當場呆掉。曲顎衝進小兩腳獸的腳爪間，呸口怒吼，小兩腳獸大叫一聲，嚇得跳開。亮天衝到灰掌旁邊，一把咬住她的頸背，就往後拉，見習生吱吱尖叫，好不容易才掙開。

「快逃！」亮天大喊道。

灰掌總算回神，轉身急奔過橋。亮天跟在後面。曲顎轉身低頭，想從兩腳獸身邊逃開，卻驚覺毛皮被對方腳爪抓住。他死命掙扎，好不容易擺脫開來，痛得他哇哇大叫，原來他的毛髮被兩腳獸扯了一坨下來。他跌落橋上，往前滑一小段路，趕緊伸爪，戳進橋面，用力一蹬，死命前奔，快速通過橋面。

「快走！」他一邊衝過隊伍旁邊，一邊喊道。他回頭張望，確定隊員都已跟上，這才跳到河岸。他慢下腳步，讓隊員先走，自己殿後，跟著他們奔向下游。他的視線不敢離開他們，直到確定他們平安回營為止。

等快抵達營地時，小兩腳獸的尖叫聲才漸平息。曲顎直到看見蘆葦灘才慢下腳步。他的肺快要爆開。他停下來，垂頭大口吞氣。亮天也在橡心和泥毛旁邊停下腳步。灰掌還是不斷往前跑，直抵蘆葦灘，往河裡噗通一跳，濺起水花，用力游回家。

亮天看著他。「別擔心，」她喵聲道。「她游泳很厲害。」

曲顎點點頭，喘到說不出話來。

橡心的毛髮仍在倒豎，泥毛來回踱步，上氣不接下氣。正當他們慢慢恢復元氣之際，岸邊響起腳步聲。曲顎抬頭一看，發現灰掌帶著霰星和迴霧從沼澤的草叢裡鑽出來。

霰星毛髮豎得筆直。「灰掌把事情經過告訴我們了。」

憩尾用面頰抵住曲顎。「謝謝你救了我的小貓。」她低聲道。

曲顎抖抖身子。「她其實也會想辦法自保。」他跟著母貓走進空地時，嘴裡這樣咕噥。看來所有貓兒都在等他們，眼裡閃著憂慮。顯然灰掌已經告訴他們她差點被抓的事情。

「為什麼兩腳獸不能乖乖待在自己的領地呢？」鱒爪大聲說道。「我以前還是小貓的時候，根本很少看見兩腳獸。現在牠們每逢新葉季就會來這裡，真是討厭。」

霰星搖搖頭。「向來都是這樣。」他嘆口氣。「我們一定要更加小心。」

迴霧用她的尾巴圈住灰掌。「也許兩腳獸來的這段期間，我們可以縮小河族邊界。」

「縮小邊界？」白牙憤怒地呸口道。「我們為什麼要縮小邊界，我們又不怕兩腳獸。」

蘆葦灘旁的曲顎來回踱步，甩打著尾巴。**不管是誰在威脅我的部族，我都不怕他們。**

第二十一章

「棘莓！」泥毛匆匆經過蘆葦灘，大聲喊道。

曲顎從河裡爬出來，身上不斷滴水。他偏著頭，覺得這位棕色戰士的叫聲裡帶著擔憂。

棘莓從窩裡探出頭來。「亮天不舒服嗎？」

泥毛的尾巴仍在顫抖。「她一直說她很渴，可是又不肯喝水。」

棘莓鑽進窩裡。「等我一下。」

曲顎知道他們很擔心亮天。她半個月前搬進育兒室待產，但卻開始發燒，已經病了好幾天。曲顎低頭穿過空地。空地上到處是貓，他們在陽光下伸著懶腰，昏昏欲睡，動都不想動。太陽太大了，狩獵沒什麼意思。天氣熱到根本沒胃口進食，就算魚抓來放在那兒，到了傍晚，也都變臭了。就連蘆葦也在綠葉季炙熱的陽光下垂下了頭。

曲顎從快睡著的波爪身上跳過去，落在灰掌旁邊。灰色見習生正蜷伏在橫木的陰影處。

「她和鴞毛出去上課了。」灰掌一臉愁容地看著育兒室。「我不該跑到橋那頭的，」她把尾巴塞得更緊。「那樣亮天就不必跑來救我了。」

「又不是因為這樣她才生病。她也知道自己懷孕了，還堅持繼續執行戰士任務。」

「她為什麼不告訴我？」灰掌嘆口氣。「如果她先告訴我，我就會乖乖聽話回來。」

你確定？但曲顎沒說出口，他記得他以前當見習生時也是如此。「她的預產期什麼時候？」

「等月亮變成月牙的時候。」

「那麼快？」曲顎很訝異，只剩不到幾天了。「她不會有事的。」他喵聲道。

波爪抬起頭，看著灰掌，眼裡帶著同情。「你還在擔心亮天啊？」他疲倦地站起來。「矛牙沒幫你上課嗎？」亮天搬進育兒室後，矛牙就成了灰掌的代理導師。「去上課就不會胡思亂想了。」波爪掃視空地，看到矛牙和田鼠爪正在陪小陽和小蛙玩青苔球。「如果他忙的話，我可以幫忙教妳幾招。」

灰掌感激地對著這位黑銀相間的戰士眨眨眼。「好啊，拜託你了。」

波爪帶著灰掌走到空地邊緣的綠蔭底下，開始教她格鬥的馬步蹲法。莎草叢沙沙作響，棘莓從窩裡鑽了出來。她嘴裡叼著一坨藥草，領著泥毛穿過空地，進入育兒室。

曲顎閉上眼睛。**求求你，星族，請讓亮天快點好起來。**這時突然有坨暗灰色的毛球衝進他兩腿中間，緊貼著他的肚子。

「快把我藏起來，」小黑吱吱叫道。「不要告訴他們我在這裡。」

曲顎忍住笑，趕緊將前腳併攏。小天正在率隊搜找。獺潑的小貓還不到一個月大，也跟在後面，彷彿當小天是族長。

「你有沒有看到他？」小肚喵聲道，暗棕色毛髮豎得筆直。

「要是他掉進河裡怎麼辦？」小蘆葦發愁地說。

「別傻了，」小莎草朝她哥哥翻翻白眼。「要是他真的掉進河裡，戰士們早像蒼鷺一樣慌成一團了。」

「他不在這裡。」小天在莎草圍籬附近嗅聞。

「等一下。」小肚嗅聞空氣。「我聞到他的味道了。」

「在哪裡？」小蘆葦抖鬆那條長長的尾巴，衝過小天身邊，鼻子在地面上嗅聞，身子穿梭於那幾名懶躺在地的戰士之間，直往曲顎那兒走去。

「小心哦，」曲顎對正在他肚子底下蠕動的小貓低聲說道。「我想他們找到你了。」小貓隊伍朝他衝來，他及時跳開。他們撲向小黑，得意洋洋地吱吱尖叫。

「找到你了，找到你了！」小肚歡呼道。

「現在輪到我躲了。」小莎草尖聲喊道。

小天彈彈她那條棕色的虎斑尾巴。「我想玩別的遊戲。」她看了矛牙一眼。只見他把青苔球丟得好高，飛過小陽和小蛙的頭頂。他們跳起來想抓，卻被田鼠爪伸爪接住。「我想玩那個。」小天蹦蹦跳跳地跑開，隊員全跟著她。

他們從白牙身上爬了過去，白牙低聲咕噥。鱒爪睜開眼睛，移開尾巴，免得被他們踩到。

「願星族保佑他們，」鳥歌移開目光，不再看著小貓們，反而朝著曲顎喊道：「貝心回來了嗎？」

貝心正率領甲蟲鼻、花瓣塵和木毛巡邏邊界，中午就出去了。

「還沒，」曲顎聳聳肩。「除非他們能找到蔭涼的地方休息，否則應該很快就回來了。」

「我不懂他們幹嘛多此一舉，」鱒爪坐了起來。「該巡邏的邊界其實也沒多少。」

白牙撐起身子，甩甩那一身白毛。「霰星有沒有說我們什麼時候去重劃陽光岩的邊界？」他看了族長窩一眼，那座窩穴就隱身在柳樹根下方的陰暗處。

湖光和爍皮、獺潑躺在育兒室旁邊，她抬起那顆灰白相間的頭顱。「天氣熱到大家都無心討論出征作戰的事了。」

橡心從柳樹的矮枝上跳下來，柳樹葉為之飄動。「誰說天氣熱到大家無心討論，」他緩緩穿過空地。「霰星說要等到月牙兒出來的時候，所以可能就是這幾天了。」他抬眼看看蔚藍的天空。「昨晚的月亮已經出現鱒魚白的顏色了。」

雨花伸個懶腰。「他又沒說要出征作戰，」她提醒他們。「他只是想重劃邊界。」

曲顎搔搔耳後的癢處。「不管霰星什麼時候下令，我都已經準備好了。」

正在陪小貓玩的矛牙這時抬起頭來。「我真希望我也能參加那支隊伍。」他喵聲道。每位戰士都希望能有機會留下自己的氣味記號。

「我也是！」波爪正伸出腳爪調整灰掌的馬步。「再往前伸直一點，」他建議道。「就很完美了。」

矛牙看了他的見習生一眼。「小貓們，對不起，遊戲結束了，我現在得訓練灰掌了。」

小陽的尾巴頓時垂下。

小蛙撲向矛牙的尾巴。「不要走啦。」

小莎草繞著他跑。「我們可不可以也參加？」

小肚跳到他姊姊身上，把她推倒在地。「你連游泳都不會，還參加咧。」

「你也不會啊！」小莎草推開他。

「別去玩水！」矛牙躍過那群還在爭吵不休的小貓，用尾巴向灰掌示意。「你想練習抓魚嗎？」她跟著他走出營地時，他這樣問道。

曲顎低下身子梳洗溼掉的肚皮。幾隻小爪子正朝他襲來。

「進攻！」突然一堆爪子、尾巴、鼻子往他下腹亂搗。曲顎故意踉蹌幾步，側倒在地。

「我死了！」他呻吟道，小貓們蜂擁而上。

突然有腳步聲紛沓地走進營地。

「巡邏隊回來了！」小天尖聲大叫。

曲顎抬頭一看，只見貝心、杉皮、甲蟲鼻和花瓣塵邊偷笑邊瞪著他看，鬍鬚不停抽動。

「湖光派你當育兒室的所長嗎？」貝心取笑道。

曲顎起身站好，臉部不時抽搐，因為小天和小蛙還在用爪子戳他，像刺果一樣巴在他身上。

「對不起，曲顎，」杉皮喵嗚笑道。「我忘了教你怎麼打敗小貓。」

「我來救你吧。」甲蟲鼻用爪子滾動一坨青苔，丟向空地另一頭，小貓們興奮地尖叫，像

群小魚一樣追在後面。

「謝了。」曲顎跟著貝心走進柳樹蔭，霰星窩穴入口處的樹枝這時微微顫動。

「你們回來了。」霰星走進空地，毛皮在陽光下閃閃發亮。「請所有會游泳的成年貓都前來集合，我有事宣布。」

「小肚！小莎草！小蘆葦！」獺潑潮她的小貓們喊道。「快走開，別擋路！」小貓們全拖著腳步，朝他們的母親走去。

「你們兩個也一樣。」爍皮朝小天和小黑喊道。

小蛙和小陽躲進甲蟲鼻後面，但黑色戰士還是把他們往育兒室推。「可是我們會游泳啊！」小蛙抱怨道。

「真的嗎？」甲蟲鼻咬住小蛙的頸背，叼了起來，懸吊在河面上。

湖光跳了起來。「不要鬧了！」她尖聲喊道。「把放他下來！他會淹死的！」

甲蟲鼻喵嗚笑道。「別緊張，」他把不停扭動的小貓丟回貓后的掌間。「等你母親說可以學游泳時，我再教你。」他承諾道。

「要是我，我倒情願找條蛇來教。」曲顎低聲咕噥，這時橡心也來到他身邊一起參加集會。

橡心沒說話，他的注意力全在霰星身上。「我敢打賭他是要宣布我們要奪回陽光岩了。」

曲掌縮張著爪子。「太好了。」

木毛在空地邊緣踱步。「至少你知道你已經是隊伍的一員。」

霰星等到族貓們都坐定了，這才抬起鼻子。「我們今晚要重劃陽光岩的邊界。」

現在氣氛突然緊繃起來。橡心傾身向前，木毛停止踱步。

「你要帶誰去？」波爪質問道。

「貝心、鴞毛、迴霧、木毛、柔翅和波爪……」河族族長開口說道。

還有呢？曲顎心跳加速。霰星會信守承諾吧？一旁的橡心也很緊張。

「白牙和曲顎……」

曲顎吞吞口水，鬆了口氣。

「橡心，」霰星繼續點名。「還有田鼠爪。」然後坐下來，用尾巴圈住腳爪。

「就這樣？」甲蟲鼻甩打著尾巴。

霰星轉頭看著年輕戰士。「未來幾個月，這條新邊界會需要不斷重新標上氣味記號，」他提醒他。「你很快就有機會去留下你的氣味記號。」

「重新奪回舊的邊界，這和在現有的邊界上做氣味記號是不一樣的！」甲蟲鼻瞪著曲顎看。「他才當上戰士不到一個月，為什麼是他去？我們怎麼知道他爬不爬得上那座岩石？」

曲顎往前一躍，毛髮倒豎。「我還是見習生的時候，就爬上去了。」他吼道。

貝心擋在他們中間。「戰士又不是每次巡邏都得參加。」他安撫道。

甲蟲鼻衝過貝心旁邊，對著曲顎擺開格鬥架勢。

貝心傾身在曲顎耳邊低語。「甲蟲鼻心情不好，你最好用勸的，別伸出爪子。」

曲顎瞇起眼睛。**你必須把部族放在第一位。**楓影的話在他耳邊響起。他的毛順服下來。

「我能被選上，實屬幸運，」他承認道。「很抱歉，甲蟲鼻，你今晚不能和我們一起去。」這

些話差點梗在他喉嚨裡說不出來，但為了部族著想，他還是勉強吐出來。柳樹下方的雨花也一樣怒目相對，因為她也沒被選上。「我希望全族貓都能一起去，」曲顎朝矛牙和杉皮點頭致意。「我的本領都是你們教我的。」他的腳爪微微刺癢。他不習慣在群眾面前演說。但如果未來想當族長，就得習慣這件事。他正視甲蟲鼻的目光。「光是從旁觀摩你們的戰技演練，就讓我學到了許多功課。你們的膽識練就了我的膽識，你們的啟發提升了我的戰技。」**不過全都比不上楓影**。他垂下頭。「今晚我會抱著向你們致敬的心情前去留下我的氣味記號。」他抬頭望著他們，只希望這番話能令他的族貓們平復不滿的情緒。

甲蟲鼻兩眼晶亮。「好吧。」他讓步了。

橡心走到曲顎旁邊，停下腳步。「曲顎，這就對了，」他喵嗚道。「我們同屬一個部族，就算只有一隻貓上場作戰，也是為全部族而戰。」

「幹得好，兒子。」貝心喵聲道。

曲顎很是得意。他看見雨花的眼睛瞇成兩條縫，心想那眼縫裡是不是藏了一絲敬意？

霰星彈著尾巴。「我們等月正當中就出發。」

集會散了，曲顎朝育兒室走去。他仍然意洋洋。這是他升上戰士以來的第一個任務。不過在他離開之前，還是有時間去育兒室裡幫一下忙。

他朝那群躲在貓后後面的小貓喊道。「有誰要玩抓青蛙的遊戲？」

巡邏隊往岸邊走去時，夜鷺正盤旋空中，往下游飛去。曲顎停在水邊，河水黑黝黝的，輕輕淌過他的腳邊，只有星星和尖細如爪的月亮照亮河面。陽光岩聳立在河的對岸，像高岩山一樣千年不移，後面映著漆黑的夜空。

霰星走進河裡，水淹漫過他的背，隊員們跟在後面。曲顎任由河水將他包覆，經過一天漫長的等待後，這滋味尤其沁涼。隊伍游河過去，比水裡的鱒魚還要安靜，水面幾乎不受驚擾。雷族的守衛絕對看不到他們也聽不到他們渡河的聲音。搞不好只會守在踏腳石那裡查看有無可疑身影或腳步聲。

曲顎用力一划，游到前面第一個上岸。這河岸只是陽光岩下方一座突起的岩架。曲顎悄無聲息地浮出水面，跳上岩石。橡心也跟在旁邊爬上岸，霰星和白牙則在離他們一條尾巴之距的下游處涉水上岸。田鼠爪猛地抬起一隻腳爪，攀住岩架邊緣，從水裡爬出，波爪和柔翅緊跟在後。迴霧和鴞毛跟在後面，貝心殿後。他們溼答答地站在岸邊，霰星開始攀岩上去。

「你們等在這裡，」他小聲說道。「我先去看看有沒有巡邏隊。」曲顎抬眼看向無星的夜空。他還記得上次他在這裡和藍毛、雪毛打了起來。這次他絕不會再被她們趕回自己的領地。

霰星的頭顱出現在岩頂。「警報解除。」

貝心點點頭，隨即跳上岩面。隊員們蜂擁而上。曲顎跟在後面，一次勾住一個岩縫，輕鬆攀爬上去。陽光岩上星光閃爍。

霰星揮動尾巴，指著陽光岩遠處的林子。那裡是雷族領地，每根樹枝都是他們的。「貝心，你們從那邊開始，」他朝崖頂那頭點頭示意。「鴞毛、田鼠爪和波爪，你們跟他去。」他

瞥了其他隊員一眼。「其他的跟我走。」

曲顎跟著族長穿過岩面，任由夜裡空氣充滿他的舌頭。**雷族的氣味**！他的毛髮頓時倒豎。**這味道並不新鮮**。他們已經好幾天沒來了。

他猜是因為豔陽高照的天氣對向來躲在林子裡的貓兒來說太熱了一點。

他們一抵達，霰星就在第一棵樹上灑下他的氣味記號。味道嗆到連曲顎都不禁皺起眉頭。相信雷族還沒走到林子邊界就能聞到。

「我要每一株灌木叢和每一棵樹都留下我們的氣味記號。」他下令道。

曲顎越過狹長的草地，停在一株刺藤旁邊。他留下氣味記號，發出低吼。**雷族，就讓你們聞個過癮吧**！等到他們回到崖頂，整座林子都充斥著河族的氣味。

「我要留下四位戰士，」霰星宣布道。「如果有雷族巡邏隊出現，大可跟他們挑釁，要是打起來了，營地那裡會聽見，我會立刻增派兵力。」

木毛上前一步。「讓我留下來。」

「我也要。」曲顎排在他旁邊。

霰星把他推開。「我要找經驗最豐富的戰士站在第一線。」他看著貝心。「你和木毛、迴霧、鴞毛留下來。」

曲顎沮喪到身上微微刺癢，但也只能跟著橡心爬下崖面。他緊攀住岩縫，一步步往下爬，直到感覺尾尖碰到地面，才縱身一躍，輕盈落在白牙旁邊。

白色戰士兩眼發亮。「這跟吞小魚一樣簡單。」

霞星點點頭。「我們回去向大家報告吧。」

星光照在空地上，族貓們還在這裡等候他們歸來。甲蟲鼻在蘆葦灘旁來回踱步。就連貓后們也從育兒室裡鑽出來，並排而立，眼裡充滿期待。

「你們達成任務了嗎？」湖光喊道。

「陽光岩又屬於我們的了！」霞星大聲宣布。

族貓的歡呼聲嚇得鳥兒四散驚飛，竄上靜甯的夜空。

柳掌匆忙來到曲顎身邊。「你們有打起來嗎？」

「這任務太簡單了，」他告訴她。「那裡連支巡邏隊都沒有。」

甲蟲鼻哼了一聲。「那是因為雷族都在睡覺。」

「他們已經好幾天沒去那裡了。」田鼠爪補充道。

「他們細皮白肉，受不了這麼炎熱的天氣。」花瓣塵得意洋洋地說道。

曲顎環顧四周歡騰喜悅的族貓們。難道只有他覺得這場勝利得來太輕鬆嗎？

* * *

「我不敢相信他們竟然連出手來搶的企圖都沒有。」橡心撐起身子，爬上陽光岩的崖頂。

「已經兩天了，再過不久，我們就能帶長老過來這裡曬太陽了。」

曲顎跟著哥哥從岩邊爬上來，掃視廣大的岩面。早晨的太陽威力不減，岩石下方白花花的一片。「他們可能打算等我們防衛鬆懈時才要下手。」他朝河族守衛點頭致意，他們是來接他

們的班。花瓣塵和杉皮彈彈尾巴，和他們打招呼。甲蟲鼻伸個懶腰，泥毛這時匆匆走了過來。

「亮天的狀況還不錯。」曲顎告訴棕色戰士。霰星是為了分散泥毛的注意力，怕他太過擔憂亮天的病情，才派他來擔任守衛的嗎？顯然這一招並不管用。泥毛離開陽光岩時，仍是皺著眉頭。他急著離開，像魚一樣跳進河裡。為什麼星族到現在都不肯治好亮天的病呢？

憩尾和白牙爬上岩面，這時甲蟲鼻、杉皮和花瓣塵正要下去。

「泥毛跑得好快。」白牙上氣不接下氣。

憩尾嘆口氣。「希望在小貓出生前，亮天的燒能退下來。」她朝花瓣塵喊道，「要是有什麼變化，一定要傳個話給我們哦。」

「壞消息也要嗎？」花瓣塵的喵聲迴盪岩間。

「沒錯。」

甲蟲鼻在岩壁下方喊道。「要是需要幫手，喊一下哦。」

曲顎轉過身去。「我們不會需要幫手的。」自從兩天前他們留下氣味記號後，雷族就一直沒來更動。雷族似乎已經不戰而降。曲顎緩步穿過岩石，躺在平滑熱燙的岩面上。

橡心坐在他旁邊，盯著林子，憩尾和白牙則沿著岩邊嗅聞。白雲從太陽前面飄了過去，在岩石上投下陰影。曲顎伸個懶腰，同時享受陽光和從身上掃過的雲影。橡心開始梳洗自己。

「這未免太容易了。」白牙這話聽起來好像很想打一仗。

曲顎翻個身。「他們還是有可能來找我們打架。」

下方林子線的灌木叢出現沙沙聲響。

曲顎坐了起來，毛髮倒豎。「你們有沒有聽見？」

憩尾舔吻空氣。「雷族。」她低聲道。

所有隊員立即起身，豎起頸毛，瞪看林子。曲顎深吸一口氣，讓空氣刷過舌間。矮木叢裡絕對有雷族貓，但數量不足以組成一支攻擊隊伍。他發現這味道很熟悉。

「是藍毛。」橡心正準備跳下岩石。

「小心點。」憩尾警告道。

曲顎搖搖頭。「他們不會攻擊的，」他向她保證道。「那只是支邊界巡邏隊。」

橡心隔著林子窺看，豎起耳朵，彷彿偵測到獵物。這時曲顎聽見兇惡的嘶叫聲，一名雷族戰士朝她同伴嘶吼一聲。「藍毛！」

橡心轉過身，毛髮平貼，兩眼發亮。

白牙跳下岩石找他。「看到了什麼嗎？」他喊道。

「只是一個愛管閒事的年輕雷族戰士。」橡心爬回岩石，坐下來舔自己的腳掌。

「只是一個年輕戰士？」曲顎記得橡心在大集會上提過藍毛。「那是藍毛，不是嗎？」

橡心用潮溼的腳掌順順耳朵。「那又怎樣？」

「她是不是很氣陽光岩被搶走了？」

「大概吧。」橡心哼了一聲。「我沒問。我幹嘛和雷族貓說話？」

「可是上次開完大集會後，你好像很想知道她的事情。」

他的哥哥停下梳洗動作。「腦袋裡老想著母貓的不是我！」橡心回嗆道。「你就像小貓跟

著貓后轉一樣老跟在柳掌後面。」

曲顎臉紅了。「我沒有！」

橡心點點頭。「是哦。」他的語氣聽起來不太相信。

曲顎瞇起眼睛，往他哥哥身上一撲。「我只是幫忙訓練她。」

橡心抓住他肩膀，扳了過去。「這只是你的說法！」

他們在溫暖的岩石上吵吵嚷嚷。

「嘿！」憩尾一把抓住曲顎的頸背，把他拉開。「我們是來這裡保衛領地，」她吼道。「不是來表演打架遊戲給雷族看的！」

曲顎坐了起來，毛髮凌亂。「對不起。」

「憩尾！」白牙從林子邊緣喊道。「有更多的雷族戰士往這邊來了！」他蹲伏下來，這時憩尾、橡心和曲顎全都跳下陽光岩，與他會合。

曲顎瞇眼窺視綠蔭深處，隱約看見樹幹間有身影一閃而逝。他怒火中燒。他絕對不准任何雷族貓踏進領地一步。既然河族已經拿回陽光岩，他就會誓死捍衛。他齜牙咧嘴地朝林子發出嘶吼。矮木叢窸窣作響，幾條身影衝了出來。

你們這些狐心狗肺的東西！

曲顎蓄勢待發。只要誰敢威脅他的部族，他都準備迎面痛擊。楓影說得對：效忠自己的部族，這種感覺勝過於世上其他任何事情。

第二十二章

「尾巴低一點！」曲顎把柳掌的尾巴往地面壓，再把她的前腳往前推。「盡量往前伸。」

「噢嗚……」他調整她的肋骨，讓她平貼地面，害柳掌忍不住呼了口氣。

「現在跳起來！」曲顎命令道。

「跳？」柳掌像隻死青蛙一樣外張四肢。她扭頭過來瞪他。「我根本連動都不能動。」

曲顎坐起來。「我只是想幫忙。」河對岸的太陽已經升到林子上方。柳掌的戰技評鑑隨時會開始。

她好不容易站了起來。「謝了，」她喵聲道，甩甩自己的腿。「不過我不確定你是不是塊導師的料。」

「不要這樣講嘛，」曲顎氣餒到毛髮微顫。他真的很想幫助她通過第一次評鑑。「我只是想讓你明白，如果妳想暗中接近一隻鳥，身體一定要放得很低。」

「鴞毛不會要我們去抓鳥，」柳掌爭辯道。「我受訓的目的是要當河族戰士，不是雷族戰士。」

「河水結冰的時候，就只剩下鳥可以抓。」曲顎提醒她。

「可是我從來沒抓過鳥啊！」柳掌突然驚慌起來。「你該不會認為他會考我這個吧？鴞毛只教過我一些基本的陸上狩獵技巧。河裡魚很多的時候，他就不喜歡去抓禿葉季才有的獵物。他說那是浪費時間。」她蹲了下去。「我們再練一次看看好了。」她平貼尾巴，鼻子抵著草地，但隨即又坐起來嘆氣。「我學不來，我一定過不了關的。」

「不會，你會過關的。」曲顎繞著她轉，試圖回想楓影教過他什麼。他氣餒到連腳墊都微微刺癢。楓影教他的都是格鬥技巧。他用力回想。杉皮教過他怎麼捕捉小鳥嗎？

啊，對了！

「我知道了！」他靈光一現，突然明白姿勢哪裡錯了。「妳的前腳應該放在妳的肩膀底下，而不是往外伸，這樣就可以跳得更高了。」

柳掌再次蹲下來，把腳收回身子底下。「感覺好多了。」她用力一蹬，往前衝了出去，身體拉直，順利飛掠過溼地上的野草叢。

「太棒了！」曲顎喵嗚道。

「柳掌！」灰掌的喵聲從蘆葦叢的另一頭傳來。「鴞毛準備好了。」

柳掌瞪大眼睛。「哦，星族！」她的眼裡出現憂色。「希望我能過關。」

「快點，」灰掌催她道。「矛牙已經在開始評鑑我了！」

「妳一定會表現得很好！」曲顎承諾道，但柳掌已經跑開。「祝妳好運！」他在她後面喊道。

她一消失在咯咯作響的葉叢間，他就往河邊走去。他心神不寧，不想回營地裡。現在捕魚還太早。不過他可以游泳，這能幫忙他冷靜下來。他鑽進水裡，任水流載著他往下游而去，他翻身仰躺水面，從營地旁邊一路漂過。他隔著蘆葦叢，隱約看見一閃而逝的身影還有小貓衝過空地的吱吱叫聲，突然感傷起來。他還記得以前和小橡及小甲蟲、小田鼠、小花瓣一起玩耍的時光。後來的變化實在太大了。

他甩掉這念頭。現在他是戰士了，而且有一天可能成為河族有史以來最偉大的族長。若果真如此，他還有什麼不滿足的？他拍打水面，往岸邊游去，在踏腳石附近爬上岸。他聽見鳥歌的喵聲從陽光岩那裡傳來。霰星已經確認那地方夠安全，終於准許長老可以重訪舊地。

「石頭這麼溫暖，躺上去真舒服。」她粗嘎說道。

亂鬚開心回答道：「身上的每處酸痛都被它熨暖了，真好。」

曲顎緩步走上岸，循著窄徑走進林相細瘦的樹林裡。陽光燦爛，他卻從風中聞到了變化。這石楠的味道好像是高地那兒吹來的，看來快下雨了。

前方野草窸窣作響。曲顎愣了一下。林子裡有身影移動，姿態很低。

鴞毛。

曲顎蹲了下來，屏住呼吸，棕白相間的戰士從他身邊緩緩走過。他一定是在評鑑柳掌。她在附近嗎？他衝到樹後面，蹲伏下來，隱藏自己。腳步聲朝他跑來。曲顎的心跳加快，他在等

柳掌的身影從旁邊跑過去，但等到的竟是灰掌，只見她皺著眉頭，心無旁騖地朝河邊跑去。

曲顎在她經過時躲了起來，等她走了，索性爬上樹，焦急地朝下方草地張望。**在那裡！**柳掌的淺色虎斑身影正穿過一叢蕨葉。羽狀的綠色蕨葉滑過她的背脊。只見她目不轉睛地盯著地面。一定是在追蹤某種獵物。

是隻黑鳥！

她慢慢靠近，那隻鳥正從地上費力拉起一條蟲子。

跳上去啊！曲顎希望她現在就行動，但柳掌還在等。她蹲了下來，平伸尾巴，前腳塞進肩膀底下，肚皮抵住地面。曲顎感到很驕傲。**這是我教她的。**這時黑鳥把蟲拉了出來，曲顎跟著緊張起來。

就是現在！

正當黑鳥要飛走時，柳掌突然往前一躍，伸爪熟練地勾住黑鳥，把牠拉回地面。黑鳥的翅膀在她腳下撲撲拍打。她抬頭四處張望，滿臉期待。

鴉毛的頭顱出現在矮木叢後方。「做得好。」他喵聲道。「你可以放牠走了。」

柳掌兩眼發亮，放開黑鳥，牠嚇得胡亂竄飛，逃進上方樹枝，嘎嘎尖叫。

做得好！曲顎的快樂漲得好滿。

「看在星族的份上，你在這裡做什麼？」一個聲音從樹下傳來。

他突然覺得很丟臉。**一定是楓影！**她又逮到他在偷看柳掌了。曲顎趕緊轉身，想找個藉口脫罪，卻發現貝心正一臉疑惑地抬頭看他。

「你躲在樹上做什麼？」貝心問道。

曲顎頭下腳上地溜下樹幹。「我只是……只是在看……看評鑑進行得怎麼樣……」他結結巴巴，說不下去。

貝心的耳朵抽動著。「真的嗎？」聽起來他不太相信。

曲顎聳聳肩。「我想看看柳掌的評鑑順不順利。」

貝心眼帶興味地看著他。「我想也是。」他喵嗚道。「所以柳掌的情況如何？」

曲顎藏不住喜悅。「很順利！」

「那不錯，」貝心帶著他從樹下離開。「跟我一起回營地吧，既然她表現得很好，我們就別打擾她，害她分心。」他帶著曲顎走上小徑，離開見習生。

空地上，泥毛正在育兒室外面來回踱步。**好像出事了。**

獺潑快步跟在棕色戰士後面，嘴裡喊道：「我相信她不會有事的，他們一定會平安無事的。」

曲顎停下腳步，環目四顧。迴霧蹲坐柳樹下，表情焦慮地盯著育兒室。雨花沿著蘆葦叢邊緣慢慢踱步，不時低聲地喃喃自語。

曲顎擋住她的去路。「發生什麼事了？」

雨花閉上眼睛。「亮天在生小貓。」

「我們為什麼不能進育兒室？」小陽抱怨道。

「就是不行！」爍皮喵聲道，她正在幫忙湖光把小貓們趕上斜坡，叫他們到長老窩去。

「為什麼不行？」

「親愛的，快上來吧！」鳥歌在坡頂喊道。「快來我們窩裡探險。小蘆葦，你們以前有來過長老窩嗎？」

「我不想進去，」小蘆葦停在入口。「裡面好臭。」

爍皮用鼻子推他。「不准這麼沒禮貌。」

小肚皺起眉頭。「裡面好熱哦。」他抱怨道。「我們不能去蘆葦灘練習游泳嗎？」

湖光搖搖頭。「晚一點，小東西。我們需要安靜。」

育兒室裡傳來尖叫聲。

小陽豎起毛說。「那是什麼聲音？」

爍皮把她推了進去。「亮天在生小貓。」

曲顎看著雨花。「她什麼時候開始生的？」

「黎明後就開始了。」雨花目光黯了下來。「棘莓很擔心，因為亮天還在發燒，身體很虛弱。」

「可是她是個很強壯的戰士。」曲顎直言道。

「有時候光有強壯還不夠。」雨花回頭提醒他，隨即走開。

曲顎跑去找獺潑和泥毛。「棘莓有沒有需要什麼？水還是蜂蜜？」

獺潑停下腳步。「她都試過了，就連覆盆子也試過了。」她趁泥毛走開時，低聲說道：

「但都不管用。」

育兒室裡又傳來淒厲的叫聲。

「她精疲力竭。」獺潑喃喃說道。

鳥歌衝下斜坡。「鱒爪在教小貓抓蝨子，免得他們無聊。」她的目光移向育兒室。「情況如何？」

獺潑只是搖頭。

「我要進去。」鳥歌縮起白色的肥肚皮，鑽進育兒室，消失在裡頭。

橡心從臥鋪出來，打著呵欠，緩步走來。「還沒結束嗎？」他捕捉到獺潑的目光，趕緊住口。

鳥歌又出來了，那雙琥珀色的眼睛瞪得圓圓的，淚眼朦朧，帶著愁色。「三隻小貓，」她的喵聲嘶啞。「全死了。」

泥毛立刻來到她旁邊。「那亮天呢？」

鳥歌面無表情地看著他。「你最好進去看看。」

泥毛低下頭，轉身朝育兒室慢慢走去，動作遲緩，彷彿一下子蒼老許多。過了一會兒，低沉的哀號聲從蘆葦牆飄送出來。

曲顎瞪著鳥歌。「她死了？」

鳥歌點點頭。曲顎看著地面，不知道該說什麼或做什麼。這時一個細微的喵聲傳進空地。

曲顎抬起頭來。**小貓？**

棘莓的頭探了出來。「有第四隻小貓。」她很快地說道。「很虛弱，不過有呼吸。」她就

鑽了回去。

霰星從族長窩裡衝了出來，站在迴霧旁邊。他垂下頭。「感謝星族賜予我們一條珍貴的小生命。」

「去找爍皮來，」鳥歌告訴曲顎。「小貓需要保暖和喝奶。」

曲顎隨即跑上斜坡，朝長老窩裡頭喊道：「爍皮！」爍皮立刻衝出來。「快跟我來。」曲顎帶著她走下斜坡。「有隻小貓活了下來，她需要妳餵奶。」

爍皮停下腳步。「活了下來？」

「快點！」

「亮天怎麼了？」爍皮目光緊盯著他。

曲顎愣在原地，瞪著她看。

「她死了？」

「對不起，」他脫口而出。「我應該早點告訴妳的，我……我……」

爍皮從他身邊緩步走開，用尾巴彈彈他的背，要他別再說了。「沒關係，」她喃喃說道。「沒關係。」

曲顎看著她走向育兒室，消失在裡頭。過了一會兒，泥毛鑽了出來，他一臉茫然，腳步蹣跚地穿過空地。木毛趕到他身邊，扶著他到柳樹下的蔭涼處。傷心欲絕的戰士癱倒在地，鼻子擱在腳上，凝視遠方。木毛蹲在他旁邊，彷彿陪著他守靈。波爪穿過空地，加入他們。曲顎只覺得心揪在一起。

小貓們從長老窩裡蜂擁而出，一路追逐跑下斜坡，吱吱尖叫。蘆葦叢窸窣作響，灰掌和柳掌衝進營裡。

「我們過關了！」柳掌兩眼發亮。「我們的評鑑過關了！」

灰掌繞著她姊姊轉，尾巴抬得老高。「柳掌抓到黑鳥了！」

「灰掌抓到一條超大的鱒魚，鴞毛從沒見過那麼大的鱒魚。」柳掌衝過空地，跑向曲顎。「謝謝你，謝謝你。」她舔舔他的面頰。「我照你的話做，你應該來看我抓那隻黑鳥的！」她停下來，偏著頭。「怎麼了？」她退後一步。「發生什麼事了？」

斜坡底下的雨花抬頭說道：「亮天死了，還有三隻剛出生的小貓也死了。」曲顎很訝異他母親的表情竟如此哀傷。

他用鼻子抵住柳掌的面頰。「我以妳為榮。」他低聲說道。

「請所有會游泳的成年貓都來集合，我有事宣布。」霰星在族長窩外喊道。棘莓站在河族族長旁邊，挺直背脊，毛色光滑。柳掌眼睛一亮。

「妳要得到戰士封號了。」曲顎低聲道。

柳掌嘆口氣。「我從沒想過會在這種情況下。」她緩步走向空地，族貓們也開始聚集。泥毛好像完全不知道眼前發生什麼事，仍然待在柳樹下。木毛和波爪同樣沒有移動腳步，還是陪在他身邊。

小貓們縮在蘆葦灘旁，全都安靜了下來。就連他們也知道發生了可怕的事情。

「亮天死了！」霰星宣布道。「有三隻小貓也死了。」憂傷的私語聲在族貓間漾了開來，

他等了一會兒才又繼續說道。「但是有隻小貓活了下來。」他瞥了泥毛一眼。「她還沒有取名字，不過她永遠都是河族的寶貝……提醒我們不要忘了那位魂歸星族的戰士。我們保證會讓亮天的孩子平安長大，讓她以她的母親為榮，緬懷她母親無私的愛。」他抬起鼻子，目光看向憩尾。「河族從來不曾忘記貓后們的犧牲與奉獻。憩尾曾為了不讓部族流血而犧牲自己的孩子。幸運的是，她們又回到了我們身邊，如今她們終於成為好戰士，我認為這是星族的庇佑。」他垂下頭。「柳掌、灰掌，請到前面來。」

見習生踏進空地，霰星開口繼續說道：「柳掌，妳的行動天生如風族貓敏捷，但卻有一顆河族戰士的心。為彰顯妳的速度、膽識與機智，我將賜名你為柳風！」

曲顎抬高音量，和他的族貓一起為這個新的戰士封號高聲歡呼。雲層遮住太陽，天色快速暗了下來，霰星繼續說道：「灰掌，妳像你母親一樣堅忍、勇敢與熱情。從此刻起，妳將更名為灰池。」

「灰池！灰池！灰池！」

曲顎抬起頭來同聲歡呼，這時一顆雨滴掉落他鼻頭。不到一會兒功夫，風雨開始來襲，滂沱大雨敲打營地，彷彿星族也在為亮天和夭折的小貓同聲悲嘆。

第二十三章

曲顎打著呵欠，緩步走出臥鋪。天剛拂曉，地平線上曙光乍現。蘆葦叢外水流潺潺。他低頭走到空地，其他臥鋪裡仍有鼾聲。他注意到自從亮天和她的小貓死後，族貓們拉長了睡眠時間。他們變得較晚起床，對於日常工作也不再那麼帶勁兒，就像嚴重結霜的莎草一樣垂頭喪氣。「噢！」

一聲吱吱尖叫使他停下腳步。

「你踩到我的尾巴了！」

營地另一頭的莎草叢正在窸窣作響。曲顎睜大眼睛就著昏暗的微光想看清楚。一條細小的尾巴消失在綠色蕨葉叢裡。他悄悄穿過空地，豎直耳朵。

「我們要走哪條路？」

「我不知道。」

他聽出是小蛙和小天在口角。

「我們為什麼不走營地入口。」

「會被抓到啦。」

曲顎把頭探進莎草裡，張嘴叼住小蛙的頸背，將他拖出來，丟在地上，然後又去抓小天。「嘿！」她被他拉出草叢時，還不停掙扎。

「你們要去哪裡？」他厲聲問道，把小天放在她同伴旁邊。

兩隻小貓互看一眼。曲顎猜他們是在考慮要不要老實招供。這時他身後的莎草牆發出聲響。

棘莓。她正打著呵欠。「我要出去採藥草。」她睡眼惺忪地說道。

「真高興妳在這裡，」曲顎跟她打招呼。「這兩隻小貓打算溜出營地，剛好被我逮到。」

棘莓的鬍鬚抽了抽。「什麼？小貓？想溜出去？以前從沒發生過這種事！」她故作驚訝地看著曲顎。

曲顎強忍住笑。為了小貓好，他必須嚴厲。再說，他比其他貓兒都明白營地外頭對愛冒險的小貓來說有多危險。「你們要去哪裡？」他又問了一次。

小蛙看看棘莓，又看看自己的腳。「我們想去看看亮天的小貓埋在哪裡。」

棘莓皺起眉頭。「看在星族的份上，你們怎麼會想去那地方？」

小天蠕動著腳。「我們想去看看他們是不是真的死了。」

曲顎靠近一點。「什麼叫做是不是真的死的？」

「星族不會真的讓小貓死吧？」小貓的淺棕色毛髮微微顫抖。

小蛙抽動著他那根條紋狀的尾巴。「獺潑不准我們為他們守夜。」

曲顎想起那個心碎又漫長的夜晚，不禁用尾巴緊緊裹住自己的腳爪。那還是一個月前不到的事，泥毛趕走所有族貓，不准他們待在亮天的屍首旁邊，獨自守著三隻夭折的小貓和他那已

經僵硬的伴侶貓。

「星族也會帶走小貓，」棘莓告訴他們。「不過祂們會保護他們。」小貓們瞪大眼睛，她在他們旁邊蹲下來。「他們會在星族那裡狩獵，那裡有清澈見底的河流，魚兒都游得好快。而且他們會和亮天在一起。」

小蛙伸出尾巴。「鳥歌說星族會帶走他們，這是一種預兆。」

「雨花和迴霧也說恐怕會有更多不祥的事情發生。」小天補充道。

「還有鱒爪說這就是為什麼妳救不回小貓和亮天的原因。」

棘莓身子縮了一下。「這不是什麼預兆。」她的聲音鎮定。「有時候難免會有不幸。我已經盡力了，但亮天病得太重，連她的小貓也病了。」

曲顎靠近巫醫。「如果星族不高興，為什麼還要把小豹留給我們？」他提醒小貓。泥毛當初以古代貓族的名字為他女兒命名，希望這名字可以保佑這隻失去貓后的小貓平安長大。

「我猜祂們是要我們好好照顧她。」小天承認道。

「沒錯，」棘莓附和道。「如果祂們認為我們很壞或者有壞事要發生，為什麼要把她留給我們呢？」

小蛙縮張著爪子。「我們可以去看看他們被埋在哪裡嗎？」

「不行。」曲顎把他們推向育兒室。「爍皮和湖光會擔心你們去了哪裡。」

小天哼了一聲。「爍皮老是忙著餵小豹。」

棘莓用尾尖順順小貓凌亂的毛髮。「要不然妳帶點溼的青苔回去給妳母親？」她提議道。

「餵奶會讓她很容易口渴。如果妳能幫忙照顧亮天的小貓，妳母親會以妳為傲的。」

小天眼睛一亮。「好！」她連忙跑開，往蘆葦灘的方向跑去。

「別跌倒了。」曲顎出聲警告，小蛙也跟在她後面。說完之後，他朝棘莓轉身，語帶猶豫。「妳確定這真的不是預兆？」

「我確定。」

曲顎瞇起眼睛。「妳怎麼知道什麼是預兆，什麼不是？」

「預兆的感覺不一樣。」棘莓告訴他。

「預兆會改變任何事情嗎？還是它能告訴妳未來會發生什麼事？」他相信棘莓懂他在說什麼，他不是光指小貓的這番話。

棘莓正視著他。「有時候它們會告訴你正在發生的事。」

「所以妳可以改變它？」

「所以你可以做好準備。」

曲顎覺得沮喪，她說了等於沒說。「妳為什麼不乾脆直接告訴我有關我的預兆……就是那個讓你很擔心的預兆？」

「我無可奉告。」她輕聲回答。

「妳意思是沒有預兆？」

「我的意思是決定權在你。」

「什麼叫決定權在我？」曲顎忍不住吼了出來。

「路是你自己選的，」棘莓喵聲道。「你的心在想什麼只有你自己最明白，它會決定你選擇的路是對的還是錯。」

「我的心就像其他河族貓兒一樣誠懇而且忠心不二。」

「那很好啊。」

「我會證明給妳看！」

「怎麼證明？」

曲顎急著找出正確的字眼。「我不知道，我去幫妳收集藥草！」也許只要他多花點時間幫她忙，就能說服她，他沒有走錯路。

「我已經請甲蟲鼻幫忙了。」

曲顎甩著尾巴。「好吧！」他呸口道。「不過如果我走錯了路，也別怪我。妳是巫醫，理當要幫族貓，而不是袖手旁觀，眼睜睜看著他們受到傷害。」他氣到耳朵發燙，轉身就走。

黎明的第一道曙光出現在柳樹後方。甲蟲鼻從窩裡緩步走出來，打著呵欠跟棘莓打招呼：「我準備好了，」這時霰星從窩裡出來，他一看見霰星，眼睛立刻一亮。「妳可不可以找柳風幫妳忙？」他拜託棘莓。「這是見習生的工作，她才剛升上戰士沒多久，還算是個見習生。」

棘莓沉下臉。「少囉嗦，快幹活。」

甲蟲鼻嘆口氣，可憐兮兮地看了霰星最後一眼，心不甘情不願地跟著她走出營外。

「請所有會游泳的貓兒上前集合，我有事宣布。」河族族長緩步走到空地中央。

曲顎皺皺眉。族長有什麼打算嗎？不管是什麼，都希望能提振族貓的士氣。因為現在族裡

不只有小貓相信星族正在懲罰他們。

各窩穴一陣騷動，到處傳來貓兒無精打采的腳步聲，他們紛紛爬出臥鋪，進入空地，聽霰星宣布事情。

波爪的毛髮凌亂，未曾梳洗。矛牙歪著身子坐著，鬍鬚皺成一團。就連貝心也垂著肩膀。橡心擠到曲顎旁邊，一臉睡眼惺忪。「什麼事啊？」他嘆口氣。「天才剛亮而已。」

霰星緩緩轉身，注視著族貓們。「我們已經拿回陽光岩，雷族貓連報復都不敢。所以今天我們要再多占領一些他們的領地。」

再多占領一些他們的領地？曲顎來回看著霰星和他父親，後者就坐在族長後方。他試圖解讀貝心眼裡的含意，但他的眼神淡定，眼皮眨也不眨。

杉皮上前一步。「我們有必要拿下他們更多的領地嗎？」

「我們需要那條河。」霰星回答。「陽光岩再過去一點的兩邊河岸應該都歸我們所有。」

鴞毛垂下頭。「你想拿下林子？」

霰星點點頭。

鱒爪搖搖他那顆灰色頭顱。「河族要林子做什麼？」

波爪大聲說道：「這表示我們以後可以在陽光岩以外的河邊抓魚，不必再擔心被偷襲。」

柳風一臉疑惑。「我們在河裡的時候，雷族從來不會攻擊，」她直言道。「他們怕水。」

獺潑上前一步，她的小貓快步跟在後面。「但要是他們也學會了游泳呢？」她揮揮尾巴，趕走小貓。「那樣他們就一年到頭都有獵物可以抓。只要河岸是他們的，難保他們不會學會我

們的技術。」

鱒爪嗤之以鼻。「那雷族恐怕得先學會飛吧。」

鳥歌點點頭。「那地方從來不歸河族所有。」

「要巡邏那地方，恐怕是件難事。」憩尾補充道。

木毛甩打著尾巴。「你是怕工作太多嗎？」

憩尾平貼耳朵。「當然不是。」

「這可以向雷族證明，我們河族不是弱者。」白牙插嘴道。

「這樣他們就不會老想要搶回陽光岩，」矛牙低吼道。「因為他們得忙著保住林子裡剩下的領地。」

「所以就這麼決定了。」霰星縮張著爪子。

白牙繞著河族族長轉，毛髮豎得筆直。「我們什麼時候動手？」

「現在！」

曲顎驚愕地瞪著霰星。白牙亢奮到兩眼發亮。波爪也是。木毛更是等不及了，爪子不停刨抓地面。但杉皮卻瞇起眼睛，冷眼旁觀。憩尾則是皺起眉頭。鴞毛更是轉過頭去，嘆了口氣。

為什麼有了陽光岩，還不夠？曲顎不懂霰星的盤算是什麼。天啊，他們憑什麼認為能打贏這場在雷族領地上的戰役？他不是沒見過陽光岩四周林子裡的蕨叢和爪狀刺藤。他一想到可能陷進荊棘叢裡，便忍不住全身發顫。

橡心的喵聲打斷了他的思緒。「霰星是不是想靠這場仗來提振我們的士氣？」

「我猜是吧，」曲顎聳聳肩。「因為就連小貓都對亮天的死很在意。」這時他的眼角餘光瞄到獺潑正低聲對她的小貓們說：「作戰本來就很危險，所以沒必要難過。」

「我要加入這次的作戰隊伍。」獺潑的喵聲在空地上響起。

爍皮倒抽口氣。「妳的小貓怎麼辦？」

「妳可不可以幫我照顧他們，直到我回來？」獺潑向她室友低頭懇求道。

「當……當然可以，」爍皮說得結結巴巴。「可是萬一妳……」

獺潑打斷她。「木毛願意冒這個險，」她明確回答。「我當然也可以。」

霰星緩步穿過空地。「能與妳並肩作戰，是我的榮幸。」他目光炯炯地檢視其他族貓。「木毛、波爪、貝心、矛牙，還有白牙，」他向戰士們逐一點頭致意，「你們也來加入我們。」

曲顎慶幸自己沒被選上。「這是一支令人敬畏的隊伍。」他評論道。

橡心哼了一聲。「他們相信能打贏這場仗啊。」

「至少他們相信。」曲顎低聲咕噥，但心裡還是有些愧疚。「我可以帶隊巡邏河這頭的邊界嗎？」他向霰星喊道。「我們已經好幾天沒去巡橋樑或籬笆了。」

這時的霰星已經帶隊走向蘆葦叢。他回頭看了一眼。「好啊，你自己挑選隊員。」

小肚追在獺潑後面。「妳什麼時候回來？」他嗚咽道。

她停下腳步，低下身子。「我告訴過你，」她輕聲說道。「日正當中前，我就回來了。」

「妳答應我囉！」

獺潑用鼻子抵住小肚的頭。「看星族的安排了。」她低聲道。

小肚看著獺潑跟著隊伍走出營地。「星族會不會像帶走亮天一樣也把她帶走？」他低聲道。

曲顎正想開口安慰他，爍皮已經搶先一步，揮著尾巴，帶他回去。

曲顎帶領隊伍，繞過兩腳獸的橋樑，離開河岸，進入一排柳樹林裡。他回頭看了一眼。田鼠爪、橡心、花瓣塵、柳風和灰池正跟著他穿過雜草叢，在草地邊緣稀疏的林子後方快步前進。

「我不懂為什麼我們不能狩獵。」田鼠爪咕噥抱怨。

「我們是來巡邏的，不是來狩獵。」曲顎告訴他。

「雖然是你提議組隊巡邏的，但這不代表你是這裡的老大。」田鼠爪哼了一聲。

花瓣塵推推她的手足。「可是他是這支巡邏隊的隊長啊。」她直言道。

「噓！」曲顎停下腳步，隔著柳樹林探看。太陽正爬上天空，草地四周的皮帳裡傳來兩腳獸的騷動聲。牧場上零星可見這些高高隆起的鮮豔皮帳，它們窸窣作響，在風中撲撲拍動。

「趴下來！」曲顎出聲警告，因為有一隻兩腳獸正從皮帳裡爬出來，牠邊咳嗽，邊緩步走進牧場。一隻小兩腳獸帶著一顆亮黃色的球，快步跟在牠旁邊。牠把球丟出去，站在原地看著球滾過草地，撞上另一座皮帳。

「我們最好趕在牠們全部醒來之前，離開這裡。」橡心低聲道。

曲顎看了那道圈住林子後方牧場的灰色籬笆一眼。他們勢必得躡手躡腳地穿過柳樹林，繞過牧場高處，才能抵達那道有狗的籬笆。「走吧，」他開拔前進，垂下尾巴。陽光從微顫的樹葉叢間流瀉而下，草地上到處是斑駁的光影。曲顎快步前進，不時察看皮帳那邊的動靜。

突然有個影子在皮帳間一閃而逝。曲顎停下腳步。那影子又閃了一下，他突然認出那個身影。畢竟他太熟悉對方的肩膀和尾巴。

楓影？他已經有一個月沒接受她的訓練。她來這裡做什麼？

橡心在他旁邊停下腳步，嗅聞空氣。「怎麼了？」

「你看到那隻貓了嗎？」曲顎對著兩座皮帳中間的空隙處點頭示意，楓影的身形像白晝一樣清晰可見。

「什麼貓？」橡心朝他皺著眉頭。「你是看見兩腳獸帶牠們的寵物貓出來了嗎？」

「不是寵物貓，」曲顎低聲道。「是貓戰士。」

橡心緊張了一下。「在哪裡？」

「那裡。」

楓影正回瞪他。這時候小兩腳獸跌跌撞撞地經過，楓影才閃到皮帳後方。

「我什麼也沒看見。」

「我們為什麼不走了？」後面的田鼠爪嘶聲問道。

柳風爬了過來，停在曲顎旁邊。「有什麼問題嗎？」

曲顎搖搖頭。「我見鬼了。」他玩笑道，才又開始前進，這時楓影又出現了，她繞著皮帳邊緣慢慢走。**她在做什麼？**他繼續前進。他的巡邏隊得靠他帶隊離開這裡，安抵營地。

「你確定沒看見兩腳獸那裡的貓嗎？」他又問了橡心一次。

「沒有啊。」橡心用尾巴彈彈曲顎的背脊。「我想回去之後，你應該找棘莓檢查一下你的眼睛。」他喵嗚道。「而且我敢說甲蟲鼻連續錯過了兩支隊伍，一定快氣瘋了。他只能幫忙挑錦葵葉，卻不能跟著霰星在雷族領地裡衝鋒陷陣，或者跟我們一起追蹤狗和一隻隱形的貓。」

「等一下！」曲顎打斷他，心揪了一下。楓影竟把那顆黃色的球往他們這邊推。**走開！**他慌了起來。**兩腳獸會發現我們的！**

他旁邊的橡心毛髮也跟著倒豎。「是風吹動那顆球嗎？」兩眼緊盯正在緩緩滾動的球。

「不是。」曲顎用告饒的眼神看著楓影，只見她不斷把球往他們這頭推。她死盯著他看，卻不肯擋下那顆球，現在它只離戰士們一根蘆葦長之距了。

「兩腳獸！」柳風的嘶聲打斷了他對楓影的注意。小兩腳獸追著球，一路跑來，嘴裏發出嗚嗚叫聲。

灰池愣了一下，喉間發出低吼。「牠朝我們來了。」

「趴下！」曲顎下令道。「不要動，草這麼長，牠看不到我們的，牠只是隻小兩腳獸。」隊員們全數蹲伏地上，恐懼的氣味籠罩他們。曲顎隔著綠色草梗往外探看，只見楓影兩眼發亮，又把球推近了一點。只要她再推一次，球就會滾進草地邊緣。小兩腳獸蹣跚追在後面，伸長腳爪，突然砰地一聲，跌倒在地，哀嚎出聲。

一隻巨大的兩腳獸從皮帳裡衝出來，斥聲連連地跑向小兩腳獸。牠一把撈起牠，抱在身上，目光掃向那顆球，然後是柳樹林。

「星族救救我們！」柳風的嘶聲從牙縫裡吐出來。

兩腳獸突然驚聲尖叫。

「牠看見我們了！」橡心吼道。

「快躲起來！」曲顎鑽進長草堆裡，衝到樹幹後面，屏住呼吸。這時兩腳獸放下牠的小孩，走進柳樹林。小兩腳獸直指著他們！田鼠爪衝進蕨叢後方，花瓣塵蹲在他旁邊。灰池貼平身子，躲在拱狀的刺藤叢底下。橡心低身藏在岩石後方。曲顎掃視林子。柳風呢？

兩腳獸正在長草堆裡走動，低頭鑽過低矮的樹枝。**柳風**！曲顎的心跟著一沉，他瞄見她正緊挨著林子深處的那道灰色籬笆。兩腳獸朝她低下身子，咕噥出聲，伸出一隻沒有毛的粉色腳爪，一把抓住她的頸背。

曲顎驚慌失措，但又不敢叫出聲，只能眼睜睜看著兩腳獸拎起柳風，往皮帳走去，小兩腳獸開心地跟在後面。

橡心立刻跑到曲顎旁邊。「怎麼了？」

曲顎瞪看著被兩腳獸拎走的柳風，正無助地揮打腳爪。「我們得去救她！」

「怎麼救？」田鼠爪眼裡射出怒火。「你沒事帶我們來這裡做什麼？你這個魚腦袋！」

花瓣塵從她的藏身處跳出來，繞著隊員轉。「我們該怎麼辦？」

「我們得趁牠們還沒發現我們之前，先離開這裡。」田鼠爪嘶聲道。

曲顎看見灰池驚慌的目光一直尾隨著她妹妹。「我保證我們一定把她救回來。」

「不過不是現在。」橡心朝兩腳獸那裡點頭示意，只見牠們都圍了上去看戰利品。其中幾隻兩腳獸甚至轉過身來朝柳樹林這頭指指點點。

曲顎挺起身子。「我們先回營裡組成一支救援隊。我們得取道最快的那條路，大家的速度快一點，不要被抓到。」他跑出林子，衝過草地。兩腳獸們驚愕地瞪大眼睛，看著他們從眼前跑過去。

「柳風！」曲顎經過朝她大喊：「不要跟牠們打起來，鎮定一點！我會回來救妳的！」他跳進溼地，轉動耳朵，確定隊員們都有跟上。他穿梭於扎人的草叢裡，衝回營地，急忙穿過入口，速度飛快到蘆葦劈啪打在他身上。「牠們把柳風抓走了。」

這幾個字突然在他嘴裡凝結。他看見空地到處都是傷者。獺潑躺在地上氣喘吁吁，耳朵被撕裂，毛髮沾著血。小貓們緊挨著她，看見棘莓把蜘蛛絲塞進傷口時，都害怕地哭了起來。白牙流著鼻血蹲在她旁邊。矛牙瘸著腳走來走去，不時出聲低吼。霰星蜷縮地坐著，正在和貝心、木毛及波爪會談。曲顎看著眼前景象，像洩了氣的汽球。

他們輸了！可是柳風怎麼辦？他得把她救回來。

星族，幫幫我吧！

第二十四章

花瓣塵和灰池在曲顎身後剎住腳步。

「他們輸了！」花瓣塵倒抽口氣。

田鼠爪停在他們後面。「怎麼了？」

「我們先別管這個！」曲顎衝向霞星。「兩腳獸抓走柳風了！」

貝心眼神黯了下來，霞星豎起毛髮。木毛縮張著他那沾血的腳爪。「在哪裡？」

「什麼時候發生的事？」波爪傾身向前。

「在牧場那裡，剛剛才發生的。」

「牠們有傷害她嗎？」霞星質問道。

曲顎搖頭。「牠們只是把她帶回皮帳。」

「牠們完全沒有傷害她？」霞星追問道。「牠們看起來很生氣嗎？」

曲顎皺著眉頭。這有差別嗎？牠們把她抓走了，她一定很害怕很孤單。

霞星嘆口氣。「今天真是倒楣的一天，」他朝棘莓喊道。「獺潑的情況如何？」

棘莓從旁邊的一大團蜘蛛絲裡剝下一坨。

「傷口不深，」她回報道。「不會有事的。」

木毛聳聳肩。「刺藤比雷族還要難纏。」

波爪身上沾滿血。「他們把我們趕進林子深處，他們是故意的。」

曲顎傾身向前。「那柳風怎麼辦？」

霰星抬起爪子。「從你描述的情況來看，兩腳獸不會傷害她。她不會有事的，我們明天再派救援隊去救她。」

「明天恐怕就太晚了！要是牠們今晚離開，把她帶走了，那怎麼辦？」**你們不在乎嗎？**貝心用尾巴撫撫曲顎的背。「我們今天已經打了一個敗仗。」他解釋道。

曲顎躲開他的尾巴。憩尾衝向他們。「灰池說柳風被抓走了！」她的藍色眼睛慌亂地看著每個戰士。「我們得去救她！」

「我們明天再去救，」霰星輕聲說道。「等我們傷勢復元了再去。」

「你要留她在那裡？」憩尾瞪著他。「就因為她有一半的風族血統？」

霰星搖搖頭。「這和血統無關。」

「是嗎？」憩尾齜牙咧嘴。「你上次也是二話不說地就放棄她，你又要再放棄她一次？」

「上次是妳放棄她。」霰星糾正她。

「是你讓我放棄的！」

「是我把她從風族那裡救了回來。」霰星提醒她。

「你只是想贏回河族對你的尊重！」憩尾嘶聲道。

霰星的眼睛閃爍。「我是為了讓妳的小貓和她們真正的原生部族生活在一起。」

木毛站起來，推開憩尾。「霰星會去救她的。」他帶著她朝空地走去。

曲顎跟在後面。「她不會有事的。」他對木毛點點頭。「我來照顧她。」

木毛走回霰星和貝心那裡，曲顎感覺到身旁的憩尾正在發抖。「你一定要去救她！」她的藍色眼睛被愁雲籠罩。「我不能再失去她！」

灰池也走了過來。「我們不能把她留在那裡，誰知道兩腳獸會對她做出什麼。」

曲顎點點頭。「我會去救她。」他承諾道。

「現在嗎？」灰池催促道。

「等天色暗了之後。」曲顎已經在盤算這項救援計畫。大白天的時候，他矇騙不了兩腳獸，但牠們入夜就睡了。他可以趁夜裡循著柳風的氣味找到她。

「我可以一起去嗎？」灰池問道。憩尾頓時毛髮倒豎。「不行！」

曲顎很是同情地看著灰色戰士。「妳留下來陪憩尾，」他命令道。「我自己去就行了。」

為什麼楓影要使出這種愚蠢的把戲？她那麼恨柳風嗎？她對河族的忠貞又在哪裡？

這一天特別覺得長日漫漫。太陽緩緩落入地平線，曲顎的心臟似乎跳得特別厲害。憩尾沿著蘆葦叢的邊緣來回踱步，喃喃自語，灰池快步跟著她。棘莓在傷患之間來回走動，為他們療傷，小貓們則繞著空地奔跑，假裝打仗。

鴞毛和杉皮已經重新補齊獵物堆，但曲顎不覺得餓。河水潺潺流過，空氣悶熱難耐。曲顎巴不得有一絲絲的風。他看了地平線一眼，希望雲層出現，天氣能有點變化。可是天空晴朗，

第 24 章

隨著天色漸暗，半月形的月亮四周正逐一亮起星子。

棘莓站了起來。該是她去月亮石和其他巫醫會合的時候了。曲顎看著她往營地外走去，心裡不免好奇在經過今天這場戰役之後，鵝羽會好言歡迎她嗎？他也該走了。

「你不吃點東西嗎？」曲顎經過獵物堆時，貝心這樣對他說道。

「晚點再吃。」曲顎往入口走去。「我想先去游泳，」他含糊說道。「天氣太熱了。」他低頭穿過入口，匆匆走上草徑。

「我知道你要去哪裡。」棘莓的喵聲嚇了他一跳。她跳下沙洲，擋住他的去路。

「你怎麼知道？」

巫醫的眼神狂亂，彷彿受到什麼驚嚇。

「妳還好吧？」曲顎不安地蠕動著腳。**她怎麼了？**

棘莓沒理他的問題。「你要去救柳風。」她繞著他轉，彈動尾巴。

「總得有誰去救她吧。」

「是啊，是啊。」她心不在焉地附和道。「而那個誰一定是你，你一定得做這件事，這是你的天命之一。」曲顎豎起耳朵。

我的天命！八成是這原因，楓影才會現身牧場。「妳對我的天命知道多少？」

「該知道的，我都知道，就這樣。而這只是其中一部分。」棘莓停下腳步，瞪看著他。

「你真的要去救柳風？這是你選的路？」

「這是我該選的路嗎？」曲顎一想到還有另一個選擇，胃便開始抽緊，他不該去救柳風

嗎？

「你很清楚你自己的心。」棘莓又開始繞著他轉。「我只希望星族是對的。」

「這話什麼意思？」

但他話還沒說完，棘莓已經衝上沙洲，消失在暗處。曲顎把話吞了回去。**我做的這件事是對的吧？**他甩開這念頭。**當然是對的！我不能棄柳風不顧，她是我的族貓。**

他跳上沙洲，從溼地往下走到岸邊，再沿著河流往上游走。河水看起黑黝黝的，星光下更顯深沉。他後方的蘆葦叢窸窣作響，夜鷺低飛掠過水面，接著高飛而去。

曲顎轉向離開河邊，循著河岸經過第一座草原，再繞過兩腳獸的牧場，直接走到橋那裡。他停下來，低著身子躲在尖狀的暗影處，上氣不接下氣。**我不怕**，他告訴自己。他縮張爪子，隔著柳樹林窺看。皮帳裡亮著黃色的燈，兩腳獸在帳內四處走動，影子怪異地投射在草地上。

下游岸邊有幾顆卵石動了一下，好像有誰跟蹤他。他把身子蹲得更低，躲進暗處，嗅聞空氣，可是什麼也沒聞到，只聞到兩腳獸的氣味。他繼續放低身子，慢慢從橋下爬出來，躡足前進。他低頭躲在長草堆底下，沿著河岸匍匐前行。

一個黑影繞過水邊。曲顎縮張著爪子，蹲伏下來，準備攻擊。

「曲顎？」

灰池？他直起身子。「妳在這裡做什麼？」

她衝過來找他。「這裡晚上好恐怖！」她兩眼晶亮。

「我不是告訴過妳待在營裡照顧憩尾嗎？」

「迴霧在陪她。」灰池喵聲說道。

曲鶚氣惱到爪子微微刺癢。「柳風被抓走，已經讓我夠擔心了，我不希望妳也被抓走。」

「不會的，」灰池用爪子磨蹭著地上的卵石。「我是來幫你忙的！」

「妳快回去！」

「不要！」

曲顎沮喪地嘶吼道：「好吧，那妳要跟緊我。」

灰池跳上河岸，想走進柳樹林裡。

「我剛剛才跟妳說什麼？」曲顎抓住她的尾巴，把她拖回來。「跟好，而且要跟緊。」

他躡足緩步走回那座橋，跳上暗處的木棧道，嗅聞空氣。皮帳裡的兩腳獸又是咕噥又是號叫地很是吵鬧。灰池哼了一聲。「牠們都不睡覺的嗎？」

曲顎甩甩頭，要她跟上。「至少牠們都待在裡面，我們去看看柳風在哪一座帳子裡。」

曲顎心臟噗通噗通跳，他慢慢穿過牧場，軟嫩的青草摩搓著他的腹毛。灰池跟在後面，腳步聲比草葉低吟還要小聲。他們在最近的一座皮帳旁邊停下腳步，四處嗅聞。曲顎低下身子，偷瞄裡面。帳內凌亂，到處堆滿亮色物品，兩腳獸蹲在狹小的空間裡。曲顎的鼻子聞到無數種強烈的味道，很是驚愕。

「在這裡！」灰池從隔壁皮帳嘶聲喊道。

「我不是跟妳說過要跟緊我嗎？」他跑到她旁邊，嗅聞皮帳邊緣，突然燃起了一絲希望……**柳風**！這裡有她濃郁的氣味和恐懼的味道，而且很新鮮。

這時有個兩腳獸忽然在帳內走動，投射出來的黑影掃過草地，吞沒了他們。曲顎當場愣住，他感覺到灰池正緊挨著他發抖。兩腳獸終於安頓下來，影子猛地移開。

「我們得進去。」灰池聲音顫抖地說道。

「沒錯。」曲顎把頭伸進拉直的帳子裡窺探。裡面的雜亂程度更甚前一座皮帳，亮色物品堆得更高。**那好**，這樣才方便他們找到地方躲。他從皮帳底下擠進去，蹲在兩腳獸一堆亂七八糟的雜物後面。灰池也跟著鑽進來，呼吸急促，頸毛豎得筆直。

「我不會讓妳被牠們抓走的。」曲顎承諾道。他繞著皮帳邊緣摸索，在牆面和雜物間的縫隙裡穿梭。兩腳獸們正在大聲談話，圍著皮帳中央的某樣東西蹲坐。曲顎伸長頸子，目光越過眼前的雜物堆往那頭窺看，貼平耳朵，瞪大眼睛。

兩腳獸正把一根線狀物吊進一只方形的棕色巢穴裡。一雙眼熟的淺色虎斑腳爪正狂亂地拍打那根線狀物，試圖抓住它，兩腳獸卻故意猛扯那根線，不讓她逮住。

「我看到她了！」曲顎在灰掌耳邊低聲說道。「牠們把她裝進某種籠子，故意逗弄她。」

灰池縮張著爪子。「她還好嗎？」

「我想她只是配合牠們。」曲顎揣測道。

灰池張開嘴巴。「我沒有聞到血腥味。」

「那就表示牠們沒有傷害她。」曲顎頓時鬆了口氣。「現在我們得耐心等候。」

「在這裡等？」

曲顎點點頭。既然他已經看到柳風，就不想再讓她從眼前消失。他把肚子貼在地上，灰池

也在他旁邊坐好。「不會有事的。」他向她保證。她吞吞口水，點點頭。

兩腳獸跟柳風玩得不亦樂乎，曲顎等到身子都快僵了。他隔著雜物堆不停窺看，沮喪到全身都覺得刺癢，好不容易，兩腳獸開始笨拙地移動身軀，在地上翻找散落的物品。

曲顎繃緊神經。「小心！」兩腳獸的兩隻前腳突然戳進他們藏身於後的那堆雜物。他趕緊低下身子，鑽出皮帳，順道也把灰池拖了出去。「剛剛好險！」

他們蹲在草地上。泥土味稍稍緩和了曲顎緊繃的情緒。皮帳內的光源消失了，裡面只剩下竊竊私語和窸窣聲響。兩腳獸正逐漸安靜下來。

「我們可以進去了嗎？」月亮映在灰池圓亮的眼睛裡。

「我們再多等一會兒，」曲顎低聲道。「等牠們都睡著。」

河水在柳樹林彼端潺潺流過，拍打岸邊卵石。遠方有隻貓頭鷹在啼叫。皮帳一座接一座地暗下來，陷入靜默。

「可以了。」曲顎再次溜進皮帳裡。他豎起耳朵，傾聽動靜。兩腳獸躺在皮帳盡頭處的毛皮底下，動也不動。他越過一堆雜物，慢慢穿過皮帳，感覺到灰池就跟在他身邊。他隱約看見那只棕色牢籠被擱在兩腳獸的後腳處。籠裡傳出毛髮刷拂的聲音，還有爪子輕抓的聲響。

「她想逃出來。」曲顎衝過去，嘶聲說道。「柳風，我們來了，我們來救妳了。」

低聲喵嗚從籠內傳來。「我打不開上面的蓋子。」

曲顎探頭上去，看見牢籠頂端被兩層東西包住。他去拉其中一層，但它動也不動。

「讓我來。」灰池伸出腳爪去勾裡面的蓋子。他們一起拉，但就是打不開這個奇特的東西。

「用推的！」曲顎嘶聲對柳風說。

「我是用推的啊。」她怒聲回嗆。

「我們一起推！」曲顎用力一拉。

籠子突然重重搖晃了一下，翻倒在地，砸在灰池身上，她大叫一聲。兩腳獸霍地坐起，發出吼聲，灰池掙扎逃出。曲顎扭頭看見兩腳獸在黑暗中不停揮打腳爪。牠們還沒看見這裡有別的貓，但馬上就會看到了。曲顎開始慌張，他朝籠子轉身，蓋子已經開了一條縫。

柳風的腳爪從縫裡探出。「快拉！」他對灰池吼道。現在他已經不在乎兩腳獸會不會聽到。牠們正在毛皮裡扭動掙扎，笨重的腳爪在黑暗中揮來打去。這時一隻腳爪刷過曲顎的尾巴，他趕緊扯拉籠子，突然籠子開了，柳風竄了出來，像兔子一樣衝出狐狸洞穴。

一道強光射向他們。曲顎嚇了一跳，眼前突然什麼都看不到。兩腳獸尖聲大叫。

「從這邊走！」灰池把他往前推。

曲顎猛地衝進一堆毛皮裡，腳爪不知道被什麼纏住。他倉皇失措，試圖掙脫。黑影模糊，在他四周移動。他終於適應了光線。柳風鑽出皮帳牆，消失在後方，灰池尾隨其後。曲顎也跟著衝。後面的兩腳獸放聲尖叫。他趕緊鑽進皮帳底下，跑到外面的牧場。

柳風站在草地上瞪著他看。「剛剛好險！」

灰池一把抓住她的頸背，就往前拖。「快跑，妳這個魚腦袋！」

他們一路奔過溼漉漉的草地。曲顎回頭看了一眼。草地上每座皮帳都有兩腳獸跑出來，牠們放聲大叫，光源不停閃爍。曲顎壓隊殿後，每個步伐都紮實地戳進土裡，血液衝上雙耳。

第二十五章

「嘶！」

曲顎在路上被一個嘶聲攔下腳步。

蘆葦灘已經在望，月光下尤其顯得灰白。兩腳獸的皮帳早被他們遠遠拋在後方。柳風倉皇剎住腳步，轉過身去。「怎麼了？」

曲顎霍地轉頭，嗅聞空氣。

「嘶！」河岸沙洲上有隻貓在跟他打暗號。月光昏暗，他試圖看清楚是誰，結果瞄見了橘白相間的身影。

「妳們先回去！」他朝柳風喊道。「我去那邊看看。」

灰池折了回來，繞著她妹妹轉。「為什麼要停下來？」

「曲顎好像看見了什麼。」柳風好奇地看著他。

「不是什麼要緊的事情，」他向她們保證道。「妳們先回營裡，憩尾還在等妳們。」

灰池皺皺眉。「你確定你不需要幫手？」

曲顎不耐煩地彈彈尾巴。「你只要把柳風安全送到家就行了。這一天下來夠她受的了。」

灰池點點頭，帶著她妹妹步下小徑。

「楓影，妳想幹什麼？」曲顎氣惱地走向藏身莎草叢後方的楓影。「妳惹的麻煩還不夠多嗎？」

母貓呸了一口，朝他撲來。曲顎嚇一大跳，跌倒在地，後腳用力一蹬，踢開母貓，踉蹌爬起來面對她，毛髮豎得筆直。

她的眼裡射出怒火。「你這個鼠腦袋。」她咆哮道。

「妳說什麼？」他不敢相信自己的耳朵。「妳把我們出賣給兩腳獸，還敢在這裡發飆？」

「我是在試探你，你這個笨蛋。」她齜牙咧嘴。「我就知道你會心軟，我就知道你沒辦法信守承諾！你的伴侶貓被抓走的時候，你就應該趁機甩了她。」

「她不是我的伴侶貓！」

「她以後會是，」楓影趾高氣揚地繞著他走。「瞧你盯著她看的那副樣子，我就知道。」

曲顎吼道：「那又怎樣？」

「怎樣？」楓影不屑地重複他的話。「如果她連自己都保護不了，對你來說就只是個累贅。你效忠的對象是你的部族，不是她。你的族貓們受傷躺在營地裡，你卻偷溜出去冒險去救一個連怎麼從兩腳獸那裡脫逃出來都不會的戰士。惹出麻煩的是她，她才應該感到羞恥。你竟然為了這個無聊的任務棄自己的部族於不顧，你也應該感到羞恥。是霰星叫你去救她的嗎？」

她沒有等他回答。「沒有，他叫你不要急。你的不忠行為只令我覺得寒心。背叛部族的貓應該

被放逐的。他們應該去當惡棍貓和獨行貓，因為他們就是這塊料！」她大聲嘶吼，用後腿撐起身子，前爪一揮，就朝曲顎的鼻子打過來。

曲顎伸掌擋開，這才驚覺自己已經長得比她高大有力。「妳到底是誰？」他反擊回去，正中她的面頰，翻滾在地，他立刻上前壓制，爪子戳進她的肩膀，將她制伏在地上。「星族戰士絕不會攻擊自己的族貓，妳是我的導師，妳竟然攻擊我？」

楓影的身軀在他下方整個癱軟。曲顎彈了回去，擔心可能傷到她。母貓掙扎著爬了起來，縮成一團，看起來蒼老脆弱。曲顎頓時感到愧疚，爪間仍有她未乾的血跡。用這種方法打敗一隻老貓，其實並不光彩。

楓影呻吟出聲，抬起鼻子。「從你出生的那一刻起，我就看出你不凡的資質，」她沙啞地說。「你不記得那場暴風雨了，不過我有親眼見到。你出生那天，風雲變色。」她又趴回地上，氣喘吁吁。「曲顎，你有不凡的天命，不只是能成為河族有史以來最了不起的族長，也能成為全貓族最偉大的族長。」她停下來喘口氣。「但你必須信守你對我的承諾。」

他蹲在旁邊，很是同情。「我當然會信守我的承諾。」

「你得做點犧牲，」她警告道。「你的這條命不是你的，是部族的。千萬別分心，免得沒辦法完成你偉大的使命。」

全貓族最偉大的族長？曲顎全身亢奮，這時楓影繼續說：「你會有不凡的成就，只要你肯聽我的話。」彷彿她每吐出一個字就多帶給他一點新的力量。「當初我就決定前來幫你。我只挑中你，其他的我根本看不上。不要忘了你的部族永遠比族裡貓兒來得重要，就算他們很愛

你，必要時也得犧牲，就像甩掉身上的雨滴那麼簡單，因為就算他們不在了，部族仍然存在，唯你馬首是瞻。你覺得我說得對嗎？」

她抬頭迎視他的目光，眼裡帶著期盼。

就算他們很愛你，必要時也得犧牲？曲顎皺起眉頭。**為什麼一定要這麼做？**「可是為什麼……」他正要爭辯，烏雲卻在這時遮住月亮，天色頓時暗了下來，吞沒了楓影。斗大雨滴落在曲顎身上，野風搖撼他頭上的樹枝。

「別走！」他懇求她。「再多告訴我一點！」失望瞬間將他席捲，他只能看著空盪盪的地面。她不見了。他直起身子，目光越過溼地。雨勢愈來愈大，營地旁的蘆葦叢跟著喀喀作響。

我將成為全貓族有史以來最偉大的族長！

這句話不斷迴盪在曲顎耳邊。他突然朝營地跑去，腳步強而有力。他從兩腳獸那裡救回了柳風。星族欽選了他。

再沒有什麼事情是我辦不到的！

第二十六章

落葉季染紅了柳樹，莎草的色澤也變暗了。冷風掃過營地，曲顎打了個哆嗦。「來吧，」他朝小貓喊道。「我們來玩個遊戲，身子就會暖和多了。」他的小隊員們都很不以為然地繞著他轉，他們已經五個月大了，即將成為見習生。

小天哼了一聲。「我們想學的是戰技。」

「兩腳獸隨時可能入侵營地。」小蘆葦彈彈他那條像蘆葦一樣直的長尾巴。

曲顎喵嗚出聲。「我不認為靠一支小貓隊伍張牙舞爪，就能趕走牠們。」

小黑低吼：「你等著看好了。」

「我們會把牠們碎屍萬段！」小蛙從他室友旁邊衝過來，跑到曲顎面前。「你快教我你剛說的那套連環踢。」

曲顎覺得自己好像誤入了陷阱。他朝育兒室看了一眼，櫟皮和湖光都在忙著清理她們的綠葉季臥鋪。獺潑才剛從河裡送來一捆新鮮蘆

葦，供她們紮出更結實的臥鋪來抵禦寒風。

「嘿，獺潑，如果妳願意的話，我可以幫妳搬蘆葦。」曲顎喊道。**所以換妳來照顧自己的小貓吧。**

「謝了，曲顎。」獺潑丟下嘴裡那一捆，又轉身回去搬。「他們比較喜歡找戰士一起玩，而不是自己的母親。」

曲顎掃視營地入口，希望杉皮、矛牙或木毛快回來接手照顧小貓。柳風是這支狩獵隊的領隊——這是她第一次擔任領隊。他們要去陽光岩下方的陰涼處抓魚，魚兒喜歡躲在那地方。他好奇她的任務順利嗎？

「來啊！」小陽打斷他的思緒。「教我們怎麼用前腳攻擊。」

「湖光說你們太小了，還不能學格鬥。」曲顎告訴她。

小陽怒瞪著她的母親，後者正從育兒室拉出腐舊的青苔。「獺潑不覺得我們太小啊。」

獺潑從蘆葦灘那頭喊道：「年紀再小都可以學啊。」

湖光朝她射出凌厲的目光。「我可不希望他們受傷。」

「妳不能太保護他們。」獺潑爭辯道。

爍皮暫時擱下工作，歇個腿。她搖搖頭說：「不急嘛，反正他們馬上就成為見習生了，」她提醒兩位貓后。「再過不久，他們想學什麼，就都能學了。」

小肚縮張著爪子。「要是兩腳獸真的入侵營地怎麼辦？」

曲顎坐下來。「牠們不會入侵的。」這個綠葉季，牧場上出現許多皮帳，但隨著天氣轉

涼，那裡的兩腳獸愈來愈少。「嘿，橡心，」他哥哥在空地另一頭組織邊界巡邏隊，曲顎朝他喊道。「兩腳獸不會入侵營地，是不是？」

橡心搖搖頭。「我們已經監視牠們好幾個月了，」他向小貓們保證。「牠們很少逛到溼地這頭來。」自從柳風那次被抓之後，這幾個月來，都是交由橡心負責巡邏兩腳獸的那片牧場。他每天都去檢查那裡的皮帳，監控牠們的進出時間，還發明了一套巡邏方法來分散兩腳獸的注意，以防牠們逛到營地附近來。他有一支巡邏隊會在牧場附近祕密巡視。

小豹輕輕刷過曲顎旁邊。年紀比其他室友都小的她，毛髮仍軟的像鴨絨一樣。「拜託教我一招嘛。」她抬頭用那雙圓圓大大的暗色眼睛看著曲顎。

他動動鬍鬚。整個部族都相當寵溺這隻沒有母親的小貓，尤其是她父親泥毛更是對她溺愛有加，族裡幾乎所有貓兒都不忍拒絕她的任何要求。

小豹甜美地眨眨眼睛，喵嗚說：「拜託啦！」

「不准你教她！」爍皮匆忙跑出來，哄走了小豹。「泥毛回來要是發現她在學格鬥，一定會發飆的！」雖然這位暗色貓后極為疼愛她收養的這隻小貓，但她卻不像其他貓兒那樣照單全收小豹的任性要求。

「來吧！」小陽繞著他跳。「告訴我們怎麼做！」

「我們可以偷偷跟蹤橡心！」曲顎提議道。「第一個逮到他的就算贏。」

橡心彈彈尾巴。「曲顎，對不起，我們得走了。」他往蘆葦叢的缺口走去，花瓣塵和白牙緊跟在後。

小黑刨抓著地面。「乾脆我們偷偷跟蹤你好了。」他跳了起來，撲上曲顎的背。

曲顎故意誇張地搖晃身子，其他小貓紛紛加入，他的臉部肌肉跟著抽搐。他在一陣拳腳亂揮，只能倒在地上，發出咕噥聲響，像隻被逮到的狗魚一樣扭動身軀，小貓們緊抓住他的毛髮，跟著他翻來滾去，吱吱尖叫。

「你們看！」小天興奮的叫聲引起了另一波的腳步雜沓聲。

小蛙開心大叫。「狩獵隊回來了！」

小貓們從曲顎身上紛紛爬下來，衝向獵物堆。

「我要鯉魚！」小豹連爬帶跑，想要跟上，小小的腳爪霹哩啪啦地輕拍地面。

曲顎坐了起來，嘆口氣。「謝了，星族。」

柳風、杉皮和木毛正把捕到的獵物堆到蘆葦灘旁。矛牙扔下鱒魚，小貓們蜂擁地從他旁邊擠過去，撞得魚堆裡的魚都飛了起來，嚇得他轉身查看。

「小心點！」杉皮喊道，及時接住一條正滑向河裡的鱒魚。「我們剛把牠們從河裡撈起來，別又放生了。」

柳風穿過空地，朝曲顎走近，眼睛閃閃發亮。「看來我回來的正是時候。」她喵嗚笑道。「你剛剛差點就被一群餓壞的小貓給生吞活剝了。」她用鼻子親膩地搓搓他的。

曲顎低頭閃開。

「怎麼了？」柳風的眼裡閃過受傷的神色。

「別在這裡。」

他感覺得到爍皮和湖光的眼睛正盯著他們，打算等一下拿他們來八卦。自從他從兩腳獸那兒救回柳風之後，就和柳風越走越近。可是他討厭族貓們盯著他們看。他知道他們都在等他和柳風宣布已結為伴侶貓。他甚至可以想像霰星下次大集會時會在巨岩上大聲宣布這個消息。他很不高興地哼了一聲。為什麼族貓們這麼愛管閒事？

「好吧。」柳風用她的尾巴俐落地順順他的毛髮，然後聞一聞。

曲顎對她感到不好意思，於是聳聳肩。「我們去散個步吧。」他提議道。既然杉皮和矛牙回來了，就不勞他再幫忙看小貓了。

柳風的尾巴在他鼻子旁邊彈一彈，轉身往入口走去。他們靜靜地沿著草徑走。

「我不懂你幹嘛那麼彆扭。」柳風喵聲道。

曲顎看著自己的腳。「我不想讓族貓們覺得我很娘。」

「喜歡另一隻貓，並不娘。」柳風質疑道。「你認為霰星很娘嗎？杉皮很娘嗎？或者木毛很娘嗎？他們都有伴侶貓啊。」

「對不起。」曲顎低聲道。他低頭鑽過山楂木，緩步走進赤楊林裡。林子裡面還是很明亮，因為葉子在禿葉季裡都掉光了。

曲顎衝到前面，爬上一棵赤楊木的樹幹上，戳進爪子，弓身跳上最矮的樹枝。「上來吧！」

柳風瞇起眼睛，跟著爬上旁邊一株赤楊，沿著低矮的樹枝疾走，再跳上另一棵樹。樹枝被她的重量壓得搖搖晃晃。曲顎喵嗚笑了。如果她可以像松鼠一樣爬樹，他當然也可以。他跟著

跳到另一棵赤楊，伸爪緊緊攀住搖晃不定的樹枝。柳風抬起下巴，繼續往前疾走，與他並肩從這一根到另一根，如黑鳥般輕盈。曲顎配合她的節奏，穿越整座林子，全程沒有落地。

「你能跳這麼高嗎？」曲顎跳上高一點的樹枝，然後再往上跳，直到尖細的樹頂。

柳風倒抽口氣。「你小心點！」

他的重量壓得樹枝往下沉。樹皮開始龜裂，木頭劈啪裂開。曲顎慘叫一聲，身子滑了下來，像石子掉進水裡。他緊張的連忙伸爪抓牢樹枝，懸空吊掛在那兒好一會兒，後腿蹬了半天，這才在樹幹上摸索到可以踩踏的地方。他氣喘吁吁，小心放低身子，跳回地面。

「你這個青蛙腦袋！」柳風跟著跳下來，瞪著他。「我還以為你會摔傷呢。」

「不可能。」曲顎揮揮尾巴。

「你怎麼這麼有把握？」她的眼裡閃著憂色。

她真的很在乎我！「對不起，嚇到妳了。」他輕聲說。「不過妳真的不用擔心。」

「只要你離開我的視線，我就不可能不擔心。」柳風承認道。

曲顎用鼻子碰碰她面頰。她在發抖。「拜託妳不要擔心我，好不好？我不會有事的。」

「不要這麼說！」她繞著他轉，毛髮豎了起來。「你怎麼知道自己不會受傷。」

曲顎攔下她。他在想是不是該告訴她楓影的事還有他的天命。**不行，她會以為我瘋了。**為什麼要告訴她呢？反正我一定會證明給她看，我會是全貓族最偉大的族長。

「妳說得對，」他緊挨她身邊。「我是有可能受傷。不過只要和妳在一起，我就好開心，總覺得沒有什麼事傷得了我。」

「真的？」

「真的，」他承諾道。「一切都會沒事的，我愛妳。」她溫柔地靠著他。「我們會有美好的未來，有族貓陪我們，」他拉開身子的距離，深深看進她眼裡。「還有我們的小貓。」

她的喉間發出快樂的喵嗚。「我愛你，曲顎。」她用鼻子觸碰他的耳朵，溫暖的鼻息令他酥軟。

突然一陣冷風襲進他的毛髮，楓影的味道從空氣裡飄送過來，聲音迴盪四周：**不要忘了你的承諾！**

曲顎閉上眼睛，沐浴在柳風的軟香氣味裡。楓影錯了。有一個伴侶貓，並不會阻礙他成為偉大的領袖。霰星有迴霧，還有他們的孩子花瓣塵、甲蟲鼻和田鼠爪。但從來不曾阻礙他效忠部族或降低他對戰事的專注程度。

「那是什麼？」柳風彈了開來，耳朵豎得筆直。

一條狗正在上游狂吠。附近有嘶吼聲傳來。聽起來好像碰上巡邏隊了。

「我去幫忙！」曲顎衝下斜坡。

「小心點！」柳風在他後面喊道。

曲顎鑽進山楂林，瞄見白牙和花瓣塵正全速追著一條小白狗。他也跟著追在後面。「讓牠繞過營地！」他大喊道。

白牙轉個方向，搶到狗的前面，誘牠繼續往前跑，遠離營地入口。他們把狗趕上斜坡，繞過營地坡頂。曲顎繞過灌木叢，鑽進樹枝底下，視線始終不離那條狗。前方的白牙和花瓣塵齊

步前奔，把牠誘往溼地。當他們跑出林子時，那條狗還回頭看了一眼，露出晶亮的眼白，看起來嚇人。牠的腳爪重擊地面，一路奔竄，經過山毛櫸林，衝進長草堆裡。

「繼續跑！」曲顎喊道。

白牙躍過一叢莎草，花瓣塵則繞過牠，追在後面的曲顎，腳下地面白花花一片。他們穿過溼地，把狗趕下沙洲。狗兒繼續前衝，花瓣塵跟上牠的腳步，在淺水處奔行，水花四濺，腳下礫石喀吱作響。白牙沿著沙洲跑，每次狗兒想折回草地，他就嘶聲吼牠。

曲顎殿後，只要狗想轉身回頭，便大吼阻攔。「兩腳獸！」他瞄到橋上有身影出現，趕緊出聲警告，及時剎住腳步，卵石在他腳下喀喀作響。

白牙和花瓣塵也趕緊停住，那條狗則往橋上衝，直往兩腳獸身上撲，發出開心的吠叫聲。

曲顎繞著同伴轉，後者砰地趴在岸邊。「做得好！」他上氣不接下氣地說道。

「謝了。」花瓣塵等到不喘了，才費力爬了起來。

白牙抬起頭。「我們最好繼續去巡邏。」他站起來，甩甩身子。

「橡心呢？」曲顎發現他哥哥不見了。

「你沒看見他嗎？」花瓣塵眨眨眼睛，驚訝地看著他。「他往你那邊去了。他好像看見陽光岩底下有雷族戰士，所以去那裡查看。」

曲顎皺起眉頭。「他單獨去的？」

「他說他自己去就行了。」白牙聳聳肩。「他要我們去巡兩腳獸的牧場，說他隨後會趕上。」

「我去找他。」曲顎貼平耳朵。單獨前去查探入侵者是很危險的事。他在赤楊林附近找到他，他正從長草堆裡出來。「你在這裡做什麼？」

橡心一臉訝色，身上的毛都溼了。

「你沒事吧？」曲顎喵聲道。「白牙說你看見雷族貓。」

「只是一個戰士。」橡心的語氣漫不經心，從他身邊經過，往營地慢慢走去。「我把她趕走了。」

曲顎在哥哥身上聞到熟悉的氣味。「是藍毛嗎？」

橡心霍地轉身。「你怎麼知道？」

「我聞到她的味道，」曲顎搜尋橡心的目光。他是不是隱瞞了什麼？藍毛惹了什麼麻煩嗎？「你打架了？她把你打敗了？」他突然想起藍毛打起架來可是猛得很。

橡心轉身朝營地走去。「我把她趕回林子裡了。」他聳聳肩。「也不算打架啦。沒什麼。沒必要為了一點小事就打起來。」

曲顎看著他哥哥走遠。「你的巡邏隊怎麼辦？他們把狗追到橋那頭，還在等你呢。」

橡心立時停下腳步。「對哦，巡邏隊！」他趕緊轉向朝上游去。

曲顎偏著頭。這不像橡心的作風，尤其遇到別族戰士，他怎麼可能輕易放過。也許這場架打得不輕鬆，他不好意思承認。不過他看起來沒受傷

曲顎聳聳肩。橡心是個好戰士，他不會有事的。他嗅聞空氣，好奇柳風是不是還在附近，或者她沒有繼續等他，已經自己回營了。可以的話，他真想多花點時間陪陪她。

第二十七章

「楓影！」

曲顎正在做夢，他在林間奔跑，穿過雜亂的矮樹叢，暗色泥土在他腳下飛濺。

「楓影？」

她在哪裡？他有好多事要問她。這些問題在他心裡翻攪多日，一再啃蝕著他，他必須找出答案。她為什麼要拿柳風的命去冒險？他救了自己的族貓，為什麼她還用爪子攻擊他？他的天命又是怎麼回事？他什麼時候才能有自己的見習生？他得等多久才能當上副族長？他會當霞星的副族長嗎？還是貝心的副族長？

貝心？

曲顎踉蹌停下腳步。如果說他以後會當上族長，這就表示得先有族長接連喪命，才輪得到他，但那會是誰呢？曲顎突然覺得反胃。光是等霞星失去最後一條命的這個想法就夠令他難受了，更何況是暗中盤算自己父親的死期。

「高一點！」

一個尖吼聲劃破薄霧。

「快一點！你想死在一個平庸戰士的腳下嗎？」

曲顎聽見一聲咕噥和結實的肌肉撞上地面的聲音。難道楓影收了另一個徒弟？他潛行過去，豎直耳朵，低頭躲在一株有刺灌木叢的後方，結果看見狹窄的空地上有兩隻貓的身影在移動。薄霧散去，終於現形：一隻毛髮蓬亂，一隻毛色光滑。

毛髮蓬亂的導師不是楓影，而是一隻他從來沒見過的貓。不過另一隻毛色光滑的公貓又是誰呢？曲顎搜尋自己的記憶，總覺得那副結實、寬大的肩膀和那身暗色虎斑毛髮似曾相識。

「再來一次！」毛髮蓬亂的貓吼道。「這次要表現得好一點。」

毛色光滑的公貓先助跑一小段路，然後一躍而起，高度比任何一隻貓都跳得高。接著尾巴一彈，空中扭身，後腿順勢飛踢，爪子出鞘，騰空揮擊。最後砰地一聲落地，側身撞上地面。曲顎嚇得倒抽口氣，彷彿躺在地上氣喘吁吁的是他而不是那隻公貓。

毛髮凌亂的貓猛然撲上那位見習生，連揮幾爪，猛擊對方頭顱。鮮血從糾結的毛髮裡飛濺而出，曲顎嚇得縮起身子。公貓掙脫開來，反擊導師，狠戳對方。

毛髮凌亂的貓兒低身閃過。「這還差不多。」

兩隻貓的口鼻都在流血，曲顎仔細探看，這才發現公貓的身上早就星羅棋布了大小傷痕。

「破尾，再讓我試一次。」公貓低吼道。

再一次？曲顎吞吞口水。他還以為楓影的訓練課程已經夠粗暴了，沒想到他們的更離譜，流血對他們來說似乎是家常便飯。

這時曲顎突然認出那隻公貓。**是薊爪**！他在大集會上見過這隻雷族貓。

薊爪又開始起跑，一躍而上，空中扭身。這次他四腳落地，整個動作完美無缺。他得意洋洋地大吼，撐起後腿，朝空中猛揮前爪。「沒錯！屬於我的時代就要來臨了。」

破尾點點頭。「你學得很認真，薊爪。」

「我就快成功了，下次月圓時，我一定會當上副族長。」

「你確定陽星不會心軟，改選藍毛？」破尾吼道。

薊爪瞇起眼睛。「如果他這麼做，就是個傻子。」他低吼道。「藍毛太軟弱，我敢說她現在一定還在為雪毛的事難過。」

「悲憤可以化為力量。」破尾警告。

「但雪毛仍屍骨未寒，」薊爪直言道。「藍毛恐怕要好幾個月才能走出陰霾，我可以趁這個機會讓陽星知道最有資格當上副族長的是我。」

「雪毛是你的伴侶貓，」破尾瞇起眼睛。「你不難過嗎？」

「當然難過，」薊爪猛擊一株被青苔覆蓋的樹木。「雪毛死得冤枉！轟雷路上喪命的應該是藍毛才對。」

「你的小貓怎麼辦？」破尾追問道。「你的兒子呢？」

薊爪齜牙咧嘴。「他跟他母親一個德性，」他呸口道。「一點志氣和戰鬥力都沒有。」他的目光轉向他的導師。「為什麼要談這個？」他吼道。「我是來接受格鬥訓練，不是來心理輔導的。」他撐起身子，靠後腿大步前進，尾巴塞進腿間，朝空中猛揮前爪。

曲顎後退了幾步，全身發冷。他從沒見過這麼嗜血的貓，而且不是發生在陽光岩之役，也不是發生在霰星險些失手殺了蘆葦羽的那個當下。他轉身就跑，邊跑邊掃視飛掠而過的林子，希望能找到楓影。他奔過灌木叢，轉個向，繞過林子，越跑越快，暗中祈禱快點找到她。

「曲顎！」他被爪子戳醒。

「什麼事？」他抬起頭。

柳風坐在他旁邊，剛睡起來，毛髮仍顯凌亂。「你踢到我了！你在做噩夢嗎？」

「有一點。」他在臥鋪裡伸個懶腰。這座築在樹凹裡的小窩很是溫暖舒適。

柳風低下身，用鼻子輕觸他。「還好你醒了。」她緩步走出窩外，曲顎跟著坐了起來。為什麼找不到楓影呢？他縮張著爪子。她是不是出了什麼事？那裡是星族，星族貓一輩子都住在那裡，不是嗎？他低頭鑽出窩外，掃視空地，看見橡心正睡眼惺忪地在已結霜的獵物堆裡搜找食物，不由得鬆了口氣。可憐的藍毛。失去手足一定很令她心痛。

貝心正在柳樹下組織當天的巡邏隊。杉皮、木毛、泥毛和花瓣塵全圍著他。甲蟲鼻正在梳洗，但一聽到自己的名字被叫到時，立刻豎直耳朵。田鼠爪若有所思地瞪著獵物堆，波爪則在灰池耳邊低聲說話。

曲顎從空地另一頭喊道。「我可以加入黎明巡邏隊嗎？」他的鼻息如白煙吐在冷空氣裡。

貝心點點頭。「你帶泥毛和花瓣塵去。」他彈彈尾巴，示意兩名戰士跟著曲顎。

「橡心可以一起來嗎？」曲顎問道。

橡心抬頭。「去哪裡？」

「狩獵！」

「太好了！」橡心叼起一條魚，朝育兒室走去。「我先送這個過去。」

柳風從長老窩裡鑽出來，緩緩步下斜坡，突然結霜的地上滑倒，一路滑到坡底才笨拙地剎住腳步。「小貓們這下可開心了。」她走過來找曲顎。「他們有結冰的溜滑梯可以玩了。」

「結冰？」小蛙從空地那頭奔來。他跳上斜坡，連跑帶滑地溜下來，開心地吱吱尖叫。

曲顎對著柳風喵嗚一聲。「我要帶橡心、花瓣塵和泥毛去狩獵。」他告訴她。「妳要一起來嗎？」

她搖搖頭。「我答應鳥歌要幫她的臥鋪找些青苔。她昨晚快冷死了。」

「走吧，曲顎！」泥毛正走進入口，鼻孔呼出白煙裊裊。

「待會兒見囉。」曲顎用鼻子碰碰柳風，趕在花瓣塵、橡心鑽進蘆葦叢的缺口前追上他們。營地外的空氣甚至更寒冷。

「希望這種天氣只是暫時的，」花瓣塵嘆口氣。「現在才落葉季而已。」

他們經過踏腳石，循著河岸往下游去，經過赤楊林，再沿著水邊長滿蕨叢和山楂的沙洲走。曲顎率隊穿過淺水灘，水花四濺。他們走向河裡的一座突岩，它表面平坦，只比水面高一根鬍鬚。

曲顎坐在岩石邊緣，探看下方水流。水質清澈到可以直接看見河床底下飄動的水草。有條魚從水草旁游過去，可是水太深了，他搆不到，於是繼續等候，不久又有另一條魚游了過來，離水面很近。他猛地朝水裡伸爪，水冰到令他咋舌。他迅速勾起一條魚，丟到岩石上，撲過

去，致命一咬，再轉身伺機等候下個機會，腳爪微微刺癢。

「抓得好。」橡心蹲在他旁邊，也準備出手。他瞪著鼻子下方的水流，繃緊肌肉，做好準備，突然得意地大叫，前爪迅雷不及掩耳地從水裡撈出一條鱒魚。

泥毛也在俯視水面。「我想幫小豹抓條鯉魚，」他兩眼緊盯水面。「她最愛吃鯉魚了。」

花瓣塵忽地同時伸出兩隻前爪。曲顎轉頭，剛好看見她把一條正在掙扎的狗魚抓出水面。牠的長度有貓尾巴那麼長，不停扭動。他跳過去想幫忙，但才剛抓牢魚體，花瓣塵便忽然失去平衡，驚呼一聲，跌進水裡。她氣喘吁吁地躍出水面。那條狗魚仍在曲顎的爪間掙扎。他把牠壓制在岩面上，低頭致命一咬。

花瓣塵游上岸，緩步走上沙洲，甩甩滴水的毛髮。「你制伏牠了嗎？」她喊道。

「牠現在是獵物了。」曲顎向她保證。

橡心的鬍鬚抽了抽。「我不知道你想游泳。」他揶揄她。

花瓣塵走到岸邊，想讓身子暖和起來。「我沒想到牠的體型那麼大。」

泥毛從水裡抓起一條鯉魚，發出得意的喵聲。

「我們把魚搬回營裡吧，」曲顎提議道。「這樣還能回來再多抓一些。」

花瓣塵瞪著河對面的雷族林子。「我真好奇他們為什麼不像我們一樣去抓魚？」

泥毛聳聳肩。「他們怕水，掉下去就淹死了。」

橡心嗅聞空氣。「他們的邊界沒有新鮮的氣味記號。」他傾身向前。「我很好奇他們今天上哪兒去了？平常我們來這裡抓魚，都會有一兩個雷族戰士在那裡對我們鬼吼鬼叫的。」

曲顎突然想起剛剛做的夢。「可能是都還在為雪毛哀悼吧。」

橡心扭頭過來，眼裡厲光一閃。「你說什麼？」

曲顎縮起身子。**我這個魚腦袋，這要怎麼解釋啊？**

「你確定？」花瓣塵眨眨眼。

曲顎思緒紊亂。

泥毛聞聞他的鯉魚，心不在焉地問：「誰告訴你的？」

「有一天我在陽光岩守衛時，聽……聽見一支邊界巡邏隊說的。」曲顎結結巴巴。

橡心偏著頭。「你那時怎麼不提？」

曲顎瞥了泥毛一眼。「這……這消息太感傷了。」這話至少是真的。

花瓣塵走上突岩加入他們。「她是怎麼死的？」

曲顎看看自己的腳。「好像是在轟雷路那裡。」

「轟雷路？」橡心重複他的話。

曲顎抬頭看。他哥哥的思緒似乎飄進了林子。「別緊張，」他向他保證道。「我們的領地沒有轟雷路。」

橡心看著水裡一片落葉被捲進下游。「我為藍毛感到難過，她一定很傷心。」

曲顎嘆口氣。「是啊。」他叼起他的魚，爬上岩間，以尾巴示意隊員，然後朝營地走去。

冰冷慘白的月亮照亮了四喬木。曲顎隔著咯咯作響的樹葉往上瞥看。銀毛星群綿延夜空。

哪一顆星子是雪毛呢？自從他做了那個夢之後，已經又過了四分之一個月，曲顎驚訝地發現藍

毛竟然也來參加大集會。

「我聽說現在還抓得到不少魚。」冬青花的喵聲把他拉回對話裡。他剛剛在和來自各部族的一群戰士聊近況。

「是啊。」

狐心打了個哆嗦。「全身溼答答的已經夠不舒服了，更何況是這種天氣。」

「我想也是。」金花是雷族的新戰士，她似乎有點心不在焉，眼睛正瞪著空地對面看，眼色黯沉。曲顎順著她的目光，發現原來她在看藍毛。這位灰色戰士正在和橡心說話，他八成是在對她表達遺憾之意吧。

金花站了起來。「我去看看藍毛有沒有事。」她從貓群中穿過。

「曲顎！」霰星朝他走來。「橡心呢？我想叫他在大集會上報告皮帳的事情。他有一些策略滿值得大家學習，因為兩腳獸也有可能在其他部族的領地上搭起皮帳。」他對冬青花點個頭。「願星族保佑牠們不會這麼這麼做。」

橡心要在大集會上發表演說？曲顎突然有些吃味。霰星是在預告他哥哥即將成為河族下一任的副族長嗎？「他在那裡。」他朝橡心彈彈尾巴。

「謝了。」霰星緩步走開。「我最好先去告訴他。」

巨岩上的族長們逐一報告，曲顎也擠在河族貓當中。他縮起肩膀，抵禦夜裡寒冷的空氣，瞇起眼睛，細看橡心。他的哥哥等在巨岩下方，沉穩鎮定。曲顎將妒嫉硬吞進肚裡。

「河族最近捕獲大量的獵物。」霰星開始報告。「河裡還有很多魚，沙洲上也有很多獵

物。」河族族長瞥了下方的橡心一眼。「只有一件小小的麻煩事，」他朝橡心點頭示意。「我請橡心上來報告。」

驚訝的低語聲如漣漪般在各族間散開，這時橡心跳上巨岩。

「只有族長才能上巨岩，」一名影族戰士吼道。「年輕戰士不能上去。」

曲顎伸出下巴，直覺想要保護他哥哥。「聽他說好不好！」他吼道。「他有重要的事情要告訴你們。」

影族戰士用爪子刮著結霜的地面，曲顎也不甘示弱地縮張著爪子。誰都不准批評橡心！

「對不起，」橡心開口說道，聲音清楚地傳遍整座山谷。「我不屬於這裡，但因為貓兒眾多，如果我在下面講，恐怕你們會聽不見。」他朝陰暗的岩石底部點頭致意。「希望你們能諒解我的魯莽，我不是有意冒犯。」低語聲漸漸平息，曲顎為他哥哥感到驕傲。貓群豎起耳朵，抬起鼻子，等著聽橡心的報告。曲顎環目四顧，同享他哥哥的成功光環。這時他瞄到藍毛一臉陰鬱、毛髮凌亂。她旁邊有隻漂亮的族貓正看著橡心，兩眼發亮，彷彿是在聽星族貓說話。和其他貓兒比起來，橡心他的確具有族長的架勢。曲顎坐立不安，他又開始擔心了。**不是只有我才具有偉大的天命嗎？**

回程時間似乎比平常來得久。

花瓣塵一直在橡心旁邊蹦蹦跳跳。「大家都專心在聽你報告！你不害怕嗎？」

田鼠爪哼了一聲。「有什麼好怕的？」他咕噥道。「反正有協定在啊。」

「可是要對那麼多貓兒說話！」花瓣塵打了個哆嗦。「要是我就不敢。」

曲顎慢下腳步，落在族貓們後面，他們正穿過林子線，進入雷族的領地。他不想聽見其他貓兒讚美橡心有多偉大。

一個身影刷過他身邊。

棘莓！

「你希望站在巨岩上的是你，對吧？」她低聲道。

曲鴞毛髮倒豎。「不，我沒這麼想。」

她哼了一聲。「別擔心，很快就會輪到你。在那之前，還有很多事要忙。」她的語氣有點尖銳。

「妳怎麼知道？」曲顎瞇起眼睛。「妳又有另一個預兆了嗎？」他幹嘛問呢？就算她有，也不會告訴他。不過好奇心像針一樣刺得他發癢。棘莓靜默如魚，顯然知道一些事情。

「妳怎麼知道很快會輪到我？」曲顎重複問道。

棘莓跳上一棵橫倒在地、擋住小徑的樹。她站在上面俯視他。「沒有什麼事情是絕對的。」她的眼睛比四周陰影還要黯沉。「要不要成為一位好戰士，決定權在你自己。」她從樹幹另一頭滑下來，曲顎趁機走到她旁邊。「光用眼睛也知道你將來成就不凡，」隔著層層疊疊的樹枝，隱約可見她眼裡一閃即逝的光。「不必事事靠星族為我們作主。」

真的嗎？曲顎縮張著爪子。棘莓根本不懂！**如果照她那麼說，為什麼我在接受星族的訓練？**

第二十八章

細雪從廣袤的灰色天空飄落營地。曲顎臉部肌肉不時抽搐。天氣寒冷，他那歪扭的下巴不免有些酸痛。但是他不在乎。他全身亢奮地和族貓們排排坐在空地邊緣，身上覆著白雪，這時霰星唱名下一個見習生上前一步。

「小莎草。」河族族長示意棕色虎斑母貓上前。黑掌、天掌、肚掌和蘆葦掌在他後面坐立不安，個個眼睛閃閃發亮，因為他們的見習生名號才剛被族貓們歡呼過。當初霰星決定等小豹滿六個月的時候，再將他們一起升為見習生，族貓們都欣然同意。畢竟這群年輕的貓兒出生時間很接近，未來勢必形成緊密的團隊。

「何必分批升格為見習生呢？」貝心曾這樣質疑，於是霰星欣然同意貝心的提議。曲顎則是很高興小豹不必獨自住在育兒室裡——即便只有一個月而已。因為他知道獨自被留在育兒室的那種滋味。不過他又突然想到至少小豹還有爍皮會陪她。即便這位夜黑色的貓后想重

拾戰士角色，但曲顎相信她不會因此棄小豹於不顧。她太愛這隻金色斑點的小貓了。

他坐立不安，怒視著雨花。只見她離群獨坐，被包覆在自己呼出的冷空氣中。要是她不那麼在乎他的破相，仍然愛他，那該有多好。曲顎甩開這念頭。過去的已經過去。以後如果他有自己的小貓，他一定會好好愛他們。他的伴侶貓絕對不會拋棄他們，不管他們做了什麼。

他朝柳風挨近。「謝謝妳。」他低聲道。

她看了他一眼，有點驚訝。「為什麼？」

「因為……」他深情地望著她，不知道該怎麼說。

她喵嗚笑了，拿腳爪撥掉他身上的雪花。「去吧，」她低聲道。「霰星在叫你了。」

曲顎這才發現族貓們的目光都在他身上。霰星點頭示意要他上前來。「願莎草掌也像你一樣膽識十足、戰技精練、忠心耿耿。」

曲顎緩步走進空地，將鼻子抵住新進見習生的頭顱。她在發抖。「別擔心，妳會成功的。」

他抬頭望見橡心正站在他自己的見習生肚掌旁邊。那隻年輕公貓有點坐立不安，高舉著尾巴，顯然巴不得典禮快點結束，趕快去上課。橡心用尾巴輕彈他那位靜不下來的見習生，並朝曲顎抽動單隻耳朵。他們倆終於當上導師了。

霰星清清喉嚨。「我們還有另一隻小貓，歡迎她加入見習生的行伍。」他大聲宣布。

空地邊緣的泥毛正在舔小豹的頭，不時用腳掌按住她，不准她亂動。

「不要舔了，泥毛！」她吱吱尖叫。「該我了。」

他淚眼模糊，終於將她放開。小傢伙沒等霰星叫她名字便衝進空地。

「小豹！」她在霰星腳前急忙剎住腳步，霰星喵嗚笑了出來。

她眨眨眼看他。「有！」

「在妳得到戰士封號之前，妳將更名為豹掌。」

她興奮地瞪著空地四處看，這時霰星還在繼續說：「妳的導師是白牙。」

白色大公貓走向小豹，她瞪大眼睛。他用鼻子抵住她的頭。

「我希望我能長得跟你一樣魁梧。」她低聲道。

白牙喵嗚地笑。「還是別像我這麼魁梧比較好。」

霰星彈彈尾巴。「白牙，請你將你的膽識、紀律與悲憫之心傳授給她。」

全族歡聲雷動，不只歡呼豹掌的名字，也為所有新進見習生歡呼。莎草掌和肚掌跑向獺潑，在她旁邊跳來跳去，木毛則用鼻子輕撫蘆葦掌。爍皮拿尾巴環住天掌。矛牙跌跌撞撞地穿過空地，陪黑掌玩起戰鬥遊戲。豹掌直接衝向泥毛，用鼻子輕搓他的面頰。

泥毛眼裡藏著憂色。「真希望妳永遠不必上戰場。」他憐愛地用尾巴包住她。

「別傻了！」她跳開來。「我等不及想參加我的第一場戰役。」

鴞毛正對柔翅玩笑數落她的新見習生天掌。「妳很快就會被她氣得七竅生煙。」

柔翅嗤之以鼻。「我對付得了她。」

鴞毛瞥了那隻棕色小虎斑貓一眼，後者正繞著杉皮跑。「妳確定？」

「我們現在可以出去了嗎？」莎草掌的喵聲嚇了曲顎一跳。年輕的母貓站在那裡，揚高尾

巴，蓬起毛髮抵禦冰涼的雪花。曲顎也興奮了起來。「當然好啊，我帶妳去看我們的領地。」

莎草掌跳回她室友那裡。「我要出去了！」她吹誇道。

「我要去！」蛙掌喵聲道。「我也要去！」黑掌滿心期待地看著他的導師霞星。

陽掌彈彈尾巴。「我要第一個穿過踏腳石！」

「那得先趕上我才行！」天掌挑釁對方。

肚掌從他們兩個旁邊衝了過去。「我要第一個爬上陽光岩！」

蘆葦掌喵嗚道：「以後這部族就是我們的天下了。」

甲蟲鼻緩步走向蘆葦掌。「等我幫你上完課，你就能統治所有部族了。」他看了曲顎一眼。

「你認為莎草掌當得了戰士嗎？」

曲顎翻翻白眼。「甲蟲鼻，我會把莎草掌訓練成最厲害的戰士。」

莎草掌彈彈尾巴。「在我走之前，要不要先去幫長老們抓一下身上的蝨子？」

曲顎搖頭。「我想蝨子不會在我們回來之前跑掉。」他朝橡心喊道：「你們想一起來嗎？」

「好啊，好啊。」肚掌衝向曲顎。「我們可以去嗎？拜託啦。」他心急地看著橡心。

「好吧。」橡心喵嗚道。

蘆葦掌也滿臉期盼地看著甲蟲鼻。「你不會讓他們漏了我吧？」他憂愁地說道。

「你們也想去嗎？」曲顎問甲蟲鼻。

甲蟲鼻哼了一聲。「大概吧。」

獺潑坐了下來，她看見自己的小貓衝向莎草隧道，不禁兩眼發亮。「你們會好好照顧他

們，對不對？」她喵聲道。

「我會把他們當自己的小貓那樣好好照顧。」曲顎承諾道。他得趕在年輕貓兒們衝到踏腳石之前追上他們。他們沿著草徑跑，橡心氣喘吁吁地跑在他旁邊。甲蟲鼻跟在後面。他們在岸邊追上小貓。沙洲上積滿雪，對岸的陽光岩被點綴成銀白一片，但河面還沒結冰。

「可以游泳嗎？」肚掌問道。「我們以前只在蘆葦灘附近游過，沒有真的在河裡游過。」

「太冷了。」曲顎哼著鼻子說。「回家後若是得了白咳症，我想你母親不會感激我。」

莎草掌跳上第一塊踏腳石。「我們要穿過去嗎？」

橡心搖搖頭。「今天就在岸邊好了。我們先帶你們去下游，再穿過柳樹林到溼地去。」

蘆葦掌繞著甲蟲鼻跳來跳去。「我們會看到皮帳嗎？」

「還有兩腳獸？」莎草掌的眼睛瞪得好大。

「到時就知道了。」甲蟲鼻往岸邊走去，肚掌、莎草掌和蘆葦掌跟隨在後。

「我們以前也像那樣嗎？」橡心走在曲顎旁邊。

莎草掌轉過頭，抽動耳朵。「哪樣？」

「像隻亢奮過度的松鼠。」曲顎揶揄道。

莎草掌的注意力突然移到林子處。一隻鳥正在枝椏間跳來跳去，雪被牠蹬得像雨一樣飛灑。「那是什麼鳥？」

「一種大歌鶇。」曲顎告訴她。

「我們會抓牠嗎？」

「會，如果河水結冰的話。」

「我們還會抓什麼？」莎草掌沒等他回答。「我們也像雷族一樣會抓老鼠？或者像風族一樣抓兔子嗎？你們吃過兔子嗎？牠的味道怎麼樣？柳風吃過嗎？她以前在……」

橡心打斷她。「妳看！」他點頭示意，要她看她的室友們才在河邊轉個彎就全都不見了。

「妳最好追上去，免得錯過了什麼。」

「哦。」莎草掌拔腿就往肚掌和蘆葦掌那兒衝。

曲顎的鬍鬚動了動。「看來我們會有一陣子不得安寧了。」他跟著橡心往下游走去。不過教導莎草掌將會是件有趣的工作。

「追蹤是不是像這樣？」莎草掌蹲在草岸裡，壓低尾巴，曲著四條腿，看起來像隻青蛙。

「還不賴。」曲顎喵聲道。

橡心走上前去，追上肚掌，後者正跟著蘆葦掌在河岸處跑上跑下。甲蟲鼻則緩步走著。

「我什麼時候可以學抓魚？」莎草掌跳下河岸去找曲顎。「最好吃的魚是什麼魚？你抓的第一條魚是什麼魚？」

曲顎的頭跟著她轉。「說慢點。」他喵聲道。

「對不起，」莎草掌平貼耳朵。「我知道我話太多了，但我想成為最棒的見習生。你當我的導師，我真的好高興。因為河族裡最強壯的貓就屬你了，波爪除外，可是他老了，但還不夠老到可以當長老。你比較年輕，而且你應該還沒忘記以前見習生的日子。你告訴我的每一件事，我都會認真聽……」

曲顎突然覺得很愧疚。他對杉皮從來沒這麼熱絡過。他很感激他的導師所上的課，那些課程對他來說都很管用。可是真正教會他膽識和戰技的是楓影。他瞥了莎草掌一眼，她還是像黑鳥一樣喋喋不休。她也會有個星族的導師嗎？

不，族裡沒有那麼多空間來容納第二個天命已定的戰士。

曲顎打著呵欠。多數族貓都去臥鋪就寢了。族長窩入口的青苔簾幕在他身後動了動，代表連河族族長也進去睡覺了。獺潑、湖光和爍皮正在清理臥鋪上髒汙的青苔。長老們在窩裡喃喃低語。

風已經停了，黑夜很是沉靜。

柳風把他朝窩穴的方向推。「我們去睡覺吧。」

曲顎蜷伏在臥鋪裡，閉上眼睛。柳風身子朝他挪近，將鼻子塞進他的毛髮裡。曲顎發出快樂的嘆息。**我是導師了**。現在再也沒有什麼事能阻止我成為副族長。他滿心歡喜地進入夢鄉。

「你當上導師了。」楓影的粗嘎聲音將他帶進夢裡。四周森林陰森逼近。

他挺起胸膛。「沒錯。」

「現在你有自己的見習生了。」她琥珀色的眼睛光芒一閃。「你是不是認為你該學的都學會了？」

「不，」曲顎倒抽口氣。「我知道我還沒做好族長的準備，甚至連副族長都不夠資格。」

她難道不知道他有多高興再見到她嗎？他已經有很久沒夢見她了。他擔心他正在失去他在族裡的優勢。甲蟲鼻昨天抓到的魚比他還多。「我希望妳能把妳會的事情全教我。我想成為成為最厲害的族長。這也是我的部族應得的。」

楓影瞇起眼睛。「很好，你還是值得我親自下海傳授。」她繞著他走，目光堅定。

「妳看！」曲顎突然向前衝，一躍而起，空中扭身，飛踢後腿，前爪猛揮，四腳熟練落地。自從他看過薊爪的那個招式之後，便一直苦練。他相信他學得很澈底。

「還不錯。」她承認道。

「還不錯？」他瞪著她。**簡直就是出神入化吧。**

「告訴我你承諾了什麼？」她質問道。

「**還要再說一次？**」

「告訴我這世上最重要的就是照顧好你的部族，不管要付出什麼代價！」她的眼睛灼熱。

曲顎皺皺眉。「好，」咬牙切齒。「這世上最重要的就是照顧好我的部族……」

「你要誠心誠意地說！」楓影臉突然把臉湊到他面前。

曲顎直起身子，又說了一次：「這世上最重要的就是照顧好我的部族，不管要我付出代價！」他大聲喵嗚。

「你保證？」

「我保證。」他抽動著耳朵。為什麼她老是要他不斷做出承諾？就是因為這個承諾，她才要設計讓兩腳獸抓走柳風嗎？

第二十九章

綠葉季已經來臨。晴空萬里，陽光璀璨，山毛櫸林在風中搖擺。莎草掌蹲在沙沙低語的樹葉底下，胸部緊貼著綠草地。

「現在不要出聲，」曲顎在她前面一條尾巴之距的地方丟下一片葉子。「假設這是一隻鳥，牠的聽力比妳好，速度比妳快。」他身子前傾。「而且比妳容易受到驚嚇。」

莎草掌瞇起眼睛。她往前推進，像蛇一樣默不出聲。曲顎要她繼續前進，一次踏出一步。她繼續朝那片葉子匍匐前行，然後突然一陣腳步雜沓，她撲了上去。

「我抓到了嗎？我抓到了嗎？」她吱吱尖叫。

曲顎的心一沉。她的落點過了頭，差半條尾巴的距離。

橡心聳聳肩。「還不錯。」

「但是應該可以做得更好。」甲蟲鼻從林子裡緩步走出，蘆葦掌和肚掌跟在後面偷笑。

橡心彈彈尾巴要他們安靜。「莎草掌，」他輕聲說道。「妳後腿使力過猛。」他瞥了曲顎一眼，想確定他不反對他指導他的見習生。

曲顎點點頭。「沒關係。」只要能幫得上莎草掌的忙，他都樂於接受。這隻母貓很有學習熱忱，實在不忍看見她每次出手都功敗垂成。

甲蟲鼻把葉子勾在腳上。「妳必須修正妳的跳躍方式，好好控制妳的爆發力。」他在她面前丟下那片葉子。「別跳得那麼用力，眼睛盯住妳的目標。」

莎草掌又蹲了下來。「這次我一定會逮住牠。」

「搞不好是牠逮住妳吧。」蘆葦掌揶揄她。

莎草掌蠕動後腿，一躍而起，這次落點不偏不倚地剛好在葉子上方。她坐了起來，環顧四周地面。「牠跑到哪去了？我又沒抓到牠嗎？」

蘆葦掌翻翻白眼。「我們可以去抓魚了嗎？」他喵聲說：「天氣愈來愈熱了。」

「除了學抓魚之外，也得學抓鳥。」曲顎提醒他。

肚掌哼了一聲。「我想學戰技。我們一定要把陽光岩搶回來！」雷族已經重劃氣味記號，這使得陽光岩在落葉季過後又變回了他們的領地，霰星拒絕在氣候嚴寒的那幾個月出兵奪回。

橡心嘆口氣。「也許我們應該允許他們禿葉季的時候在那裡狩獵。」他提議道。「反正他們都是趁那時候拿下它，那八成是因為很需要獵物。」

「你說什麼？」甲蟲鼻瞪著他。「如果我們這樣讓步，河族領地早晚被他們搶光。」

「是啊，」蘆葦掌站在他導師旁邊。「他們會搶走整座森林。他們之所以找不到足夠的獵

物，八成是因為狩獵技術太爛了。」

曲顎彈彈尾尖。「貝心這一個月來一直在說服霰星重新搶回陽光岩，我不懂他在猶豫什麼。上次不是輕輕鬆鬆就拿回來了嗎？」

肚掌伸爪撕扯著地上的草。「我們到底要不要學格鬥技巧啊？」

莎草掌貼平耳朵。「上次上了課之後，我的肩膀就酸到現在。」

「妳的動作應該更快一點。」蘆葦掌厲聲道。

「我的動作比你快！」莎草掌反駁道。

是啊，只是老搞錯方向。曲顎原想嘆口氣，但硬生吞了回去。他緩步走向山毛櫸林的邊緣，掃視草地。「我們來試一試橡心為分散兩腳獸的注意力所發明的那一招吧。」他打算等肚掌和蘆葦掌不在旁邊揶揄莎草掌時，再來教她狩獵技巧。

蘆葦掌豎起耳朵。「你是指誘牠們遠離營地的那幾招？」他立刻很像一回事地跌在地上，學受傷的寵物貓那樣呻吟，拖著後腳走過草地。「救命啊，救命啊，我受傷了。」

「很好，」橡心指著肚掌。「所以你現在應該怎麼做？」

肚掌猶豫不決。

「我知道，我知道！」莎草掌興奮地跳來跳去。「我們得盡快衝回營地，把長老和小貓藏進蘆葦叢裡或者帶他們往下游逃。」

「沒錯！」橡心瞥了那些細瘦的山毛櫸一眼。「我們來練習爬樹吧。」

甲蟲鼻被他這句話嚇了一跳，一連咳了好幾聲。「爬樹？」

橡心跳上突起的樹根。「樹上是觀察兩腳獸的最佳地點。」他伸出爪子。「記不記得上個月迴霧是怎麼隔著溼地發現兩腳獸帶狗過來的？」

莎草掌毛髮倒豎。「那是我生平第一次見到狗。」

曲顎用尾巴順順她的毛髮。「如果迴霧沒發現，沒把牠誘離，牠早就找到我們的營地。」

「好吧，」甲蟲鼻緩步走向樹幹下方。「我們來練習怎麼爬樹吧。」他示意蘆葦掌過來。「你先上去，我跟在後面。」

蘆葦掌跑了過來，蹲在樹根之間，咕噥一聲，跳了上去，緊抓住樹幹，死命撐起身子，伸爪去搆最近的枝椏。他身子搖搖晃晃地緊緊攀住腳下那根不停抖動的樹枝。

「該妳了。」曲顎挑了另一棵山毛櫸，推推莎草掌，要她上去。

她抬頭看他，瞪大眼睛。「真的要上去？」

「妳做得到，」曲顎鼓勵她。「把爪子伸出來，不會有事的。」

她跳上去，緊緊攀住樹皮。

「再上去點，」曲顎催她。「記不記得妳還是小貓時，才跳個兩三下，就爬上我的背了。」他想起她那尖銳的爪子，臉部肌肉不禁抽搐。

莎草掌用力撐起身子。她每跳躍一次就多了一點自信，最後終於像隻松鼠一樣在樹上飛奔。

「太棒了！」曲顎爬在她後面。爪子輕鬆戳進綠葉季的軟樹皮裡。他停下腳步，低下身子，隔著一簇簇抖動的樹葉往外探看，隱約看見枝椏間莎草掌的虎斑身影。「跳到下一根樹枝

就停下來。」他喊道。

「好！」她的喵聲聽起來很遙遠。

「希望她沒爬太高。」曲顎咕噥道。

「沒關係啦，」甲蟲鼻在隔壁那棵樹的樹枝上喊道。「我看得到她，那裡有很多樹枝可以攀爬。」

蘆葦掌在他導師旁邊蹲下來。「我可以爬那麼高嗎？」

「不行。」

橡心仍在地上試圖說服肚掌爬樹。

「可是我是河族貓欸。」肚掌抱怨。「我們不該爬樹，應該游泳。」

「我們需要學會新技巧，」橡心好言勸他。「你有強壯爪子可以作戰，當然也可以爬樹。」

「曲顎！」莎草掌突然在上方嗚咽喊道。

他抬頭看，豎直毛髮。「妳沒事吧？」

「曲顎！」她又喊了一次。

曲顎趕緊爬上去。「我來了！」她是不是爬太高，嚇到腿軟了？或是看到了蜜蜂窩，還是被蜜蜂螫了？**拜託別給我摔下來！**地面遠在層層的樹枝和樹葉下方，有段不短的距離。

「我看到一條狗了！」莎草掌的哭喊聲變得清楚了。「好大哦！」曲顎四周樹葉撲撲作響。

「牠往這邊來了。」

曲顎的毛豎了起來。**營地！**他隔著樹枝往外探看。下方是大片草原。他看見牠了。一個龐

大的身影在莎草叢間穿梭，猶如水草裡的魚兒在悠游。他張開嘴，狗的氣味馬上覆上舌頭。他回頭瞥了營地一眼。在柳樹和蘆葦叢的掩護下，營地顯得隱密，但萬一那條狗繼續往這個方向走，難保不會撞見營地。曲顎很快盤算了一下，趕緊爬下樹。

「妳待在那裡！」他對莎草掌喊道。「等我叫妳，妳再下來。」

「你看到牠了嗎？」甲蟲鼻身子緊貼樹枝，耳朵豎得筆直。

「看到了，」曲顎告訴他。「牠往這邊來了，我們得誘牠遠離營地。」

「見習生怎麼辦？」

「叫蘆葦掌待在樹上。」

蘆葦掌正攀著隔壁的樹枝。「我們不能去幫忙嗎？」

曲顎嘶吼道：「你們還太小。」沒有時間爭辯了。他跳回地面。

橡心仍在想辦法說服肚掌跳上樹。

「快把他弄上去，」曲顎下令道。「快點！有條狗朝這兒來了，很大隻，速度快到足以追上見習生。我們必須把牠引開，遠離營地。」

橡心從下方推肚掌，幫忙他。棕色見習生大喝一聲，爪子勾住，終於爬上滑溜的樹幹。

「繼續往上爬！」橡心催促道。

肚掌費力地爬，終於搆到一根粗厚的樹枝，他咕噥一聲，撐起身子，翻了上去，前爪緊緊勾住枝條。

橡心面對曲顎。「我們往哪個方向走？」

「先到草原裡，吸引牠注意。」曲顎縮張著爪子。

甲蟲鼻站在他們旁邊。「然後呢？」

「再誘牠往高處跑，遠離營地，」曲顎作出決定。「離開我們的領地，」他突然一愣。「但我們其中有一個得先回營地警告大家。」

「我去！」蘆葦掌從樹上滑下來。

甲蟲鼻旋即轉身。「不是叫你待在樹上嗎？」

可是蘆葦掌已經轉身跑開，腳下草屑四濺。

「他跑得很快，」甲蟲鼻咕噥道。「應該來得及。」

「那好，」曲顎掃視草地。那條狗的腳步聲愈來愈近。「來吧。」他衝下斜坡，潛入長草堆裡。他牢牢記住狗的位置，直往牠衝，雜草迎面撲來。橡心跟在後面，甲蟲鼻殿後。在草叢間的狹窄渠道裡急奔的曲顎，只能盲目地向前衝。他張開嘴巴，大口呼吸，狗的氣味覆滿舌頭。沉重的腳步撞擊聲從前方傳來。

「準備好了嗎？」他朝他的同伴們喊道。

他在一畦茂盛的草堆旁剎住腳步，鼻腔裡都是狗兒的氣味。他的眼角餘光瞄見狗的黑影，全身毛髮頓時倒豎。他轉向，衝回山毛櫸林。草叢間隱約可見追在一旁的橡心也跟著轉向，與他並肩齊跑。曲顎掃視莎草叢，尋找甲蟲鼻的蹤跡，這時一個黑影突然從草堆裡衝出來，趕過他，跑在最前面。狗兒這時突然亢奮地吠叫。

「我們誘牠繞過山毛櫸林的丘頂。」甲蟲鼻吼道。

「牠有跟著我們嗎？」曲顎尖聲問道。

曲顎回頭瞥看，只見那條狗離他只有一條尾巴之距。那是條大狗，下顎淌著口水，尖牙森森，肩膀厚實。甲蟲鼻帶頭前衝，曲顎緊跟在後。狗兒狂吠，腳爪擊地的聲音更響亮了。

「你回頭看看啊！」

曲顎迂迴穿梭，每次轉彎，速度都比那條狗快。全身毛髮倒豎的他繞過山毛櫸林的丘頂，暗自祈禱莎草掌和肚掌仍然乖乖待在樹上，而蘆葦掌已經趕回營地。柳樹林取代沼澤溼地，腳下地面逐漸變硬。從長草堆裡衝出來的曲顎，看見橡心故意以Z字型的跑法穿縮在細瘦的樹幹間。層層蕨葉迎面撲來，山楂木糾結纏生，他們很難直線前進。甲蟲鼻的腳步聲在他身後響起，曲顎的爪子戳進極富彈性的地面，死命前奔。狗兒衝出長草堆，嗥叫聲跟著劃破空氣。

「快點散開！」曲顎吼道。

橡心轉向朝上坡跑，甲蟲鼻往前直衝，曲顎則轉到河邊，改道營地上方旁邊的小徑。他回頭張望，看見那條狗追在他後面。他飛也似地從營地旁邊通過，四條腿快速飛掠已然枯萎的藍鐘花叢。他在林子裡迂迴急奔，兩旁樹影朦朧，血液直衝腦門。狗兒的腳步聲隆隆地緊跟在後，鼻孔噴出口水。曲顎在潮溼的青苔地上打滑，身子斜傾，趕緊穩住，但感覺到那條狗的嗆辣熱氣就噴在他的尾巴上。他的肺快要爆開，但恐懼讓他無法停下腳步。

如今營地已經在他們後方。曲顎索性轉向，往下坡衝，希望可以加速。狗兒試圖跟上，但笨拙的腳爪在草地上滑了一跤，身子往旁邊一摔。曲顎跳下斜坡。河水在柳樹間熒熒閃爍。如果他能及時跑進水裡，就可以喘口氣了。那條狗又爬了起來，繼續猛追。曲顎一鼓作氣，直穿

沙洲邊緣的蕨叢，衝上岸邊。

雨花正站在岩間的水邊喝水。她猛地轉頭，瞪大眼睛，驚恐地瞪看著他。

「有狗！」曲顎趕緊轉身跑回斜坡，不讓那條狗衝到水邊。他瞄見牠撞進蕨叢，於是趕緊發出尖嚎，誘牠注意。那條狗看見他，急著要折回去，卻被自己的重量拖累，打滑了一圈，撞穿灌木叢，跌進岸邊。一聲驚恐的尖叫劃破空氣。

雨花！

曲顎霍地轉身，衝了回去。當他衝出蕨叢，剛好看見雨花被狗撞進水裡。那條狗剎住腳步，眼裡閃著訝色。牠回頭瞥看那隻正在多石的淺灘處掙扎的貓兒，眼睛亮了起來。

曲顎怒聲一吼，撲向那條狗，爪子狠劃牠的鼻子，然後轉身就逃。那條狗怒聲尖嗥，追了上去，腳下礫石喀吱作響。曲顎一鼓作氣，衝上山丘，大口吞進空氣。他感覺到腳下地面的震動，那條狗正逼近中。

橡心從前方的山楂叢裡衝出來。「快去救雨花！」

甲蟲鼻也滑到他旁邊。「這條狗交給我們就行了！」

曲顎鑽進刺木叢，蹲在裡面發抖，聽著隆隆的腳步聲穿過柳樹林。他上氣不接下氣，費力爬出樹叢，跳下山坡，蹣跚穿過蕨叢，掃視岸邊。

雨花？他的母親躺在水裡，被水流卡在齒狀的岩石處，河水靜靜從她身邊流過。曲顎衝下沙洲，濺起水花，走進淺灘，傾身叼住她頸背，把她拖出水中。

別理她！楓影的氣味包覆著他。**去救你的族貓！**

雨花身上的水帶著血腥味。八成是被那條狗撞進河裡時，撞上了石頭。曲顎驚恐發現她的兩眼竟是睜開的，但眼神空洞無神。他把她擱在碎石灘上，往後退了幾步。**我得去找棘莓來。**

這時他的眼前突然出現楓影的身形，橘白相間的毛髮裊裊透明到可以看見後方的蘆葦與河水。「快去追他們！你必須在現場！別忘了你的承諾！」

曲顎遲疑了。

楓影朝他的臉嘶聲吼道：「你不是想要有偉大的成就嗎？」

曲顎又看了他母親一眼。她動也不動地躺在那裡，身上的水不停流竄而下。他現在還能為她做什麼？他深吸口氣，轉身跑上沙洲，在山楂叢的另一頭追上同伴。那條狗已經累了，垂著舌頭，在矮木叢裡笨拙地移動。曲顎衝過牠身邊，跟著橡心一起跑。橡心從眼角餘光瞥了他一眼，腳步沒有停下。

他們就快抵達農場，林木開始稀落，地面漸趨平坦。戰士們衝過河族氣味記號線，離開領地。前方的木製籬笆正慢慢逼近，他們鑽進籬笆底下，衝進遼闊的牧場。牛隻在草地四處緩慢移動。追在後面的狗不停吠叫。牠從籬笆底下擠不進來，只能靠叫聲發洩怒氣。

曲顎洋洋得意。「我們辦到了！」他在同伴旁邊止住腳步。他們轉身，氣喘吁吁地瞪著那條狗。牠正在耙抓籬笆下方的沙土，眼裡怒火四射。

曲顎弓起背，嘶聲罵道：「笨狗！」

橡心繞著他轉，毛髮倒豎。甲蟲鼻氣喘吁吁，眼睛瞪大到連四周眼白都露了出來。

柳樹林間響起一聲嗥叫。那條狗的後方有隻兩腳獸大步走過來，一把揪住牠的頸背，曲顎

趕緊躲進草叢。兩腳獸一路咒罵，將牠拖走。曲顎這才鬆了口氣。

「雨花沒事吧？」橡心的問題像顆石頭似地朝他丟來。

曲顎瞪著他哥哥。「我去得太晚了。」他低聲道。

「她死了？」橡心的眼裡似有淚光。「是那條狗的關係嗎？牠咬死她了？」

「牠把她撞進河裡，」曲顎眼皮垂了下來。「她掉下去的時候，頭可能撞到了石頭。」

橡心當場愣住。「也許只是昏迷而已。你有去找棘莓嗎？她現在可能已經醒了。」他的喵聲帶著一絲希望。

「我……我把她留在河邊。」

「你把她留在那裡？」橡心眨眨眼，看著他。「你沒去找棘莓？」

「我沒有時間，我得去阻止那條狗。」

橡心豎起毛髮。「那條狗有我們在處理啊。我留你下來，就是要你去照顧雨花。」

他哥哥的嚴厲語氣令曲顎的腦袋瞬間清醒了過來。他的決定錯了嗎？他閉上眼睛。**不！我承諾過要拯救我的部族，所以才這麼做！雨花死了。她那時候就死了！**

要是沒死呢？

曲顎眨眨眼，睜開眼睛。橡心已經鑽出籬笆跑開，衝進柳樹林。曲顎跟在後面，滑下斜坡，衝上河岸。

橡心蹲在雨花旁邊。她兩眼混濁，頭上的鮮血沾污了周遭的石頭。「她死了。」橡心轉身瞪著曲顎。「我們的母親死了。」

第三十章

雨花的屍首僵硬地躺在月光下，是橡心把她拖進了空地，每次曲顎想上前幫忙，就被他低吼斥退。曲顎此刻蹲在自己窩穴的外面，看著族貓魚貫走過他母親屍首旁邊。

迴霧用鼻子碰碰雨花的毛髮。「妳是位忠心的戰士。」

矛牙低身在她耳邊說：「我們會想念妳的。」

曲顎的眼睛灼熱。現在他再也沒有機會讓雨花以他為傲了。悲傷像刺一樣戳痛他的心。

橡心坐在空地遠處，花瓣塵和田鼠爪緊挨身邊。爍皮緩步離開雨花的屍首，低聲朝橡心說了幾句話，後者兩眼瞪著前方。木毛垂頭向極度悲傷的戰士致意。

曲顎突然感到憤憤不平。雨花給橡心的愛向來多過他的。**算了，隨便他們吧。**曲顎把頭轉開。**我不在乎。**他的心揪在一起。

「別難過，」柳風坐到曲顎旁邊。她溫柔地倚著他。「她會在星族保佑你的。」

曲顎強忍住號啕大哭的衝動。**她有那麼在乎我嗎？**

「你好勇敢，」柳風告訴他。「直接迎戰那條狗，誘牠離開領地。」

我應該救我母親的。這個念頭不斷在他腦袋裡衝撞，可是他提不起勇氣說出來，即便是對柳風說。

等到族貓們都消失在營地的莎草叢裡時，貝心才從柳樹底下出來。他眼神呆滯地瞪看著那早已離異的伴侶貓。曲顎看得出他很痛苦，他知道貝心始終愛著她。河族副族長拘謹地在雨花旁邊坐下來，閉上眼睛。他看上去好蒼老。曲顎眨眨眼。他從來沒注意到他父親的毛髮日漸凌亂，口鼻處赫然可見斑駁灰白的鬍鬚。

橡心從花瓣塵和田鼠爪他們中間離開，去找他的父親。他用面頰輕觸貝心的頭，然後在他旁邊坐下來，鼻子抵住雨花糾結的毛髮。雲層遮住月亮，陰影覆上這三個沉默的身軀。曲顎將四隻腳爪緊緊塞在身子底下，閉上眼睛。

對不起。雨花現在已經到了星族，正在聽他說話嗎？**我不該把妳單獨留在岸邊，我應該和那條狗奮力一搏，救回妳的。**楓影可以向她解釋嗎？他突然燃起了一絲希望，但瞬間又被憂愁淹沒。**雨花，這一切都是我的錯，我很抱歉……我不該偷溜出營地，撞斷我的下巴；我不該讓妳白白送命。我好想妳，我好希望妳能原諒我。**他倏地睜開眼睛，抬頭瞪看銀毛星群。「請你原諒我。」他低聲道。

柳風轉頭舔舔他的面頰。綠葉季溫暖的和風輕輕吹拂，他們蜷起身子，一起睡在空地的邊緣處。被太陽曬得又乾又硬的地面傳來拖腳走路的聲音，吵醒了曲顎。曙光照亮營地。長老們

正要抬雨花的屍首出去埋葬。貝心和橡心看著他們，疲憊和憂傷朦朧了他們的雙眼。鳥歌和鱒爪幫忙將屍首扛上亂鬚那毛色漸白的厚實背上，橡心拖著腳離開，走回窩裡。貝心鑽進亂鬚旁邊，想幫他分擔重量。

棘莓從窩裡出來，朝送葬隊伍垂頭致意。她穿過空地，停在曲顎面前。他小心翼翼地站起來，不想吵醒還在旁邊打盹的柳風。

「她走的時候沒有痛苦。」棘莓低聲說道。「她昏了過去，根本不知道發生了什麼事。」

曲顎垂下頭。「妳只是在安慰我。」

「沒有！」棘莓退後一步。「我從來不撒謊。」

曲顎臉部肌肉抽了一下。他的話傷到她了。為什麼他老是說錯話或做錯事呢？「我……我只是……」

棘莓阻止他說下去。「曲顎，我們需要聊一下。」

「請所有會游泳的成年貓都前來集合，我有事宣布。」霰星的召喚打斷了她。

柳風爬了起來。「發生什麼事了？」

「我不知道。」棘莓低頭走開，留下曲顎愣愣看著她。她想跟他說什麼？

窩穴一陣窸窣，營地四周響起低語聲，族貓們開始集合。曲顎跟著柳風走到群眾後面。泥毛挪出空間給他們，他向曲顎垂頭致意。「對於你的喪親之痛，我深表遺憾。」

「謝謝你。」曲顎含糊回答。

「我們的心因悲傷而緊緊連在一起，」霰星開口道。「但也要化悲痛為力量。有一小塊領

地自始至終都屬於河族。它為我們帶來溫暖，也為我們遮蔭。現在該是讓那些吃松鼠的猥瑣傢伙知道那塊地究竟是誰的了。」

「陽光岩！」木毛大吼。「太好了！」

曲顎掃視空地，尋找貝心和橡心。他們不參加嗎？到處都看不見他們的蹤影。曲顎的尾巴垂了下來，沮喪至極。

「曲顎！」霰星喊道。「我要你加入隊伍，為陽光岩重新標上氣味記號。」他掃視其他族貓。「田鼠爪和泥毛，我要你們也加入。」

曲顎感覺到泥毛被河族族長點到名字時，突然愣了一下。泥毛的眉頭不悅地皺起。

莎草掌匆忙走了過來。「見習生不能參加嗎？」她喵聲道。

霰星搖搖頭。「我要的是營裡最強壯和最有經驗的戰士。我希望能在沒有阻力的情況下重劃邊界。但萬一碰到雷族的巡邏隊，也要讓他們嚐嚐河族尖牙利爪的厲害。」

黑掌揮揮尾巴。「我的牙齒也很利。」

「我們需要磨練戰鬥技巧！」陽掌在田鼠爪旁邊喊道。「如果我的導師要出任務，為什麼我不能跟去？」

霰星垂下頭。「以後還有別的機會，但這次戰役必須速戰速決，不是拿來訓練的。」他轉頭。「鴞毛、柔翅、矛牙，」他喊道。「你們是二軍，我的隊伍會直接游過去，你們從踏腳石那兒過來，等在陽光岩下面。要是遭到抵抗，我們會把雷族誘到那裡開打。」

曲顎突然興趣大增。如果他們能在陽光岩下方的突岩與對方較量，就能占有地利優勢。雷

族最怕掉進河裡，河族可以無所畏懼地放手一搏。

霰星繼續說：「我不希望流血，畢竟我們已經失去了雨花這位勇敢和尊貴的戰士。」附和的低語聲在族貓裡傳了開來。這時泥毛上前一步，抬高音量，壓過群眾的聲音。「就為了那幾塊石頭，值得我們再拿性命去賭嗎？」

霰星的目光倏地掃向老戰士，眼裡顯有驚色。「泥毛？」他似乎不明白這是怎麼回事。「你為什麼要反對？你向來不怕衝鋒陷陣的。」

曲顎瞇起眼睛。泥毛一向以膽識足和力氣大著名。他狠勁十足，會把戰士壓在水底，直到求饒為止。別族貓兒在大集會上都會小聲警告見習生，打仗時，千萬要避開泥毛。

泥毛垂下頭。「我不懂這種仗究竟值不值得一再重複開打。」他面無懼色地迎視所有族貓。

波爪嘶聲道：「這關乎我們的榮譽，打從一開始，陽光岩就是我們的，不容雷族奪走。」

霰星低下頭。「泥毛，你意思是說，你拒絕加入這支隊伍？」

「我會加入，」泥毛厲聲回答。「只要你下令，我就會加入。」

曲顎抬起鼻子。「我們什麼時候走？」

「現在。」霰星帶頭往入口走去。田鼠爪跟在他後面。曲顎來到泥毛旁邊。他想問這位老戰士，既然他覺得這場仗浪費時間，為什麼還要參加。

泥毛的目光瞥向旁邊。「別擔心，」他低聲吼道。「我會認真作戰。我不是膽小鬼，霰星是我的族長，就像他是你的族長一樣。」

到了岸邊，柔翅、鴞毛和矛牙快步離開，前往踏腳石處。霰星涉進水裡，開始游泳渡河。

太陽還沒爬上柳樹林上方。陽光岩被清晨的陽光染成玫瑰色，岩頂的露珠很快就化為烏有。曲顎緩步走進河裡，游向對岸，冰涼的河水令他精神一振。他從水裡爬起來，甩甩毛髮，跟著霰星、田鼠爪和泥爪攀上岩面。

他爬上岩頂，看見大片平坦的岩面和遠方幽暗的森林，心跳跟著加速。他甩開憂傷，蓄勢待發。這是一個他可以為部族奮戰的好機會。雨花會從星族那裡看著他嗎？也許這是個契機，他的母親會以他為榮。

霰星朝林子邊緣處的方向示意，曲顎立刻知道該怎麼做。他從岩石邊緣跳下來，循著貝心上次走過的小徑。霰星帶著田鼠爪走到陽光岩另一頭的邊界，曲顎則走向崖邊高聳的第一棵橡樹前，留下自己的氣味記號。泥毛則在旁邊的灌木叢留下氣味記號。他們沿著岩石底部的邊界走，輪流標出氣味記號，直到兩隊人馬在中間點會合。

「就這麼簡單？」田鼠爪瞪看著陰暗的林子。「雷族究竟要陽光岩做什麼？他們不是習慣生活在陰暗的林子裡嗎？」

「也許就因為這樣，才想利用陽光岩曬點太陽。」曲顎突然停了下來，因為林子線那頭的灌木叢正在窸窣作響。他聞到雷族的氣味。他退到邊界後面，嘴裡發出嘶聲。霰星蓬起尾巴毛髮。泥毛原地不動，露出尖牙。田鼠爪則豎起了頸毛。

「別忘了，如果他們挑釁，我們就把他們誘到岸邊，在河邊開打。」

突然蛇牙從林子裡衝出來，毛髮倒豎。曲顎繃緊肌肉，隨時準備衝向岩邊。

「我們知道你們想再把它搶回去。」蛇牙齜牙咧嘴，這時捷風、小耳、斑尾也跟著衝出灌

木叢。「真不知道要教訓你們多少次，才會讓你們死心，不再來搶我們的陽光岩？」

田鼠爪弓起後背。「這次我們會打敗你們的！」他瞥了霰星一眼。曲顎知道他正在等撤退的暗號，以便誘引不知情的雷族巡邏隊到河邊去。霰星抬起尾巴，作出準備動作。

泥毛上前一步。「夠了！」

霰星霍地轉頭。「你說什麼？」

蛇牙的黃色目光露出興味。捷風神情不安地看了同伴一眼。

「已經有太多鮮血濺灑在這些岩石上。」泥毛大聲說道。

捷風貼平耳朵。「這話聽起來好像不戰而降了。」

「我們沒有投降，」泥毛的目光移向雷族戰士。曲顎看得出來霰星肌肉繃得死緊，但仍站在原地等泥毛把話說完。「這些岩石屬於河族的，而且永遠都是河族的。」

蛇牙甩著尾巴。「休想！」他蹲伏下來，準備撲將過來。曲顎伸出爪子。

「等一下！」泥毛上前一步擋在中間。「如果你更有膽識，」他怒目瞪著蛇牙。「就讓我們把這件事一次解決掉。」

蛇牙的臉冷不防地湊了過來，嘴裡發出低吼。「我當然有膽識。」

「那就跟我決鬥，」泥毛的鼻子往毛髮張揚的雷族戰士移近。「我們來單挑。」

蛇牙瞪大眼睛，身子縮了回去。「就你跟我？」

「就讓我們各自代表自己的部族。」

蛇牙哼了一聲。他回頭瞥了同伴一眼。「這太容易了。」他的目光移向霰星。「你同意

嗎？」他的喵聲顯得猜疑，彷彿泥毛剛把一隻抓到的老鼠丟在他腳下。

霰星不安地移動著腳，看了泥毛一眼。然後上前一步。「我同意，」他吼道。「你需要先徵求陽星的同意嗎？」

「我現在暫代副族長，所以我說了算。」雷族戰士的黃色眼睛閃閃發亮，彷彿勝券在握。

泥毛退回亂石堆。蛇牙緩步跟上，帶著斑點的棕色毛髮下清晰可見肌肉不停起伏。捷風、小耳和斑尾散開隊形觀戰。霰星和田鼠爪站到泥毛後方，曲顎也加入他們。曲顎感到害怕，這比作戰還糟糕，因為他只能旁觀。**要是以後每場戰役都以這種方式開打，該怎麼辦？**他甩開這念頭。這根本不是正規的作戰方法。他覺得無助，心跳得厲害，僵在原地，神情不安。

泥毛繞著蛇牙轉。蛇牙貼平耳朵，嘶聲低吼，用後腿撐起身子，伸爪猛擊泥毛後背。泥毛翻滾在地，把雷族戰士撞倒在地。他們扭成一團，泥毛的利牙戳進蛇牙的肩膀。蛇牙尖聲大叫，好不容易掙開，倏地轉身，猶如蛇一樣靈活，撲了上來。泥毛及時跳開。蛇牙對準他的前腿，猛地一咬。泥毛以後腿撐起身子，伸爪擋開，卻被蛇牙伺機見到蒼白的肚皮，撲將上去，爪子一揮。泥毛尖聲慘叫，往後扑倒。

捷風和小耳及時跳開，泥毛落地，嘴裡呼嚕呻吟。蛇牙又撲了上來，但泥毛爬了起來，撐起後腿，迎戰虎斑戰士。只見利爪一陣亂舞猛砍，鮮血飛濺岩石，空氣裡充斥著可怕的尖叫聲。一隻八哥被嚇得撲撲飛離林子。

岩頂上傳來爪子摩擦岩石的聲音。曲顎抬眼看見柔翅、鴞毛和矛牙正擠在岩邊。「退回去。」他趕在他們跳下來加入戰局之前，及時出聲警告。

矛牙朝他眨眨眼睛。

「蛇牙在和泥毛單挑。」曲顎解釋道。

蛇牙正以後腳站立，發動猛烈攻擊，他不停揮爪，逼得泥毛節節敗退。河族戰士臉上血流如注，眼睛旁邊都是血。

這樣他怎麼看得見啊？別打了！

蛇牙繼續猛攻，把泥毛逼進角落。曲顎強迫自己不准妄動，但身上每吋肌肉都在嘶喊。泥毛這時突然反守為攻，大吼一聲，撲上去，及時撐起後腿，迎頭痛擊蛇牙。他的利牙戳進蛇牙肩膀，將他壓了下去，力道之大連肩膀肌肉都微微抖動。蛇牙在他下方扭動、尖叫，但他不肯鬆手。泥毛伸爪掐住雷族戰士的喉嚨，把蛇牙當條鱒魚一樣箝制在岩石上。

「認輸了嗎？」泥毛吼道。

蛇牙抬眼瞪著他，眼裡怒火熊熊。

「認輸了嗎？」泥毛抬高音量，又問一次。

「認輸了。」蛇牙的喘息聲低到幾乎聽不到。

泥毛放手，蹣跚後退，氣喘吁吁。鮮血從他身上流下。蛇牙蹲在沙地上，毛髮糾結成團。

霰星抬起鼻子朝天空大聲一吼：「陽光岩屬於我們的了！」

雷族戰士圍著蛇牙，護送受傷的戰士回到林子。曲顎看著他們消失在矮木叢裡，心裡一陣得意。蛇牙低估了泥毛的能耐。他瞥了河族那位老戰士一眼，本來以為會看見他眼裡得意的光芒，沒想到泥毛只是轉身，瘸著腳，慢慢走了回去。

第三十一章

「你為什麼要單挑？」波爪趁棘莓在為受傷的戰士塗抹藥膏時，這樣嘶聲問道。

泥毛甩開棘莓。「為什麼要讓那麼多戰士去冒險？已經有太多的鮮血濺在那些岩石上。」他目光掃過空地，看向小豹。「出兵作戰只會帶來更多戰事，我們自己去就已經夠糟了，竟然還得教我們的孩子怎麼打仗，然後眼睜睜看著他們受傷。」

曲顎瞇眼看著族貓。他們興沖沖地出來準備聽取霰星的戰果報告。大夥兒齊聚柳樹下，表情困惑，坐立不安。曲顎很高興不是只有他在擔心由兩名戰士各自代表部族單挑的這件事。泥毛拒絕進巫醫窩療傷，棘莓只好就地治療，她嘴裡邊嘀咕，邊試圖處理更深的傷口。

木毛對霰星吼道：「你為什麼允許他這麼做？」

霰星迎視他的目光：「我信任他，就如同我信任旗下所有戰士一樣。」

「他的確為我們贏回了陽光岩。」柔翅指出事實。

亂鬚將爪子戳進滿布灰塵的地面。「可是河族從來不靠這種方法作戰。」

「現在也不應該靠這種方法。」鱒魚插嘴道。

曲顎甩著尾巴。「這方法太懦弱了。」

泥毛霍地轉頭。

「我不是說你懦弱，」曲顎趕緊解釋。「而是要我在旁邊看同伴單打獨鬥，卻無法幫上忙，總覺得自己很孬。」

貝心上前一步。他剛剛才去埋葬雨花，腳爪仍沾著爛泥。「只要是戰士，都不喜歡這種袖手旁觀的感覺。」

霞星注視著泥毛，神情不安。「你是在懷疑同伴們的膽識嗎？」

「我從不懷疑！」泥毛全身毛髮倒豎。「我只是情願自己血灑陽光岩，也不要讓同伴白白犧牲。」

「這種事不可以再發生了。」杉皮擠到群眾前面來。「我們同屬一個部族，應該共同作戰。」

「杉皮說得沒錯。」霞星垂下頭。「和族貓們並肩作戰可以提振士氣。」

獺潑也擠到前面。「讓一位戰士單獨出戰，只會令其他同伴覺得自己懦弱。」

霞星用尾巴示意大家安靜。「今天泥毛展現了他不凡的膽識。河族感激在心。他幫我們奪回了陽光岩。但從現在起，我們要共同作戰。任何戰士都不可以再單打獨鬥。不管哪裡發生戰

事，都得並肩作戰。」

「河族！河族！」族貓們爆出歡呼聲。曲顎這才鬆了口氣。泥毛閉上眼睛，任由棘莓為他療傷。

「我們現在可以去陽光岩了嗎？」蘆葦掌懇求甲蟲鼻。

天掌興奮地繞著柔翅轉。「我從來沒去過那裡耶。」

「晚一點，」柔翅告訴她。「等妳清乾淨鳥歌的臥鋪再說。」

陽掌蹲在蛙掌後面。「小心！雷族來了！」她撲上蛙掌。「誰都不准搶走陽光岩！」他們跌倒在地，開始翻滾。

曲顎緩步走到貝心身邊。「你還好嗎？」他看了看他父親那幾根沾滿泥巴，已然裂開的爪子。

貝心點點頭。「我沒事。」

曲顎瞥了橡心的窩穴一眼。「我不知道橡心是不是還肯跟我說話。」他哥哥還在睡，對陽光岩的勝仗毫不在意。

貝心的尾巴輕輕撫過曲顎的腰腹。「他只是在氣頭上，等他不難過了，就好了。」他的眼睛猶帶淚光。「不過你恐怕早就忘了她以前有多愛你。」

我沒忘。那一瞬間，他彷彿又變回小貓，感覺得到雨花在旁邊看他玩耍，眼裡露出驕傲的光芒，他突然覺得心好痛。

貝心繼續說道：「她以前不會……」

「霞星！」泥毛的叫喊聲打斷了他們。

棘莓正在為這位戰士的後腿裹上蜘蛛絲。「別動！不然下次出征時腿就斷成兩半了。」

「不可能的，」泥毛冷靜說道。「因為我不想再當戰士了。」

什麼？

斜坡底的亂鬚和鱒爪同時轉身，豎起耳朵。正在獵物堆裡挑選食物的木毛也暫時停止動作，回頭張望，還用尾巴朝波爪和鴞毛示意。

霞星眨眨眼睛。當時他正坐在柳樹下，看著族貓們回到自己的日常崗位上。「你是當真嗎？泥毛？你現在這個年紀就搬進長老窩，不會太早了嗎？你比我還晚升上見習生。」

泥毛搖搖頭。「我不想當長老，」他解釋道。「我想當巫醫。」

棘莓用後腿坐下來，爪間仍沾著蜘蛛絲。「巫醫？」

泥毛垂下頭。「如果妳願意訓練我的話。」

棘莓站起身來。「我還在想有沒有誰有興趣當見習生呢，」她承認道。「我的工作太繁重了，的確需要見習生。」

霞星瞪著他的老朋友。「你確定？」他背上的毛微微顫動。

泥毛迎視他的目光。「我已經失去作戰的熱忱。現在的我對部族來說，只是個無用的戰士。」

「但你今天早上才幫部族奪回陽光岩。」

「我單挑的目的是不想讓他們上場作戰，」泥毛喵聲道，「可是他們都想。」他嘆口

氣。「我的爪子已經出鞘太多次。」他轉身對棘莓說，「現在我只想拯救生命，而不是摧殘生命。」

亮天！曲顎心想這位戰士恐怕還在哀痛他的伴侶貓。**眼睜睜看著她死亡，那種感覺一定就像我今天在陽光岩上觀戰的那種無力感。**

柔翅挨近木毛。「他可以這麼做嗎？他可以隨意更改自己的工作嗎？」

木毛聳聳肩。「我不知道，據我所知，河族從來沒碰過這種事。」

「他以前受的是戰士訓練！」甲蟲鼻皺起眉頭。

霰星迎視年輕戰士的目光。「他已經為部族付出許多，如果他願意的話，當然可以接受巫醫訓練，以不同的方式來服務部族。」

「謝謝你。」泥毛點頭，準備離開。

「等一下，」貝心攔下他。「我也有事要宣布。」

曲顎繃緊神經。**又怎麼了？**

「我想搬進長老窩。」

霰星驚訝地眨眨眼睛。

波爪衝上前來。「看在星族的份上，現在是怎麼回事？戰士全都要落跑了？」

泥毛繞著貝心轉。「我們沒有落跑。霰星會選出另一位像貝心一樣勇敢、忠貞的副族長。河族就像河水一樣不斷流動，但永遠不會改變。」

霰星坐了下來，看起來蒼老了許多。「貝心，我尊重你的決定。你已經為部族效命了那麼

久，當然可以搬進長老窩。」

河族族長為什麼不慰留他呢？曲顎瞪著自己的父親。為什麼貝心不先告訴他？橡心知道嗎？

貝心垂下頭。「謝謝你，霰星。」他規矩地回答。「找個年輕的副族長，一定會讓河族更加強大。」

柳風毛髮刷過曲顎。「你的父親只是忠於自己的想法。」

要是他的想法錯了呢？

「他這陣子瘦了不少，看起來很疲倦。」她繼續說道。

有嗎？

「我還以為你注意到了。」柳風用尾巴圈住他。

曲顎心煩意亂。「他生病了嗎？」

柳風聳聳肩。「也許只是體力不好。」

亂鬚緩步走上前來，推推貝心。「窩裡還有很多空間。」他沙啞說道。

鱒爪用尾巴朝老副族長示意。「過來看看吧。」他一跛一跛地朝斜坡走去，後腿不像以前那樣可以正常彎曲。「不過你可能得先習慣鳥歌的打呼聲。」

「我想我應付得來。」貝心跟在他的新室友後面喵嗚笑道。

「木毛、波爪、鴞毛、獺潑、矛牙、杉皮。」霰星召喚他的資深戰士。「來吧，在我決定誰是下任副族長之前，我需要先聽聽你們的意見。」他轉身朝族長窩走去。

「曲顎！曲顎！」莎草掌穿過空地，衝將過來。

曲顎趕緊跳起來。

「鱒爪說就要有新的副族長了，而且泥毛要去當巫醫了。」莎草掌翻翻白眼。「為什麼這些好消息都是在我去上穢物處的時候冒出來？」

田鼠爪緩步經過。「我才不認為這些是好消息。」他嘀咕道。

「哦。」莎草掌坐了下來。

柳風用鼻子輕碰年輕的母貓。「要改變並不簡單，」她喵聲道。「不過一切總會否極泰來的。」她看著曲顎。他想她這句話應該是說給他聽，而不是說給莎草掌聽。

蘆葦掌和肚掌朝他們的姊妹匆匆跑來。「他告訴妳了嗎？」肚掌質問道。

「我還沒問呢。」莎草掌喵聲道。

「那我來問。」蘆葦掌扯著地上的泥土。「和蛇牙的那場仗打得怎麼樣？」

「泥毛有沒有把他撕成碎片？」肚掌靜不下來。「有一天，我也要像他那樣單挑。」

田鼠爪彈彈尾巴，要他安靜。「以後不會再有貓兒像他那樣單挑了，」他告訴年輕公貓。「這不符合戰士守則，霰星已經明言禁止了。」

莎草掌點點頭。「我比較喜歡和同伴並肩作戰。」

「我們可以學一點格鬥招式嗎？」蘆葦掌懇求道。「昨天因為那條狗，害我們都沒機會學習。」

肚掌掃視空地。「橡心呢？」

柳風用鼻子指指他的窩。「在休息。」她告訴他。「他昨晚為雨花守夜。」

田鼠爪繞著見習生。「我帶陽掌去上課，」他告訴肚掌。「你可以加入我們。」他看了曲顎一眼。「你和甲蟲鼻要帶莎草掌和蘆葦掌一起來嗎？」

甲蟲鼻快步過來，聽見他們的談話。「好啊，」他瞥了瞥那群擠在族長窩附近的戰士們。「他們看起來好嚴肅。」

「他們在挑選新的副族長。」曲顎提醒他。

莎草掌從甲蟲鼻旁邊窺看。「我很好奇他們會選誰。」

甲蟲鼻聳聳肩。「也許是其中一個資深戰士吧。」他朝蘆葦叢缺口走去。「戰士守則上說，族長得在月正當中前決定，所以他們還有很多時間，我們還是先去上課吧。」

柳樹林裡仍聞得到狗的氣味。雖然那臭味已經淡了，但還是令曲顎不寒而慄。他跟著甲蟲鼻和田鼠爪走到營地上方的草地。陽掌、莎草掌、肚掌和蘆葦掌一路上仍爭吵不休，試圖猜測霞星會選誰當副族長。

「應該是木毛。」

「為什麼不選波爪？」

「波爪太老了，他會選獺潑。」

甲蟲鼻停在空地中央。「你們讓霞星自己決定好不好？你們只要專心上課就行了。」

曲顎坐立不安。新任副族長一定要資深戰士擔任嗎？

田鼠爪朝陽掌和肚掌彈彈尾巴。「來吧，我們去看看有沒有小鳥可以抓。」

「小鳥？」肚掌平貼耳朵。「又不是禿葉季。」

「這表示現在更容易抓到小鳥啊。」田鼠爪跳開來，一躍而過草地上一根覆滿青苔的腐朽木頭。

陽掌聳聳肩，跟上她的導師。「我們不但得學會抓河裡的獵物，還要會抓陸上的獵物。」她回頭朝後方喊道。

肚掌跟在她後面衝，這時甲蟲鼻把蘆葦掌朝一株多瘤的柳樹樹根處推。「我們來練習爬樹，」他喵聲道。「這裡的樹應該比山毛櫸林來得好爬多了。」

柳樹的樹枝較細，感覺不太牢固，但垂得比較低，很方便貓兒爬上去，就算掉下來，也不會那麼可怕。

「好啊。」蘆葦掌爬上樹幹，沿著一根最粗的樹枝慢慢走。

「我們也要爬嗎？」莎草掌問曲顎。

「不是現在。」曲顎用爪子搓搓鼻頭。既然其他見習生都在忙，索性利用這機會好好訓練莎草掌怎麼追蹤。他用尾巴示意，要她到林間空地。陽光透過細長銀白的葉子滲了進來，地上斑駁一片。他停下腳步，豎起耳朵。

「我們在聽什麼？」莎草掌問道。

「小鳥。」

「不是早就聽到了嗎？」每棵樹上都有小鳥在啼唱。

「我要聽的是可以被我們追蹤的小鳥。」曲顎蹲下來，「快蹲下來！」他彈彈尾巴。他們頭頂上的樹枝有隻雀鳥正跳來跳去。他可以聽見牠的翅膀在樹葉間撲撲拍打。他往後退到一株蕨叢底下。「先躲起來。」

莎草掌急忙躲進來，站在他旁邊，從蕨葉底下往外窺看。「你怎麼知道牠會從樹上飛下來？」她低聲問道。

「那裡有藍莓。」曲顎朝一株矮木叢示意，柔軟的葉子下方垂掛著暗色的圓形莓果。「那隻鳥正盯著它們看。」就在他說話的同時，翅膀一陣撲撲拍打，雀鳥落在莓果間，樹枝被牠的重量壓得垂了下來。

莎草掌倒抽口氣。「你怎麼會知道？」

「杉皮教我的。」還有雀斑。他好奇他那群老朋友的近況。**我敢說黑煤現在的個頭兒一定像戰士一樣高大。**曲顎看著那隻雀鳥在葉叢間跳了一會兒，這才把莎草掌往前一推。「去吧。」

「你要我去抓牠？」他感覺到她的毛髮都豎了起來。

「試試看。」他鼓勵道。

她呼吸急促，躡手躡腳地小心前進，肚子貼著地面。

「慢一點，」他低聲道。「不會有問題的。」

她停下腳步，穩住呼吸。曲顎看見她的腹部肌肉不再緊繃。她又往前推進，沒忘記尾巴

不能碰到地面，她匍匐穿越草地，盡量不發出聲響。曲顎開始緊張。莎草掌在莓果旁邊停下腳步，尾巴微微抽動，但又趕緊止住。她的目光緊盯那隻雀鳥。曲顎屏住呼吸。

突然莎草掌往前一躍，姿勢線條流暢，兩隻腳爪一把攫住雀鳥。雀鳥翅膀驚慌拍打，她隨即傾身咬斷脖子，得意洋洋地喵喵大叫，轉身面對曲顎，雀鳥軟趴趴地叼在她嘴裡。

「不錯！」他緩步上前，向她道賀，以她為傲。「真有妳的。」他才剛說完這句話，一個灰色的東西突然穿過空地。

松鼠？

曲顎追在後面。松鼠很少跑到河的這一頭來。牠跑過草地，像閃電一樣快。曲顎騰空一躍，從松鼠上方當頭撲下，致命一咬。

莎草掌亢奮地追在後面。「你抓到了！」她扔下她的雀鳥。「我從沒吃過松鼠欸。」

「以陸上獵物來說，牠的味道不難吃。」曲顎聞一聞，很喜歡這種溫暖的麝香味。牠和魚其實沒什麼兩樣，只不過他不確定老戰士會喜歡這味道。可是只要他回想起他和農場貓在一起的時光，便會忍不住想起他們在樹籬裡抓到的松鼠，他真想再多回味一點。

空地上細瘦的蘆葦影子越拉越長，柳風伸個懶腰。「他們現在應該決定好了。」她瞥了柳樹下的資深戰士們一眼。「太陽快下山了。」

曲顎聳聳肩。「還沒月正當中呢，他們有的是時間。」他試圖不去多想誰會取代他父親

的職位。但其實他比誰都想要副族長這個位置。如果由他來接，會嫌太早嗎？他甚至還沒幫莎草掌上完整套課程，而且很多戰士都比他有經驗多了。就連橡心的經驗都比他豐富。他感到焦慮。霰星不會選橡心吧？可是他曾經要橡心在大集會上發表演說。他甩開這念頭。

柳風喵嗚出聲。

「怎麼了？」

「莎草掌一直瞪著她抓的那隻雀鳥。」

莎草掌坐在見習生窩的外頭，眼睛一逕看著獵物堆。

曲顎的鬍鬚動了動。「她是在想誰會挑中那隻雀鳥。」

「她怎麼不自己吃？」

「我想她是在享受那種她終於有能力餵飽部族的成就感吧。」他朝柳風挨近。「那是她抓的第一隻獵物。」

「你跟我說過了。」

「我還以為她永遠學不會狩獵的竅門呢。」

「陸上獵物向來不太好抓。」柳風打個呵欠。「你能抓到松鼠，真是讓我們刮目相看。」

那隻松鼠就堆在爍皮和湖光抓來的魚堆上方。曲顎聳聳肩。「不曉得誰會想去吃松鼠。」

「我想灰池會很有興趣吧。」

曲顎沒有回答。霰星正走進營地中央。波爪和木毛跟在後面，獺潑、鴞毛和杉皮緊跟在後。曲顎坐了起來。各個窩穴窸窣作響，毛髮刷拂地面，族貓們正從各自的窩裡和進食的地方

走過來，打算聽族長的最後宣布。

霰星甩甩頭，搶先說道：「我們還沒有作出決定。」他喵聲道，聲音顯得疲憊。

迴霧甩著尾巴。「你八成餓了。」她朝獵物堆的方向示意。「有很多吃的。」

「好吧，」霰星舔舔舌頭。「等我們吃飽了再決定。」

他往獵物堆走去。正當他快走到時，突然愣在原地，背上的毛髮全聳了起來。「棘莓！」他大喊道，眼睛仍盯著那堆獵物。

曲顎衝過空地。在那個當下，他心想會不會是魚堆裡的那隻松鼠嚇到了老族長。棘莓從窩裡衝出來，在霰星旁邊剎住腳步。她循著他的目光看過去，毛髮跟著豎了起來。

「這代表什麼意思？」霰星低聲道。

曲顎瞪著獵物堆上的松鼠。松鼠的下巴早被扭斷，只剩肌腱連著上下顎，以致於嘴巴開張得很不自然。它那張斷了下顎、已然扭曲的臉似乎正瞪看著驚駭不已的貓兒們。

「那是曲顎抓到的獵物。」迴霧低聲說道。

霰星嗅聞了一下獵物堆，然後抬起頭來。「這是預兆！」他大聲說道，兩眼發亮。他的目光移向曲顎。「是你！」他吼道。「你就是新任的河族副族長！」

第三十二章

鳥歌從驚愕的群眾裡擠過來。「他太年輕了！」

「他已經當戰士當了好幾個月了！」柳風反駁道。

霰星用眼神示意大家安靜。「這是星族的旨意。」他朝曲顎垂下頭，聲音平板。「我不能改變祖靈的意願。」

曲顎突然感覺到幽靈般的毛髮輕輕滑過他腰腹。楓影的氣味。是她給的預兆嗎？他的情緒高昂起來。所以真的是星族給的預兆。

「快去霰星那兒！」柳風將曲顎推到前面。「快去接受你的新職位！告訴他你願意擔任副族長。」

莎草掌擋在他前面。「那我就是副族長的見習生了！」她挺起胸膛。

田鼠爪朝曲顎點個頭。「真有你的！」

甲蟲鼻哼了一聲。「真是料想不到，以前在育兒室裡，你的個頭兒最小。」

「現在他是族裡個頭兒最大的貓，」杉皮喵嗚道。「恭喜你，曲顎，這是你應得的。」

是嗎？曲顎茫然看著族貓。

「他一點經驗也沒有。」鱒爪低聲對鳥歌說。

木毛抽動著尾巴。「他只有一次上戰場的經驗。」

爍皮瞪著獵物堆。「我們可以吃掉預兆嗎？還是我們應該去抓更多的魚？」

灰池從她身邊走了過去。「何不問問我們新任的副族長？」她眼裡黠光一閃。「恭喜啦！」

「曲顎！」他聽見橡心的喵聲，立刻轉過身來。他哥哥穿過群眾。「你會是個稱職的副族長和偉大的族長。」他用鼻子觸碰曲顎的面頰。「我會永遠對你效忠！」

曲顎不再感到茫然。橡心的目光誠摯溫暖。**他終於不再對雨花的死耿耿於懷，他原諒我了！感謝星族！**「謝謝你。」他低聲道。

貝心慢慢走上前來。「我以你為榮。」

曲顎抬頭望向銀毛星群。**雨花，妳也以我為榮嗎？**

有隻尖銳的腳爪正戳著他。「你得告訴霰星你願意接受。」柳風提醒他。

曲顎走進柳樹暗處。族長窩入口的青苔簾幕正在風中微微顫抖。曲顎停下來，穩住腳步。

「你不明白！」棘莓急迫的喵聲從窩裡傳來。

霰星回答道：「到底要明白什麼？」

「那不是來自星族的預兆！」

曲顎的心臟彷彿停止跳動。

「那這些預兆是從哪兒來的？」霰星厲聲問道。

棘莓的喵聲帶著驚恐。「先讓我去月亮石吧。」她懇求道。

「月亮石？」霰星的語氣疑惑。「預兆就是預兆，不管從哪裡來的都一樣。妳是不是有什麼事瞞著我？」

曲顎衝了進去，眼帶譴責地看著棘莓。「妳這是什麼意思？妳不想要我當副族長嗎？」

棘莓眼眸中幽光一閃。「我當然希望你當，」她在發抖。「只是……」她的聲音越說越小。

「只是什麼，棘莓？」霰星坐在族長窩的最裡面，只能隱約看見他的灰色身影。「如果妳從星族那兒聽到了什麼，你要告訴我啊，」他瞥了曲顎一眼。「告訴我們。」

「還沒。」她閉上眼睛。「也許一切都沒事。」她眨眨眼睛，然後瞪著曲顎。「你就像其他戰士一樣強壯結實、戰技精良。只要你做出正確的決定，也許就不會有什麼問題了。」霰星還來不及開口，她就鑽出了族長窩。曲顎很想跟上去，他想要她說清楚她到底在擔心什麼？

「所以你願意接受？」

「啊？」

「你願意接受副族長的職位？」霰星的厲聲詢問把曲顎的思緒拉了回來。

他不安地蠕動著腳。「你還肯接受我嗎？」棘莓沒讓他打消原意嗎？

「那個下巴歪扭的預兆是讓我嚇了一跳，」霰星喵聲道。「我知道你還太年輕，但你有很大的潛力。曲顎，你已經克服許多困難，成為河族引以為傲的戰士。我一直認為你有一天會當

上副族長……甚至族長。」他聳聳肩。「不過也許沒那麼快，但如果你想要……」

「想要？」曲顎眨眨眼睛。「我當然想要，這是我最想要的。」

霰星瞇起眼睛。

曲顎滔滔不絕。「對我來說，這世上最重要的莫過於我的部族。我知道我還年輕，但我保證我會努力學習，讓自己更有智慧、更強壯，我會盡我一切所能協助部族。」對楓影的承諾在他耳裡迴盪。**我對部族的效忠將勝過於一切，我的得失並不重要，一切以部族為優先。**

霰星輕輕刷過他身邊，低頭走出族長窩，曲顎全身亢奮。

「來吧！」河族族長彈彈尾巴，朝他示意。

月亮冉冉上升，月光下的綠色蘆葦散發出近乎藍色的光芒，柳樹枝正隨風低吟。空氣很是溫暖，曲顎聞得到河水的味道。他的族貓排排站在空地上，靜靜看著霰星帶他走到營地中央。

「貝心！」河族族長呼喚前任副族長前來。

貝心緩步上前會合。他站在族長面前，凌亂毛髮下的背脊清晰可見。

霰星低垂著頭。「貝心，我代表河族謝謝你多年來的全心效忠與經驗智慧。面對責任，你從不退縮，總是勇往直前，盡忠職守，希望你未來能在長老窩裡好好頤養天年。」

莎草掌跳上前來。「我保證會經常打掃你的臥鋪，幫你抓蝨子。」

木毛拉住他女兒的尾巴，把她拖到後面。「噓……」

曲顎忍住笑意，這時霰星繼續莊嚴地說：「希望你能把你的經驗傳承給大家以及未來的小貓。我們還有很多功課需要向你學習。」

「貝心！貝心！」族貓們呼喊他的名字，曲顎喊得最大聲，因為他是他的父親，也是他的良師益友。

「曲顎！」霰星用尾尖碰觸曲顎的肩膀。「從今天起，你將擔任河族的副族長。星族已經賜福於你，希望你不要辜負祂們的期望以及我們的期望。」

曲顎瞥了棘莓一眼，她正坐在巫醫窩外的陰影處，瞪著自己的腳爪看。

霰星的眼神黯了下來。「我只剩下第九條命了。說到族長這個位置，你的年紀或許還太輕了一點。所以我祈求星族能在未來幾個月賜與你力量與智慧。」

「曲顎！曲顎！」他聽見族貓們熱情的歡呼聲，橡心的叫聲尤其響亮，沒有妒嫉，只有驕傲。柳風從空地邊緣看著他，眼裡映著袤廣的星空。曲顎深吸一口氣，嗅聞河水、蘆葦和柳樹的味道。這些現在全都是他的了，以前是，現在更是了。他挺直背脊，抬頭望向星空。**謝謝祢，星族，我保證我不會讓祢們失望。**

典禮過後，他的族貓都圍著他道賀和閒聊，直到月正當中才散去。

「我們是不是得幫你蓋一座大一點的窩？」花瓣塵喊道，這時候的曲顎正疲倦地慢慢走回自己的臥鋪。

橡心吞下最後一口食物。「也許我應該在你臥鋪上放點天鵝羽毛？」他取笑道。

曲顎好笑地喵嗚一聲，但總算放下心來，他爬進窩裡的暗處，蜷伏在柳風旁邊的臥鋪裡。

「晚安。」他低聲道，柳風這時也依偎了過來。他閉上眼睛，卻又馬上驚醒，因為有隻腳爪正在戳他腰腹。

「楓影？」他蹣跚站了起來。

橘白相間的母貓緩步穿過陰暗的空地，她甩打著尾巴，空氣裡的薄霧被攪打成漩渦狀。

「我告訴過你我答應你的事，一定做到！你沒有讓你母親的死妨礙你對部族的效忠。你選擇拯救族貓，而不是她！所以你現在成了副族長。」

曲顎瞇起眼睛。**我沒有選擇什麼。**他母親的死和他當不當上副族長沒有關係。他開口想爭辯，但楓影得意到沒空理他。

「我告訴過你我會獎勵你。千萬不要小覷我的能耐！」

「所以是妳給的預兆？」

她沒有回答。「來吧，有隻貓我想介紹你認識。」

是雨花？他興奮到心微微刺痛。她現在應該在這裡，在星族的狩獵場上。楓影走進霧裡，他追在後面。結果她帶他進入另一座林子的空地，那裡的灰色樹木沾滿黏泥，而且這座空地充其量只算是林子裡的一個小缺口。

「她在哪裡？」

「她？」楓影嗤之以鼻。「你在說什麼？」她朝兩隻正從空地盡頭枯萎的蕨叢後方走出來的公貓點頭示意。曲顎立刻認出對方。

薊爪！雷族戰士停在他的導師旁邊……那隻毛髮蓬亂的淺灰色虎斑貓，上次也是他在訓練薊爪。而薊爪也瞪著曲顎看。

「就是他？」毛髮蓬亂的公貓咕噥道。

「銀鷹，上你的課吧。」楓影命令道。

曲顎衝到她面前。「他們為什麼在這裡？」

她哼了一聲。「當然是來幫助你學習的。」她的尾巴甩過他的耳朵。「注意看！」

銀鷹蹲伏下來，朝薊爪咆哮。薊爪伸出爪子，嘶聲回應。他們彼此繞圈，眼睛瞇成細縫。突然，銀鷹衝了上去。薊爪低身閃過，他的導師張嘴露出尖牙，在稀薄的空氣裡猛地一咬。

「你以為你可以輕易扳倒我嗎？」薊爪嘶聲道。

銀鷹把身子蹲得更低。「有膽你再說一遍看看……」

「你以為……」

薊爪話還沒說完，銀鷹便撲上他，爪子戳進薊爪的肩膀。曲顎看見血從針狀的灰白相間毛髮裡湧了出來，不禁倒抽口氣。薊爪嗥叫出聲，四隻腳在地上一陣亂扒，試圖想抓住什麼，但銀鷹把他翻了過去，擋掉那兩條胡亂揮打的後腿，撲向薊爪的脖子，旁觀的曲顎嚇得喘不過氣來。他嘴一張，尖牙就要去咬薊爪的喉嚨。

不！他會讓他一命嗚呼。曲顎正打算衝上前去，卻被楓影前爪狠狠一揮，打了回來。

「等一下。」她吼道。

銀鷹放開薊爪。雷族戰士跳了起來，無視身上流淌的鮮血。「讓我試試看你那一招吧！」他懇求道。「我想我知道怎麼做。」

曲顎驚恐地瞪大眼睛。「你在教他怎麼殺死對方？可是這有違戰士守則！」

薊爪瞄了他一眼，目光鄙夷。「如果你不想只當戰士，」他咆哮道，「就得放遠目光，不

要拘泥於戰士守則。」

銀鷹走上前來。「勝者為王，」他嘶聲道。「敗者為寇。」

薊爪偏著頭。「你要我秀給你看怎麼咬才能讓對方一命嗚呼嗎？」

曲顎縮了回去。「不要！」

薊爪瞇起眼睛。「不要是什麼意思？你為什麼不想學這種厲害的招式？」他表情困惑。

曲顎退後兩步，毛髮沿著背脊倒豎起來。「我不曉得星族竟然這麼嗜血！」

「星族？」薊爪瞇起眼睛。「你這個鼠腦袋！這裡不是星族！那些自以為了不起、牙都掉光的笨蛋才不會教你這種有用的招式。」

「這裡不是星族？」曲顎心緒紊亂。「那……這裡是哪裡？」

銀鷹從薊爪旁邊擠了過來。「這裡是黑暗森林，如果星族不接納你，你就只能來這裡。」

曲顎霍地轉身。樹木從四面八方陰森逼近，霧氣氤氳，黑影幢幢，彷若陰魂不散。有聲音自幽暗處傳來，是他聽不懂的哭嚎與低吟。他呼吸急促、血液急衝腦門，霍地轉身瞪著三名戰士。他們眼帶威嚇，緊緊盯著他。曲顎神情一凜，憤怒令他勇氣倍增。「妳騙我！」他對楓影呸口道。

「我從來沒有告訴你這裡是星族，」她圓滑地說道，然後上前一步。「你為什麼那麼生氣？你現在是河族的副族長了，你擁有了你所要的一切。你能得到它，全是因為我在訓練你，我在鼓勵你。我做的比你母親還要多。」

「不要說了！」曲顎伸出爪子。

楓影繞著他走，毛髮服貼，尾巴在後面甩打。「你的母親絕對不會用預兆暗示你的部族選你當副族長，我說的對不對？」

「所以是妳給的？」

「當然是我！」楓影的喵聲尖銳。「你以為霰星沒得到預兆會讓你當上副族長？你連一場仗都沒打贏過！」

薊爪嘶聲說：「他已經是副族長了？」他瞪著銀鷹看。「你也會這樣幫我嗎？」銀鷹的前爪如閃電般揮向他，害薊爪踉蹌後退，好不容易才穩住腳步，銀鷹的臉立刻湊過去。「你要學的還很多！」他呸口道。「小子，等時候到了，我自然會告訴你。」

曲顎搖搖頭。「我不想學殺戮。」他低聲道。

楓影朝他射出怒火。「但你答應過我，我說什麼，你就做什麼。」她低聲提醒他。「你答應過我，只要能成為河族有史以來最偉大的戰士，什麼犧牲你都願意。」

「我知道，我永遠會把我的部族擺在第一位。」曲顎知道他得逃離這裡。「謝謝妳幫助我當上副族長。」他往後退出空地，毛髮刷拂過黏滑的樹幹。「不過我想我現在沒問題了，不用再來這裡了。」

楓影的眼神漸黯，變成兩顆黑洞。「什麼叫做你不用再來？你甩不掉的，曲顎，已經來不及了。你給過我承諾，我一定會要你履行。」

第三十三章

四喬木四周的山谷鑲了一圈月光，四大部族被染成銀白，連巨岩也沐浴在月光下。曲顎站在其他副族長中間，不安地蠕動著四隻腳，影子放大投射在身後的岩石上。

「霰星為什麼會選你當副族長？」蛇牙在他耳邊嘶聲說道。「你根本還不夠資格。」

曲顎強壓下怒氣。他不想第一次以副族長身分參加大集會時就和他們傷了和氣。影族前副族長石齒從眼角餘光瞥了他一眼。蘆葦羽轉身背對他，顯然這位風族副族長仍沒原諒河族把他女兒偷回去的事實。

曲顎掃視群眾，尋找橡心。他在哪裡？他之前不是急著想來參加大集會嗎？難道他不想親眼看見他弟弟在其他部族面前正式宣布當上副族長？失望像石頭一樣壓在他胸口。柳風留在營地，沒能來四喬木，因為她腳墊被割傷，傷口很深。她是在抓一條大鱒魚時，從岩石上失足滑下。幸好有棘莓，傷口癒合得還算好，

但是不能長途跋涉來參加大集會。貝心也沒來。他臥病在床，肚子裡長了瘤，待在長老窩裡。他拜託棘莓給他吃增強體力的藥草，讓他來參加大集會，但她堅持他得待在營裡休息。曲顎抬眼看了看銀毛星群。也許雨花正看著他。

霰星開始發表演說，他抬高音量，蓋過大橡樹的窸窣聲響。「貝心這個月退休，搬進長老窩。」河族族長暫停一下，貓群竊竊低語。曲顎抬高下巴，心跳得厲害。「現在由曲顎擔任河族的副族長。」

「曲顎！曲顎！」

他的族貓們都在歡呼他的名字，他豎起耳朵，心中暗自祈禱其他部族也加入歡呼的行伍。他聽見影族加入了，接著風族和雷族也跟著加入，這才放下心中一塊大石頭。

「曲顎！曲顎！」

喜悅彷彿正在他毛髮下滋滋作響。他們都在為他喝采！

一雙琥珀色的眼睛在群眾裡一閃而逝，薊爪正不發一語地瞪著他看。曲顎愣了一下。自從他知道那裡不是星族的狩獵場後，就再也沒去過黑暗森林，每次快要進入夢鄉時，都會全身發冷地被嚇醒。他怎麼會這麼笨？他再也不會去那種地方了，他再也不會跟楓影說話了。

她為什麼要幫忙我當上副族長？自從那天晚上過後，這問題就一直在他心裡縈繞。她不能強迫我做我不想做的事。他把爪子戳進溫暖的泥地裡。**我一定會成為河族有史以來最了不起的副族長，必要的話，我願意用生命保護我的部族。**

薊爪的目光仍鎖定在他身上。他知道我去過那裡。薊爪點點頭，彷彿曉得曲顎在想什麼。

他以為我們是盟友嗎？

休想！

曲顎朝蛇牙轉頭。這位雷族的代理副族長知道他有個戰士正在黑暗森林裡受訓嗎？陽星知道嗎？也許整個雷族都在學習如何殺戮。

歡呼聲漸漸消失，族長們紛紛從巨岩上爬下來。

「表現得很好。」霰星在曲顎旁邊落地。他彈彈尾巴示意。「過來見見……」

曲顎打斷他。「我想先去找橡心。」

霰星轉過頭來。「出了什麼事嗎？」

「沒事，等我找到他，我再去找你。」

曲顎從巨岩下方的群眾裡擠出去。這是個溫暖的夜晚，大家似乎不急著回去。

「恭喜你！」影族的冬青花低頭閃開一群戰士。「之前才看你當上見習生，沒想到現在就變成副族長了。」

憩尾停在曲顎旁邊。「我想這都是星族的旨意。」河族母貓低聲說道。

冬青花豎起耳朵。「有預兆是嗎？」

「這其實很……」

「沒什麼啦。」曲顎突兀打斷，阻止憩尾說下去。他不想把星族牽扯進來。

「究竟是什麼預兆？」風族的高尾過來找冬青花。

憩尾瞇起眼睛。「曲顎這麼年輕，大家自然會議論紛紛是因為星族的關係，好奇祂們是怎

麼挑上他的。」她瞥了曲顎一眼，顯然明白他不希望她再說下去。「我真不懂這有什麼好大驚小怪的，他本來就是我們族裡最強悍的戰士。」

蛇牙從群眾裡擠出來。「真的嗎？我還以為他從來沒參加過任何一場戰役呢。」

冬青花彈彈尾巴。「沒想到你被一隻巫醫打敗之後，嘴巴還能這麼厲害。」

蛇牙沉下臉。「他那時候還不是巫醫。」他憤怒地朝泥毛的方向瞪了一眼。

棘莓正在向其他巫醫介紹她的新見習生。這半個月來一直在接受訓練的泥毛非常認真學習，經常繞著營地轉，嘴裡唸唸有詞各種藥草名，試圖記在腦子裡。

影族戰士鴉尾和拱眼停在曲顎旁邊。「恭喜。」拱眼垂頭致意。

「很高興見到這麼年輕有為的貓。」鴉尾補充說道。

「謝謝你們。」曲顎的目光越過他們，在貓群裡尋找橡心的身影。

「我現在有點事。」他藉口告退，擠進群眾裡。橡心正在空地邊緣踱步。

「原來你在這裡！」曲顎彈彈尾巴，和他打招呼。

橡心對他眨眨眼睛。「我不在這裡，會去哪裡？」

「我在貓群裡找不到你。」曲顎注意到他哥哥的毛髮有點亂。「你還好嗎？」

「我很好啊，怎麼可能不好？」

他是在妒嫉我當上副族長嗎？自從營裡的受封大典過後，曲顎一直不願思考這問題。橡心似乎很為他高興，但今晚他顯然在躲他。「你剛有沒有看到霰星宣布我是河族的新任副族長？」他仔細端詳橡心。

橡心回頭瞥看山谷旁的灌木叢一眼。「有啊，很棒！」

曲顎不相信他。「你是在妒嫉我嗎？」他脫口而出。

橡心抽動尾巴。「妒嫉？沒有啊！」他挺直身子。「我很以你為榮，曲顎。你一直很想當上副族長。這是你應得的。你會成為偉大的副族長，甚至是偉大的族長。」

「真的？」

「真的。」橡心喵嗚道。「我從來不想當副族長。」

「可是你說過你以後想當族長。」

「每個見習生都會說他們希望有一天能當上族長。」

曲顎這下總算放心了。

「他們要走了，」橡心說道。河族的隊伍正往斜坡上移動。「我等一下就趕上去，」他承諾道。「我還有件事沒做。」

曲顎匆匆回到族貓那裡，走在棘莓和泥毛旁邊，他們正抵達山谷的頂端。

「今晚真有意思，」泥毛喵聲道。「河族現在有了一位有史以來最年輕的副族長和一位有史以來最老的巫醫見習生。」

曲顎喵嗚一聲。「你覺得其他巫醫怎麼樣？」

「我喜歡羽鬚。」泥毛回答道。

「你見過鵝羽了嗎？雷族前任的巫醫？」棘莓問道。「他已經搬進長老窩了。」

「哦，是啊，我總覺得他那樣了活像是從刺藤叢裡被拖出來一樣。」

「泥毛！」憩尾在隊伍前面喊他。「過來試試你新學到的醫術，甲蟲鼻一直在打嗝。」

泥毛匆忙離開，留下棘莓和曲顎並肩而行。沉默像第三個戰士一樣走在他們中間。當他們進入雷族林子的陰暗處時，他看見她的毛髮都豎了起來。他很想消除她對他的疑慮，但他現在已經知道楓影的真正背景，自然也就不敢再問棘莓有關預兆的事。要是她知道他一直在和黑暗森林的戰士碰面，不知道會作何反應？

但我只效忠我的部族，這沒有什麼好隱瞞的！只是為什麼他一想到這件事，就慚愧到毛髮微微刺癢？曲顎忍不住了，終於打破沉默。「有沒有什麼藥草對貝心會有幫助？」這是個蠢問題，因為他知道她什麼方法都試過了。

「我打算再多給他一點罌粟籽。」棘莓喵聲說道。「他一直在忍痛。」

「他需要多久才會好？」

她沒有回答。

曲顎突然覺得自己的肚子裡也長了一小塊硬瘤，就像才剛吞下一顆石頭似的。「他不會好起來了，是不是？」

「是啊，」棘莓的喵聲像風一樣輕柔。「我以前也見過長這種瘤的貓，一點倖存的機會都沒有。這種腫瘤只會讓戰士病入膏肓，有如霜雪中的鮮花逐漸凋萎。」

橡心在哪裡？曲顎想找他哥哥分憂，但另一方面又想保護他，盡量不讓他知道。先是雨花，現在是貝心。

他感覺到棘莓的毛髮輕輕刷過他的。「很抱歉得讓你經歷這些。」她低聲道。

那一瞬間，他們之間好像不再有隔閡。但這時曲顎突然又想到那隻下巴斷裂的松鼠，那是黑暗森林的貓給的預兆，不是星族給的。如果棘莓還不知情，那他最好想辦法別讓她知道。他從她身邊走開，因為他擔心她會從他身上嗅到蹊蹺。

曲顎穿過營地入口，大集會把他折騰得好累。莎草掌和陽掌仍等在陰影處。

「怎麼樣？」莎草掌吱吱叫。

「我們下次可以去嗎？」陽掌懇求道。

曲顎走過他們身邊。「去問霰星。」

柳風從窩裡緩步出來。「還順利嗎？」她打個呵欠。

「妳回去睡覺，」他喊道。「我早上再告訴妳。」他匆匆穿過空地，爬上斜坡，低頭鑽進長老窩，月光從屋頂流洩而下，他在月光裡探看。「貝心？」他低聲道。

「曲顎，」鳥歌撐起身子。「他一定很高興你來看他，他正掛念著大集會上的你呢。」她的毛髮刷拂著他的，帶他從鱒爪的臥鋪旁邊走過去。

「他看到你之後，就不會再叨唸個不停，能乖乖去睡覺了。」老公貓嘀咕道。

「別理他，」鳥歌低聲道。「他才愛聽貝心講故事呢。」

貝心抬起頭來。「曲顎？」

「他是來告訴你大集會的事。」鳥歌搓搓曲顎的面頰，然後才緩步走回自己的臥鋪。

貝心躺在月色下的臥鋪裡，身軀看上去好小，毛髮扁塌，肋骨清晰可見。「過來躺在我旁邊，」他嘶啞說道。「這裡好冷。」

他感覺不到綠葉季和風的溫暖嗎？曲顎爬進他父親的臥鋪，蜷伏在他旁邊。「霰星告訴他們我是副族長了。」他向他報告。

貝心突然喵嗚地笑了。「我以你為榮，雨花也會以你為榮的。」

不，她不會。她總是能找到理由來嫌棄他。

他感覺到他父親的鼻息吐在他臉上。「我很抱歉，曲顎，她對你太嚴厲了。」

看在星族的分上，我是她兒子。他的喉間一陣酸苦。

「她錯了，」貝心的喵聲輕柔。「從我認識她以來，她個性就是這樣，死不認錯。」他停了下來，彷彿想起以往的爭吵，那時他們都還年輕，個性都倔。「她會知道她錯了，我敢說她現在一定在星族那兒看著你，懊悔當初的偏見。」

曲顎的背脊突然一陣涼。**也許雨花正從星族那兒看著我，但又是誰在黑暗森林裡監看著我呢？**

第三十四章

柳樹枝在冷風肆虐下無助地揮打。蘆葦叢咯咯作響，隨著洶湧河水不停擺盪，河浪拍岸，捲走岸邊小石子。曲顎看著腳下奔流的河水。在他身後，寒風呼嘯穿過陽光岩的縫隙。他低頭退了回去，挨著崖壁躲雨，渾身發抖，用尾巴緊緊圈住自己。這時他瞄見有顆頭顱在水流裡載浮載沉，朝他游來。

柳風。

她撐起身子，從水裡爬上岸，甩甩毛髮。「原來你在這裡。」她伸出鼻子輕觸他的。「我還在擔心你呢。」

「我沒事，」曲顎眨眨眼睛。「他以前喜歡坐在這裡看著河水。」

「你是說貝心？」

他點點頭，他的心又痛了起來。「也許他的靈魂會回到這裡抓魚。」三個月前，他在長老窩裡陪著父親躺在臥鋪裡。一個月過後，他父親就過世了。

「星族那裡的河水不是很溫暖嗎？」

曲顎吞吞口水。「可是他會想念家鄉這條河，不是嗎？」

柳風在他旁邊坐下來，偎著他。「我相信他一定常常從星族那兒看著你。」她彈彈尾尖。「他會想知道他兒子們的近況。」

曲顎的喵嗚聲梗在喉嚨裡。柳風突然愣住。「那是獺潑嗎？」

黃白相間的母貓正游河過來。她從水裡跳出來，眼睛發亮。「雷族戰士正穿越踏腳石。」

「現在？」曲顎繃緊神經，環顧河流彎處。

「他們很快就到營裡了。」獺潑催促道。「霰星要你快回去。」

曲顎已經潛入水裡。他身手熟練地在水中划游，輕鬆穿過急水處，爬出水面。他回頭看了看獺潑和柳風，確定她們平安渡河，這才朝營裡奔去。縱然隔著霏霏細雨，他仍聞得到雷族的氣味。他們正朝這頭來。他沿著草徑轉向，衝進營裡。

霰星正緩步走在空地上，毛髮倒豎。莎草溪和蛙跳挺起胸膛，顯然急著想證明他們不會辜負剛得來的戰士封號。柔翅瞪大眼睛站在育兒室外，她的伴侶貓鴞毛蹲在她旁邊，緊盯入口，當柳風和獺潑衝進來時，他立刻站起來問道：「你們看見他們了嗎？有多少隻貓？」

「他們在哪裡？」霰星問獺潑。

「正朝這個方向來。」

迴霧嘶聲道。「他們真大膽，竟然敢踏入我們的領地。」

波爪甩打尾巴。「我要加入戰鬥隊伍。」

「我也要！」木毛跟在杉皮後面跑上來。莎草溪和蛙跳也跟著衝過來，兩眼晶亮。

霰星揮開他們。「等一下，」他吼道。「也許他們不是入侵。」

「不可能是入侵，」颼尾繞著她的族長轉。「他們不會在大白天入侵的。」

「那為什麼他們要來這裡？」木毛吼道。

曲顎瞥了入口一眼。「我會想辦法趕在他們抵達營地前，先攔下他們。」

霰星平貼耳朵。「帶波爪和獺潑一起去。」

「橡心呢？」曲顎掃視營地。

「去抓魚了，」迴霧告訴他。「他和湖光、櫟皮天剛亮就出去了。」

「找到他，把這件事告訴他。」曲顎下令道。

迴霧點點頭，往入口走去。

「別走那裡，」他斷聲道。「我不希望妳撞見雷族，從蘆葦灘那邊出去。」

迴霧滑進水裡，消失在蘆葦叢間。

曲顎用尾巴示意獺潑和波爪。「我們去看我們的訪客吧。」他帶隊穿過隧道。

霰星隨後厲聲下令。「叫長老們待在窩裡不要出來，」他吼道。「好好防守，我要三名戰士守在育兒室旁。」

曲顎在細雨中瞇起眼睛，再轉個彎，就可能遇見雷族的隊伍了。他伸出爪子。他絕對不准任何雷族戰士越雷池一步。

「我聽見他們的聲音了。」獺潑停下腳步。

曲顎豎起耳朵。入侵者正在閒聊，彷彿是來拜訪室友似的。他大吼一聲，豎直頸毛，繞過角落，衝上前去。雷族族長用尾巴向他的隊伍示意。

曲顎伸出爪子。「你們到河族領地來做什麼？」

藍毛、白風暴、鶇皮和獅心在他們族長後方呈扇狀散開，但曲顎兩眼仍緊盯著陽星。

「我們想找霰星談一下。」雷族族長的語氣聽起來像是要找室友分一塊獵物吃似的。

「要談什麼？」獺潑伸長鼻子。

陽星瞇起眼睛。「妳要我把對妳族長的談話內容先跟妳報告嗎？」

獺潑朝對方咆哮。

曲顎用尾巴示意母貓後退。「你以為我會就這樣帶你從我們的營地進入？」

「我們看起來像是來打架的嗎？」陽星回頭瞥了他的戰士們一眼。他們的毛髮服貼，目光好奇。藍毛正低聲對白風暴說話。

曲顎偏著頭。「就憑你們這幾個想踏平我們的營地？門兒都沒有。」他同意道。**除非別地方還藏有第二支隊伍**。他嗅聞空氣，可是什麼也沒聞到。

陽星抬起下巴。「我們只是有事商量。」

曲顎點點頭。他的部族必然已經嚴陣以待。「跟我來。」他轉身帶隊朝營地走去。後面跟著雷族戰士，令他很不自在，但他還是強迫自己不要豎起頸毛。雨水劈啪打在四周，他們正循著小徑穿過蘆葦叢。曲顎先走進空地，獺潑和波爪跟在後面壓隊。

木毛和鴞毛正在蘆葦灘旁警戒，頸毛豎得筆直。大肚、陽魚、莎草溪和蘆葦尾守在育兒室

附近。柔翅和她的小貓們縮在他們中間。

獅心瞪大眼睛，環顧營地，彷彿看見這裡到處都是會走路的魚。「他們怎麼會住形狀這麼奇怪的窩啊？」

曲顎咆哮。「淹水時，這些窩會浮在水上。」霰星呢？他嗅聞空氣。河族族長的味道從族長窩裡傳來。曲顎懂了。霰星顯然不想讓雷族覺得他們太緊張。「在這裡等著。」他告訴陽星，然後緩步走到柳樹那裡，低頭進入霰星的窩。

霰星坐在臥鋪裡，黑暗中，目光更顯銳利。「怎麼樣？」

「他們來了，只有少數幾位戰士，沒有其他隊伍。」

「很好。」霰星點點頭。「走吧。」他帶頭走進空地，站在柳樹下注視著陽星，目光好奇而非焦慮。陽星看著他，但霰星沒有開口，陽星只好垂下了頭。

「陽光岩是屬於雷族的，我們是來取回陽光岩的。」

陽光岩屬於雷族？曲顎壓下怒氣，並暗中祈禱族貓也能保持冷靜。營地不是開戰的地方。

霰星伸出爪子。「有本事就來打一仗搶回去啊。」

「必要的話，我們會的。只是為了公平起見，我覺得我們有責任事先警告你們。」

木毛上前一步，毛髮豎了起來。「你竟然敢在我們的領地上威脅我們？」他吼道。

「我們不是威脅。」陽星冷靜回答。

曲顎穩住呼吸。這是一場膽識的競賽，靠的不是爪子。

「我們願意給你們選擇，」陽星繼續說道。「如果你們離開陽光岩，我們就不惹你們，但

要是敢再踏上陽光岩一步，我們一定讓你們好看。」

霰星上前一步。「你真的以為我們會這麼輕易地放棄陽光岩？」

「如果你們情願付諸一戰，我們樂意奉陪。」陽星重複道。「但這些岩石值得你們這樣做嗎？」他的頭偏向一邊。「你們已經有條河可以抓魚了。再說你們的腳爪根本大到塞不進陽光岩的縫裡，而且毛色也顯眼到沒辦法在那裡追蹤任何獵物。那裡根本不適合河族狩獵，它值得你們這樣大費周章嗎？」

泥毛的棕色身影在曲顎的眼角閃現。剛剛那番話也是那位巫醫見習生一再強調的，陽光岩根本不值得我們犧牲那麼多條性命。但霰星這次會同意嗎？

河族族長張嘴嗅聞空氣。「我聞到恐懼的氣味。」他吼道。

「這味道一定是從你們戰士身上傳來的。」陽星厲聲說道。

「你真以為我們會放棄陽光岩？」霰星嘶聲道。

陽星搖搖頭。「我知道你們會付諸一戰，」他喵聲道。「即便結果只是折損戰士和白白流血。你們會輸的，而這全是拜你的錯誤決策之賜。」

霰星朝雷族族長上前一步。「河族戰士是靠爪子作戰，不是嘴皮。」

「很好，」陽星點點頭。「陽光岩是我們的。我們明天就會標上新的氣味記號線。所以從此之後，只要河族戰士敢出現在那裡，就得面對一場他永遠打不贏的仗。」他掃視營地，抬高音量。「我要讓所有河族貓都知道，我們已經事先警告過了，所以從現在起，若是出現任何流血衝突，都請算在霰星的頭上。」他轉身，帶隊朝入口走去。

曲顎在後面瞪著他們，很驚訝他們竟如此傲慢。

木毛衝上前來。「他們怎麼這麼厚顏無恥？」他對著消失中的隊伍大吼道。

「去確定他們有沒有離開領地。」霰星朝獺潑和木毛點個頭。「把他們送到邊界。」

兩名戰士銜命跑出營地。

「我們什麼時候要開戰？」莎草溪在曲顎旁邊出現，手舞足蹈。

蛙跳也快步追在她後面。「這會是我們的第一場戰役！」

大肚和陽魚擠在旁邊，豹毛和天心正想辦法從他們中間擠進來。

「別擠了！」曲顎試圖釐清思緒。他們需要一個作戰策略。河族有這麼多年輕的熱血戰士，求勝應該不難。他看著霰星。「如果沒有辦法組成三支隊伍，至少也要有兩支隊伍來應戰。」他想起他在陽光岩的第一場戰役，於是這樣建議。

「等等。」河族族長慢慢甩著尾巴。「也許這不是一場值得打的仗。」

「什麼？」陽魚瞪著他。

「當然值得打！」蛙跳倒抽口氣。

「安靜！」曲顎彈彈尾巴。「你們的族長在說話！」

「曲顎，我們到窩裡討論一下。」霰星若有所思地瞥了戰士們一眼，隨即走向自己的窩。

「他為什麼要猶豫？」大肚吼道。

曲顎瞥看他一眼，要他安靜。「他會用那八條命換來的經驗告訴自己該怎麼做才是最好的。」他跟著霰星走到柳樹下，低頭鑽進他的窩。

「禿葉季的陽光岩對我們來說有什麼好處？」霰星坐在後方幽暗的凹洞裡。「陽星說得對，他們可以在那裡抓到我們抓不到的獵物。」

「為了保住陽光岩，他們當然會找各種理由。」曲顎推論道。

霰星眨眨眼睛。「你想讓別的部族挨餓嗎？」

「這會削弱他們的力量。」

「如果我們不跟他們爭陽光岩，還需要在乎他們是強是弱嗎？」

「要是我們把陽光岩給了他們，他們食髓知味，搞不好會要求更多領地？」

「你真的認為這是陽星的想法？」霰星的目光鎮定。

也許我們應該允許他們禿葉季的時候在那裡狩獵。曲顎想到最近一次的邊界之爭後，橡心語重心長的那句話。**他們總是在那個季節搶回去，八成是因為很需要獵物。**

他聳聳肩。「我猜陽星只是想在禿葉季的時候餵飽他的族貓。」

霰星點點頭。「我們已經有這條河和柳樹林，」他直言道。「但他們只有那片林子。」

曲顎遲疑了。「可是他們會自以為贏了這場仗。」他背脊的毛微微顫抖。他不希望別的部族認定河族積弱不振。

「他們會認為我們愛好和平甚於戰爭，」霰星喃喃說道。「有些貓會覺得這是在示弱，但也有些貓認為這是力量的展現。」

曲顎想到波爪和獺潑。還有莎草溪及其他新戰士。他們會怎麼看待這件事？他的爪子戳進族長窩裡的軟泥地裡。「雷族會以為他們隨時可以更動邊界。」

霰星鬍鬚抽了抽。「我們不也曾做過同樣的事嗎？」

「那不一樣。陽光岩是我們的！是星族給我們的！」

霰星把尾巴塞進腳爪間。「我欣賞你的忠誠，星族選你當副族長是對的。」

曲顎不安地蠕動著腳，霰星繼續說道：「你會成為一位偉大的族長。」

族長窩入口的青苔一陣窸窣，木毛探進頭來。「你們已經想好作戰計畫了嗎？大家都等不及了。」

霰星點點頭。木毛彎身出去，河族族長看了曲顎一眼。「我要你去告訴他們。」

「說我們打算放棄陽光岩？」

霰星點點頭。「年輕戰士很容易激動。反正你早晚都得學會如何安撫他們。」

曲顎做了一個深呼吸，穩住自己。「好吧。」他鑽出族長窩，緩步走到空地中央。霰星站在他旁邊。

曲顎抬高下巴，環視營地，全部族瞬間安靜下來。「我們不會開戰。」他宣布道。「在新葉季之前，就讓雷族使用陽光岩。」

泥毛第一個開口發言：「感謝星族！」

「我們一定得開戰！」木毛吼道。

大肚繞著他的室友轉。「我們怎麼可以不開戰？」

「我們會打敗他們的！」鴞毛咆哮道。

「他們會以為我們過於軟弱！」杉皮彈彈尾巴，語出警告。

蘆葦尾縮張著爪子。「不管怎麼樣，我們一定要去打這場仗。」他喃喃說道。

「我們不會讓他們得逞的。」陽魚附和道。

「如果你不願意捍衛我們的領地，我們幫你捍衛。」大肚吼道。

曲顎朝他露出尖牙。「不准有巡邏隊越過那條河，」他怒目瞪著毛髮倒豎的年輕戰士們。「你們當中要是有誰敢踏上陽光岩一步，大可不必擔心雷族會對你們怎麼樣，因為我自己就會先撕爛你們。」他的目光瞟向大肚。「聽懂了沒？」

大肚貼平雙耳。「聽懂了，曲顎。」他咕噥道。

曲顎霍地轉頭環顧其他族貓。波爪瞇起眼睛看著他，但沒有說話。鴞毛瞪著自己的腳。木毛收起爪子。曲顎覺得得意，但隨即甩開這念頭。這些是他的族貓，他是在帶領他們，不是在和他們吵架。「在新葉季之前，我們並不需要陽光岩，」他告訴他們。「就讓雷族到那裡的岩縫裡抓老鼠。我們有這條河，要吃多少魚就有多少。」

杉皮上前一步。「如果可以的話，我想現在帶狩獵隊出去。」他提議道。

「謝謝你，」曲顎向他的老導師垂首致意。「就帶陽魚、蛙跳和大肚去吧。」族貓們開始各自回到工作崗位，曲顎掃視營地，尋找橡心。他哥哥到現在還沒回來。

「曲顎？」獺潑從蘆葦灘旁爬上岸。她匆匆走過來，兩眼發亮。「我可以跟你談一下嗎？」她示意他到莎草牆那兒，蹲在拱形的蕨葉下方。曲顎一臉困惑，在她旁邊低下身子。

「你在大集會上有沒有注意到橡心和哪位雷族戰士走得特別近？」獺潑低聲問道。

曲顎聳聳肩。「橡心沒有和誰走得特別近吧。」

「連藍毛都沒有嗎？」獺潑不安地瞥了他一眼。

「他是跟她說過一兩次話。」

獺潑皺起眉頭。

「怎麼了？」曲顎愣在原地。

「我們送雷族隊伍出去時，我看見他……」她欲言又止。

曲顎傾身向前。「看見他什麼？」

「看見他在跟藍毛說話。」

「那又怎樣？」

「他們單獨走在一起，」獺潑回報。「她落單在隊伍後面，他就從河那邊過去。他一直在那裡抓魚，不可能知道他們來這裡做什麼。」

「也許因為這樣，他才攔住她。」曲顎好奇獺潑為何如此大驚小怪。「他只想知道她來河族領地做什麼。」

獺潑點點頭。「你說得對。」她直起身子。「對不起，我不該拿這件事來煩你。」

曲顎用尾尖撫撫她的腰腹。「沒關係。」他喵聲道。他的毛髮不自然地抖了抖。

我看她恐怕沒被我說服，因為連我自己都說服不了。

第二天雨停了。天氣寒冷，曲顎伸個懶腰，在落葉季的陽光下打著呵欠。甲蟲鼻和蘆葦尾

正在下游抓魚。曲顎帶著橡心到他最喜歡的水潭處，希望能抓到鯉魚。橡心潛進水裡展開第一趟的捕魚工作，曲顎等在岸邊。

橡心破出水面，一條魚叼在嘴裡。他跳上岸，把魚扔到曲顎旁邊。「該你了。」

「下面還有很多魚嗎？」

「多著咧。」

曲顎涉水走進淺水灘，這時橡心正在嗅聞自己抓的鯉魚。「橡心？」**不管真相如何，我都得知道。**他的語調故作漫不經心。「你昨天出去抓魚的時候，有看到雷族的隊伍嗎？」

橡心正在翻動那條鯉魚。「我看見木毛和獺潑送他們到踏腳石。」

他為什麼不提他和藍毛有碰面說話呢？「他們是很安靜地離開嗎？」曲顎追問道。

橡心聳聳肩。「就我來看，是很安靜啊。」

他背上的毛是不是在抽動？曲顎在石頭間不安蠕動著腳。

「你問這做什麼？」橡心涉水從他旁邊走過。「如果你不打算抓魚，我要去抓囉。」他潛入水裡，消失不見。

曲顎瞇起眼睛。是不是他太多慮了？也許橡心根本不認為和藍毛說幾句話這件事有什麼好提的。任何戰士都可以攔下入侵者盤問。**再說，他絕不會隱瞞他任何事，不是嗎？**曲顎緩步走到平坦的灰岩處，躺下來等橡心。族裡不只有他全心效忠河族，他哥哥絕對不可能背叛河族。

第三十五章

冰冷的雨水滲過窩穴的屋頂滴了下來。曲顎在發抖，他的臥鋪溼了。

柳風在他旁邊翻身。「又在漏水了嗎？」一大顆雨滴落在她肚皮上。她跳了起來，耳朵彈了彈。「這雨什麼時候才停啊？」

禿葉季的寒風已經在營裡肆虐了好幾天。

曲顎舔舔她的面頰。「我會請棘莓去和星族溝通一下。」他撐起身子，打個呵欠。

「不好笑。」他鑽出窩穴時，柳風在後頭這樣喊道。

曙光昏暗，天色像松鼠毛色一樣灰撲撲。花瓣塵、豹毛和莎草溪正在外面用葉子填塞育兒室的牆面和屋頂，以防冷風竄入。

霰星站在空地上，瞪著河水看。

曲顎停在他旁邊。「水位變高了嗎？」

河水已經淹上蘆葦灘旁邊的河岸。

小曙和小錦葵早被禁止接近河邊。河浪隨時可能掃過蘆葦灘，捲走不懂事的小貓。

「沙洲還在，」霰星低聲道。「不過我們得定時查看。」

橡心從窩裡探看，隨即跑出來找他們。「營地裡沒有一塊地方是乾的。」他看看河水。「水位看上去比我還高。」

蘆葦屏障外的河水洶湧翻騰，黃流滾滾。現在去抓魚，太危險了。

「我們應該把柔翅和灰池遷到長老窩嗎？」橡心提議道。

霰星瞥了育兒室一眼。「還不到時候。」

柔翅的小貓小曙和小錦葵正從育兒室入口窺探，眼睛眨呀眨地盯著外頭的雨。他們三個月大了，個頭兒看上去愈來愈像見習生。

「灰池還好嗎？」霰星喵聲道。

曲顎搖搖頭。「還是會反胃。」

灰池最近搬到育兒室了，肚裡懷著波爪的小貓。棘莓這幾天來一直在治療她的孕吐問題，可是這位貓后的胃口還是很不好。

「如果水位再上升，我們就得遷走她們。」曲顎提議道。

「我有個主意，」橡心從見習生窩上頭拔了一根蘆葦下來，插進泥地裡，標出水位高度。「這樣我們就能看出水位上升得多快了。我會定期檢查，如果上升得很快，就通知你們。」

「這主意不錯。」曲顎甩甩毛髮，很高興哥哥又恢復正常。兩個月前，他還在納悶這位黃褐色戰士為什麼老是心神不寧，會不會真的是藍毛的關係。不過現在他又回復老樣子，專心於自己的職守，全心訓練新的見習生。曲顎不再為他擔心。

泥毛快步走向長老窩，嘴裡叼著一綑藥草。

曲顎招呼他。「那是給鳥歌的嗎？」老母貓已經咳了好幾天。

泥毛點點頭。曲顎趕忙跟上去。他們來到長老窩前，曲顎先等泥毛鑽進去，才跟著進去。

「棘莓，」他招呼那位正蹲在鳥歌旁邊的巫醫。「她還好嗎？」

暗處裡的鳥歌皺起眉頭。「她聽覺還在，嘴巴也還在。」

亂鬚翻翻白眼。「她嘴巴一定在，鱒爪被星族接走時，我心裡就在想他耳根總算清靜了。」

曲顎低頭經過入口旁邊的兩座空臥鋪，那裡仍殘留著貝心和鱒爪的氣味。他在黑褐白相間的老母貓旁邊坐下來。

棘莓正在幽暗的泥地上撕扯藥草。「這臥鋪是溼的，」她嘶聲道。「每樣東西都溼了。」

鳥歌開始咳嗽。亂鬚貼平耳朵。「就算她不說話，也一樣會用咳嗽來吵得我不得安寧！」

鳥歌費力地吞吞口水。「要是我走了，妳肯定會想我。」

「你哪兒也不准去。」棘莓撕好藥草，推到老母貓的鼻子底下。「吃下去。它們會讓妳的喉嚨舒服點。」她抬眼看看曲顎。「我已經叫大肚、蛙跳還有天心出去找乾青苔了，但天知道他們要去哪兒才找得到。」

泥毛偏著頭。「也許雷族願意給我們一些乾青苔，」他提議道。「因為林子裡很多地方都淋不到雨，反正他們也欠我們一個陽光岩的人情。」

亂鬚哼了一聲。「我們才不要跟雷族要東西呢，他們已經認定我們積弱不振了，如果我們再這麼不爭氣，恐怕連條小魚都打不過，更別提那些骯髒的戰士了。」

鳥歌津津有味地嚼著藥草。「我年輕的時候，都會到兩腳獸草地旁的大巢穴裡狩獵。」曲顎緊張地看著棘莓。老貓一直喋喋不休，是不是表示她發燒了？

「以前那裡有好多狗，」鳥歌繼續說道，眼睛霧茫茫的。「那裡有一條黑白相間的雜種狗，」她對亂鬚喵嗚笑道。「你還記得牠嗎？那隻狗很好鬥，老愛叫，攻擊過我一次。」

「我記得。」亂鬚的鬍鬚抽了抽。「妳突然轉身朝牠鼻子揮爪時，牠當場呆掉。」

「後來牠就不敢再靠近我們了！」鳥歌的喵聲雖然氣喘吁吁，卻仍帶著興味。

亂鬚將腳爪緊緊塞進身子底下，蓬起潮溼的毛髮。「妳怎麼突然想起兩腳獸的巢穴？妳想去那裡抓老鼠啊？」

「才不是呢，你這個青蛙腦袋！」她拿尾巴彈彈他。「兩腳獸以前會在那裡儲存乾草，我們可以用牠來保持臥鋪的乾爽啊。因為塞再多青苔都沒用，只會把地上的水氣吸上來。」

亂鬚的眼睛一亮。「對耶！」

棘莓站了起來。「你有辦法去拿一些過來嗎？」她滿是期盼地看著曲顎。「如果讓鳥歌繼續睡在潮溼的臥鋪裡，咳嗽是不可能改善的。」

「我懂。」他興奮到爪間彷彿嘶嘶作響。也許鳥歌的腦袋沒有那麼糊塗。這主意太棒了。「我去跟霰星說。」他從窩裡鑽出去，匆匆走下斜坡。

霰星正蹲在柳樹下。他站起來和曲顎打招呼。「你看起來很開心。」

「鳥歌剛告訴我有一棟兩腳獸的巢穴，裡頭儲存了很多乾草。」

「穀倉！」霰星抬起尾巴。「沒錯！我還是見習生的時候，她曾帶我去那裡狩獵過。」

穀倉？曲顎立刻聯想起雀斑的家。「在哪裡？」老戰士說的穀倉顯然不是雀斑和蜜茲的那座穀倉，他們的穀倉太遠，河族不可能常去那裡狩獵。

「就在狗籬笆再過去一點的地方，」霰星告訴他。「過了牧場後，有一座大巢穴，裡面沒有兩腳獸，只有乾草和老鼠。」他抬起鼻子，即便寒冷的雨天弄潮了他的毛髮，但他看起來仍像個年輕強壯的戰士。「花瓣塵、莎草溪、豹毛！」他朝著那三位正在修補育兒室牆面的貓兒喊道。「你們晚點再補牆，我們有特殊任務。」

原本守著蘆葦的橡心抬起頭來。「什麼任務啊？」

曲顎甩掉尾巴上的雨水。「我們要去拿一些乾的草墊。」

「去哪裡拿？」花瓣塵扔下一坨葉子，穿過空地跑了過來。莎草溪從育兒室屋頂跳下來，也跟著跑過來。豹毛尾隨在後。

「狗籬笆再過去一點有座穀倉，」霰星解釋道，兩眼閃閃發亮。「我以前還是見習生的時候曾去那裡狩獵過。已經好幾年沒去了。」

曲顎繞著河族族長轉。「我們順便抓點老鼠回來。」

陽魚從臥鋪裡衝出來，耳朵豎得筆直。「是不是有誰在說狩獵？」

「狩獵？」柔翅從育兒室探出頭來。「現在的河水不是正湍急了嗎？」

「我們要去抓老鼠。」霰星告訴她。

「我要去！」小曙爬出育兒室，從母親的前腳中鑽出。那身黃白相間的毛髮瞬間被雨淋溼。

「小曙！」柔翅生氣地喊道。

「為什麼她可以出去，我就不行？」小錦葵憤憤不平地在她母親身子底下吱吱尖叫。

霰星往蘆葦叢的缺口走去。「趁全族的貓兒還沒追著我們跑之前，趕快走吧。」

曲顎追在他後面，花瓣塵、豹毛和莎草溪也蹦蹦跳跳地跟在後面。雨水打在山毛櫸林裡，溼地水花四濺。曲顎瞇起眼睛擋掉雨水，直到瞄見前方隱約出現狗籬笆，才鬆了口氣。「等一下！」他彈彈尾巴，示意隊伍後退，同時沿著籬笆底部嗅聞了一下。「沒有新鮮的狗味，」他回頭對隊員們說。「牠大概比我們還討厭下雨。」

曲顎從籬笆下面鑽進去。牧場邊緣有匹馬正津津有味地啃著青草，隊伍躡手躡腳地從旁邊經過，泥巴和溼草的酸味立時覆滿他的舌頭。曲顎感覺整支隊伍都曝露在短草地裡，於是加快步伐。他隔著雨水窺看，只見牧場盡頭有座大巢穴，聳立在一道灰色矮牆的後方。巢穴兩側是以黑色木頭搭建，雨水漫天，望之生畏。「就是那棟？」他問霰星。

霰星點點頭。曲顎衝上前去，跑到矮牆處避雨。隊伍跟著趕上來。花瓣塵嗅聞空氣。「沒有什麼新鮮的氣味。」她回報道。

豹毛用力聞。「我只聞到雨水的味道。」

「在這裡等著。」霰星跳上牆，放低身子，掃視矮牆後方空曠的空間。

曲顎跳上去站在旁邊。光禿的乳黃色岩地從牆的這一頭綿延到穀倉那邊，就像雀斑農場裡的院子一樣。「警報解除？」

霰星點點頭。曲顎低頭瞥看花瓣塵一眼。「上來吧。」

莎草溪第一個越過牆面。

「小心點。」她落地時，曲顎小聲提醒她。他跟在後面跳下去。霰星率隊穿過表面有許多圓塊狀浮凸物的黃色岩地，曲顎小心翼翼地探查院子四周。巨大的木造屏障擋住穀倉的入口，但它下方有一個破爛的小洞。

霰星先鑽了進去。「警報解除。」他低聲道。

豹毛跟著鑽進去，莎草溪和花瓣塵尾隨其後。曲顎也低頭跟在後面鑽。裡頭的屋頂高聳如銀毛星群一樣遙不可及。幽光透過牆縫滲了進來，大片的陰影被拉長投射在光滑的岩地上，穀倉邊緣疊放的金色乾草堆隱約可見。

「我們先收集乾草，」霰星下令道，「再狩獵。」他示意曲顎和莎草溪去拿其中一綑，自己則帶著花瓣塵和豹毛去拿另一綑。

「聞起來都是灰塵。」莎草溪低聲道。她抬頭看著屋頂，突然打了個噴嚏。

曲顎的鬍鬚動了動。「來吧。」他帶她走到一大綑乾草面前，伸腳去搆，扯出一坨，在爪間搓一搓，然後丟在地上。莎草溪也有樣學樣，他們靜靜地工作，直到製作出一疊厚實、扎人的乾草，聞起來有強烈的陽光味和乾燥的草葉味。

曲顎用腳爪拍拍耳朵上的草籽，然後窺看穀倉後方的暗處。他的毛髮微微刺癢。乾草和老鼠的氣味牽動了他過往的記憶。他蹲伏下來，「跟我來。」他對莎草溪嘶聲說道。

他們匍匐經過仍忙著捆乾草的霰星、花瓣塵和豹毛旁邊，溜進陰影處。曲顎彈彈尾巴、動動耳朵，示意莎草溪先別動。牆下方有小小的爪子正在抓扒。他朝那個聲音處示意，可是莎草溪已經偷偷穿過岩地，尾巴刻意抬高離地面一根鬍鬚之距，緊縮腹部。

曲顎當下決定拉開獵捕的範圍，趁莎草溪接近獵物時，改由側邊進攻。突然，莎草溪縱身一躍，伸出前爪，可惜沒命中目標，肥碩的棕色老鼠直接往曲顎的方向逃。他趁牠衝過來之際，一把撈起，迅速致命一咬。

「做得好。」霰星坐著，乾草仍垂在他爪間。他搓好最後一坨乾草，緩步穿過穀倉。

莎草溪已經蹲了下來，準備進行下一波的獵捕。

霰星豎起耳朵。「這隻很大！」他欣喜地瞪大眼睛，在她旁邊蹲下來。

曲顎嗅聞空氣。他愣了一下，那是大老鼠！雀斑告訴過他聞到大老鼠的氣味時要特別小心。因為如果只有一隻，那還沒關係，萬一是一大群，就有致命的危險。「小心點！」

他才剛說要小心，四隻大老鼠就從暗處吱吱尖叫地衝出來。莎草溪嚇得放聲大叫。「牠們在攻擊我們！」其中一隻老鼠衝向她，她跳了起來，但老鼠咬住她的後腿不放。

曲顎直接撲上老鼠的後背，咬斷牠的頸子。「妳沒事吧？」

莎草溪痛得啜泣，鮮血從後腿湧出。豹毛跑過來伸爪撕扯另一隻大老鼠，嚇得牠吱吱逃走。

「又來了！」莎草溪倒抽口氣。

無數隻大老鼠從穀倉旁邊蜂擁而出。牠們的眼睛射出怒火，尖牙在幽光中閃閃發亮。

「快去找幫手！」曲顎朝花瓣塵喊道。

「可是……」花瓣塵開口想爭辯。

「快去！」

玳瑁色戰士衝出穀倉。曲顎繃緊神經。莎草溪礙於後腿受傷，只能用前腳使力揮打。霰星

瘋狂猛砍，仍被大老鼠四面八方地團團圍住。有隻老鼠咬住豹毛的尾巴，她尖聲大叫，轉身就把利牙戳進牠頸子，但隨即被另一隻老鼠撲上背。「救命啊！」

曲顎衝上前去，一把勾住，拉了下來。豹毛的毛被老鼠連帶扯下，痛得哀嚎。

「霰星！」莎草溪的尖叫聲嚇得曲顎霍地轉身。

兩隻大老鼠正在攻擊河族族長，其中一隻攀住他背脊，另一隻用尖牙拖住他後腿。曲顎拉下較大的那一隻，把牠甩到穀倉邊緣。

「等一下！」暗處傳來一聲咆哮。

楓影！曲顎彈了回去。「你在這裡做什麼？」他吼道。

「**這是你的機會！**」她的聲音在他腦袋裡轟然出現。「**讓他去和大老鼠打吧，如果你膽量夠大的話，搞不好今天就能當上河族族長。**」

「不，」曲顎撲上霰星背上那隻老鼠，把牠耙了下來。「我不會讓妳殺了我的族長！」曲顎又勾住另一隻老鼠，甩在地上。

楓影嘶聲咆哮：「可是這是你的天命！」

曲顎低聲吼道：「楓影，我的命運由我自己決定，不是妳！」霰星蹣跚爬了起來，這時曲顎又打退另一隻老鼠。他後方的莎草溪也踉蹌爬了起來，靠在豹毛身上。曲顎瞥了一眼那隻受傷的母貓，看來她好像可以再撐一會兒。

現在就衝向入口太危險了。他們只要停下打鬥的動作，那群老鼠便會鋪天蓋地而來。現在唯一的希望是並肩合作。

「戰士們，快圍成一圈！」他下令道。

他們背對背地圍成圈，用後腿撐起身子，猛揮前腿，使出利爪迎戰大老鼠。霰星上氣不接下氣，但還是猛砍蜂擁而來的棕色動物。豹毛每打飛一隻老鼠，就大喝一聲。莎草溪不斷猛擊那些不停扭動、吱吱尖叫的軀體。曲顎的鼻子和嘴巴充斥著嗆鼻的血腥味。他慌了起來。莎草溪的傷腿開始蹣跚搖晃，豹毛已經體力不支，斜靠在他腰腹處。他們撐不了多久了。「試著往洞口移動！」他喊道。他們一寸寸移向洞口，這時一個身影在曲顎的眼角閃現。

「我帶救兵來了！」花瓣塵穿過穀倉大喊道。

波爪和木毛朝他們奔來。陽魚、黑爪和鴞毛跟在後面。他們衝進老鼠群裡，爪子一勾就往外甩。木毛張嘴咬斷其中一隻老鼠的背脊。波爪兩隻前腳各抓一隻老鼠，往硬地板狠摔。鼠群開始吱吱尖叫地朝穀倉邊緣散去，紛紛逃回暗處，消失不見。

曲顎終於可以四腳落地。豹毛蹲在他旁邊，氣喘吁吁，毛髮上有紅色的血痕，但兩眼閃閃發亮。「我們成功了！」她上氣不接下氣。

曲顎舔掉她兩耳間的血。

「是啊，我們成功了。」

他們旁邊響起一聲微弱的呻吟。

「莎草溪！」曲顎跑到她旁邊，仔細搜看她那雙仍然晶亮的眼睛。「妳傷得很重嗎？」她呻吟出聲。這時突然有沉重的腳步聲穿過岩地，一個白色身影撞上曲顎，把他推到一旁。「給我一點空間！」棘莓厲聲道。巫醫在莎草溪身邊蹲下來。「去拿蜘蛛絲來！」她下令

道。波爪和木毛銜命跑開，跳上乾草堆，從後方的牆角拉出蜘蛛絲。

「霰星！」鴉毛的驚叫聲嚇得曲顎愣在原地。

霰星？恐懼像肚子裡的石頭一樣沉重。河族族長直挺挺地躺在岩地上，鮮血隨著脈博跳動不斷湧出。

「棘莓！」曲顎大喊道。

「等一下！」她喊回來。「莎草溪流了很多血。」

曲顎在霰星旁邊蹲下來，伸出腳掌摸索他頸部的傷口，終於找到撕裂處，趕緊壓住，希望能夠止血。「對不起，」他低聲道。「我讓你失望了。」

「不，你沒有，」霰星呼嚕吸了口氣。「你身手勇猛，不負我望。現在就由你來負責帶他們回家吧。」

「**不要碰他！**」

曲顎感覺到楓影衝了過來，將他撞開。黑暗森林的戰士身形在幽光中微弱不明，但那雙黃色眼睛卻銳利異常。

「不！」曲顎推開她，衝回霰星身邊，伸掌摸索傷口。但這次按壓下去，再也感覺不到強勁的血流。血還在滲，但已經沒有生命的脈動。霰星的頭早已倒向一旁，兩眼空洞。曲顎頓時覺得心裡像有什麼東西啪地一聲斷了。

「棘莓！」曲顎粗啞喊道。「他死了。」

曲顎跌坐冰冷的地上，頭靠在霰星糾纏的毛髮上，閉上了眼睛。

第三十六章

「曲顎！」棘莓在他耳邊輕聲喊道。

曲顎勉強睜開眼睛。這不是夢。他還在穀倉裡，身上仍沾有霰星的血，爪間仍殘留老鼠的毛髮。他驚駭地全身發抖，好不容易爬了起來。「莎草溪的情況如何？」

棘莓把尾巴擱在他的腰腹。「她沒事。」然後低頭看著霰星，眼裡淚光閃爍。

「我有試著幫他止血。」曲顎告訴她。**如果不是楓影阻止我，也許就能止住血了。**罪惡感席捲著他。

棘莓檢查霰星頸子上的傷口。「你救不了他的，傷口太深，根本止不了血。」

曲顎環顧四周。穀倉似乎變得空曠平靜。「豹毛還好嗎？」

「我沒事。」豹毛一跛一跛地走到他旁邊，用鼻子輕觸霰星的身子。

莎草溪掙扎著想站起來，曲顎緩步走向她。她的身上包裹著蜘蛛絲。「妳剛剛的表現

就像真正的戰士一樣驍勇善戰。」他的面頰輕輕刷過她的。「妳能自己走回家嗎？」

莎草溪點點頭，眼神呆滯。

曲顎示意木毛。「幫她一下。」

棕色戰士扶住莎草溪，帶她往入口走去。陽魚也衝上去，從另一邊扶住她。

波爪垂下頭。「要我幫忙把霰星背回營地嗎？」

曲顎搖搖頭。「我自己來。」

棘莓抬起一隻腳阻止他。「不行，你受傷了。」

「只被咬了幾口而已。」曲顎已經麻木到一點感覺都沒了。他蹲下來讓波爪和鴞毛把河族族長拖上他的背，然後奮力站起來，送霰星最後一程，扛他回家。

曲顎背著霰星鑽進洞口，但洞口的碎木片突然卡住霰星的毛，害曲顎縮了回去，但他拒絕停下來喘口氣。他現在滿腦子只想到族貓們即將面臨到的悲痛情緒。

他們穿過雨溼的草地，這時波爪說道：「我幫你背一下吧。」

曲顎被霰星的重量壓得氣喘吁吁，傷口開始疼痛。「不用，我可以。」

等他們通過山毛櫸林，快走到營地時，他才隱約察覺到波爪正扶著他，幫他分擔一些霰星的重量。他蹣跚進入空地，站著讓鴞毛幫他把霰星從背上卸下來，這才往旁邊一倒，癱在泥地裡，感覺泥水慢慢滲進毛髮。

「曲顎！」柳風慌亂地舔著他的面頰。「你沒事吧？」

曲顎筋疲力竭，他閉上眼睛躺在原地，任由黑暗吞沒他。

他在自己的臥鋪醒來，傷口隱隱作痛。

柳風在他旁邊低下身子。「你醒了？」

曲顎蹣跚爬了起來。「霰星的守夜儀式！」

「別擔心，你沒有錯過。」柳風的聲音粗啞悲傷。「他在空地上。」

曲顎匆匆離開窩穴。

「你還好吧？」橡心衝過來找他。

「我沒事。」曲顎目光越過他哥哥，看向那群龍無首的族貓。

鳥歌從營地邊緣緩步走來，嚎啕大哭。「我幹嘛建議你們去穀倉啊？是我害死他的。」

亂鬚緩步跟在她後面。「妳怎麼知道會發生這種事？別再怪自己了，妳這個青蛙腦袋！」

甲蟲鼻駝著背坐在柳樹下，花瓣塵、田鼠爪坐在他旁邊。三位戰士眼神空洞地望著空地那頭父親的屍首。雨已經停了，雲也散了。一道午後遲來的陽光灑在空地上，將霰星溼透的毛髮照得熠熠閃爍。

迴霧縮著身子坐在霰星屍體旁邊。曲顎朝她走近，她抬起頭來。「我不應該讓他去的。」

曲顎用鼻子輕觸她的頭。「他自始至終都像星族戰士一樣勇猛殺敵。」

棘莓窩穴的入口窸窣作響，巫醫走了出來。

「莎草溪和豹毛怎麼樣了？」曲顎喊道。

「她們在休息。」棘莓回報道。「我幫她們的傷口敷了藥膏，預防感染。」她細看曲顎那身糾結沾血的毛髮。「我也應該幫你療傷了。」

「晚一點，」他咆哮道。「等我為霰星守完夜再說。」

棘莓搖搖她的頭。「你得跟我去月亮石。」她提醒他。

他眨眨眼看著她。

「去接收你的九條命。」

九條命。他是河族族長了！這念頭竟像冰水一樣潑向他。

「我們現在就得走了，」棘莓催促道。「泥毛會照顧莎草溪和豹毛。」

曲顎瞥了迴霧一眼。「你還好嗎？」

「我有族貓陪我。」她喃喃說道。

曲顎垂下頭。他全身發燙，抬眼看見木毛正瞪著他。灰池從育兒室裡探頭窺看，眼睛也瞪得斗大。蛙跳和大肚緩步走在蘆葦灘旁，水花濺起，漫向沙洲，他們的毛髮被水淋成針狀，耳朵平貼。如今他們都只能靠他了。他的心痛了起來。他從來不覺得自己有族長的樣子。畢竟他也剛才當上副族長而已。

他感覺到柳風溫暖的毛髮輕刷過他的。「你該走了。」她的目光瞟向等在入口的棘莓。

「不會有事的。」柳風低聲道。「霰星選你當副族長，並沒有選錯。」

不，他選錯了。曲顎覺得反胃。是楓影決定了我的命運……而她是黑暗森林的貓！他開始慌張。我到底做了什麼？

「我們走吧！」棘莓的喊叫聲從空地的另一頭傳來，語調溫和，並不急迫。

他們躍過踏腳石，沿著瀑布旁的小徑走，一路上棘莓都走在他前面。等到穿越風族的氣味記號線時，曲顎才趕上她。他不希望她在沒有他護衛的情況下撞見風族巡邏隊。她會向對方提到他即將成為族長的事情嗎？她曾經很擔心霰星冊封他為副族長。如今他就要成為族長了，她一定很反感。他突然停下腳步。

棘莓轉身，驚訝地看著他。她四周的石楠正輕輕擺盪，夕陽映照著淺藍的天空，將石楠染上粉紅的光澤。「你到底要不要來？」

「妳得告訴我！」曲顎的爪子戳進泥煤地裡。「妳得先告訴我，妳到底知道了什麼，不然我沒辦法面對星族。」曾有星族向她預警不可以信任他。要是她已經知道楓影的事，星族一定也知道。若是祂們拒絕給他九條命，那該怎麼辦？

棘莓眨眨眼。「我到底知道了什麼？」

「妳不必假裝自己並不擔心祂們可能不讓我當族長，」曲顎吼道。「或者這正合妳意。」

「為什麼正合我意？」

「因為那個預兆啊！有預兆警告妳不要相信我。到底是什麼預兆？妳已經隱瞞了這麼久，妳必須告訴我妳到底看見了什麼。」

棘莓的肩膀垂了下來。「沒錯，我是看見了，但不是你想的那樣。」她坐下來，用那雙淺藍色的眼睛看著他。「我看過你與她為伍。」

曲顎全身發燙。「你是指楓影？」

「那是她的名字嗎？」棘莓抽抽耳朵。「我不知道她的名字，我只知道她在一個又黑又冷、充滿死亡氣息的地方訓練你。」她的毛髮倒豎。「我看見你選擇和那些絕對不會效忠你或河族的貓兒為伍。」

「我不知道她那麼壞，」曲顎低聲道。「我當時太笨了，我以為她是星族貓。」

棘莓彈彈尾尖。「星族？原來你這樣以為。」她的毛髮平順下來。「我終於懂了！難怪你每次遇到族貓的事，都那麼義無反顧……總是希望能做到最好。所以我才會搞不懂你為什麼要接受那個怪物的訓練。」

「我以為她是來幫我的。」曲顎看著自己的腳。「我想成為最厲害的戰士。」

棘莓搖搖頭。「你本來就是了不起的戰士。」

「我當時怎麼可能知道？」他的聲音梗在喉嚨裡。「從我跌斷下巴之後，大家都變得不想理我，全當我是廢物。」

棘莓的眼色黯淡。「是我們讓你失望了。」

「沒有，」曲顎搖搖頭。「一切都過去了，我所愛的一切都在河族。」

「可是你曾和一名黑暗戰士為伍。」

「我已經告訴她我不再需要她的協助。」曲顎縮張著爪子。「這樣星族會相信我嗎？」

「星族早把一切看在眼裡。」棘莓低頭看著自己的腳好一會兒。「比我看得還要透。」她轉身穿過石楠叢。「祂們會自己決定的。」

曲顎的胃在翻攪。要是他的戰士祖靈為了懲罰他接受黑暗森林的訓練而不肯賜他九條命，

那該怎麼辦？他快步跟在棘莓後面，爬上斜坡，往高地走去，身上的傷口隱隱作痛。

他們循著小徑穿過石楠叢，這時夜色降臨，野風在耳邊呼嘯，曲顎完全沒聽見有巡邏隊正朝他們接近。

「你們來這裡做什麼？」蘆葦羽的眼睛在昏暗的小徑裡射出怒火。

「我們要去月亮石。」曲顎告訴他。

曙紋和高尾站在風族副族長的左右兩側。曙紋緩步走上前來，擠過棘莓身邊。

曲顎吼道：「讓我們過去，因為我要去接收我的九條命。」

蘆葦羽的目光頓時銳利。「霰星死了？」這隻虎斑公貓的聲音裡沒有半絲遺憾之意，但還是以尾巴示意同伴。「讓他們過去吧。」風族巡邏隊站到一旁讓曲顎和棘莓通過。

高地再過去的轟雷路很是平靜。他們快速通過，沿著兩腳獸領地的小路往前走，在熠熠星光下持續趕路。曲顎忍住傷口疼痛，儘管四條腿已經累到發抖，還是提起精神繼續前進。他們刻意和雀斑的農場保持一段距離。畢竟曲顎今天已經看夠了農場。當他們抵達高岩山時，月亮還在向上爬升。

「我們來得正是時候。」棘莓氣喘吁吁，這時他們開始朝慈母口的斜坡跋涉。

請賜給我九條命，曲顎跟著她進入黝黑通道，同時在心裡暗自祈禱。他忘了這裡有多寒冷。冰涼的岩石氣味覆上他的舌頭。上次他來這裡的時候，柳風也跟他一起來。那曾是一個冒險。但這次他覺得自己比月亮都來得老。月亮石那裡會有誰？是星族貓？還是黑暗森林的貓？

「棘莓！」他聽見前方傳來腳下石頭的摩擦聲，他需要聽見她的聲音，好確定他跟的是棘

莓，而不是楓影。

「我在這裡。」

前方通道出現亮光。

「快一點！」她催促道。「月亮已經照亮那座岩石了。」

曲顎的心跳得厲害，他跟在她後面衝。他們進入月亮石的洞穴，趕緊眨眨眼睛，適應洞內眩目的強光。他已經忘了洞頂離地有多高，還有月亮石有多美。無數星光在它身上閃耀。

「去吧，用你的鼻子碰它。」棘莓推他前進。

恐懼攫住了他。「但是會是誰在等我呢？」

她朝他眨眨眼。「我不知道。」她小聲承認。低身離開，留他獨自在洞裡。

曲顎緩步走上前去，閉上眼睛，蹲下來，傾身向前，直到鼻頭觸到岩面。他在等光穿透他，帶他進入星群，進入燦爛的夢境。求求祢們！

他眨眨眼，睜開眼，赫然發現他站在一座巨大空曠的山谷裡。目光所及盡是黑暗。他的心頓時抽緊。**黑暗森林！他們又想對我予取予求了。**他的呼吸急促，身子開始往後退，不停搖頭，急著想找方法離開這個夢境。

銀色的亮光在山谷頂端開始漾開，從四周盤旋而下，速度漸漸加快，逐一照亮山坡上的每一張臉和每一個身影，只見星光點點，無數貓兒占據了整座山坡，全都俯視著他。曲顎環目張望，只見愈來愈多張臉在他四面八方亮了起來。他聞到河水、森林、石楠和松樹的味道——所有部族全合而為一，每雙眼睛都晶亮燦爛，每個毛絨絨的身影都閃閃發亮。難道黑暗森林的貓

全出動了嗎？一個灰色身影在貓群裡移動，慢慢走上前來。

霰星！

「歡迎來到星族！」霰星垂下頭。祂看起來年輕強壯，毛色光滑，眼睛明亮。「曲顎，我以你為榮，」祂喵聲道。「你拯救了族貓免遭大老鼠的毒手。」

「可是我救不了你。」

「我的時辰本來就到了。」河族老族長傾身向前。「現在輪到你來傳承。」

曲顎低下頭，嘴巴發乾。這裡不是黑暗森林，霰星在這裡，所以絕對不是。但是他會得到星族的祝福嗎？

「我要藉由這條命賜給你勇氣，」霰星低聲道。「當你疑惑時，就讓你的心帶著你勇敢前進，絕不退縮。」

霰星的鼻子輕觸他的頭，曲顎突然全身痛楚，他想逃走，但四條腳卻被牢牢固定住。霰星的記憶像搖曳的火光在他腦海閃現。戰役如火如荼，利爪揮舞，尖牙肆虐，敵軍尖聲嚎叫。曲顎發現自己從陽光岩直墜而下，掉進河裡，水花四濺，水沫翻飛。

這時霰星後退一步，所有記憶瞬間消失，曲顎倒抽口氣，差點站不穩，他吁了口氣，全身虛脫。「謝謝祢。」他粗啞說道。

另一隻貓從星族行伍裡走出來。

暮水。雖然他沒見過祂，但祂的名字突然在他心裡閃現，他出生的那一晚，祂就已死於洪水。但曲顎知道祂，彷彿生來便認識祂似的……也彷彿生來就認識所有的祖靈。

「我死在你出生的那場暴風雨裡，」暮水喵聲道。「我要藉由這條命來賜予你母愛。」祂伸長脖子，鼻子抵住他的頭。母愛如老虎出閘，直接衝撞他，令他全身暈眩，使他變得堅強，不再恐懼。貓后對小貓的愛果真如此兇猛嗎？

暮水退了回去，曲顎發現自己才眨個眼，一隻長毛虎斑貓就來到他面前。「鱒爪！」曲顎開心地招呼祂。

鱒爪的毛皮像月光下的水面漣漪。「我要藉由這條命賜予你正義。」祂的喵聲不再如以往那般沙啞，聽起來年輕又有自信。當祂傾身向前時，曲顎感覺到某種踏實感像河水漫過石頭似地淹漫他的心。從此以後，儘管四季遞變，月圓月缺，他仍會知道什麼是對的。**時間或許能磨平石頭，但不會讓它消失殆盡。**

鱒爪站到一旁，另一隻貓遞補他的位置。

「我是苔葉。」這位河族戰士祖靈的眼睛像年輕戰士一樣明亮有神。「這條命將賜予你信任。」祂以鼻子觸碰曲顎的頭，曲顎頓時感覺到藍天的遼闊，情緒跟著平和了下來。

他聽到另一個名字。**百合花。**這位河族貓后緩步走來，藍色眼睛閃著星光，曲顎朝祂點頭示意。「這條命將賜予你憐憫之心。」當祂的鼻子碰觸他時，一股溫暖襲了上來。他會為族貓們付出最真摯的愛，也為受傷、害怕、流離失所的貓兒付出他的愛，這種感覺淹漫他全身，直到整顆心溢滿到幾乎快要爆開來。

祂轉身離開，一隻年輕公貓現身眼前。「我是閃電掌。」祂向曲顎點點頭。「這條命將賜予你謙卑。」河族見習生以鼻子輕觸曲顎的頭，四周的世界瞬間改變，不斷被放大，直到只能

從眼角餘光瞄見河族領地的邊緣，原來它只是大片草原、多條河流和廣袤森林裡的一個小點而已。**這世界如此之大！我們所執著在乎的事情，從別處去看也不過是芝麻綠豆。**

閃電掌退開，曲顎欣喜地看著正前來取代的貓。是亮天！他認出祂的毛色，他滿心歡喜，窺看祂後面，發現有三隻小貓跟著祂，眼睛圓圓亮亮的。亮天注視著他，眼裡閃著快樂的光芒，「這條命將賜予你希望，」祂低聲道。「不要害怕未來，因為它只會帶來美好。」當祂碰觸他的頭時，曲顎感覺到自己正飛掠於草原上，如風一樣快，幾乎沒有碰到地面。玫瑰色的曙光點亮了前方的地平線。

亮天回到星族行伍，小貓碎步跟在旁邊，低頭鑽進祂肚子底下。

「這條命將賜予你耐心。」才一眨眼，曲顎就被一隻公貓觸碰到頭。**麻雀羽**。這名字在曲顎心裡閃現，彷彿這輩子曾喚過這名字。他全身瞬間灌滿平和的情緒，心跳變緩，一片靜甯。

麻雀羽低頭退下，美好的寂靜也跟著褪去，未來與過去的思緒再度充斥。**雨花**？他掃視貓群，尋找他的母親。祂有生命要賜給他嗎？

「曲顎！」

他聽見貝心的聲音，連忙抬起頭來，心飛揚起來，苦樂參半。「祂也在這裡，」貝心低聲回答，彷彿曲顎剛剛曾大聲提出疑問。「但你的最後一條命將由我賜給你。」曲顎的眼睛烙進祂的眼裡。「我很抱歉害你從前誤入歧途，我知道得太晚了，我應該好好教你的。」

曲顎搖搖頭。「你已經教我很多了。」

貝心以眼色示意，要他安靜。「這條命將賜予你忠心，對你的部族忠心，對愛你的貓兒忠

心。答應我，你會運用智慧來好好善用它。」

曲顎坐立不安，**他是在警告我別再與楓影為伍嗎？**「我現在只靠自己。」他誓言道。

「不，不要只靠自己。」貝心俯視著他。「你的祖靈永遠在你身邊支持你。一路順風，曲星，你會成為一位了不起的族長。」

曲星閉上眼睛，這時星族貓全都抬起頭來高喊他的新封號。他會成為了不起的族長。他感覺得到這句話對他的肯定，爪間微微刺癢。他等不及想回到族裡。這時天旋地轉，星族漸散，曲星眨眨眼，倏地睜開眼睛。**月亮石呢？**

「我們成功了！」一個熟悉的嘶聲在他耳邊響起。

楓影！

她站在他旁邊，兩眼發亮。「你實踐了你的承諾，我也實踐了我的承諾。你已經證明了這世上沒有什麼事情比當上族長更重要。你還不謝謝我為你犧牲的一切嗎？」

曲星瞪著她。**犧牲一切？**她是指雨花？霞星？她還真以為他爬上族長這個位置，全是靠她說服了他拋棄自己所愛所成就出來的？

「我承諾要對河族效忠，但不是以犧牲族貓為代價！」他吼道。「離我遠一點！這是妳唯一能為我做的事。我對你的承諾根本不算數！」

他轉身離開，這時她咧嘴露出黃色尖牙。「你休想一走了之，」她嘶聲道。曲星感覺到她的爪子緊扯住他毛髮，即便距他有幾步之遙。「我絕不會善罷甘休！」

第三十七章

曲星用後腿坐在雪地裡，讓大肚和矛牙先過，雪地被他坐得凹了下去。

「至少我們現在知道為什麼你叫大肚了，」矛牙揶揄道。「從我們離開營地後，你的肚子就一直叫。」

大肚挖起一坨雪，往他同伴砸。「我這兩天只吃了半隻麻雀！」他提醒對方。「肚子當然會咕嚕咕嚕叫。」

「我們回去之前，會抓到一些獵物的。」曲星滿懷期待地說道，這時他們正舉步維艱地進入營地上方的柳樹林。他試圖讓自己的語調開心一點，他真的很不願意見到全族的貓兒都骨瘦如柴。

「我們天剛亮就出來了，到現在什麼都沒抓到。」大肚嘀咕道。太陽已經滑向地平線。

河水已經結冰半個月，冰層厚到根本打不破。沒有魚可抓，他們就只能仰賴林地裡聊勝於無的獵物。曲星早就忘了吃飽是什麼滋味。

「你一定要為你的部族多吃一點，千萬不要病倒。」柳風每晚都這樣求他。但曲星就是不肯多吃一口族貓們的食物。他一直在挨餓。

大肚突然哇哇大叫，整個身子陷進雪地裡不見了。他費力地爬回地面，嘴裡咒罵。「我怎麼老是坐到這些有凹洞的地方啊？」

「我先去。」曲星跳到前面，雪花往後飛濺。

「謝謝你哦，」矛牙趕緊低頭，閃躲族長腳下濺起的雪花。「你是嫌我不夠冷啊。」他的喵聲帶著不悅。

這些天來，大家的脾氣都不好。就像鳥歌常說的：「肚皮一扁，脾氣就壞。」

上次她這麼說時，亂鬚還猛咬她一口。「妳就不能說點有建設性的話嗎？」

結果鳥歌竟然很難得地沒有反駁，她只是瞪著她的伴侶貓，眼色黯沉悲痛。她就像其他族貓一樣還在哀悼灰池早夭的小貓。如今族貓們在營地裡都不敢高聲喧嘩，因為不知道該如何安慰這位傷心的貓后。兩隻小貓小水花和小晨一出生就體弱多病，結果不到一個月就死了。

從此以後，灰池一直在生病。泥毛和棘莓輪流去陪那位生病的貓后，如今她終於康復，已經可以偶爾離開營地，對著結冰的河面吼出自己的悲痛。

「她在呼喊祂們，」曲星曾聽見爍皮這樣對矛牙低語。「她知道祂們回不來了，可是她相信在星族的祂們聽得見她的呼喚。」

曲星也曾停下梳洗動作，豎耳傾聽灰池那令人心碎的哭喊聲迴盪河床，心跟著揪緊。

他甩開這個記憶，「來吧！」蹣跚爬上通往空地的斜坡，那裡長滿了花楸和柳樹。矛牙穿

過凌亂的雪地，費力地跟在後面。

大肚嗅聞空氣。「松鼠！」年輕戰士立刻蹲伏下來。一隻灰色松鼠正在柳樹間驚惶奔逃，尾巴像波浪擺盪。牠突然衝上樹幹，大肚緊追在後，穿過雪地，跟著跳上樹，沿著細瘦的樹枝追捕松鼠，樹上鬆脫的雪塊不斷砸在曲星和矛牙頭上。

「小心點好不好！」矛牙很不高興地甩掉身上的雪，大肚從這棵樹跳到另一棵樹，但那隻松鼠還在繼續往上爬，站在最高處的樹枝上自保，接著蹤身一躍，跳到別棵樹上，留下大肚後腿懸空地掛在細長的枝條上。

「去牠的青蛙屎！」大肚索性放手，直接跌進雪地裡。他坐起來，甩掉耳朵上的雪。

曲星搖搖頭。「運氣不好。」他喵聲道。要是橡心也來的話，那就好了。他的腳步又快又輕盈，可以輕鬆穿過雪地，不會踩破任何冰層。但橡心正在養傷。三個月前和薊爪的一場惡鬥扭傷了他的腿，現在每逢天冷，就會隱隱作痛。

曲星真希望他當時能在場保護哥哥。他在黑暗森林裡受過訓，多少知道薊爪的一些招數。曲星一想到那個潮溼惡臭的地方，就不禁全身哆嗦。邊界有謠言傳來褐斑快死了，雷族很快會有新的副族長。雖然蛇牙在褐斑生病期間代理副族長，但在大集會上時，大家都在竊竊私語薊爪這個名字。曲星閉上眼睛，不免擔心黑暗森林的貓可能成為一族之長。突然一堆雪花濺到他鼻子，思緒頓時被拉了回來。

大肚喊道：「老鼠！」矛牙立刻跑開，飛掠雪地，速度像魚一樣快。那隻老鼠正要衝進花楸的根部，矛牙及時揮出爪子撲了上去，致命一咬。

「我們回營地吧。」曲星喵聲道。天氣愈來愈冷，大家都在發抖。

「可是我們才抓到一隻老鼠。」大肚爭辯道。

「也只能這樣了，」曲星告訴他。「我們已經出來一整天了。現在天寒地凍，別凍出病來了。」他知道棘莓的藥草正嚴重短缺。

他們緩步走進營地，矛牙拎著老鼠走到獵物堆，丟在另一隻早已結霜的死青蛙旁邊。柳風匆匆走向育兒室，嘴裡的羽毛微微抖動。

曲星穿過空地，停在她旁邊。「是誰需要羽毛啊？」

柳風的兩眼發亮。她點頭示意他往前走。曲星跟著他的伴侶貓擠了進去，驚訝地張大嘴巴，灰池正蜷伏在臥鋪裡，兩隻小貓在她肚子旁邊蠕動。

小貓？

柳風隨即將羽毛塞在小貓四周，然後坐下來，開心地喵嗚。「這是星族賜給我們的。」

曲星合上嘴巴，目瞪口呆。

「是我找到他們的。」灰池早就想到他會問這個問題。她輕柔地撫著小貓，讓他們挨近點。

「一隻公貓和一隻母貓。」柳風得意地宣布道。公貓是淺灰色的，正在喵喵叫。母貓是暗灰色的，正在四處張望窩穴，明亮的眼睛帶著懼色。

曲星傾身向前，用鼻子碰碰母貓的耳朵。「別擔心，小東西，妳在這裡很安全。」他瞇起眼睛，看著灰池。「妳說妳找到他們，是什麼意思？在哪裡找到的？」

「在邊界。」灰池用尾巴牢牢圈住小貓。「應該是獨行貓拋棄了他們。還好在他們還沒凍

僵之前，就被我發現了。」她抬起黃色的眼睛，帶著反抗的神色。「我要留下他們，把他們當成自己的孩子來撫養。」

「可是他們的母親找上門來怎麼辦？」

灰池貼平耳朵。「她都已經拋棄他們了，不可能再回來找的。」

柳風挨近曲星。「一定是星族帶領灰池找到他們的。」

憩尾從入口擠進來。「我可以看看他們嗎？」

湖光也在洞口窺探，柔翅擠在後面。

「別擠了，」柳風噓聲趕走那些族貓。「小貓需要休息。」她把憩尾帶出育兒室。「他們才剛脫離險境，身體還很虛弱。」

曲星跟在他們後面跳出來，走之前又回頭看了灰池一眼。只見灰色貓后正看著小貓，彷彿他們是這世上唯一的寶貝。柳風正在育兒室外面擋掉族貓們的七嘴八舌。

「他們很健康、很活潑，只是有點被嚇壞了。」

「我想只要到了早上，你們應該就能看看他們了。」

「灰池好喜歡他們，我想他們也很喜歡她。」

田鼠爪推推曲星。「柳風處理起事情來很有條理，可以當一個好母親了。」

曲星沒注意聽他在說什麼，心裡只想著：**要是獨行貓回來了，怎麼辦？到時要灰池放棄他們，一定又會讓她心碎。獨行貓會搶回自己的小貓嗎？這對獨行貓來說公平嗎？**

如果是霞星，他會怎麼做？曲星心不在焉地朝柳樹走去。

「你見到他們了嗎？」橡心瘸著腿穿過雪地，走過來停在他旁邊。

「見到誰？」曲星仍陷在自己的思緒裡，但也注意到他的跛行。「你還好嗎？你不是還在養傷嗎？」

「就快好了。」橡心聳聳肩，不當回事。「小貓怎麼樣？他們是不是很可愛？這正合灰池的心意，不是嗎？這真是星族送來的好禮物。」

「你覺得我們應該收養他們？」曲星仔細搜看他哥哥那雙目光炯炯的眼睛。

「你不覺得嗎？」橡心皺起眉頭。「你是擔心他們的母親會回來找他們？」

曲星點點頭。「他們不是我們的小貓，我們真的可以這樣決定他們的未來嗎？」

「那不然要怎麼辦？」橡心直言道，聲音裡頭有著一絲怒氣。「難道要把他們送回去，留在原地？我敢保證月亮還沒升起來，他們就凍死了。」

曲星抬頭看著傍晚清澈的天空。夕陽將天色染成粉紅一片。現在正在降霜。橡心說得對：小貓在外頭根本撐不了多久。「我想我們的確需要小貓。」畢竟他們已經失去了很多小貓，先是亮天的，然後是柔翅的，最後是灰池的。

「乾脆由我去負責巡守灰池找到小貓的那個地方，要是有獨行貓來，我再帶她回營地？」橡心提議道。他的語氣聽起來很緊張，似乎是在對那個拋棄兩隻小貓，還有臉回來要走他們的母貓生氣。

曲星豎起耳朵。「好主意。」他瞥了橡心那條扭傷的腿一眼。「等月正當中時，我再派杉皮去接你的班。」他承諾道。

「所以要是沒有獨行貓來認領，我們就可以留下他們？」橡心傾身向前。天氣八成很冷，他全身發抖。

「是啊，」曲星用腳爪搓搓自己凍僵的鼻子。「他們將從此認河族為家，灰池也的確有資格撫養他們。」

橡心的眼神裡有光芒一閃，那是如釋重負的意思嗎？曲星把喵嗚笑聲吞了回去。或許橡心真的該有個自己的伴侶貓了。

⚡⚡⚡

一個月過後，雪融了，新芽為光禿的柳樹添了新妝。太陽爬向遠方的林子，曲星坐在空地邊緣，肚子飽足地看著柳風在地上扯著一根香蒲讓小貓們追。小石蹣跚追在後面，毛絨絨的尾巴豎得筆直。他是隻結實的小貓。小霧則是隻身形苗條的漂亮小貓，她先仔細觀察抽動中的香蒲，瞇起清澈的藍色眼睛，然後往前一撲，抓個正著。

「嘿，」小石看見他妹妹得意地坐在自己的獵物上，不禁出聲抱怨。「灰池！」他朝正在育兒室外頭看著他們玩耍的貓后喊道。「她又犯規了。」

「好啦，好啦，」灰池緩步走過來，輕輕推開香蒲上的小霧。「讓小石玩一下嘛。」

柳風退出遊戲，緩步穿過空地，在曲星身旁坐下。「他們以後一定會成為很棒的狩獵者，他們已經懂得用爪子去勾香蒲，不管是誰都會以為他們是天生的河族貓。」

蘆葦灘一陣窸窣，橡心從河裡爬了出來，嘴裡叼著一條肥碩的鯉魚。他拿到小貓面前，灰

池眼睛一亮。「你們看橡心幫你們抓來了什麼？」

小霧用後腿撐起身子，伸出前爪想碰那條魚。橡心才把魚丟到地上，她就迫不及待地啃了起來。

小石皺起鼻子。「魚腥味好重哦。」

「當然有魚腥味啊，小可愛，」灰池舔舔他兩耳之間。「因為牠是魚啊。」

小石先聞了聞，才咬上一口。「我們可不可以吃老鼠？」他滿嘴魚肉地問道。

「下次吧，小寶貝。」灰池承諾道。

「有狐狸！」莎草溪衝進營地裡，毛髮豎得筆直。

曲星跳了起來。「在哪裡？」

「下游，山楂林旁邊！」莎草溪繞著曲星轉。「我聞到的。」

「但妳沒看見？」曲星的頸毛恢復平順。「牠可能只是經過那裡。」

木毛從柳樹底下匆匆出來。「要不要我組一支巡邏隊？」

自從他從月亮石回來後，曲星就任命木毛為副族長。他的優先人選原本是橡心，但這位老戰士向來忠心耿耿，膽識出眾，河族有必要好好獎勵他。況且曲星也知道橡心不會介意再多等一會兒。

「我去好了。」曲星告訴他。

「你自己去？」木毛眼色黯了下來。「這樣好嗎？」

「如果我聞到新鮮的狐狸味，就會立刻回來找幫手。」曲星承諾道。狐狸很少離開雷族那

座遮蔭的林子，尤其河上的冰層已經融化，那味道可能是邊界那裡飄來的，一時嚇壞莎草溪。

他緩步走出營地，循著草徑走了幾步，才躍過灌木叢，往河岸走去。河水沖刷著卵石，融雪已經退了，水位很低。長滿樹木的沙洲因為發了新芽而顯得生氣勃勃。曲星吸進新鮮的新葉和軟土氣味。魚在水面騷動，泥地上有尖狀的爪印，紅松雞顯然剛從這裡走過。

曲星循著河族的河流邊界走。他一抵達山楂林，就爬上沙洲，嗅聞空氣。沒有狐狸的蹤跡，只聞到報春花的香味飄散在傍晚溫暖的和風裡。除此之外，還有別的味道。曲星突然愣住。

楓影！

他霍地轉頭，掃視河岸，豎高頸毛。這時山楂木動了一下，他的心一個抽緊，楓影走了出來。她的眼色黯沉，橘白相間的毛髮柔順光亮。「你這個笨蛋！」她嘶聲道。「你對河族的忠誠到哪兒去了？」

曲星轉身離開。他不想找她單挑。他只想遠離她。但她衝到他面前，擋住去路。

他伸出爪子。「別來煩我！」

「我是來警告你的！」

「警告我什麼？」他瞪著她。

「你這個鼠腦袋，誰說什麼，你都相信。」她呸口道。

曲星咆哮大吼。

她不懷好意地看著他。「那兩隻小貓！」

「這關小貓什麼事？」

「你真的以為是獨行貓把他們丟在雪地裡的嗎？他們長得像河族貓，動作像河族貓，真的只是巧合嗎？」

「你想說什麼？」

「你是笨還是瞎啊？或者是又笨又瞎？」她背脊上的毛全豎了起來。「你想你哥哥為什麼整天都在為他們狩獵？老是看著他們，彷彿有多秀色可餐似的？他比誰都疼愛他們……他根本就是他們的爸爸。」

曲星怒火中燒。「我不要聽你的鬼話！橡心沒有小貓！他從來沒有伴侶貓！」

楓影眼裡有光芒一閃。「只是不在河族而已。」她往河對岸扭扭頭。「你這個笨蛋，看看那頭吧。」

曲星瞪著雷族沙洲上的那排林子，突然全身發冷。「你在說什麼？」他回頭狠瞪楓影，但黑暗森林的戰士已經消失不見。

曲星霍地轉身，沿著河岸衝回去。**別傻了！他跳上草徑。那只是她的謊言而已！那兩隻小貓不可能跟橡心有任何關連！**他上氣不接下氣地在空地上剎住腳步，掃視營地。「橡心！」

「怎麼了？」橡心從育兒室衝出來，毛髮豎得筆直。

曲星壓低聲音，突然發現自己可能嚇壞小貓。「跟我來。」他小聲下令。

橡心跟著他穿過蘆葦進入營地下方的河岸。「怎麼了？」他爬上平坦的岩石，坐了下來，用毛絨絨的褐色尾巴蓋住腳爪。「出了什麼事？」琥珀色的眼睛裡出現憂色。

曲星感覺得到腳下河水正潺潺流過，小鳥在後方枝頭啾啾啼叫。一隻翠鳥坐在低垂的柳樹

枝上打量水面，尋找魚兒的蹤跡。曲星深吸口氣。「他們是你的小貓嗎？」

橡心瞪著他，鬍子動也不動，耳朵也沒有彈來彈去，連毛髮都像魚鱗一樣平順光滑。「是的。」

「也是藍毛的？」**除了她還有誰？**

「沒錯，」橡心眼裡有痛苦的神色。「她為了當上雷族副族長，忍痛放棄他們。」他突然沉痛地低聲說道。「她不能讓薊爪當上副族長。」他聳聳肩。「她沒有告訴我原因，只說是她的部族需要她。曲星，她相信她的決定是對的，我又能怎麼辦？」

我早該告訴陽星，關於薊爪的勾當，曲星用爪子刮著卵石。**也許這樣就能幫上藍毛的忙，因而保住她的孩子，而我卻讓她自己去對付薊爪的野心。**

這個久藏在他心裡的祕密，頓時變得像石頭般沉重。要是他現在就跳進水裡，一定會被這顆石頭的重量壓在水底。

橡心傾身向前。「你打算怎麼辦？」聲音帶著挑釁，是那種父親為了保護孩子，什麼事都做得出來的那種挑釁。

「不怎麼辦。」

橡心眨眨眼睛。

「我們就把他們當成河族貓來養，」曲星繼續說道。「畢竟他們也是我們的小貓。」他低頭看著自己的腳。「我只是希望你當初能對我坦白。你又不是不知道你可以完全信任我。」

橡心嘆口氣。「我想我們都有自己的難言之隱吧。」

曲星抬眼看著他哥哥那雙清澈的琥珀色眼睛。**要是能讓你知道我的難言之隱就好了。**

第三十八章

曲星把另一條鱒魚丟給躺在蘆葦灘上的木毛。今天的狩獵很順利，獵物已經足夠他們大快朵頤。過去四個季節來，老天爺一直很厚待河族，把他們餵養得很飽。太陽終於滑向河面，綠葉季的清涼和風拂過營地。

石毛翻身仰躺。「好飽！」他笨拙地舔著脹大的肚皮。以一名年輕戰士的體型來說，他就像資深族貓一樣身材結實，腿部修長。

錦葵尾用爪子戳他。「這是你應得的獎勵。」她開心地喵嗚道。「我從來沒見過有誰敢像你那樣去追趕兩腳獸的。」

灰池的耳朵抽了抽。「石毛，我不希望你常做這種事，」她喝斥道。「你才剛當上戰士沒多久。」

「又不只有我，」石毛提醒她。「整支巡邏隊都在追啊。」

霧足輕輕推了灰池一下。「你擔心得太多了。」

灰池哼了一聲。「我不擔心，誰擔心啊。」

木毛甩甩尾巴。「石毛，你是追得太近了點。」

「牠不該那麼靠近營地。」石毛爭辯道。

「攻擊兩腳獸，只會惹來麻煩。」迴霧發愁地道。

「他沒有攻擊牠，」霧足幫她哥哥說話。「他只是嘶聲吼牠。」

「牠現在一定在跟同伴說你對牠窮追不捨，」迴霧搖搖頭。「到時牠們就會入侵營地，等著瞧吧。」

波爪打個呵欠。「兩腳獸太笨了，牠們不知道要怎麼展開攻擊。」

曲星坐了起來，伸個懶腰。「必要時，我們多派點巡邏隊出去。」他瞥了獵物堆一眼，心想要不要再拿條鯉魚給柳風吃。她最近老喊肚子餓。

憩尾站了起來，伸個懶腰。「我好睏哦。」她朝鳥歌點點頭。「你準備回臥鋪了嗎？」自從亂鬚死後，憩尾就趁上一個禿葉季搬進了長老窩。那幾個月來，她一直覺得自己年紀大了，於是找了個理由，說她想陪鳥歌，就把自己的窩讓給了錦葵尾和曙亮。

鳥歌搖搖頭。「我今天睡了一整個下午。我要再躺一會兒，聽聽戰士們吹牛皮。」

「我們才沒有吹牛皮呢！」曙亮鼓起胸膛，這時憩尾已經爬上斜坡。

大肚喵嗚笑了。「你剛剛不是說你潛水三次就抓到三條魚，這不叫吹牛皮，叫什麼？」

「本來就是真的啊！」曙亮哼了一聲。

曲星舔舔腳爪。「大肚，我想你從來沒吹過牛皮吧。」他把自己的口鼻舔乾淨。

蛙跳的鬍鬚抽了抽。「每次從戰場上回來，他就會算他和幾個戰士打過架，然後收集同樣數目的蘆葦，織進自己的臥鋪裡！」

「我在計算啊。」大肚喵嗚道。「過去幾個月來，我們打贏那麼多場仗，很難全都記住。」

曲星開始梳洗自己的耳朵。他喜歡聽他的族貓這樣閒聊，心中對這群強壯、忠實的戰士很引以為傲。自從新葉季之後，其他部族就不敢再侵入他們的邊界。他們拿回了陽光岩。陽星到河族營地的嗆聲之行，只給了雷族幾個月的占領時間而已。

「曲星？」柳風溫柔地喚他。她站起身來，示意他離開空地。

「什麼事？」他跟著她走向入口。

「我想你可能想散散步。」她的琥珀色眼睛在漸暗的光線裡尤其顯得晶亮。「有件事我想告訴你，但又不想讓那些愛包打聽的貓兒聽見。」

曲星偏著頭。他的伴侶貓有點奇怪。「妳還好吧？」

「當然很好。」她用尾尖彈彈他的耳朵，低身鑽出營地。他們往下游慢慢走去，岸上的石頭被太陽曬了一天後餘溫猶在。

「究竟是什麼事？」曲星滿心期待地看著她。「有什麼事不能在營地裡說。」

「我懷孕了。」

曲星愣在原地，他的心喜悅地噗通噗通直跳。「真的？」

柳風喵嗚道：「真的。」

「什麼時候生？」

「大概三個月。」

「有幾隻小貓？」

她噗嗤笑了出來。「我怎麼會知道。」

「你應該立刻搬進育兒室。」曲星決定不冒任何險。已經有太多河族貓后失去自己的小貓。

「別傻了，」柳風爭辯道。「我還可以參加一陣子的巡邏隊。」

「那除了小魚之外，其他太重的東西都不准自己搬。」

她看著他，尾尖不耐地抽動著。

「好啦，好啦。」曲星知道自己太小題大作了。柳風懷孕了！他用鼻子抵住她的，快樂到好像全身都在發光。「我要去告訴橡心！」他喵嗚道。「我要告訴大家。」他轉身就跑，但才踏上草徑又趕緊剎住腳步。「可以嗎？」他回頭問道。「我可以告訴大家嗎？」

柳風點點頭。曲星衝進營地。「柳風懷孕了！」

「恭喜！」鴞毛立刻站起來。

橡心停止梳洗動作。「終於聽到你們的好消息！」他快步穿過空地，繞著曲星走來走去。

柔翅點點頭。「也是時候了。」

「誰懷孕了？」憩尾從長老窩裡鑽出來，耳朵豎得筆直。

鳥歌抽動著鬍鬚。「柳風懷孕了。」

憩尾匆匆走下斜坡。「我希望她現在就搬進育兒室，」她喵聲道，語氣聽起來很焦慮。

「她在哪裡？」她掃視營地，這時柳風正從入口緩步走了進來。「親愛的，快過來休息。」憩

尾急忙走向她，把她帶到柳樹下。

爍皮哼了一聲。「別小題大作好不好，她不會有事的。」

曲星朝木毛點點頭。「我希望暫時解除她在巡邏隊裡的工作。」

柳風豎起毛髮。「我不准你這麼做，」她告訴木毛，然後看著棘莓。「我不需要像隻無助的小貓一樣老躺在臥鋪裡，是不是？」

棘莓搖搖頭。「當然不需要。」她看了曲星一眼。「可是你就讓他小題大作一下吧，做戰士的又不是每天都有機會聽見自己要當爸爸的消息。」

「我沒有小題大作！」曲星挺起胸膛。頭頂上的天色正逐漸暗下來，天就快黑了。「不過柳風，也許妳該早點休息了，我送妳回臥鋪。」

他把她推向柳樹根那裡的窩，柳風喵嗚笑了起來。「你不一起睡嗎？」她喵聲問道，這時他正低頭穿過青苔簾幕，打算出去。

「晚一點，」他回答道。「我太興奮了，睡不著。」他緩步走進空地。

他的族貓們正各自回窩。杉皮在他經過時向他點了點頭。「恭喜你，曲星。」

「謝謝。」月亮正在升起，星星一閃一閃地開始點綴夜空。他頓時覺得營地裡的空間太狹小擁擠，於是穿過蘆葦往外走，循著小徑走向柳樹林。他穿梭在細瘦的樹幹間，天色像鼬鼠皮一樣灰暗，空氣裡充斥野花的味道。他的腳被露溼的草地沾溼。

謝謝祢，星族，請保佑她。過往的記憶突然在他眼裡閃現，他試圖不去理會，但仍蜂擁而來。他看見雨花兩眼空洞地躺在岸上；他感覺到霰星的重量壓在他背上。

「柳風是我的，楓影！」他朝林間吼道。「妳聽見沒？不管妳怎麼想，反正她不在我的承諾裡。我不准妳動她一根寒毛！」

他瞪著空地，搜尋可能的腳步聲，尋找熟悉的刺鼻味道。但只有沙沙作響的柳樹回答他。

曲星嗅聞空氣。綠葉季的花香味濃郁到近乎作嘔。落葉季快要來臨。木毛、陽魚和石毛從他旁邊魚貫經過，進入營地。他們剛去巡邏陽光岩的邊界，重新標上氣味記號線。曲星緩步穿過蘆葦，停在空地上。他檢查獵物堆，鮮魚堆得滿滿的。

「柳風！」他看見她挺著大肚子，腳步踉蹌地想把一綑蘆葦從岸邊拖進來，嚇得他倒抽口氣。「看在星族的分上，妳在做什麼？」她的預產期快到了，根本不該做這麼粗重的工作。曲星衝過去，搶下那綑蘆葦。

柳風豎直毛髮。「有什麼關係啊？」

「怎麼不找別人幫忙？」

「謝了，我可以自己做臥鋪。」她瞪著他，眼裡帶著挑釁。

曲星強自嚥下沮喪。「那至少讓我幫妳。」他喵聲道，沒等她出聲抗議，便自行叼起那綑蘆葦，搬到育兒室。他把它拖進裡面，丟在她臥鋪旁邊。

陽魚從角落裡抬眼看他。她懷了甲蟲鼻的小貓，等柳風生完以後，就該輪到她了。「我告訴過她，要她去找幫手。」

柳風從育兒室入口擠進來。「我不需要幫手。」她咬牙切齒地呼嚕說道。

「誰需要幫手？」棘莓跟在後面溜了進來。

曲星彈彈尾巴。「柳風覺得應該自己去搬蘆葦！」

棘莓聳聳肩。「她當然想在生孩子之前，把臥鋪整理好。這是很自然的事。」她瞥了柳風收集的蘆葦一眼。「我叫爍皮過來幫妳編織臥鋪。」

「謝了。」柳風還是怒目瞪著曲星。

曲星也瞪回去。「我還是覺得妳不應該……」這時柳風突然咳了起來，他趕緊住口，背脊一陣發涼。

棘莓瞇起眼睛。「妳什麼時候開始咳的？」她朝柳風慢慢走去，耳朵壓在貓后的下腹。

「今天早上，」柳風生氣地說。「只是喉嚨癢，一定是睡覺時，不小心吞進一根羽毛。」

「也許沒什麼大礙，」棘莓輕鬆地說道。「不過我會給妳一些貓薄荷和金盞花吃。」

曲星仔細打量巫醫，他非常清楚她向來善於掩飾自己的情緒。晚一點他會去巫醫窩裡找她問清楚柳風是不是真的沒事。他只想問個清楚。

「噢！」柳風突然倒抽口氣，蹲了下來。

曲星愣在原地。柳風痛得皺起眉頭。

棘莓用腳爪輕觸柳風的肚子，她看起來有點訝異。「小貓要出生了。」

曲星瞪著她，一臉驚駭。「現在？」

棘莓點點頭。「去找泥毛和憩尾來。」她看了陽魚一眼。「很快就會輪到妳了，要不要現

在觀摩一下？」

陽魚的眼睛發亮。「好啊。」她緊張地說道。

棘莓拿尾巴去彈曲星。「快去。」

曲星趕緊鑽出育兒室，跑過空地，一頭探進巫醫洞口。「柳風要生了！」他朝泥毛喊道。

巫醫的見習生正在揀選藥草。他抬起頭來，豎直耳朵。「好，我馬上就來。」然後抓了一把藥草。

曲星低頭鑽出去，又往長老窩跑。「憩尾？」

臥鋪裡的老貓后抬起頭來。「她要生了嗎？」

「妳怎麼知道？」

「你的表情就像第一次掉進河裡的小貓一樣。」憩尾四腿僵硬地站起來，往入口走去。

曲星跟著她走下斜坡，看著她消失在育兒室裡。泥毛快步穿過空地，嘴裡叼著藥草，也跟著進去。曲星有點沮喪，只能在空地上踱步，盡量不去想亮天當年生產的經過。

橡心緩步走進營地，嘴裡叼著一條魚。他才看了曲星一眼，便立刻丟下嘴裡的魚，跑了過來。「柳風？」

「她要生了，」曲星一直走來走去。「棘莓在陪她。」

「她不會有事的。」橡心陪他一起走，放緩腳步。「她是個強壯的戰士，我看過她單爪一揮，就打退一隻雷族公貓。現在只是要生一兩隻小貓而已，不會有事的啦。」

曲星的心跳得很厲害。

「她也是位出色的狩獵者！她可以一口氣潛進水裡，憋氣憋得比眾所皆知像半貓半魚一樣的波爪還要久。」橡心繼續說道。

獺潑緩步走出窩外。「發生什麼事了？」老戰士瞇起眼睛環顧空地。幾個月前，木毛就在勸她搬進長老窩，但她堅持不肯，打定主意要在戰士崗位上和他同進同出。他們已經當了好幾個月的伴侶貓，所有族貓都知道要她離開年紀漸長的副族長，她一定會覺得很孤單。

橡心緩步走到她身邊，把她帶到空地邊緣。「柳風要生了。」

「我就知道我聞到恐懼的氣味。」獺潑坐了下來。「是你們的，不是她的。別擔心。」

木毛快步走過來，坐在她旁邊。「我想她忘了生小貓的是柳風，不是她自己。」

等到日正當中時，泥毛才鑽出育兒室。「三隻小貓！」他得意地大聲說道。

曲星眨眨眼睛。「柳風怎麼樣？」

「她很好。」泥毛示意他進育兒室。「快去見見你的女兒，全都是母貓。」

曲星鑽了進去，興奮到腳爪彷彿滋滋作響。柳風躺在臥鋪裡，眼色黯沉。憩尾蹲在她旁邊。陽魚坐在自己的臥鋪裡，神情緊張地看那些剛出生的小貓。

棘莓把曲星往前推。「她累壞了。」她出聲警告。柳風咳了幾聲。

「她睡一覺就會好多了，」憩尾低聲說道。「曲星，你為什麼不去跟你的小貓們打聲招呼，歡迎她們來到河族呢？」

曲星把目光從柳風移到那三個溼漉漉的小東西身上，她們躺在她的肚子旁，看起來好漂亮。他朝臥鋪低下身子，逐一嗅聞她們。體型最大的那隻毛色是暗灰色的，另一隻的毛色幾乎

是黑的，體型最小的那隻則是銀灰相間的虎斑貓，像她母親一樣。

曲星好愛她們，愛到心痛。他用鼻子抵住柳風的面頰，滿是驕傲，心花怒放。

「她們好漂亮。」他低聲道。

「我知道。」她啞著嗓音說。

棘莓傾身向前，在他耳邊低語。「你最好讓她休息一下。」她低聲催他出去。曲星很感激這位巫醫。她接生出全河族最漂亮的小貓。**星族，也謝謝祢們原諒了我。**柳風和他們的女兒是這世上最美好的祝福。

曲星很早就醒了。他緩步走出窩外，穿過空地，打著呵欠，這時太陽已經爬出地平線。他像魚兒般悄無聲息地鑽進育兒室偷窺柳風的臥鋪。她還在睡，三隻小貓安靜地蜷伏在她旁邊。曲星心想她醒來時一定很餓，於是溜進空地，走出營地，想趕在族貓醒來前抓條肥美的鯉魚。

「這是要給柳風嗎？」橡心從窩穴處喊道，這時曲星正鑽出蘆葦叢，一條鯉魚叼在他嘴裡。曲星點點頭，卻突然慢下腳步，原來他看見泥毛站在育兒室外面。他把魚丟在巫醫見習生的腳下。「發生什麼事了嗎？」他問道。泥毛的表情令他的頸毛不由得倒豎起來。

「你不能進去。」泥毛輕聲對他說。

曲星毛髮倒豎。「為什麼我不能進去？」他聽見柳風在裡頭咳嗽。小貓們喵喵地叫。

「她們餓了！」曲星抗議道。「而且柳風也餓壞了。讓我把魚送進去。」他低頭拾起魚，

泥毛卻擋住入口。

曲星怒目瞪他，心裡卻開始害怕。他呸掉嘴裡的魚。「讓我進去！」

泥毛鎮定迎視曲星的目光。「棘莓說絕不能受到打擾。」他瞥了背後一眼。「誰都一樣。」

「棘莓在裡面？」曲星心跳加速。「發生什麼事了？為什麼我不能見柳風？」

「她有點病了，」泥毛解釋道。「不過小貓沒事，我在照顧她們。」

曲星咆哮。「讓我進去！」他試圖推開泥毛，但被泥毛擋了回來，他的戰士身手依舊不減。

棘莓從窩裡鑽出來。「我就知道是你的聲音，」她語氣輕鬆地說道。「別擔心，柳風只是有點咳嗽，我不希望它被傳染開來。你得待在外頭，等我說可以進去時才能進去。」

曲星不敢相信自己的耳朵。看在星族的分上，他是一族之長！「那你怎麼可以進去？還有泥毛為什麼也可以？這不公平！」他像隻受驚的小貓那樣強詞奪理。「陽魚也在裡面啊。」

「陽魚已經搬到長老窩了。」棘莓偏著頭。「而且如果她已經被感染，現在早該咳了。」

「可是我昨天有進去過，我沒被感染啊！」曲星繼續爭辯。

「你只在裡面待一會兒而已，」棘莓注視著他。「你最好還是待在外面，你是我們的族長，我們不能拿你的健康來冒險。」

曲星張開嘴巴，但一句話也說不出來。部族需要他。可是柳風也需要他！

「妳要快點好起來！」他隔著育兒室的牆喊道。「我愛妳！還有我們的女兒！」

第三十九章

棘莓從育兒室鑽出來，曲星趕緊跳起來。

「要不要我去拿點蜂蜜？」他提議道。

「不需要。」棘莓的兩眼無神，尾巴拖在地上。

整座營地被毛毛細雨淋得溼答答的，自從柳風生完小貓後，已經又過了幾天，她的咳嗽更嚴重了，其中兩隻小貓也開始咳。棘莓不准曲星進育兒室，但他堅持守在外頭，一直在空地上走來走去，一會兒向星族祈禱，一會兒又咒罵祂們。祖靈賜給他的希望、勇氣、信任和耐心，此刻對他來說毫無意義。

「曲星，」棘莓的喵聲嚇了他一跳，把他拉回了現實。「她得了綠咳症。」

「那我去抓點貓薄荷！」曲星說完就要往蘆葦叢衝。

「我已經給她吃過貓薄荷了。」棘莓在後面喊他。「沒有用。」

這時又聽見柳風一陣狂咳，育兒室跟著震

動。細小的咳嗽聲也隨之響起。曲星貼平耳朵。「我能做什麼嗎？」

「你可以進去看看她。」棘莓站到一旁。「她想幫小貓取名字。」

為什麼要現在取名字？曲星瞪著幽黑的窩穴，地上的腳突然像生了根一樣。

「去吧。」棘莓催促他。

曲星故作鎮定地進入昏暗的育兒室，他眨眨眼，適應裡頭的光。「柳風？」她蜷伏在臥鋪裡，三隻小貓都偎在她身邊。她一聽見曲星喚她，立刻抬頭。「你來了。」

他蹲在臥鋪旁，用鼻子輕刷她的面頰。「棘莓之前不讓我進來，可是我一直守在外面。」

「等了很久嗎？」柳風的眼裡有淚，口鼻潮溼，她虛弱地咳了咳，整個身子不停發抖。

「沒有，」曲星低聲道。「沒有很久。」

柳風凝視他的眼睛。「對不起。」

他偏著頭。「為什麼要說對不起？」

「因為你得自己養大孩子了。」

「妳哪裡也不准去，」曲星的面頰緊緊挨著她。「我不會讓妳離開我。」

「你會是個好父親。」她的喉間有低沉的喵嗚聲，她又咳了起來，這次喘得更厲害。「我很高興霰星把我從河族帶回來。我喜歡跟你在一起，我喜歡和河族在一起。」

「不要這麼說！」曲星刻意壓抑住聲音裡的驚恐。小貓都抬起頭來，鼻子朝他轉過來，試圖睜開眼睛。「妳不能棄小貓而去，她們需要妳。」**我也需要妳。**

「哦，我的寶貝，」柳風的鼻子輕輕刷過他那歪扭的下巴。「為了我，你一定要堅強。」

「妳會好起來的。」

「幫你的女兒們取名字吧。」

曲星只覺得全身發麻，他心灰意冷。柳風說得沒錯。他們的女兒需要取名字。他把一隻腳爪伸進臥鋪裡，輕觸那隻暗灰色的小貓。「小鯉。」他低聲道。他早料到會如此。幾天前，他在空地踱步時，就已經先想好她們的名字了。

「小鯉。」柳風氣喘吁吁地重複道。

「還有小柳。」曲星搓搓那隻煙灰色的小貓。「我要幫她取一個跟你一樣的名字。」

小柳喵喵地叫，用後腿抓住他的腳爪，用力搖晃他的腳墊。他喵嗚笑了，隨後輕輕甩開她，觸碰顏色最淺的那隻小貓。「她叫小銀。」

「小銀。」柳風全身癱軟倚在他身上，面頰抵住他。「這些名字都好可愛。」她的呼吸漸漸平穩下來，蜷起身子圈住小貓們，鼻子擱在腳上，閉上了眼睛。

曲星把鼻子埋進她的毛髮裡。「好好休息吧，我的寶貝。」他鑽進臥鋪，用身體包住她。「我幫妳保暖。」他閉上眼睛，嗅聞她溫軟的體香。

「曲星？」窩穴一陣窸窣，棘莓鑽了進來。她朝臥鋪低下身子，輕觸他的毛髮。「我聽見你幫小貓們取的名字了，名字都好美。」

他抬起頭。**我在這裡待多久了？**

棘莓不再壓低聲音。「我很遺憾，柳風已經走了。」

「不！」曲星這才驚覺柳風的身體早已冰冷。「不！」他衝出窩外，哭嚎聲迴盪營地裡。「我從來沒有答應妳這件事！」族貓全都驚愕地看著他。他跑出營地，躍過潮溼的草地，奔進柳樹林裡。

「楓影！」他吼道。「妳在哪裡？這就是妳所謂的另一種犧牲嗎？這就是為什麼我可以成為最了不起的戰士，是不是？我不想變成最了不起的戰士！我收回！我收回我的承諾！如果這就是我要付出的代價，我不要了！」

「曲星！」橡心的聲音穿過林子。曲星癱倒地上，氣喘吁吁。

他哥哥的毛髮從他身邊刷過。「你在說什麼？」橡心緊緊挨著他。「你承諾了什麼？」

曲星甩開他。「我不能告訴你！」罪惡感充滿他全身。「我不能說！」

橡心用尾巴撫平他的毛髮。「曲星，回營地去吧，族貓們都在擔心。」

曲星勉強爬了起來。他漫無目的地跟在橡心後面，回到營地，進入空地。陽魚正從育兒室裡鑽出來，小銀叼在她嘴裡。曲星跑向她。「妳要帶她去哪裡？」

陽魚縮起身子，瞪大眼睛。棘莓衝到他們中間。「她要帶小銀去長老窩，她在那裡比較安全，不會受到感染，她會好好照顧她，為她保暖。」

「那小柳和小鯉呢？」曲星追問道。

「她們在育兒室睡著了。」

「那……那柳風呢？」她的名字梗在他喉嚨裡，差點吐不出來。棘莓的目光越過了他。曲

星轉身，看見柳風的屍體被放在空地上，雨水淋溼了她的毛髮。他痛苦嗚咽，腳步沉重地走進育兒室。「我去陪我的小貓。」他吼道。

他蜷進臥鋪裡，躺在小鯉和小柳身邊，圈住她們，感覺到她們全身發抖，都在發燒和咳嗽，於是將她們抱得更緊。「噓，小東西，我來照顧你們。」

育兒室外傳來焦急的喵語聲。「不會有事的，」棘莓安撫著族貓們。「他只是太傷心了。」

曲星貼平耳朵，緊緊抱住自己的小貓。她們挨著他猛咳，像獵物一樣脆弱不堪，育兒室的光線漸暗，她們喵喵地叫，不停蠕動。夜色降臨，曲星聽見空地上拖著腳走路的聲音還有空氣裡輕微的低語聲，他的族貓們正在為柳風守夜。曲星舔舔兩個女兒的毛髮，直到她們安靜下來。他鬆了口氣，閉上了眼睛。

「曲星！」

他醒了過來，曙光從屋頂探入，他逆著光，眨眨眼睛。泥毛的暗色毛髮在臥鋪旁移動。曲星坐了起來。小鯉和小柳從他旁邊滾了下去，曲星伸出腳爪，把她們推回臥鋪。

泥毛用鼻子輕觸曲星。「曲星。」他低頭看著小小的屍首。「她們跟隨柳風去了。」

曲星幾乎聽不見他說的話。他從他身旁擠出去，爬出臥鋪，衝出育兒室，跌跌撞撞地穿過營地，無視族貓們悲傷的喵語，蹣跚地朝自己的窩走去，一路上他什麼都看不見，只有模糊晃動的身影。

「你要節哀啊！」憩尾追在他後面喊道。

「不要把小貓也帶走！」

他衝進自己的窩，沒理會灰池絕望的哭號。他癱在臥鋪，把鼻子埋進青苔裡。它聞起來仍有柳風的淡淡體味。他強忍住哭嚎，緊閉眼睛。不管他怎麼做，都逃不開自己的承諾！他不能把它收回來。我註定得失去我所愛的貓兒！記憶如潮水湧現……悲劇接二連三：柳風、他的小貓、雨花、霰星、橡心的背叛、藍毛的犧牲。**霧足和石毛甚至不知道自己的生母是誰？**他的承諾竟像丟進河裡的石頭一樣，掀起永無止盡的漣漪，不只波及他這一生，也波及他的部族，波及一切！而這一切的源頭全是楓影造成！

楓影！他的怒吼梗在喉嚨裡。**我來找妳了，楓影**。他現在就要睡著，他希望趕快睡著，他一定要睡著，才能在黑暗森林裡醒來。

楓影正看著他。「曲星。」她的喵聲帶著得意。

他怒火中燒，大吼一聲，撲了上去。他還記得銀鷹那致命的招數。他兇狠攻擊，老母貓被他甩打到旁邊，曲星對準她喉嚨撲了過去。

她低身閃開，尖聲怒吼。眼裡燃起得意的光芒。「你以為你比我還強嗎？」她嘶聲道，衝了上來，用後腿撐起身子，前爪猛砍他的面頰。

他腳步踉蹌，被她打得東倒西歪，蹣跚跌在地上，但及時轉身，躲開另一記，伸出爪子，勾住楓影的毛髮，把她往後拖。她的後腿在幽黑的地上抓扒，但沒一會兒功夫她就穩住身子，朝他撞了過來，前腳急揮，利爪像狗魚的尖牙一樣閃閃發亮。曲星低頭閃過，從她底下鑽出去，擋開她後腿，趁她還沒從地上爬起來，轉身一躍，空中扭身，後腿飛踢，往前一撲，落在她背上。楓影在他下方低吼呻吟，但他緊緊壓制住她，尖牙猛咬她的背脊。

她冷不防地一個使力把他推開，曲星嚇了一跳，鬆手往後彈開，轉身打算落地，但沒來得及，反而撞上地面，氣喘吁吁，感覺到她的身軀重壓在他身上。他咕噥呻吟。她的爪子戳進他的毛皮，將他壓制在地。

「來啊，妳殺了我啊！」曲星嘶聲吼道。「反正我也不想活了。」

「哦，不，」楓影不懷好意的喵聲傳進他耳裡。「讓你活下去才是最好的復仇方式。」

「**復仇？**」曲星不停抽動。「我對妳做了什麼？」

楓影猛地把他往後一扭，瞪視他的眼睛。她的眼裡燃著恨意。「你本來就註定要當上河族族長，根本不勞我費力。你的未來早在很久以前就被星族欽定了。」她的臉又貼近了點。「但誰在乎天命呢？只有傻子才會。我本來應該當上雷族族長的！可是我愛上了河族貓，他們就把我趕出來了。」她齜牙咧嘴。「聽起來很熟悉，是不是？其實會背叛部族的不只有橡心而已。」她邪惡地搖了搖曲星，彎曲的爪子狠狠戳進他的肉裡。「我生的小貓太可愛了！」她眼裡的怒火更盛。「可是卻淹死了。雷族把我趕走之後，我試著帶他們渡河去他們父親的營地，但河水硬是拖走他們，把他們捲走了。」

曲星試圖掙開。「哦，不行！」楓影猛地一扯，又把他壓回地面。「你一定要聽完整個故事。」她那惡臭的鼻息吐在他的口鼻上。「他們的父親竟然把這事怪到我頭上！河族也把我趕走。你知道那種感覺是什麼嗎？被拒絕兩次？只是想要被愛而已，到頭來卻落得只能當隻獨行貓？不過別擔心，我讓他們付出了代價。我一直在找機會報仇！你知道我為什麼在這裡嗎？」她的目光環視空地。「我在黑暗森林裡掙得我的地位。但最讓我氣不過的是我的孩子溺死了，

他們的父親卻又另外找了一個河族的伴侶貓！他答應過我只愛我一個！後來他們生了一個女兒，而那個女兒又生了一個兒子。你知道那兒子是誰嗎？」

曲星搖搖頭，試圖理解她的話。

「貝心，」楓影吼道。「你的父親。」她的爪子微微顫抖。「你現在懂了嗎？瞭解了嗎？」

「瞭解什麼？」

「你這個鼠腦袋！河族的族長本來應該由我的後代來當，不是他！要是雷族沒有把我趕走，我的小貓就不會死。如果河族沒有拒絕我，我就會是他們父親的伴侶貓，而不是由某個魚心蝦肺的河族貓后來當他的伴侶貓。」她說得氣喘吁吁。「我忍受了這麼多背叛，一再地被傷透了心。終於你出生了，天生註定未來成就不凡，可是你根本不應該出生！」她用力推開他。

「我想測試你的忠誠度，」她斷聲道。「我想知道你是不是像你家族裡的貓一樣意志薄弱，朝三暮四。我想知道你會不會跟他們一樣也背叛我。」她繞著他走，齜牙咧嘴。「你記得我以前說過什麼嗎？你記得我說的每一字每一句嗎？**只要你答應我只效忠你的部族，我會給你所夢想的一切，讓你成為一族之長，你能做出這樣的承諾嗎？**結果你答應了，你給了我你的承諾！你願意犧牲你所愛的每一隻貓。你的母親、你的哥哥、你的伴侶貓、還有你自己的小貓。從你承諾我的那一刻開始，我就有權帶走他們。」

「妳瘋了！」曲星低聲道。

楓影的鼻子湊了過來。「不過我也死了。」她的眼神狂亂。「這表示你對我莫可奈何，你傷不了我的！」她從他旁邊衝了過去，臥鋪裡的曲星隨之驚醒，身上血流如注。

第四十章

曲星從窩穴洞口的青苔簾幕底下鑽出來。曙光正布滿天空。木毛已經在蘆葦灘那裡組織巡邏隊。蛙跳、迴霧、鴞毛、和湖光都圍著他。蘆葦尾和天心從窩裡匆匆出來，黑爪和大肚緊跟在後。

「迴霧，妳帶天心和蘆葦尾去抓魚，」木毛喵聲道。「到上游去，踏腳石附近已經捕撈過度了。鴞毛，妳帶……」曲星走進空地時，木毛抬頭小心打量他的族長，臉上愁色難掩。戰士們也一個接一個地抬頭看他，然後移開目光。他們豎直毛髮，顯然不太自在。曲星試圖讓自己不去畏懼這些目光。但突然間，他覺得他好像又變回以前那隻小貓，在撞斷下巴後，首度走出巫醫窩。只不過這次的感覺更糟。

「他們不知道該怎麼安慰你。」棘莓的喵聲把他拉回現實。她停在他旁邊，身上有藥草和露珠的味道，她把一綑新鮮的葉子扔在地上。

「他們幫不了我。」曲星粗聲說道。這是他失去柳風後的第一個黎明。他幾乎不敢相信太陽竟然可以依舊升起。「小銀還好嗎？」他輕聲問道。

「她很好。我會告訴她你有問起她。」棘莓瞥了她那沾滿藥草的腳爪一眼。「我一直在幫她採集金盞花，以備不時之需。她目前沒出現什麼症狀，但我覺得還是小心為上。」

曲星打斷她。「我有話跟妳說，單獨說。」他領著她離開營地，走下河岸，緩緩步上水邊一座平坦的突岩。曲星看著河裡有片飄零的葉子，河水繞著它打轉，緩緩將它捲走。

「什麼事？」棘莓催促道。

「我沒有把全部的實情告訴妳。」曲星搜尋巫醫的目光，似乎害怕會在裡頭看見什麼。她可能從此再也不會相信他。

她眨眨眼。「說啊！」

「我在黑暗森林裡不只接受了楓影的訓練，」曲星覺得全身發燙。「我還給了她承諾。她告訴我她能給我所夢想的一切。她告訴我可以成為一族之長，但我必須答應她只對部族效忠，勝過於其他一切。」他等著棘莓開口說話，但她只是看著他。「這個承諾好像沒什麼了不起，我本來就會效忠我的部族，我向來都是。可是她要我承諾這種效忠必須勝過其他一切。」他舌間感覺到這句話的酸苦。

「她這話是什麼意思？」

「我沒問，我以為這很簡單。」他肩膀垂了下去。「我不知道她的意思是我必須犧牲掉我所愛的每一隻貓。」

「你是指柳風？」棘莓問道。

「還有雨花和霰星。」

「可是你沒有犧牲他們。」棘莓驚愕地看著他。「是他們的時辰到了，跟你無關。」

「真的有關！」曲星甩著尾巴。「如果我沒有許下承諾，他們一定還活著。橡心也不會……」他沒再說下去。沒必要讓棘莓知道橡心曾為了一隻雷族貓背叛河族。他難過地扭過頭去。「如果我沒有這麼想當族長，就不會發生這些事，楓影就會放過這個部族。」

我不能再當族長了。既然棘莓已經知道河族的這一連串不幸都是他引起的，她一定會要求星族收回他的九條命。曲星垂著頭，看著腳下平坦的灰色岩石。他罪有應得。

「你為什麼能確定這些事不會發生？黑暗森林的貓真的有本事可以改變部族的命運嗎？」棘莓的眼神帶著質疑。「即便是星族都沒有這種能耐，你有本事可以掌握貓兒的生死嗎？」

曲星坐立不安，全身都是疑問。

「哦，曲星。」棘莓的眼睛光芒一閃。「你曾被迫獨自走過一條黑暗又可怕的路。」她爬上岩石，來到他身邊。「這些不幸都不是你造成的。我甚至也不相信是楓影造成的。有時候厄運就是會毫無原因地找上門來，就算有原因，也非我們所能理解。」她退後一步，捕捉他的目光。「請不要再認為這些都是你必須獨自承擔的。我是你的巫醫，你可以相信我，什麼事都可以跟我說。」

「真的？」曲星吞下喉間的哽咽。

「真的。」棘莓舔舔他的面頰。「我也希望楓影已經如願復仇，不會再來騷擾你。」

自曲星有記憶以來，這是他第一次感覺到自己完全解脫。他說出了隱瞞已久的祕密，心上輕鬆許多，不再那麼沉重。「我們回營地吧。」他跳下石頭。「木毛在組織巡邏隊，可能需要幫手。」他曾經在撞斷下巴後，重新面對部族，相信他現在也可以。畢竟他們是他的族貓，而他是他們的族長。他們需要他，一如他也需要他們。

「那小銀呢？」棘莓的問題令他愣了一下。

「陽魚在照顧她，不是嗎？」

「我相信她會想見自己的父親。」

「晚點兒再說吧。」曲星跳上沙洲。「我還有巡邏隊的事要處理。」

甲蟲鼻從蘆葦叢中間游過來，跳上岸，溼透的毛髮黑鴉鴉的，不斷有水流竄而下，一條小鯉魚叼在他嘴裡。

「那是給陽魚的嗎？」爍皮問道。「要不要我幫你拿給她？」

甲蟲鼻搖搖頭，往育兒室走去。曲星在柳樹蔭底下旁觀。他猜甲蟲鼻是想去探望小狐和小草。黑色公貓自從有了自己的小貓之後，便時常得意洋洋地走在空地上，找盡各種機會去育兒室探望。

爍皮穿過空地，坐到曲星旁邊。「你為什麼不去看小銀？」她追問道。

「太擠了吧。」曲星看見甲蟲鼻消失在育兒室裡。

自從柳風死後，已經又過了四分之一個月。族貓經過他身邊時還是躡手躡腳，不敢刺激他。而他也下定決心要證明霰星沒有選錯族長。不管發生什麼事，他都是個稱職的領導者。他很高興陽魚平安生下小貓，這也等於為他那生來就沒有母親疼愛的女兒帶來了玩伴。小銀現在有了自己的家，不再需要他。馬上就要禿葉季了，他有太多的事得做，忙到沒有時間探訪育兒室。他用尾巴朝花瓣塵和蛙跳示意，後者正在用蘆葦補強長老窩，以便迎接即將來臨的寒冷天候。

「什麼事？」蛙跳匆匆跑下斜坡，穿過空地。花瓣塵把一根歪掉的蘆葦塞回原處，才跟著他快步跑過來。

「獵物堆好像有點空了，」曲星對蛙跳喵聲說。「你帶蘆葦尾、豹毛還有黑爪去狩獵。」他轉身對花瓣塵說：「我要妳帶杉皮、柔翅和波爪去巡視陽光岩的邊界。」

花瓣塵不安地蠕動著腳。「木毛今天早上才巡查過。」

「那就再去巡查一次！」曲星厲聲說道。

爍皮站起來，往長老窩走去。「我還是去編那些蘆葦吧。」她喵聲道，語調帶著不滿，不過曲星不予理會。戰士不該質疑他的命令。

他穿過空地，一路踢開地上散落的柳樹葉。當他經過育兒室時，不由得慢下腳步。甲蟲鼻蹦蹦跳跳地出來。「小銀長好大了，不過還是很可愛。」他喵嗚說道，鑽進空地邊緣的蘆葦叢。

曲星豎起耳朵，挨近育兒室的牆面。他聽見有小爪子正在扒抓蘆葦臥鋪。

「我最大，所以我先！」

那一定是小銀的聲音。他好奇她長得多大了。她身上的斑紋像柳風嗎？

「陽魚！她不讓我進臥鋪。」

「吁，小狐，」陽魚安撫她。「如果妳態度好一點，她會讓妳進來的。」

小銀再次抬高音量。「我只是想讓妳快點長大，」她吱吱叫。「哦，快一點，快一點長大！我好想出去探索營地。」曲星聽見身後傳來聲音。他轉身，驚見原來是橡心。

「你為什麼不進去看她？」橡心喵聲道。

「我有別的事得忙。」

「真的嗎？」橡心抽動耳朵。「你又不是不知道你不可能永遠躲開她。你很快就會見到她在營裡跑來跑去，練習抓青蛙。」他瞇起眼睛。「你不想讓她知道她的父親是誰嗎？」

曲星沉下臉。「你在說什麼？難道你的小貓就知道他們的父親是誰嗎？」

橡心的身子縮了一下。「那不一樣。我一直陪在他們身邊，為他們狩獵，陪他們玩。但小銀根本不知道你的存在。」

「不用你管。」曲星轉身走開。「這不關你的事。」

橡心迅速轉身，擋在他前面。「事實上，我非管不可。你最近的表現就跟魚腦袋沒兩樣，每隻貓都看得出來，但只有我有勇氣敢告訴你這件事。」

「有勇氣？你？」曲星嗤之以鼻。「你連藍毛懷了你的小貓，都不敢告訴我。要不是她為了當上副族長而拋棄他們，這到現在都還是個祕密。」

「是嗎？」

「是啊，」曲星縮張著爪子。「所以不要自以為你瞭解我的感受，因為你根本不懂。」

「是，我是不懂！不過我倒是很清楚那裡有隻小貓，她的父親不想跟她有任何瓜葛。」他豎起毛髮。「如果你連自己的小貓都不願負起責任，你有什麼資格領導這個部族？」

「你就負起責任了嗎？」

「我當然有！」橡心怒瞪他。「我不懂你怎麼可以讓她在長大的過程中感受不到你的父愛。」他轉身就走，一邊搖頭。「更何況你明明比誰都清楚那種爹不疼娘不愛的感覺有多可怕，結果你還這樣對待自己的小貓。」

曲星突然怒火中燒。「不准你這樣指控我！」他嘶聲喊道，撲上橡心，把他扳倒在地。橡心怒聲大吼，爪子狠狠朝曲星的口鼻處揮了過去。

曲星被橡心的爪子劃過面頰，當場倒抽口氣。「你這個蛇蠍心腸的傢伙！」他用後腿撐起身子，前爪朝橡心胸膛一擊，橡心呻吟，翻身滾開，又跳起來。他蹲下來，甩著尾巴面對曲星，眼睛瞇成兩條細縫。

「快阻止他們！」爍皮衝過空地。木毛從戰士窩裡衝出來，繞著他們，毛髮倒豎。

「就讓他們打吧！」泥毛出聲攔下族貓們。「有時候也只有靠這個辦法了。」

曲星瞪著他哥哥，大聲吼道：「我不像雨花，我是為了小銀好。」

「我敢說雨花那時也是了你好！」橡心嘶聲道。「她的理由一定也跟你一樣。」

「不一樣！」曲星跳了起來，後腿飛踢，前爪猛揮，使出他以前一再演練的那一招，那是他在那座星光永遠穿不透樹葉的灰暗林子裡練過的必殺招式。

我在做什麼？恐懼席捲了他，他突然明白他正打算用薊爪的那招致命招式去對付自己的哥哥。正在空中翻滾的他，及時扭身，重重地摔在地上。

橡心居高臨下地站在他面前。「不打了嗎？」他咆哮道。

曲星抬頭看他。憂傷令他喉嚨一緊。「我愛的貓都死了，我怎麼敢再愛她呢？」

橡心眼裡泛淚。「我還在啊。」

曲星慢慢爬起來。「你只是現在還在。」

橡心瞪著他。「這是我們都必須承擔的風險。難道你情願自己麻木不仁嗎？難道你希望你從來沒愛過柳風嗎？」他的聲音微微顫抖。「曲星，你的勇氣到哪兒去了？」

一個吱吱叫聲從育兒室傳來。「陽魚，陽魚！」小銀正從洞口窺看，眼睛瞪得斗大。「兩個大戰士在打架欸。」

橡心推推曲星。「去吧。」他低聲道。

曲星深吸口氣，強迫自己走向育兒室。**當你疑惑時，就讓你的心帶著你勇敢前進，絕不退縮。**霰星的話在他耳裡響起。星族信任他，於是賜給他九條命。他必須證明他有這個資格。他低下身子，用鼻子觸碰小銀的耳朵。「別擔心，我們都沒受傷。」

小貓縮了回去，全身發抖。

「別害怕，」曲星安撫她。「我們不是真的打架。」她身上的氣味好像柳風！毛髮也一樣柔軟，額前的斑紋和柳風如出一轍。「我們是在訓練，只是這樣，沒事了。」

小銀上前一步，目光越過他，窺看橡心，後者正站在空地盡頭望著他們。她抬頭看看曲

星，晶亮的藍色眼睛閃閃發亮。她長得好像她母親，耳朵形狀和尾巴長度卻是像他。曲星低頭注視著她，突然覺得他這一輩子的希望就在他眼前展了開來。他第一次感覺到太陽的溫暖。**柳風，祢要保佑我們，我們還是很需要祢。**

「你們真的只是在訓練嗎？」小銀喵聲道。「你保證？」

「我保證。」曲星快樂到心都痛了起來。「我是妳的父親，小銀，這表示我承諾妳的事，一定會做到。」

國家圖書館出版品預編目資料

曲星的承諾 / 艾琳・杭特（Erin Hunter）著 ； 高子梅
譯. -- 初版. -- 台中市；晨星 2012. 09
面 ;公分. --（貓戰士外傳 ； 4）（貓戰士 ；
28）

譯自 ： Crookedstar's promise
ISBN 978-986-177-625-5（平裝）

874.59 101012138

貓戰士外傳4 Warriors Super Edition

曲星的承諾 Crookedstar's promise

作者	艾琳・杭特（Erin Hunter）
譯者	高子梅
責任編輯	郭玟君
校對	許芝翊、鄭宏斌、陳品蓉
封面插圖	萬伯
封面設計	許芷婷
創辦人	陳銘民
發行所	晨星出版有限公司 407台中市西屯區工業30路1號1樓 TEL：04-23595820 FAX：04-23550581 行政院新聞局局版台業字第2500號
法律顧問	陳思成律師
初版	西元2012年9月15日
再版	西元2020年8月15日（八刷）
總經銷	知己圖書股份有限公司 台北公司：106台北市大安區辛亥路一段30號9樓 TEL：02-23672044 / 23672047 FAX：02-23635741 台中公司：407台中市西屯區工業30路1號1樓 TEL：04-23595819 FAX：04-23595493 E-mail：service@morningstar.com.tw 網路書店 http://www.morningstar.com.tw
讀者專線	02-23672044
郵政劃撥	15060393（知己圖書股份有限公司）
印刷	上好印刷股份有限公司

定價 399元
（缺頁或破損的書，請寄回更換）
ISBN 978-986-177-625-5

□ 我已經是會員，卡號＿＿＿＿＿＿＿＿＿＿

□ 我不是會員，我要加入貓戰士會員

姓　名：＿＿＿＿＿＿＿＿　性　別：＿＿＿＿＿　生　日：＿＿＿＿＿＿＿＿

e-mail：＿＿＿＿＿＿＿＿＿＿＿＿＿＿＿＿＿＿＿＿＿＿＿＿＿＿＿＿＿＿

地　址：□□□＿＿＿＿縣／市＿＿＿＿鄉／鎮／市／區＿＿＿＿路／街

＿＿＿＿段＿＿＿巷＿＿＿弄＿＿＿號＿＿＿樓／室

電　話：＿＿＿＿＿＿＿＿＿＿＿＿＿＿＿＿＿＿＿＿＿＿＿＿＿＿＿＿＿＿

我要收到貓戰士最新消息　□要　□不要

我要成為晨星出版官網會員　□要　□不要

貓戰士鐵製鉛筆盒抽獎活動

請將書條摺口的蘋果文庫點數與貓戰士點數黏貼於此，集滿2個貓爪與1顆蘋果(點數在蘋果文庫書籍)後寄回，就有機會獲得晨星出版獨家設計「貓戰士鐵製鉛筆盒」1個!

點數黏貼處

若有問題，歡迎至官方Line詢問

請填妥後對折裝訂，再貼妥郵票寄出

請黏貼
8 元郵票

U0003267

407

台中市工業區30路1號

晨星出版有限公司

TEL：（04）23595820　FAX：（04）23550581

e-mail：service@morningstar.com.tw

http://www.morningstar.com.tw

請沿虛線摺下裝訂，謝謝！

加入貓戰士俱樂部

【貓戰士會員優惠】

憑卡號在晨星出版社購書可享優惠、擁有限定商品、還能獲得最新消息等會員福利。

【三方法擇一，加入貓戰士會員】

1. 填妥本張回函，並寄回此回函。
2. 拍照本回函資料，加入官方Line@，再以Line傳送。
3. 掃描後方「線上填寫」QR Code，立即填寫會員資料。

Line ID：api6044d

「線上填寫」QR Code

★寄回回函後，因郵寄與處理時間，需2～3週。